SORRY

Zoran Drvenkar est né en Croatie en 1967. Alors qu'il n'a que trois ans, ses parents déménagent à Berlin. Il commence à écrire en 1989, notamment des ouvrages pour enfants et adolescents qui ont été récompensés par de nombreux prix littéraires en Allemagne, mais aussi des recueils de poèmes, des pièces de théâtre et des scénarios. Depuis 2003, il écrit également des thrillers psychologiques.

ZORAN DRVENKAR

Sorry

TRADUIT DE L'ALLEMAND PAR CORINNA GEPNER

SONATINE ÉDITIONS

Titre original :

SORRY

Publié par Ullstein Buchverlage GmBH, Berlin.

À tous les très bons amis décédés.
Vous me manquez.

*Une véritable excuse est comme un adieu
où l'on sait qu'on ne se reverra plus.*

Entre-temps

Toi

Tu es surpris, il a été si facile de les localiser. Tu croupissais dans un trou tellement profond que plus rien ne te semblait possible. Tu te perdais peu à peu et, alors que tu croyais ne plus jamais revoir la lumière, tu es tombé sur son autre carnet d'adresses. Il en avait deux, cela aussi tu l'ignorais – tu ignorais tant de choses.

L'un des répertoires est en cuir relié, l'autre est un cahier in-octavo comme vous en aviez à l'école. Tu as trouvé le cahier par hasard, glissé entre des revues dans sa table de chevet. Il est rempli de noms. Tu les as comptés. Quarante-six. Tu continues à éprouver de la nostalgie dès que tu vois son écriture. Une écriture de travers, inclinée vers la droite, avec le désespoir des gauchers. Tes doigts se sont promenés sur les noms, adresses et numéros de téléphone, comme si tu pouvais sentir ce qu'il avait éprouvé en les inscrivant. Deux des noms sont soulignés, ce sont les seuls que tu connaisses.

Le jour où tu as découvert le cahier, la lumière a pénétré ton obscurité. Ces noms étaient le signe tant espéré. Six mois d'attente, et puis cette lumière.

Comment aurais-tu pu deviner que, parfois, il faut aller chercher les signes ?

Personne ne te l'avait dit.

Une des deux adresses n'est plus bonne, mais, pour toi, ce n'est pas un problème. Tu sais comment dénicher les gens. Notre système repose sur l'information et, de nos jours, rien n'est plus aisé à obtenir. Il t'a fallu deux minutes.

La femme a déménagé à Kleinmachnow. En examinant le plan de la ville, tu t'aperçois qu'elle s'est décalée vers le sud, de trois kilomètres exactement à vol d'oiseau. Le nouvel immeuble rappelle beaucoup l'ancien. Nous sommes des êtres d'habitudes. Quand nous nous retournons, nous voulons savoir ce qu'il y a derrière nous. Tu attends patiemment qu'un des résidents quitte l'immeuble, puis tu montes au troisième étage et tu sonnes.

« Oui ? »

Elle arrive maintenant à la fin de la quarantaine, et, à la voir, on dirait que les dernières années ont été une longue et pénible route, qu'elle a dû parcourir seule. Peu importe à quoi elle ressemble, tu l'aurais reconnue entre mille. Son maintien, sa voix. Tu remarques avec surprise que tu as intériorisé jusqu'à ses gestes. Tu n'as jamais eu aucune relation avec cette femme, pourtant tout en elle t'est familier. Sa façon de se pencher en avant, de t'examiner, de plisser les yeux, son regard interrogateur. Chaque détail s'est gravé si profondément en toi qu'il est plus qu'un simple souvenir.

« Bonjour », dis-tu.

Elle a une brève hésitation. Peut-être représentes-tu une menace. Tu aimerais bien lui demander quelle menace pourrait surgir en plein jour dans un immeuble de Kleinmachnow et sourire ainsi.

« On se connaît ? »

Soudain il y a de l'intérêt dans ses yeux. Cela ne t'étonne pas. C'est une personne douée d'une grande curiosité. Même si elle n'arrive pas encore à te situer, elle ne montre aucune méfiance. Les gens les plus dangereux ne sont pas méfiants, ils sont intéressés. Tu connais ce regard. Enfant, tu avais vu un accident sur l'autoroute. Tout ce sang, les éclats de verre, des pompiers qui couraient, des flammes et une fumée noire, huileuse. Par la suite, chaque fois que tu passais en voiture avec tes parents sur le lieu de l'accident, tu étais saisi d'excitation.

C'est là que ça s'est produit. Est-ce qu'on voit encore quelque chose ? Tout a-t-il disparu ?

Voilà comment elle te regarde.

« On se connaît d'autrefois, réponds-tu en lui tendant la photo. Je voulais juste dire bonjour. »

Tu sais que, à la vue de la photo, elle sera prise de panique. Peut-être claquera-t-elle la porte. Sans doute niera-t-elle.

Elle te surprend, elle t'a toujours surpris. Elle est douée pour provoquer l'étonnement, car elle est imprévisible.

« C'est toi ! »

L'instant d'après, elle ouvre les bras et t'étreint, chaleureuse et protectrice.

Une fois que tu es entré, elle t'informe que son mari sera de retour vers 6 heures, mais que cela vous laisse un peu de temps. Tu sais qu'elle est divorcée et que son ex-mari vit du côté de Bornholm. C'est une bonne chose qu'elle feigne la confiance.

Vous vous asseyez au salon. De ta place, tu vois le balcon. Une table, pas de chaises. À côté de la table, une sculpture. Un jeune garçon à la tête inclinée et aux mains jointes en prière. Tu as déjà vu des sculptures de ce genre au magasin de bricolage. Certaines tiennent un livre, d'autres ont des ailes dans le dos. Tu détournes promptement les yeux, tu te sens aveuglé bien que, ce jour-là, le soleil dispense une lumière blême et exténuée.

« Tu veux boire quelque chose ? »

Elle t'apporte un verre d'eau minérale et le pose sur la table du salon, à côté de la photo. Deux garçons à vélo. Ils sourient, ils sont si jeunes que c'en est douloureux.

« Je croyais ne plus jamais te revoir », dit-elle.

Et elle se penche pour chasser une mèche de ton front. Intimité. Proximité. Tu n'as pas un tressaillement. Tu montres une parfaite maîtrise de toi.

« Est-ce que je t'ai manqué ? » s'enquiert-elle.

La nuit, je rêvais de toi, aimerais-tu lui répondre, mais tu n'es pas sûr que ce soit conforme à la vérité. Il y a les rêves et il y a la réalité, et tu erres entre les deux en t'efforçant à grand-peine de les distinguer.

Elle te sourit. Son regard ne trahit plus seulement la curiosité, on y lit aussi une trace de désir. Tu t'obliges à ne pas regarder la sculpture, tu t'obliges à répondre à ce sourire. Quelque chose en toi se déchire. Sans bruit, tel un fil d'araignée. Son désir, c'en est trop. Toi qui croyais savoir te maîtriser. Toi qui croyais en être capable.

« J'ai besoin d'aller aux toilettes.

« — Voyez-vous ça ! Est-ce que tu aurais honte devant moi ? » demande-t-elle.

Ton visage est rouge, tes poings se serrent sous le plateau de la table. Honte.

« Deuxième porte sur la gauche, indique-t-elle en te donnant une tape sur le genou. Dépêche-toi, sinon je viens te chercher. »

Lascive, espiègle, elle t'adresse un clin d'œil. *Je n'ai plus neuf ans !* voudrais-tu hurler, mais, en toi, il n'y a qu'une froide torpeur, une torpeur qui ne laisse rien passer. Tu te lèves et tu vas dans le couloir. Tu ouvres la deuxième porte sur la gauche et tu la refermes derrière toi. Tu lèves les yeux vers le miroir, mais ton regard se dérobe. C'est douloureux, à chaque fois, la douleur revient. Tu espères que, un jour, cela changera, cet espoir te maintient debout et apaise la souffrance.

Bientôt, ce sera fini.

Tu t'agenouilles sur le sol dallé et tu relèves le couvercle des toilettes. Tu ne fais guère de bruit, ni halètement ni gémissement. Quand plus rien ne sort, tu ôtes la brosse à dents du verre et tu te l'enfonces dans la gorge pour t'assurer que ton estomac est vraiment vide. Ensuite, tu te laves les mains et tu te rinces la bouche. Avant de quitter la salle de bains, tu ranges la brosse à dents dans ta poche et tu essuies soigneusement avec du papier toilette toutes les surfaces que tu as touchées.

Bientôt.

Elle n'a pas bougé de son fauteuil, elle fume – bras plié et tête légèrement renversée en arrière quand elle rejette la fumée par la bouche. Ce geste-là aussi, tu le connais si bien que les souvenirs se superposent, telle une poignée de diapositives. Hier et Aujourd'hui

deviennent Maintenant, et Maintenant se fait Aujour-
d'hui et Hier. Elle a repris la photo et la contemple.
Tu t'arrêtes derrière elle, elle tourne la tête, et ses
yeux s'illuminent. Tu braques le gaz sur cette lumière
jusqu'à ce que la bombe soit vide et que la femme ne
soit plus qu'un tas gémissant gisant à terre. Ensuite, tu
entreprends d'effacer toutes tes traces. Tu termines ton
verre et tu le mets dans ta poche. La main de la femme
a laissé échapper la photo. Tu la ramasses et tu la mets
dans ta poche. Tu es prudent, tu es précis, tu sais ce que
tu fais. Quand elle tente de s'éloigner en rampant, tu la
retournes sur le dos et tu t'assieds sur sa poitrine en lui
coinçant les bras. Ses yeux gonflés sont clos. Elle se
cabre, ses genoux se soulèvent, les talons martèlent le
tapis. Tu lui poses une main ferme sur les lèvres et, de
l'autre, tu bouches ses narines pleines de morve. C'est
rapide.

Tu l'empaquètes. Tu ramènes ses cuisses contre sa
poitrine et glisses ses bras sous le creux des genoux.
Elle n'est pas grande. Tu as pensé à tout. Dix jours de
préparation ont suffi. Elle entre parfaitement dans un
de ces sacs-poubelle noirs de cent vingt litres. Tu la
sors de l'appartement. Dans l'escalier, tu rencontres un
vieil homme. Tu le salues d'un signe de tête, il te
répond par un signe de tête. C'est aussi simple que de
descendre la poubelle.

Elle se réveille très tardivement.
En pénétrant pour la première fois dans l'appartement, tu as éprouvé une certaine déception. Il était
crasseux et à l'abandon, il n'avait gardé aucune trace
des événements. Tu t'étais attendu à autre chose. Des

lieux dotés d'un passé pareil ne devraient pas être désertés. C'est un manque de respect. Il y a des gens qui vont en pèlerinage à Dachau et Auschwitz, ils visitent les camps de concentration comme s'ils pouvaient en retirer une leçon, tandis qu'à quelques mètres de chez eux se déroule une nouvelle forme d'horreur qu'ils ne remarquent pas.

Il a été assez difficile de dénicher le bon papier peint. Tu as fait tout Berlin et c'est seulement au cinquième magasin qu'un vendeur, à qui tu expliquais ce que tu voulais, est allé chercher plusieurs rouleaux dans la réserve.

Tu as été surpris qu'il te les offre tous.

« Plus personne n'achète cette merde », ont été ses mots.

Parfois, tu te demandes si tu ne pousses pas trop loin le souci du détail. Puis tu fournis toi-même la seule réponse qui soit logique : il s'agit de souvenirs. De détails. Les détails te tiennent à cœur. Tu connais la valeur du souvenir.

Le mur est encore humide de colle. À l'endroit où se trouvait l'anneau de métal, il reste un trou dans le mur. Avant de le recouvrir avec la tapisserie, tu n'as pu t'empêcher d'y introduire l'index. Tu as marqué l'endroit, le « X » est exactement à hauteur de tes yeux.

Le pied gauche perd sa chaussure lorsque tu plaques la femme contre le mur. Ce faisant, tu te retrouves si près d'elle que tu es pris de nausée. Son corps inconscient est mou, et il est difficile de le maintenir à la verticale. Toutes les heures passées au club de sport montrent enfin leur utilité. Ta force t'apaise. Vous êtes poitrine contre poitrine. Son haleine sent la fumée froide. Tu lui lèves les bras, ses pieds quittent le sol de quelques centimètres, tu brandis le marteau et tu frappes.

Le clou perce les paumes de ses mains croisées sans rencontrer de résistance. Trois coups suffisent pour que seule la tête du clou dépasse des os carpiens. La femme se réveille au dernier coup, vos yeux sont maintenant au même niveau, et elle te jette un cri en pleine figure. Le cri se perd en venant sourdement buter contre le ruban adhésif qui lui scelle la bouche.

Vous vous regardez, jamais plus tu ne seras aussi proche d'elle. Elle tressaille, elle veut s'échapper, ton corps la presse contre le mur, la maintient en place. Panique, satisfaction, force. Encore et toujours la force. Des larmes jaillissent de ses yeux gonflés et mouillent ton visage. Tu en as assez vu, tu recules. Son poids l'entraîne vers le bas. Le regard surpris. Une secousse. La douleur la fait trembler, un frisson lui parcourt le corps, sa vessie se vide. Le clou tient bon. Les bras levés, la femme est suspendue au mur. La chaussure droite tombe avec un léger claquement, les orteils grattent le sol et cherchent un appui. Si les regards pouvaient mettre en pièces, tu ne serais plus de ce monde.

Il est temps de se quitter. Tu lui indiques où elle doit regarder. Elle veut détourner la tête. Tu savais qu'elle le ferait. C'est logique. Alors tu t'approches d'elle et tu places le deuxième clou sur son front. Il est plus grand, quarante centimètres de long, et porte un nom spécial, que tu n'as pas retenu. À la quincaillerie, l'homme te l'a dit deux fois et tu l'as remercié. Elle se fige lorsque la pointe touche sa peau. Ses yeux te parlent. Te disent que tu ne feras pas cela. Te l'ordonnent. Tu secoues la tête. Alors elle plisse les yeux. Tu es surpris, tu t'attendais à plus de résistance. À ce qu'elle te donne d'autres coups de pied, à ce qu'elle se défende.

Elle abdique.

Tes lèvres effleurent son oreille et tu chuchotes : « Ce n'était pas moi. »

Elle écarquille les yeux. Et il y a le regard, et il y a la compréhension.

Maintenant.

D'un coup précis, tu lui enfonces le clou dans l'os frontal. Il te faut quatre coups de plus que pour les mains avant que le clou ne transperce l'occiput et ne pénètre dans le mur. Elle tressaille, son tressaillement se transforme en tremblement, puis elle s'immobilise. Du sang clair s'écoule de l'oreille à laquelle tu as chuchoté. Un filet de sang sombre sort de la blessure du front et descend entre les yeux, sur la racine du nez et le long de la joue. Tu attends, contemplant l'élégance avec laquelle le filet de sang se meut sur son visage. Avant qu'il n'atteigne le ruban adhésif, tu arraches celui-ci de sa bouche. De la salive suinte des lèvres et se mêle au sang. L'œil droit se ferme comme s'il était fatigué. Tu le rouvres, il reste ouvert. Tu suis la direction du regard fixe. C'est bien, tu n'as rien à corriger, tout est comme il faut.

PREMIÈRE PARTIE

Après

Dans l'obscurité de tes pensées, j'aimerais être une lumière.

Je ne sais pas du tout qui a écrit ça. Je me souviens juste du bout de papier qui avait été punaisé un jour au mur de la cuisine.

Dans l'obscurité de tes pensées...

Je veux que quelqu'un sorte de la forêt avec une lampe de poche et braque le faisceau lumineux sur mon visage. Être vu peut se révéler crucial. Peu importe par qui. Je disparais de plus en plus en moi-même.

C'est le jour d'après. Ma main repose sur le métal froid du hayon. Je tends l'oreille comme si le bout de mes doigts pouvait entendre les vibrations. Il me faut davantage de temps, je ne suis pas encore capable d'ouvrir le coffre. Peut-être après avoir parcouru cent kilomètres de plus, disons mille.

... j'aimerais être une lumière.

Je monte dans la voiture et mets le moteur en marche. Si quelqu'un, un jour, devait suivre ma trace, il se perdrait dans la confusion. Je me déplace en Allemagne comme un rat de laboratoire dans un labyrinthe. J'hésite et titube, décris des crochets, tourne en rond. Mais quoi que je fasse, je ne m'arrête pas. Il n'est pas question de s'arrêter. Seize heures se réduisent à seize minutes quand on voyage sans but. Les frontières de la perception commencent à s'effilocher et tout paraît dépourvu de sens. Même le sommeil n'a plus de signification. Je souhaiterais qu'il y ait une lumière dans l'obscurité de mes pensées. Mais il n'y a pas de lumière. Il ne me reste que les pensées.

Avant
Kris

Avant que nous ne parlions de toi, je voudrais te présenter les personnes que tu vas bientôt rencontrer. C'est une fraîche journée de la fin août. Dans le ciel, le soleil est d'une clarté extrême, il rappelle la lueur vacillante des interrupteurs dans les corridors. Les gens lèvent leur visage vers lui et s'étonnent de recevoir aussi peu de chaleur en retour.

Nous nous trouvons dans un petit parc au cœur de Berlin. C'est là que tout commence. Un homme est assis sur un banc au bord de l'eau. Il s'appelle Kris Marrer, il a vingt-neuf ans et ressemble à un ascète qui aurait décidé, il y a longtemps, de ne pas faire partie de la société. Mais il en fait partie, Kris ne le sait que trop. Il est allé jusqu'au bout de sa scolarité et de ses études. Il se rend volontiers au bord de la mer, aime bien manger, peut parler musique des heures durant. Qu'il le veuille ou non, Kris est membre de la société, et ce mercredi matin va le lui rappeler.

Il est assis sur le banc comme s'il était sur le qui-vive, menton en avant, coudes sur les genoux. Aujourd'hui n'est pas un bon jour, dès le réveil il a su

que ce ne serait pas un bon jour, mais nous y revien-
drons. Pour l'instant, ce qui importe, c'est qu'il
regrette d'avoir choisi ce banc en bordure du port
municipal. Il pensait que quelques minutes de calme
pour se recentrer lui seraient bénéfiques. Il se trompait.

À quelques mètres de là, une femme est assise dans
l'herbe. Elle est vêtue comme si elle refusait de croire
que l'été est fini. Robe sans manches, sandales. Autour
d'elle, l'herbe a l'air épuisée, le sol est engourdi. Un
homme est debout devant la femme et lui parle d'un
ton persuasif. Sa main droite est comme une hache qui
fend l'air en silence. Tranchante, effilée, rapide.
Chaque fois que l'homme désigne la femme, celle-ci
tressaille. Le couple n'élève pas particulièrement la
voix, pourtant Kris perçoit chacune de leurs paroles.

Il sait à présent que l'homme a eu des maîtresses. La
femme refuse de le croire. Quand l'homme énumère
toutes celles avec qui il a couché, la femme commence
à le croire et le traite de salaud. C'est un salaud, voilà
tout. Il lui rit au nez.

« Qu'est-ce que tu croyais ? Que je te serais
fidèle ? »

L'homme crache aux pieds de la femme, lui tourne
le dos et s'en va. La femme se met à pleurer. Elle
pleure sans bruit, les gens réagissent comme réagissent
les gens, ils regardent ailleurs. Les enfants continuent
à jouer, un chien aboie après un pigeon, tandis que le
soleil, indifférent, ne voit rien qu'il ne connaisse
depuis longtemps.

En pareille circonstance, il faudrait qu'il pleuve,
pense Kris. *On ne devrait pas se séparer de quelqu'un
quand il y a du soleil.*

La femme lève les yeux et l'aperçoit sur son banc. Elle sourit avec embarras, elle ne veut pas étaler sa tristesse. Son sourire évoque à Kris un rideau derrière lequel il a le droit de jeter un bref coup d'œil. *Gentil, engageant.* Il est touché par sa franchise, puis l'instant est passé, la femme essuie ses larmes et regarde l'eau comme si de rien n'était.

Kris va s'asseoir à côté d'elle.

Plus tard, il racontera à son frère qu'il ne savait pas lui-même pourquoi il agissait ainsi. Mais ça, ce sera plus tard. Pour l'heure, tout s'engage avec facilité. C'est comme si les mots avaient toujours été présents dans sa tête. Kris n'a pas besoin de les chercher, il lui faut juste les formuler.

Il explique à la femme ce qui vient de se produire. Il prend la défense du salaud qui l'a trompée et lui invente un passé difficile. Il parle de problèmes et de peurs d'enfant. Il dit :

« S'il le pouvait, il agirait autrement. Il sait qu'il fait des conneries. Laisse-le partir. Depuis quand vous connaissez-vous ? Deux mois ? Trois ? »

La femme acquiesce. Kris poursuit :

« Laisse-le partir. S'il revient, tu sauras que c'est la bonne décision. S'il ne revient pas, tu seras contente que ce soit terminé. »

Tout en parlant, Kris prend plaisir à ce qu'il dit. Il constate que ses paroles agissent comme une main apaisante. La femme écoute avec attention et déclare que, de toute façon, elle n'a jamais su quoi penser de cette relation.

« Est-ce qu'il a beaucoup parlé de moi ? »

Kris marque une hésitation imperceptible, puis il la complimente et lui raconte ce qu'on raconte à une femme peu sûre d'elle de vingt-trois ans, qui n'aura guère de mal à rencontrer son prochain amant avant que la semaine ne soit écoulée.

Kris est doué, il est vraiment doué.

« Bien sûr, il ne l'admettra jamais, conclut-il. Mais n'oublie pas qu'il est désolé. Tout au fond de lui, il est en train de te présenter ses excuses.

— Vraiment ?

— Vraiment. »

La femme hoche la tête, satisfaite.

Tout commence par un mensonge et finit par une excuse – sans excepter cette matinée au parc. La femme ne sait pas qui est Kris Marrer. Elle ne veut pas non plus savoir d'où il connaît le salaud qui vient de la quitter. Elle n'a aucun lien avec Kris, pourtant elle lui demande s'il n'aurait pas envie de prendre un verre avec elle. Son chagrin est un pont accessible à ceux qui montrent de la compassion.

Parfois, songe Kris, *nous sommes tellement interchangeables que c'en est gênant.*

« Un verre de vin me remonterait », dit-elle en lissant la robe sur ses jambes comme si c'était une raison d'accepter son invitation.

Kris voit les genoux, il voit les orteils vernis de rouge dans les sandales. Puis il secoue la tête. Il n'a pas fait cela pour se rapprocher de cette femme. Il a agi par pur instinct. Peut-être était-ce un désir banal et archaïque de protection. Homme voit femme, homme veut protéger femme, homme protège femme. Plus tard, Kris en viendra à penser qu'il obéissait à sa vocation – il éprouvait le besoin pressant de s'excuser. Plus tard, les pièces du puzzle s'assembleront et formeront un grand tout. Plus tard.

Kris pose sa main sur celle de la femme et dit : « Je suis désolé, mais j'ai un rendez-vous. »

La femme sourit à nouveau mais ce sourire n'exprime plus la souffrance, elle comprend Kris, elle a confiance en lui.

« Une autre fois », promet-il, et il se lève.

Elle acquiesce. C'est fini. La douleur de la séparation s'est dissipée car elle a vu un peu de lumière. Un homme gentil lui a ouvert les yeux. Et c'est ainsi que nous laissons la femme, assise seule dans l'herbe, et quittons le parc avec l'homme gentil. Nous nous rendons à son bureau. C'est le dernier jour de travail de l'homme gentil et celui-ci est tout sauf de bonne humeur.

« Il faut que tu comprennes », dit Bernd Jost-Degen, dix minutes plus tard, en enfonçant ses mains dans les poches avant de son jeans griffé.

Il se tient dos à la fenêtre si bien que Kris ne distingue que les contours de son visage. Une aiguille digitale tressaille, entre un Chagall et un Miró, sur une horloge projetée au mur. Le bureau du chef doit constamment rester dans la pénombre pour que l'horloge soit visible. Bernd Jost-Degen a trois ans de plus que Kris et n'aime pas qu'on l'appelle chef. Il préfère « boss », c'est plus décontracté.

« Partout, on rationalise, poursuit Bernd Jost-Degen. Regarde-moi, je croule déjà sous le boulot. Les structures ne sont plus les mêmes, le monde a continué de tourner, tu comprends ? Avant, les gens faisaient du bon travail et ils étaient bien payés. Désormais, ils doivent faire du super travail et ils sont mal payés. En plus, on leur demande d'être reconnaissants. »

Il rit du rire de celui qui n'appartient pas à cette catégorie de gens. Kris se sent idiot, il ne sait pas pourquoi il voulait avoir une dernière entrevue avec son chef. À ses pieds gisent deux sacs en papier que la femme de ménage lui a donnés après avoir vidé son bureau.

« C'est l'économie de marché, Kris, c'est la surpopulation. Nous sommes trop nombreux, et le capitalisme nous possède corps et âmes. Regarde-moi. Je suis actionné par des fils. Je suis une marionnette. Les gens d'en haut disent : "Bernd, nous voulons doubler nos profits." Et moi, qu'est-ce que je fais ? Je vous donne de l'eau minérale moins chère, je fournis le café le plus médiocre, et je réduis là où je peux réduire pour éviter que les gens d'en haut ne coupent les fils.

— Qu'est-ce que c'est que ce blabla ? demande Kris. Tu m'as licencié, tu m'as "réduit", c'est ça ? »

Bernd Jost-Degen place ses mains l'une sur l'autre et les tend devant lui.

« Bon sang, Kris, mais regarde ! J'ai les mains liées, cogne si tu veux, mais j'ai les mains liées. Je suis obligé de renvoyer les gens qui sont arrivés en dernier. Tu peux continuer à travailler en free-lance, bien sûr. Et si tu le souhaites, je t'écrirai une lettre de recommandation, ce sera avec plaisir. Évidemment. Tu devrais tenter ta chance au *Tagesspiegel*, en ce moment ils sont débordés. Et est-ce que tu as pensé au *taz*, chez eux… Quoi ? Pourquoi tu prends cet air ? »

Kris a incliné la tête de côté. Ses pensées se concentrent en un point. Un peu comme dans la méditation. À chaque inspiration, Kris grandit, et, à chaque expiration, son chef rétrécit un peu plus.

« Tu ne vas pas devenir violent, hein ? » s'assure Bernd Jost-Degen avec nervosité en se plaçant derrière son bureau.

Ses mains disparaissent dans les poches de son pantalon, son torse se penche en arrière comme s'il se trouvait au bord d'un gouffre. Kris ne bouge pas, il se contente d'observer, et si maintenant il s'approchait de son chef, il pourrait sentir l'odeur de sa peur.

« Je suis vraiment désolé, mon vieux. Si tu veux… »

Kris le plante là et traverse la salle de rédaction, les sacs en papier sous les bras. Il est déçu. Bernd Jost-Degen n'a jamais appris à formuler des excuses. Ne dis jamais que tu es désolé en cachant tes mains dans les poches de ton pantalon. On veut toujours voir les armes utilisées contre soi. Et si tu mens comme Bernd Jost-Degen vient de le faire, approche-toi au moins de ton interlocuteur et donne-lui le sentiment que tu dis la vérité. Feins d'être proche de lui, car la proximité permet parfois de masquer les mensonges. Il n'y a rien de plus pitoyable qu'un individu incapable de s'excuser.

Personne ne lève les yeux au passage de Kris. Celui-ci souhaite à toute cette engeance de s'étouffer dans sa propre ignorance. Pendant un an, il a travaillé en étroite collaboration avec eux, et il n'y en a pas un pour lui adresser un regard.

Dans l'ascenseur, Kris dépose les sacs en papier sur le sol et se contemple dans le miroir. Il attend que son reflet détourne les yeux. Le reflet lui renvoie son sourire.

Mieux que rien, pense Kris, et il presse le bouton du rez-de-chaussée.

Les deux sacs contiennent ses recherches et ses interviews des derniers mois, lesquelles n'intéressent pas grand monde. Actualité d'un jour, et puis poubelle, avant l'éternel recyclage. *Le journalisme du temps présent*, pense Kris, qui n'aimerait rien tant que mettre le feu à toute cette paperasse. Quand les portes de l'ascenseur se rouvrent, il sort en abandonnant les sacs. Dans une simultanéité presque parfaite, ceux-ci basculent sur le côté avec un soupir, les portes se referment, et c'est fini.

Kris pose le pied sur le trottoir et respire à fond.

Nous sommes à Berlin, nous sommes dans Gneisenaustrasse. Le Mondial est terminé depuis neuf semaines, et on dirait qu'il n'a jamais eu lieu. Kris ne veut pas connaître le même sort. Il approche de la trentaine et, après douze mois d'emploi fixe, se retrouve de nouveau au chômage. Cela ne l'intéresse pas de chercher un nouveau poste, et il ne veut pas, comme des centaines de milliers d'autres, enchaîner les stages, donner le meilleur de lui-même pour un salaire de misère, en espérant un jour être embauché. Non. Il ne veut pas non plus d'un emploi exigeant une formation, puisqu'il a une formation et un diplôme. Ses idées ne cadrent pas avec le marché du travail – il mendie mal et il est beaucoup trop arrogant pour les petits boulots. Pourtant, Kris n'entend pas désespérer. Sa tête ne finira pas dans un four, personne n'aura à souffrir de ses problèmes. Kris est un optimiste, et il n'y a que deux choses qu'il ne supporte pas : le mensonge et la déloyauté. Aujourd'hui, il a eu affaire aux deux et son humeur s'en ressent. Si Kris Marrer savait à ce moment-là que, depuis son lever, il a en réalité mis le cap sur un nouvel objectif, son maintien changerait. Tu pourrais le voir sourire. Mais il ne s'en doute pas, il maudit cette journée et se dirige vers le métro. Il se demande comment faire pour redresser un monde où chacun a pris l'habitude de se tenir de travers.

Tamara

Au moment où Kris quitte la rédaction, Tamara Berger s'assied, effrayée, sur son lit. Le plafond de la chambre n'est qu'à quelques centimètres de sa tête, et Tamara sait qu'elle ne s'y habituera jamais. C'est comme se réveiller dans un cercueil. Elle se laisse retomber sur les oreillers et repense au rêve qui résonne dans ses pensées, tel un écho. Un homme lui demandait si elle avait pris sa décision. Tamara ne voyait pas son visage, juste son cou aux tendons crispés. Alors elle essayait de se placer en face de l'homme, mais celui-ci détournait constamment la tête au point que son cou finissait par montrer de très fines craquelures, qui évoquaient à Tamara une terre desséchée. Elle lui avait posé une main sur le crâne pour l'empêcher de se dérober, l'avait contourné et s'était réveillée.

Nous sommes au sud de Berlin, à deux rues de la mairie de Steglitz. La pièce donne sur une arrière-cour, les rideaux sont fermés et une guêpe cogne inlassablement contre la vitre. Tamara ignore comment l'insecte a pu pénétrer par les fenêtres scellées. Le réveil indique 11 h 19. Stupéfaite, Tamara l'approche tout près de ses yeux avant de quitter avec un juron le lit en mezzanine

34

et de remettre ses vêtements de la veille. Une minute plus tard, elle sort en trombe de l'appartement comme si l'immeuble était en feu.

À présent, tu te demandes sûrement pourquoi nous perdons notre temps avec une femme qui n'est même pas capable, le matin, de se laver le visage ou d'enfiler des vêtements propres. C'est aussi la question que se pose Tamara en contemplant le reflet de son visage dans la vitre de la rame de métro. En rentrant ce matin, vers 4 heures, elle était trop fatiguée pour se démaquiller. Le mascara a coulé, laissant des traces sombres sous ses yeux. Elle a les cheveux gras, le chemisier froissé, un peu trop ouvert, si bien qu'on distingue le V de son décolleté. *J'ai l'air d'une pétasse*, pense Tamara en enfouissant son visage dans ses mains. L'homme qui est en face d'elle lui tend un mouchoir sans faire de commentaire. Tamara le remercie et se mouche. Elle regrette de ne pas être restée au lit toute la journée.

Même si pour l'instant tu as du mal à le croire, sache que Tamara Berger est un élément important de cette histoire. Un jour, tu seras assis en face d'elle et tu lui demanderas si elle a pris sa décision. Sans elle, nous serions maintenant contraints de nous quitter.

L'agence pour l'emploi a fermé, Tamara donne un vague coup de pied dans la porte et se rend à la boulangerie la plus proche. Debout, elle mange un sandwich et sirote un café qui semble avoir passé trois nuits sur la plaque chauffante. La vendeuse hausse les épaules et refuse d'en refaire. Il faut d'abord terminer celui-là. D'ailleurs, personne ne s'est plaint. Tamara la remercie pour la mauvaise qualité du service et, au moment où la vendeuse se détourne, elle pique les sachets de sucre. Tous les sachets.

L'appartement appartient à la sœur de Tamara, Astrid. Premier étage, bâtiment sur rue, immeuble ancien. Ni beau ni laid, pratique, c'est tout. Il y a deux pièces à l'avant, la troisième jouxte la salle de bains, c'est là que loge Tamara. Elle offre une vue déprimante sur une arrière-cour grise, qui n'a encore jamais vu la lumière du soleil. En été, la puanteur des poubelles est telle que, la nuit, il est arrivé plusieurs fois à Tamara de se réveiller avec la nausée. Quand elle s'est plainte à sa sœur, Astrid a rétorqué que Tamara n'avait qu'à retourner vivre chez les parents. Du coup, Tamara a fermé son bec et bouché les interstices des fenêtres.

C'est la famille, s'est-elle dit, *c'est comme ça, on la boucle et on espère qu'un jour ça ira mieux.*

C'est vraiment ce qu'elle pense. Son père est parti en retraite anticipée à trente-neuf ans, sa mère passe ses journées chez Kaiser, derrière la caisse et, le soir, elle fait du crochet devant la télévision. Outre Astrid, Tamara a un frère plus âgé, qui est parti un jour sans crier gare vivre en Australie. Les enfants ont été élevés dans la philosophie bourgeoise : la vie est dure, il faut être content de ce qu'on a.

Quand Tamara rentre de l'agence pour l'emploi, Astrid est aux fourneaux, en train de remuer une crème verte. Dans l'appartement, il règne la même odeur que dans un vestiaire après un cours de gymnastique.

« Ça pue ici, dit Tamara en guise de salut.

— Je ne sens plus rien, réplique Astrid en se touchant le nez. Là-dedans, c'est comme à Tchernobyl. »

Tamara embrasse sa sœur sur la joue et ouvre la fenêtre.

« Alors, qu'est-ce qui s'est passé ? »

Tamara aimerait bien répondre qu'il ne s'est rien passé, car il ne s'est effectivement rien passé, mais elle sait très bien ce que veut dire Astrid. Elle garde donc le silence, enlève ses bottes et espère s'en tirer comme cela. Il y a des jours où ça marche.

Astrid observe chacun des gestes de Tamara. Entre les deux sœurs, les choses ont peu changé depuis l'enfance. Elles ont pourtant quatre ans d'écart, mais personne ne s'en aperçoit. Tamara ne sait pas si c'est ou non un point en sa faveur. Autrefois, elle voulait toujours être la plus âgée.

« Ne fais pas cette tête, reprend Astrid. Tu finiras bien par trouver dans une des grandes librairies. Chez Dussmann ou ailleurs. Ils cherchent tout le temps du monde. »

Astrid y va toujours de son conseil. Les gens qui ont un boulot n'arrêtent pas d'entendre dire qu'il y a du boulot partout. Un an plus tôt, la sœur de Tamara a ouvert une onglerie au rez-de-chaussée de l'immeuble. Elle fabrique aussi à la commande des crèmes et des masques pour le visage. À la fin de l'année, elle a prévu de se spécialiser dans les massages. Astrid tient seule sa boutique. Tamara aimerait bien l'aider car, pour elle, tout vaut mieux que de rester assise à ne rien faire, mais Astrid trouve que Tamara est surqualifiée.

Tamara déteste ce mot. Il donne l'impression que, avec le bac, elle a attrapé une maladie contagieuse. Une qualification normale, ça permet à l'employeur de débourser moins d'argent. Le mieux, bien sûr, c'est d'être étudiant, mais Tamara s'est juré de ne jamais faire d'études. Elle est contente d'en avoir fini avec le lycée, elle n'a pas besoin de répéter l'expérience sous le couvert de l'université. D'ailleurs, elle n'attend pas grand-chose de la vie. Elle veut juste gagner un peu plus d'argent, voyager un peu plus, et surtout elle veut que ça aille un peu mieux.

« Est-ce que tu es allée voir chez eux ? demande Astrid.

— Chez qui ?

— Dis donc, est-ce que tu m'écoutes ? Librairie ? Grande ? Dussmann ? Ils ont sûrement quelque chose, crois-moi. »

Tamara acquiesce en dépit d'elle-même, puis elle s'approche de la table de la cuisine et sort les sachets de sucre de la poche de sa veste.

« Regarde ce que j'ai apporté. »

Astrid sourit.

« Qui est-ce qui t'a agacée, cette fois-ci ?

— Une représentante de la classe ouvrière », répond Tamara.

Elle embrasse de nouveau sa sœur et disparaît dans sa chambre.

Elle a beau n'habiter chez Astrid que depuis le printemps, cela lui semble une éternité. Pourtant, c'est Tamara qui a fait ce choix, mais il arrive qu'on dise *oui* au lieu de *non* et ensuite on s'étonne de la tournure que prennent les choses.

Si tu pouvais examiner la chambre de Tamara, tu remarquerais que son occupante est de passage. Deux valises ouvertes d'où s'échappent des vêtements, deux rangées de livres sur les murs, pas de tableaux, pas d'affiches, pas même les babioles d'usage sur le rebord de la fenêtre. Tamara n'attend qu'une chose : *être arrivée*. Elle ne rêve pas de devenir propriétaire d'un appartement avec parquet, ni d'avoir un mari qui la comble de trois enfants. Ses rêves sont pauvres et sans force, parce qu'elle ne sait pas ce qu'elle veut de la vie. Elle ne ressent aucune vocation, aucune mission ne l'attire. Il y a juste le désir d'avoir une place, mais sans être obligée de jouer réellement le jeu. Tamara aime trop le système pour être marginale et est trop marginale pour être vraiment dans le système.

Après avoir refermé la porte de sa chambre, Tamara tend l'oreille dans le silence trompeur. À travers le mur, on entend d'abord un léger halètement, puis un gémissement bruyant.

Il faut que je m'en aille d'ici, pense Tamara, résistant à l'impulsion de tambouriner contre le mur. Werner est une fois de plus aux toilettes. Werner est l'actuel petit ami d'Astrid, il passe cinq jours par semaine chez elle alors que son appartement à lui est deux fois plus grand. Le week-end, Astrid ne le voit pas car Werner fait la tournée des bars avec ses potes et se saoule au point qu'il préfère lui épargner cela. Werner est professeur d'éducation physique dans un établissement secondaire et souffre d'hémorroïdes depuis son enfance. Chaque jour, il passe une heure aux toilettes à gémir. Tamara entend tout. Sauf les samedis et dimanches, bien sûr.

Elle grimpe sur son lit en mezzanine, attrape les écouteurs et le roman historique qui gît ouvert à côté de l'oreiller. Sept pages plus tard, le plafonnier se met à s'allumer et s'éteindre, s'allumer et s'éteindre. Tamara ôte ses écouteurs et regarde en bas. Astrid se tient dans l'embrasure de la porte et agite le téléphone.

« Qui c'est ?

— À ton avis ? » réplique Astrid en lui lançant l'appareil.

Le cœur de Tamara s'accélère. Il y a des jours où elle espère qu'à l'autre bout du fil lui répondra une voix raffinée, presque tendre. Elle sait que cet espoir est stupide, pourtant elle colle son oreille au combiné avec excitation. Elle entend respirer, elle connaît cette respiration et elle est déçue, mais elle s'efforce de n'en rien laisser paraître.

« Au secours, dit sa meilleure amie. Je suis au bout du rouleau. »

Tamara Berger et Frauke Lewin se connaissent depuis l'école primaire. Elles sont allées au même lycée, ont rêvé des mêmes garçons et détesté les mêmes professeurs. Elles ont passé presque toutes leurs soirées avec la bande au bord du lac, du Lietzensee. Du premier baiser au premier joint, elles y ont tout connu – chagrins d'amour, crises de larmes, discussions politiques, querelles et ennui abyssal. En hiver, tu les voyais assises sur les bancs près du monument aux morts. À l'époque, le froid ne les dérangeait pas. Elles buvaient du vin chaud dans des thermos et fumaient hâtivement, comme si cela pouvait les réchauffer. Tamara ne sait pas à quel moment le froid les a rattrapées. Désormais, il arrive beaucoup plus vite, elles se plaignent davantage et, quand on leur demande pourquoi, elles répondent que le monde entier se refroidit, non ? Elles pourraient aussi répondre qu'elles ont vieilli, mais ce serait trop sincère, cela ne se dit qu'à quarante ans, quand on peut regarder derrière soi. À la fin de la vingtaine, on traverse son propre désastre climatique en rêvant de temps meilleurs.

Frauke attend Tamara au monument aux morts, monolithe solitaire dressé dans le parc. Adossée à la pierre grise, elle a croisé les jambes. Elle est vêtue de noir, mais cela n'a aucun rapport avec cette journée particulière. Durant son adolescence, Frauke a connu une phase gothique. Le noir en est un vestige. Lors de journées comme celles-ci, elle évoque ces femmes innocentes des films d'horreur qu'on veut protéger du mal et qui, en plein milieu de l'intrigue, se métamorphosent et découvrent leurs crocs. Regarde-la bien. Tu ne peux pas encore le savoir mais, un jour, cette femme sera ton ennemie. Elle te haïra et essaiera de te tuer.

« Tu n'as pas froid ? » s'enquiert Tamara.

Frauke lui lance un tel regard qu'on la croirait assise sur un iceberg.

« L'été est fini, et j'ai un glaçon à la place du cul. Tu peux m'expliquer ce que je fais ici ?

— Tu es au bout du rouleau, lui rappelle Tamara.

— Je t'adore. »

Frauke se laisse glisser à terre, Tamara s'assied, Frauke lui tend une cigarette, Tamara prend la cigarette alors qu'elle ne fume pas. Tamara ne fume que lorsque Frauke lui offre une cigarette. Pour ne pas décevoir son amie, elle lui tient compagnie. Parfois, Tamara se demande s'il existe une désignation pour les femmes de son genre. « Fumeuse passive » n'est pas la formule appropriée.

« Et d'abord, comment est-ce que tu as réussi à te sortir du lit, ce matin ? » veut savoir Frauke.

Elles ont passé la nuit précédente à danser en boîte et elles étaient tellement ivres qu'elles ne se sont même pas dit au revoir.

Tamara parle de l'agence pour l'emploi fermée et du café bu à la boulangerie. Puis elle tire sur sa cigarette et tousse.

Frauke lui ôte la cigarette et l'écrase du pied.

« On t'a déjà dit que tu fumais comme une gamine ? Les gens comme toi ne devraient pas fumer.

— Eh non ! »

Elles observent les rares promeneurs qui se risquent dans le parc en dépit du temps. Le Lietzensee resplendit comme si sa surface était de glace. Une femme enceinte avec une poussette s'arrête au bord du lac et pose avec satisfaction ses deux mains sur son ventre. Tamara détourne vite les yeux.

« On a quel âge ? demande Frauke.

— Tu sais très bien quel âge on a.

— Ça ne t'angoisse pas ? »

Tamara ne sait que répondre. En ce moment, elle a bien d'autres motifs d'angoisse. La semaine précédente, elle s'est séparée d'un musicien qui l'avait abordée dans le métro. Il considérait que Tamara devait s'extasier toute la journée sur son talent et se tenir à carreau le soir, quand ses amis venaient pour une session d'impro. Tamara n'aime pas être seule. Pour elle, la solitude est une punition.

« Ça ne t'angoisse pas d'être encore là, devant ce monument, dix ans après le bac, et que rien n'ait changé ? On connaît tous les coins et recoins de cet endroit. On sait où les clochards cachent leurs sacs de bouteilles consignées, et même où les chiens aiment pisser. Je me fais l'impression d'être une vieille savate.

Imagine, si on allait à une réunion d'anciens élèves, ils se foutraient vraiment de nos gueules ! »

Tamara se souvient de la dernière réunion, un an plus tôt, personne n'allait vraiment bien. Il y avait douze chômeurs, quatre agents d'assurances qui essayaient de se maintenir à flot, et trois qui avaient monté leur affaire et frôlaient la faillite. Il n'y avait qu'une femme qui allait très bien, une pharmacienne, qui crânait terriblement. Vive le bac !

Mais Tamara ne croit pas que là soit le vrai problème de Frauke.

« Qu'est-ce qui s'est passé ? » demande-t-elle.

Frauke se débarrasse de sa cigarette d'une chiquenaude. Un homme s'arrête brusquement et regarde le mégot à ses pieds. Il le touche de sa chaussure comme si c'était un animal abattu, puis il tourne les yeux vers les deux femmes assises sur le banc.

« Dégage ! » lui crie Frauke.

L'homme secoue la tête et poursuit son chemin. Frauke prend de grands airs et sourit. En pareille occasion, Tamara constate que Frauke est restée une enfant de la rue. Pendant que Tamara se battait pour avoir le droit de sortir ne serait-ce qu'une heure, Frauke écumait les bars, et sans se laisser marcher sur les pieds. Les filles la considéraient comme une meneuse et la révéraient, tandis que les garçons craignaient sa langue acérée. Frauke avait toujours eu de la fierté et de la dignité. Désormais, elle travaille en free-lance dans la conception graphique, mais n'accepte que les contrats qui l'intéressent, ce qui explique qu'elle soit souvent à court d'argent en début de mois.

« Il me faut un contrat, explique-t-elle, peu importe lequel, tu comprends ? C'est superurgent. Mon père s'est encore trouvé une nouvelle copine, et la nouvelle copine estime que je devrais devenir autonome. Non mais j'ai plus quatorze ans ! Il m'a supprimé mon chèque. Comme ça. Tu te rends compte, les pouffes que mon père fréquente ? Qu'elles viennent me parler, elles vont m'entendre. »

Tamara n'a aucun mal à imaginer la scène. Elle ne sait pas s'il existe un nom latin pour désigner l'œdipe dont souffre Frauke. Quelle que soit la femme qui sort avec le père, elle a affaire à une furie en la personne de la fille. Tamara peut en témoigner, et ce n'est pas un joli souvenir. Elle pense que le problème, c'est le père, pas les amies, mais elle garde cette pensée pour elle.

« Et maintenant ? demande Frauke, soudain vidée. Qu'est-ce que je fais maintenant ?

— On pourrait dévaliser quelqu'un, suggère Tamara en désignant du menton l'homme qui s'est arrêté à cause du mégot.

— Trop pauvre.

— On pourrait ouvrir une librairie.

— Tamara, pour ça, il faut un capital de départ. *Monetos, capice ?*

— Je sais. »

C'est toujours le même scénario. Tamara rêve, Frauke la réveille.

« Et ne me parle pas de l'agence pour l'emploi », reprend Frauke en tapotant son paquet pour en extraire une cigarette.

Elle en offre une à Tamara, Tamara secoue la tête, Frauke met le paquet dans sa poche et allume la cigarette.

« J'ai ma dignité, déclare-t-elle après la première bouffée. Je préférerais mendier dans la rue. »

Tamara souhaiterait que le caractère de Frauke déteigne un peu sur elle. Elle aimerait bien être plus exigeante. À l'égard des hommes, du travail, de ses propres décisions. Et elle aimerait bien être fière, mais c'est difficile quand on n'a rien dont on puisse être fier.

J'ai Frauke, pense Tamara et elle dit : « Tu vas t'en sortir. »

Frauke soupire et regarde le ciel. Son cou alors s'allonge, il a la blancheur d'un cygne.

« Regarde en bas », l'implore Tamara.

Frauke baisse la tête.

« Pourquoi ?

— Ça me donne le vertige quand les gens regardent le ciel.

— Quoi ?

— Vrai de vrai. J'en ai la nausée. Je crois que c'est une maladie nerveuse.

— Tu es un sacré numéro, toi alors », dit Frauke en souriant.

Et elle a tout à fait raison, Tamara est un sacré numéro.

Un quart d'heure plus tard, elles se partagent une portion de frites à l'arrêt de bus Tribunal-d'instance en attendant qu'arrive le 148 en direction du zoo. Frauke se sent mieux. Elle convient qu'il lui arrive de voir tout en noir. Lorsque Tamara lui suggère de prendre moins de médicaments – un bon conseil –, Frauke reste impassible et réplique :

« C'est à ma mère que tu devrais dire ça. »

Elles descendent du bus dans Wilmersdorfer Strasse et entrent au supermarché Asia, en face de Woolworth. Frauke a envie de nouilles et de légumes au wok.

45

« À toi aussi, ça te fera du bien de manger sain pour une fois », déclare-t-elle.

Tamara n'aime pas l'odeur de ces supermarchés. Elle lui évoque les porches d'immeubles aux recoins imprégnés de pisse, et aussi un voyage InterRail lors duquel elle avait eu ses règles et n'avait pu faire sa toilette intime pendant deux jours. Mais ce qui la gêne le plus, c'est que, au bout d'une minute, elle s'habitue à cette odeur de poisson séché, tout en sachant que celle-ci est toujours dans l'air.

Pour Frauke, ce n'est pas un problème. Dans son panier, elle met du chou chinois, des aubergines naines et une tige d'ail. Elle pèse une poignée de germes de soja et cherche les nouilles qui conviennent. Brusquement, elle retourne en courant au rayon des légumes pour prendre du gingembre et de la coriandre. La coriandre ne lui plaît pas. Frauke parlemente avec une vendeuse et demande une botte fraîche. La vendeuse secoue la tête. Frauke brandit la coriandre et dit : *morte*, puis elle pose un doigt sur sa poitrine et dit : *vivante*. La vendeuse soutient son regard une minute durant avant de disparaître dans la réserve et d'en revenir avec une autre botte. Tamara trouve que la nouvelle botte a exactement le même aspect que la première, mais elle s'abstient de tout commentaire car Frauke est satisfaite. Elle remercie la vendeuse avec une esquisse de courbette et se rend avec Tamara à la caisse. Le Vietnamien qui s'y trouve a la gentillesse d'un oncle qui voudrait vous coller la main aux fesses. Frauke lui intime de remballer son sourire. La bouche de l'homme se transforme en une ligne. Frauke et Tamara ne s'attardent pas.

« Plan B », annonce Frauke en tirant Tamara jusqu'à une cabine téléphonique.

Avec Frauke, « Plan B » peut vouloir tout dire, mais, dans nombre de cas, cela signifie seulement qu'il n'existe pas de plan A.

Pendant que Frauke téléphone, Tamara observe les gens devant le grand magasin Tchibo. Bien que le temps soit couvert, ils se pressent aux tables sous les parasols, leurs achats coincés entre les jambes. Des grands-mères avec une cigarette dans une main, une tasse de café dans l'autre ; des grands-pères qui gardent la table sans un mot et donnent l'impression d'avoir été arrachés à leur appartement. Parmi eux, deux ouvriers du bâtiment, qui mangent courbés sur leur table comme s'ils n'avaient pas le droit de répandre des miettes sur le trottoir. Il y a une formule « café au lait gâteau » en promotion. Tamara s'imagine là avec Frauke dans trente ans. Tout juste sortie de chez le coiffeur, en chaussures orthopédiques beiges, avec des sacs-plastique bourrés de choses et d'autres, le rouge à lèvres qui attache aux coins de la bouche.

« Ça fait des mois, dit Frauke dans le combiné. Je ne sais même plus à quoi tu ressembles. Et puis ma cuisine est trop petite, tu comprends ? »

Frauke tourne les yeux vers Tamara et brandit le pouce.

« Quoi ? Comment ça, quand ? poursuit-elle dans le combiné. Maintenant, bien sûr. »

Tamara presse à son tour son oreille contre l'écouteur et entend Kris expliquer qu'il trouverait sympa d'avoir de leurs nouvelles mais que, là, il n'a pas le temps, il a la tête dans le four, qu'elles rappellent plus tard.

« Plus tard, ça n'ira pas, rétorque Frauke sans s'émouvoir. Ça ne te dit vraiment rien, des légumes au wok ? »

Kris déclare que, pour l'heure, il est totalement incapable de s'intéresser à des légumes au wok. Il promet de se manifester très bientôt. « Après l'autopsie », conclut-il et il raccroche.

« Qu'est-ce qu'il veut dire avec son autopsie ? s'enquiert Tamara.

— Enfin, Tamara… » dit Frauke, et elle la pousse hors de la cabine.

Chaque fois que Tamara pense à Kris, sa mémoire la ramène irrésistiblement à un poisson qu'elle a vu à l'aquarium. C'était à l'occasion de son vingtième anniversaire. Frauke s'était procurée de l'herbe auprès de son copain d'alors, l'idée étant d'aller, bien défoncés, observer les poissons à l'aquarium.

« Il n'y a rien de mieux, avait-elle affirmé. Tout à coup, on comprend ces bestioles. »

Ils flânèrent d'une salle à l'autre en gloussant, furent pris d'une fringale de barres chocolatées et se ravitaillèrent en Mars à un kiosque avant d'entrer dans la salle où se trouvait le grand bassin. Une poignée de touristes s'était attroupée, les deux bancs étaient occupés par des écoliers qui bâillaient. Tamara avait la bouche pleine de chocolat lorsqu'elle s'avança et vit le poisson.

Il ne nageait pas. Il flottait dans l'eau parmi tous les autres poissons et fixait les visiteurs, qui le fixaient en retour, tout excités. Certains grimaçaient ou toquaient contre le verre, faisant tressaillir et filer les poissons. Mais ce poisson-là restait impavide. Il regardait à travers les visiteurs comme s'il n'y avait personne. Tamara avait pensé : celui-là, il est invulnérable. Exactement comme Kris. Il est invulnérable.

Autrefois, ils avaient tous appartenu à la même bande. Kris, Tamara et Frauke. Il y avait aussi Gero et Ina, il y avait Thorsten, Lena et Mike, et ainsi de suite. Ils avaient traversé les années quatre-vingt-dix comme une armada de navigateurs imbibés d'hormones, qui n'avaient qu'un but en tête – atteindre un jour la rive sacrée du diplôme de fin d'études et ne plus jamais être obligés de reprendre la mer. Après le lycée, ils s'étaient perdus de vue. Des années plus tard, ils s'étaient retrouvés par hasard et s'étaient étonnés que le temps leur eût ainsi filé entre les doigts. Ils n'étaient plus des navigateurs, ils n'étaient pas non plus des naufragés, mais rappelaient ces gens qui longent la plage et ramassent les objets échoués.

« Quoi ? demande Frauke, et elle se tourne vers Tamara, toujours debout à côté de la cabine téléphonique. Qu'est-ce que tu attends ?

— Tu es sûre qu'il veut nous voir ?

— Quelle question ! Bien sûr qu'il veut nous voir. »

La dernière fois que Tamara avait parlé avec Kris, c'était à la Saint-Sylvestre. Kris l'avait accusée d'être une irresponsable, inapte à vivre. Tamara est effectivement irresponsable, parfois aussi inapte à vivre, mais ce n'était pas une raison pour le lui balancer en pleine figure. Elle n'a pas follement envie de se farcir à nouveau la même tirade.

« Aujourd'hui, c'est son dernier jour à la rédaction, explique Frauke, Wolf me l'a annoncé par mail. Il *faut* que Kris voie quelqu'un, sinon il va péter un câble.

— C'est Wolf qui a dit ça ?

— C'est moi qui le dis. »

Tamara secoue la tête.

« Si Kris a envie de voir quelqu'un, ce n'est sûrement pas moi.

— Tu sais bien que ce n'est pas comme ça qu'il voit les choses.

— Et comment il les voit alors ?

— Il… il s'inquiète. Pour toi. Et pour la petite, bien sûr. »

C'est à dessein que Frauke évite de prononcer son nom.

La petite. Kris, en revanche, le fait à chaque fois malgré les efforts de Tamara pour l'en dissuader. Et c'est douloureux. On ne parle pas de Jenni. Jenni est une blessure qui saigne encore.

Tamara essaie de voir Jenni deux fois par semaine. Elle n'a pas le droit de lui parler. Elle n'a pas le droit de se montrer. La nuit, quand elle se sent particulièrement seule, Tamara flâne dans le Sud de Berlin jusqu'à ce qu'elle arrive devant la maison où habite Jenni. Bien cachée, elle regarde s'il y a de la lumière dans sa chambre. Tamara ne téléphone jamais. Tamara n'existe pas pour sa fille. Tel est l'accord passé avec David.

Au cours des deux dernières années, le père de Jenni a fait son chemin, désormais il possède une librairie à Dahlem. Tamara l'avait rencontré à l'institut de formation des libraires, à Leipzig, et, pour la première fois de sa vie, elle avait eu une relation solide avec un homme qui avait des objectifs. Au bout d'un an, Tamara était tombée enceinte. Malgré la pilule. Frauke avait déclaré que c'était une question d'hormones.

« Quand les hormones se détraquent, tu peux jeter ta pilule à la poubelle. »

Tamara n'était pas mûre pour avoir un enfant. Ses hormones avaient beau affirmer le contraire, elle ne se voyait pas mère à vingt-cinq ans et voulait avorter. En entendant cela, David s'effondra. Il parla de grand amour, d'avenir commun, et comme ce serait merveilleux. Il exhorta Tamara à lui faire confiance.

« Je t'en prie, aie confiance en nous. »

Suivirent d'interminables discussions, et Tamara finit par céder, bien qu'elle n'aimât pas David. Être amoureux, ce n'est pas comme aimer quelqu'un. Tamara est capable de tomber amoureuse chaque semaine, mais elle ne veut aimer qu'une seule fois. Or David n'était pas l'homme qui pouvait enflammer son cœur. Il se montrait bon avec elle, mettait le monde à ses pieds, cependant cela ne suffisait pas à créer de l'amour. Tamara était restée avec lui parce qu'il avait des objectifs et qu'il suivait un cap.

Jenni vint au monde, et ce fut un fiasco. Tamara apprit trop tard qu'on ne doit jamais se servir d'un enfant pour faire une expérience. Ce n'est pas comme de se décider pour un papier peint, de descendre au mauvais arrêt ou d'engager une relation. Un papier peint, cela s'arrache, il y a toujours un autre train, quant à la relation, on peut y mettre fin – mais avec un enfant, c'est impossible. Il est là, et il entend rester là.

Facteur aggravant, David jouait au père idéal, il ne s'énervait jamais, il était toujours disponible alors que Tamara grimpait aux rideaux.

Elle tint bon pendant sept mois. Au bout de sept mois, elle déclara forfait.

Elle sait que c'était mal de partir, mais elle n'avait pas eu le choix. Elle avait trop peu d'affection pour la petite Jenni et craignait de devenir une de ces bonnes femmes insensibles qui élèvent leur enfant en le condamnant à passer ensuite sa vie en analyse pour n'avoir pas été aimé par sa mère. Alors elle prit la fuite. Non qu'elle ne ressentît rien du tout. C'était une lente et progressive mise à distance d'elle-même. Elle avait l'impression de rétrécir chaque jour davantage, tandis que Jenni prenait une place croissante. Pour ne pas se perdre elle-même, Tamara était partie, abandonnant père et fille.

David avait été déçu, David avait été furieux, mais il prétendit comprendre Tamara et accepta sa décision. Il assuma la garde de l'enfant à la condition que Tamara lui laissât la possibilité d'un nouveau départ. Il ne voulait pas de demi-mesure. Soit Tamara était à lui, soit elle disparaissait de sa vie.

Et c'est ainsi que Tamara devint un fantôme.

La même année, David épousa une autre femme, ils fondèrent une famille et Jenni eut une nouvelle mère. Pendant un an, cette situation convint à Tamara. Une deuxième année commença, et alors tout se passa comme on le lui avait prédit. On, c'est-à-dire les amies, la famille. Elle fut envahie par une nostalgie torturante à l'égard de Jenni. Elle commença à douter du bien-fondé de sa décision, elle commença à se consumer de nostalgie.

David ne voulut rien savoir de ce changement. Il déclara que la porte était désormais fermée et qu'elle le resterait.

Voilà pourquoi Tamara a mal en entendant parler de Jenni. Voilà pourquoi elle évite Kris, car Kris est d'avis que Tamara devrait faire quelque chose contre cette nostalgie. Il trouve que la place de Jenni est au côté de sa mère. Quoi qu'en dise David.

« Quel que soit votre arrangement, avait-il déclaré à la Saint-Sylvestre, il n'a aucune valeur. Tu es et restes la mère de Jenni. Ça m'agace que tu te balades sans arrêt avec cet air souffrant. Bon sang, reprends-toi ! On commet tous des erreurs. Tu dois être auprès de ta fille. Il n'y a pas de mais qui tienne. »

On commet tous des erreurs.

Tamara l'a compris. Elle reçoit de tous côtés plus de conseils qu'elle ne peut en absorber. Pourtant, elle n'ose pas se manifester auprès de sa fille. Car que se passe-rait-il si ce sentiment d'éloignement revenait ? Comment savoir si Tamara ne reprendra pas la fuite après deux jours en compagnie de sa fille ? Il n'y a aucune garantie. Tamara donnerait n'importe quoi pour avoir quelques garanties.

Nous y sommes presque. Maintenant, tu les connais quasiment tous. Kris, Frauke et Tamara. Il manque le quatrième larron. Son nom est Wolf. C'est le seul que tu ne rencontreras qu'un bref instant, ce qui est dommage car il te ressemble, vous vous seriez bien entendus. Tous deux, vous vivez dans la culpabilité. La grande diffé-rence, c'est que Wolf se sent coupable à tort, tandis que, toi, tu es parfaitement conscient de ta responsabilité, ce qui fait que tu deviens lentement cinglé.

En ce moment, Wolf est à moins de dix mètres de Frauke et de Tamara. Il a une pile de livres dans les bras et – jamais il ne l'admettrait – il serait ravi d'avoir un peu de compagnie.

Ne le faisons pas attendre.

Wolf

Pendant un temps, Wolf fut livreur. Départ tôt le matin, direction les halles, puis livraison dans le quartier des marchands de fruits et légumes et des supérettes. Suivit une phase où il travailla comme représentant pour différents labels de disques, distribuant des CD en promotion dans les magasins. Mais ce n'était pas ce qui lui convenait. En revanche, brader des livres devant l'université, voilà qui lui plaît. Il y a des étudiantes sympas, qui marchandent volontiers et acceptent de prendre un café. En plus, Wolf est dehors et, quand les affaires sont calmes, il peut lire. Les livres, il se les procure essentiellement chez Hugendubel ou Wohltat. Aujourd'hui, c'est au supermarché Woolworth qu'il s'approvisionne.

Wolf est une de ces figures d'écrivains qui ne se risquent à écrire qu'avec prudence. Il prétend qu'il amasse de l'expérience, mais, en réalité, cela lui permet de cacher qu'il ne sait pas très bien quoi raconter. Son premier grand roman attend encore. Nouvelles et poèmes sont les ponts qu'il emprunte pour se rapprocher de ce rêve.

Depuis son lever, Wolf a en tête un dialogue formidable. Quand il aura acheté cette pile de livres, il ira s'installer dans un café pour mettre les mots en forme. Il ignore que sa trajectoire est déjà décidée.

Alors qu'il se dirige vers la caisse, il aperçoit Frauke.

Son premier réflexe est de se baisser. Il n'a rien contre Frauke, il éprouve même beaucoup d'affection pour elle, ils s'écrivent des mails, ils se téléphonent, mais c'est un fait : entre eux se dresse la montagne du passé, et c'est pour cette raison que Wolf n'a pas toujours envie de voir Frauke. Le passé ressemble parfois à une pierre à meuler qu'on vous suspend au cou au moment le plus inopportun.

Un moment comme celui-là, par exemple.

Les hommes n'oublient pas facilement leurs défaites, ils se les repassent sans arrêt, tel un mauvais film, et savourent l'amertume de la perte à l'instar d'un bien précieux. Quand Wolf se remémore l'époque où il était avec Frauke, ce n'est pas vraiment à Frauke qu'il pense, mais à la femme qui a effacé le souvenir de Frauke. C'est à cet endroit-là qu'un grain de sable s'introduit dans les rouages, et que la machinerie de ses pensées s'enraie.

Son nom était Erin. Durant deux semaines, Wolf et elle passèrent chaque heure, chaque minute, collés l'un à l'autre. *Ça doit être ça l'amour*, se disait alors Wolf, car tout paraissait d'une extrême netteté, d'une extrême précision. Les sens étaient surexcités, l'estomac continuellement affamé. Quand Wolf allait aux toilettes, il laissait la porte ouverte pour continuer à écouter Erin. Car il fallait écouter : cette femme savait parler. C'était incroyable. Wolf aimait tout ce qu'elle disait. Bien sûr, il lui échappait aussi une foule de sottises, mais Wolf n'en était nullement gêné. Son cerveau transformait ces sottises en une philosophie incisive. Wolf appartenait corps et âme à Erin.

C'était Erin qui avait choisi Wolf. Cela se passa dans le bus de nuit. Wolf rentrait chez lui après un concert. Erin s'assit à côté de lui, dit *Hi*, puis son prénom. *Erin*. Cela sonnait comme une question. Wolf, dit Wolf en faisant sonner son prénom comme une réponse. Erin lui prit la main, le bus stoppa, ils descendirent et, à quelques mètres de l'arrêt, sur un terrain de jeux désert, ils firent l'amour pour la première fois. Ce fut rapide. Silencieux. Wolf jouit instantanément.

« Enfin, dit Erin.

— Enfin », dit Wolf.

Et il sut qu'elle allait disparaître et qu'il la perdrait pour toujours. Il se vit en train de se trimballer le restant de sa vie avec un cœur brisé. Wolf l'avait pressenti d'emblée.

Ils ne se quittèrent pas une seconde. Le temps n'existait plus que pour eux. Wolf perdit cinq kilos, il n'arrivait plus à suivre le rythme en ce qui concernait les repas. Sa nouvelle vie était faite de vodka, de télévision, de dope, de Pizza-Express, de sexe, de cigarettes, de vaseline, de musique, de sucreries, de bains, de discours sans fin, de levers de soleil, de couchers de soleil, de rires, d'un sommeil inégalé et bien sûr à cent pour cent d'Erin.

Le quatorzième jour, le portable d'Erin sonna. Jusqu'alors, Wolf n'avait même pas su qu'elle en avait un. Il était trois heures du matin, et Wolf dit : « Tu n'es pas obligée de répondre. »

Erin prit l'appel, écouta un bref instant, puis rac-crocha. Wolf voulait savoir qui l'appelait à pareille heure, mais, avant qu'il puisse l'interroger, Erin se tourna sur le ventre et souleva son postérieur : « Baise-moi encore. »

Wolf ne se donna pas la peine de lui ôter son slip. Il l'écarta pour dégager son sexe. Il ne comprenait pas comment cette femme pouvait sans arrêt, oui sans arrêt, mouiller et l'accueillir.

Cela devait être la dernière fois.

Ensuite, Erin se doucha, tandis que Wolf, assis en tailleur sur le couvercle des toilettes, se roulait un joint en l'écoutant.

« Personnellement, je suis d'accord pour que ça ne s'arrête jamais, glissa-t-il lors d'une pause.

— Qu'est-ce que tu veux dire ? »

Erin ouvrit le rideau. L'eau éclaboussa Wolf et se répandit lentement sur le sol. Wolf rit sans répondre. Erin n'avait pas besoin de tout savoir. Elle coupa l'eau et attrapa une serviette. Elle déclara qu'elle avait faim. Elle prononçait le mot « faim » si souvent qu'il en per-dait sa signification. Puis elle s'habilla, prit Wolf par la main, et ils s'en allèrent petit-déjeuner.

Berlin est la seule ville d'Allemagne où on se sente vivant même la nuit. C'était il y a deux ans, en été. De l'Ouest ils se rendirent en vélo à l'Est et s'installèrent dans un café sur le Hackescher Markt. À présent, chaque fois que Wolf traverse la place, il se sent mal à l'aise, comme si les touristes l'observaient, comme si tout le monde savait que cet endroit était le lieu de son échec.

Ce matin-là, la place était quasi déserte. Seule une balayeuse municipale faisait sa ronde, recueillant les ordures de la nuit précédente. Wolf ne savait pas quel jour on était. Un voile romantique flottait devant ses yeux. Avec Erin, tout était parfait – le goût, l'humour, chaque contact physique trouvait son écho, il n'y avait pas de mots erronés, les gestes étaient presque synchrones. Wolf savait qu'il avait rencontré la bonne personne. *Elle est à moi, à moi tout seul !* aurait-il voulu chanter tout haut.

À l'apparition des premiers passants qui se hâtaient d'aller travailler, Erin se blottit contre lui et dit :

« Toi et moi, et toi et moi.

— Toi et moi, approuva Wolf.

— Non, le contredit Erin. Toi *et* moi, toi *et* moi. »

Elle rit, se leva et déclara qu'elle allait faire un tour au petit coin. Wolf ne la suivit pas. Il resta assis, jouant avec un dessous-de-verre, et laissa passer cinq minutes. Il aurait dû la suivre immédiatement. *Si j'avais... Si j'étais...* La culpabilité s'installait. Erin ne revint pas.

Il y a des jours où Wolf l'aperçoit dans la rue, attendant à un kiosque ou à un feu. Parfois, elle s'assied à côté de lui dans le métro, et il n'ose pas la regarder. Un matin, il l'a vue sur un banc du parc en allant chez Woolworth. Elle avait les jambes croisées et pressait un portable contre son oreille. Bien sûr, elle ne lui prêta aucune attention, il ne s'arrêta pas non plus pour lui parler, il avait accepté depuis longtemps qu'Erin se posât où et quand cela lui plaisait. *Elle se cache dans le détail, elle n'est jamais la somme du tout.* Depuis que Wolf a accepté cela, il n'adresse plus la parole aux inconnues.

Wolf est resté Wolf. Il est un peu cassé, il s'est un peu perdu, mais il est resté Wolf – un homme qui croit que l'amour de sa vie est sans cesse auprès de lui. Il le découvre dans le moindre détail. Comme si son fantôme était inquiet, comme si son fantôme voulait être perçu.

Wolf la découvrit dans une des cabines, aux toilettes. Sa tête avait basculé en arrière, ses yeux à demi ouverts fixaient le plafond comme s'il y avait quelque chose à voir. Il ignore combien de temps il est resté accroupi devant son corps inerte à la contempler. À un moment, il se pencha, lui ferma les yeux et lui retira l'aiguille du bras d'un geste prudent avant de demander à l'une des serveuses d'appeler une ambulance. Quand il revint dans la cabine, l'œil gauche d'Erin s'était rouvert. *Réflexe post mortem*, pensa Wolf, tout en cédant à l'espoir, mais il n'y avait pas de respiration, il n'y avait pas de pouls. Il retourna à sa table, s'assit et attendit la police. Il ne voulait pas savoir ce qu'ils avaient à dire. Il ne voulait rien savoir du tout. Mais il ne pouvait pas s'en aller. Il était tout bonnement incapable d'abandonner Erin dans les toilettes de ce café. Seule.

Voilà pourquoi il y a des jours où il va même jusqu'à éviter ses amis. Ces jours-là, il refuse d'exister ou de se rappeler qu'il existe. Il sait que c'est absurde. Mais essayer de s'éviter soi-même est déjà un acte absurde. Wolf ne souhaite qu'une chose : pouvoir fonctionner, avec la culpabilité à côté de lui et la mélancolie dans sa tête. La grande question, c'est de savoir combien de temps on peut agir ainsi sans se considérer comme un parfait imbécile.

« Tiens, lance Wolf à travers le supermarché, voilà Frauke ! »

Frauke se retourne, surprise. Wolf sent son cœur se contracter.

Cette joie.

« Tiens, lance Frauke en retour, voilà Wolf ! »

Pendant sa scolarité, Wolf était deux classes en dessous de celle de son frère. Le petit Wolf, qui était si différent du grand Kris – plus drôle, plus bruyant, plus présent. Les copains de Kris en firent leur mascotte. Ils l'emmenaient aux boums, le regardaient danser le pogo, draguer les filles et vomir dans les buissons, derrière la maison. Quand ils quittèrent l'école, ils l'abandonnèrent comme un chien qui n'a pas encore l'âge de rejoindre la meute. Les deux années qui le séparaient du baccalauréat furent pour Wolf une torture. Il ne s'intéressait pas aux camarades de son âge, n'écoutait pas la même musique, ne parlait pas la même langue. Pendant un temps, il fut amer. Il volait de l'argent à son père et passait ses soirées à boire, provoquait des bagarres, brisa le cœur d'une fille qui ressemblait beaucoup à Frauke. À cette époque, la mélancolie l'envahit, telle une infection insidieuse.

Il obtint laborieusement son bac et voyagea. Il fit la Scandinavie, passa un mois dans une cabane délabrée tout au nord de la Norvège et ne vit pas un chat pendant six semaines. Puis il embarqua sur un cargo à destination du Canada, où il vécut de petits boulots, abattit des arbres et déneigea les entrées des maisons. Pendant l'été, il dormait dans la forêt, à l'écart de la civilisation. Tout ce qu'il possédait se trouvait dans son sac à dos.

Au bout de six ans, Wolf rentra à Berlin en ayant pris la décision de devenir écrivain. Personne ne vint le chercher à l'aéroport, le jour de son arrivée, parce que personne n'était informé de son retour. Il en fut ainsi pendant six mois, jusqu'au jour où Wolf rencontra par hasard son frère dans la rue.

« Et moi qui m'étonnais que tu ne répondes pas au téléphone à Toronto », dit Kris en guise de salut.

Ils se regardèrent, restèrent à distance, il manquait quelque chose, quelque chose avait rendu les deux frères étrangers l'un à l'autre. Wolf n'était plus le petit Wolf, Kris avait en face de lui un homme qu'il ne connaissait pas. C'est toujours difficile quand l'environnement ne change pas au même rythme que soi. Wolf était devenu plus costaud, il avait les cheveux aux épaules, il était sur la défensive. Et Kris était Kris.

« Qu'est-ce que tu fais ici ?

— Je vis. »

C'est tout ce que Wolf fut capable de sortir. Il aurait bien aimé enchaîner avec une maxime, il aurait bien aimé évacuer ce moment d'un rire, mais il était paralysé.

« Bon, eh bien, continue à vivre », répliqua Kris, et il le planta là.

Kris était capable de ce genre de chose. Kris pouvait tirer un trait et poursuivre son chemin comme si de rien n'était. Pour Wolf, c'était très difficile.

Les deux frères restèrent des étrangers, et il est probable que la situation aurait perduré si la mort d'Erin, la même année, n'avait fait basculer l'univers de Wolf.

Wolf étreint Frauke. Un parfum de vétiver lui monte aux narines. Terrien, âpre, chaud. Il sent le souffle de

Frauke dans son cou et se demande comment il a pu envisager ne serait-ce qu'une seconde de fuir.

« Qu'est-ce que tu fais là ?

— Regarde sur ta gauche », répond Frauke.

Deux rayons plus loin, Tamara est en train de fouiller dans un tas de chaussettes. Frauke enfonce son pouce et son index dans sa bouche et siffle une fois. Tamara lève les yeux, Wolf lui adresse un signe de main et Frauke dit : « Tu parles d'un hasard. »

Wolf a un tressaillement imperceptible. Pour lui, les hasards ont été inventés par des gens qui ne savaient pas comment se débrouiller dans la vie. Dès qu'il y a un problème, ils jouent les désemparés. Quand tout va bien, ils essaient d'expliquer pourquoi tout va bien. Ils n'ont pas le cran de dire : *il m'arrive ceci et cela parce que je suis ce que je suis.* Le hasard est le point sensible de Wolf. Depuis la mort d'Erin, il s'efforce de trouver des réponses à des questions sans réponse. *Si j'avais… Si j'étais…* Ce hasard qui n'existe pas l'a pris au dépourvu, et Wolf espère une revanche.

Kris embrasse Tamara et Frauke, il se réjouit manifestement de leur visite. Une fois les deux femmes entrées, les frères s'étreignent.

« Ça a été pénible ? s'enquiert Wolf.

— Pas trop. Le chef a été incapable de s'excuser correctement. Tu sais à quel point je déteste ça. Il m'a suggéré d'aller tirer la sonnette du *taz*. Tu m'imagines en train de sonner chez eux ? »

Wolf secoue la tête.

« Merci », dit Kris, et ils pénètrent dans l'appartement.

Tamara et Frauke ont pris possession de la cuisine. Frauke lave les légumes pendant que Tamara farfouille dans le frigidaire et en sort yoghourt, tofu et sauces. *On se croirait en famille*, pense Wolf, et il pose son sac de livres par terre. Kris lui entoure les épaules de son bras et dit quelque chose qui suscite le rire de Frauke. Tamara lance une aubergine naine sur Kris et atteint Wolf. Ils rient. Ils donnent une impression d'insouciance. Wolf aimerait qu'il en soit vraiment ainsi.

Nous approchons du commencement. Désormais, tu es prêt à entrer dans le présent et tu sais qui tu croiseras sur ta route. Dans les jours qui viennent, tu en apprendras encore davantage sur Frauke, Tamara et Wolf. Kris, en revanche, restera pour toi une énigme. Vous aurez beau vous côtoyer, tu n'arriveras pas à le cerner. Tous tes efforts pour élucider ses motivations et son arrière-plan ne serviront à rien. Jusqu'au finale, tu seras incapable de franchir la distance qui vous sépare. Mais il n'est pas encore temps de s'en préoccuper.

Dans quelques instants, tout va se mettre en branle.

Il est minuit.

Quatre personnes sont assises dans un appartement. Elles ont beaucoup parlé, elles ont mangé et bu, et sont contentes de s'être retrouvées. Les enceintes diffusent la voix de Thomas Dybdahl, de la rue monte la sirène gémissante d'une ambulance, puis le silence revient, et Berlin retrouve sa respiration. Tranquille et décidée.

Quatre amis sont assis dans un appartement. Ils ont plus de défaites que de victoires à leur actif. Ils subsistent grâce à leur autorisation de découvert bancaire, rêvent du grand amour et s'approvisionnent au super-marché discount Aldi, qu'ils détestent. Ce soir-là, aucun d'eux ne soupçonne ce qui se prépare. Si le hasard l'avait voulu, Tamara n'aurait pas répondu au téléphone et serait toujours en train de lire sur son lit. Frauke aurait atterri avec sa frustration chez un de ses trois amants, et Wolf aurait passé la journée devant la fac avant de sortir le soir au cinéma avec Kris. Si le hasard l'avait voulu, rien ne serait arrivé.

Mais ce jour-là, le hasard n'a pas son mot à dire.

« Je vais pisser », annonce Kris, et il s'éclipse aux toilettes.

Wolf passe le joint à Tamara. Elle secoue la tête, proteste qu'elle a les yeux trop secs pour continuer à fumer, puis rampe à quatre pattes jusqu'à la chaîne afin de changer de CD. Wolf veut lui donner une tape sur les fesses et la rate de cinquante centimètres. Frauke pose sa tête sur la cuisse de Wolf. Tamara met le groupe Elbow. Guy Garvey chante « I haven't been myself of late, I haven't slept for several days ». Wolf trouve que le type sait de quoi il parle. Tamara raconte que, lors de son dernier orgasme, elle a senti un parfum de fleurs. Ce qu'elle ne raconte pas, c'est que, lors de son dernier orgasme, elle était seule sous la douche et pensait à un acteur. D'ailleurs, Wolf n'a pas envie de connaître les détails. Il sent le souffle de Frauke sur sa cuisse et tente de réprimer une érection. La chasse d'eau gronde. Kris sort de la salle de bains et s'immobilise sur le seuil de la pièce. Il contemple ses amis comme s'il ne les avait pas vus depuis des jours. Puis :

« Est-ce que vous savez ce qui leur manque aux gens ?

— Je sais ce qui te manque, réplique Tamara.

— Non, sérieusement. Qu'est-ce qui leur manque aux gens ?

— Quelles gens ?

— Les types qui sont dans les affaires, par exemple. De quoi ils manquent ?

— De bon goût ? lance Wolf.

— Allez, bordel, soyez sérieux, les gars. Juste un instant, d'accord ?

— Bon, alors, dis-le-nous, fait Frauke. Qu'est-ce qui manque aux gens ? »

En ce domaine, Frauke sait s'y prendre. Elle est capable de passer d'une chose à une autre en un tournemain. Wolf, lui, est un peu plus lent. Tamara, en revanche, ne réagit absolument pas. Elle tourne et retourne dans sa tête le souvenir des fleurs qu'elle a senties lors de son dernier orgasme, et soudain éclate de rire. Frauke la pousse. Tamara s'interrompt. Kris lève l'index, professoral jusqu'au bout des ongles.

« Il y a un truc, explique-t-il, qui manque aux chefs et aux décideurs, un truc dont ils ne peuvent pas se dépêtrer, qui plane comme une ombre menaçante sur leur vie et qui fait pipi chaque jour dans leur *latte macchiato*. Pour s'en protéger, il ne sert à rien d'être riche ni de faire des collectes ou d'abonner ses collaborateurs au magazine de Greenpeace. Ce truc-là leur pourrit tellement la vie que ça se voit sur leurs figures. »

Kris regarde ses compagnons à tour de rôle. Visiblement, ils ne comprennent pas de quoi il parle. Alors il leur tend sa main droite, paume vers le haut, comme s'il faisait une offre.

« Ils ne savent pas s'excuser, dit-il. Alors c'est ça qu'on va leur offrir. Des excuses à la pelle, à un prix sacrément juteux. »

Frauke

Kris raconte sa matinée et la façon dont il s'est excusé auprès de la femme. Il affirme qu'il savait exactement ce qui se passait en elle.

« Et elle m'a cru. Elle a accepté mes excuses sans hésiter. Pas un doute. Rien.

— Avec moi, tu n'aurais pas réussi, dit Frauke.

— Avec moi, si », dit Tamara.

Ils discutent, et les idées se bousculent. Ils anticipent les phrases des autres, ils sont sur la même longueur d'onde, Frauke ne peut se défaire de la sensation qu'elle flotte au-dessus du sol.

C'est l'herbe, pense-t-elle, *on plane un peu, c'est tout.*

Mais ce n'est ni l'herbe ni le vin. C'est un agencement précis de circonstances, qui réunit des gens précis à des moments précis. Et ceux qui jugent cela absurde, c'est qu'ils n'ont jamais senti les effets de ces agencements.

À trois heures du matin, Wolf se lève et annonce qu'il va faire des sandwichs.

« Je crève de faim, pas vous ? »

Ils le suivent du regard, puis Tamara pouffe de rire :

« Il va vraiment faire des sandwichs ?

— Bien sûr ! » entendent-ils en provenance de la cuisine.

Ils rient aux larmes, ils ont peine à reprendre leur souffle. La dernière fois qu'ils ont connu pareille surexcitation, c'était à la fin de leurs années de lycée. Tous les élèves s'étaient réunis sur la montagne du Diable pour une fête d'adieu. Kris portait un complet, Frauke et Tamara étaient venues en robe. Noir et blanc. Tous se sentaient invulnérables, et Frauke se rappelle encore très bien avoir murmuré à l'oreille de Tamara : *je suis immortelle, et toi ?* Tamara avait souri et répondu qu'elle était de la partie. *Bien sûr que j'en suis, tu ne crois tout de même pas que je vais te laisser tomber ?*

Ils croyaient que le monde entier leur tendait les bras. Il y aurait les études, et puis le job du siècle, et ils se feraient beaucoup d'argent. C'était surtout sur ce dernier point qu'ils étaient tous d'accord. Ils voulaient se revoir quelques années plus tard pour fêter dignement leurs succès. Aujourd'hui encore, Frauke est stupéfaite de leur naïveté. Ils parlaient de l'étranger comme s'il était juste à leur porte et n'attendait qu'eux. L'Angleterre, l'Espagne, l'Australie, la Chine. Ils voulaient aller partout. *Nous pensions que nous étions invulnérables. Nous pensions qu'il suffisait de tendre la main et...*

« Frauke, tu es là ? »

Tamara claque des doigts devant son visage.

« Où crois-tu que je sois ? » rétorque Frauke.

Elle ignore combien de temps elle s'est replongée dans le souvenir de cette fête. Personne ne rit plus. Kris roule un autre joint, Wolf continue de s'affairer dans la cuisine, et Tamara est assise, penchée sur un bloc, un stylo à la main.

« Encore une minute », dit-elle.

Frauke se demande ce qui les a rapprochées et soudées ainsi, Tamara et elle. Durant leur scolarité, elles n'avaient rompu qu'une seule fois. Tamara avait rencontré une bande de filles, dans laquelle Frauke n'avait pas sa place. Cela avait été un mois difficile, et puis, lors d'une récréation, Tamara était soudain revenue s'asseoir auprès de Frauke, avouant qu'elle s'était plantée. Frauke ne lui a jamais révélé qu'elle avait failli en pleurer de soulagement. Sans sa meilleure amie, elle se sentait incomplète. Elle sait très bien ce que serait son existence s'il n'y avait pas Tamara. Un interminable jour d'hiver. La disparition définitive du soleil.

« Ça y est. »

Tamara tend le bloc à Frauke. Frauke lit et le sourire s'efface de son visage.

« Qu'est-ce qui se passe ? »

Kris s'accroupit à côté d'elles. Frauke et lui regardent fixement le bloc. Wolf sort de la cuisine avec les sandwichs.

« Qu'est-ce qu'il y a ? »

Tamara rougit.

« Rien de spécial. C'est juste ce que Kris a dit », explique-t-elle.

Elle veut ranger le bloc. Kris l'intercepte.

« Tu viens d'écrire ça ? » demande-t-il.

Tamara hausse les épaules.

« Je peux trouver autre chose si vous… »

Kris l'interrompt, il a passé le bloc à Wolf et posé ses mains sur les joues de Tamara.

« T'es un sacré génie », dit-il, et il l'embrasse.

Lorsque Frauke rentre chez elle, à 4 heures et demie du matin, son répondeur clignote. Trois messages, trois fois la même voix.

Comment ça va...

Qu'est-ce que tu fais...

Quand est-ce qu'on se voit...

Frauke efface les messages sans les écouter jusqu'au bout et punaise le texte de Tamara sur le panneau de liège, près de l'écran d'ordinateur. Kris lui a conseillé de prendre son temps, Wolf aurait préféré s'en charger lui-même, et Tamara n'avait pas d'opinion parce que, dans l'intervalle, elle s'était endormie par terre.

Frauke a promis de s'atteler à la mise en forme du texte dès son réveil. Mais elle est si excitée qu'elle doute de pouvoir s'endormir. Pour se calmer, elle va prendre une douche. Son cerveau est grisé par les idées qu'ils ont agitées durant la nuit, un peu comme s'ils avaient tous voyagé dans le passé pour en ramener l'immortalité de leur jeunesse.

Je suis immortelle, et toi ?

Je ne suis pas fatiguée, songe Frauke, et elle sort de la douche pour allumer son ordinateur.

Deux heures et demie plus tard, Frauke s'écarte de son bureau d'une poussée. Elle a transformé le texte de Tamara en annonce, et se sent désormais si en verve qu'elle est incapable de rester tranquillement assise. Se doper au travail. Elle a les muscles bandés, ses pensées sont une flamme claire. En un tournemain, Frauke enfile sa tenue de jogging, et la voilà sortie.

À cette heure, le jardin zoologique est désert, la lumière matinale rappelle celle des prises de vues sous-marines par temps pluvieux. Terne et revêche. Frauke fait trois fois le tour du petit lac, son corps a trouvé son rythme, la respiration s'accorde à la foulée. *Comme si je freinais le temps, comme si les minutes s'effondraient et que les aiguilles ralentissaient leur mouvement.* Cette pensée lui plaît. Plus elle court vite, plus le temps peine à avancer. Le temps devient matière. Une matière que Frauke a l'impression de pouvoir étirer, écraser ou déchirer. Dans sa vie, le temps s'est si souvent brisé que Frauke ne cesse de s'étonner qu'il existe encore.

Lorsqu'elle arrive chez elle après son jogging, il l'attend devant la porte de l'appartement. Elle s'étonne toujours qu'il parvienne à entrer dans l'immeuble. Les locataires sont très méfiants, à l'interphone ils palabrent même avec l'employé des colis postaux, qu'ils prennent pour un zigoto cherchant à liquider ses prospectus publicitaires.

Il est assis par terre, adossé à la porte, le menton sur la poitrine, les mains croisées sur les genoux. Un jour, un voisin l'a trouvé dans cette posture et a appelé une ambulance. Frauke sait qu'il ne dort pas, c'est plutôt un état de somnolence. Ou, comme il l'a expliqué une fois : *la moitié du temps, je suis en stand-by.*

Elle lui pose la main sur l'épaule et le secoue. Il remue, ouvre les yeux, sourit.

« Ah, petite !

— Ne fais pas ça, dit Frauke.

— Quoi ? Qu'est-ce que je devrais faire, à ton avis, quand tu ne rappelles pas ? »

Il se redresse, elle l'aide. En dépit d'elle-même, elle l'aide. Il se met debout, gémit et soupire, puis il veut l'étreindre. Frauke recule : « Entrons. »

L'appartement de Frauke n'est pas grand et, quand il est là, il rétrécit de moitié. Espace et temps. Tout a rapport avec son père.

« Tu es encore allée courir ?

— On dirait, non ? »

Il retire ses chaussures et cap sur le salon, comme s'il accomplissait une routine quotidienne. Frauke l'entend de nouveau soupirer, puis il se tait. Elle sait qu'il attend un café, mais elle met de l'eau à chauffer pour le thé. Du thé vert, qui sent le foin et qu'elle boit quand elle veut se punir par une alimentation saine.

« Ça donnera quoi ? » demande-t-il quand elle entre au salon avec le plateau.

Il brandit un des textes imprimés. Écriture noire sur fond blanc. Frauke pose le plateau et lui ôte la feuille des mains.

« Tu réalises des faire-part de décès maintenant ? »

Frauke se félicite d'avoir utilisé un faux texte, autrement elle devrait fournir à son père des réponses à des questions auxquelles elle n'a pas envie de répondre. Elle replace le papier sur le bureau. Sa vie ne le concerne pas.

« Nouveau travail ? demande-t-il.

— Nouvelle copine ? rétorque-t-elle.

— Commençons par un café », esquive le père, et il s'approche du plateau.

Pendant quelques secondes, il fixe la théière et les deux tasses comme s'il ignorait leur fonction. Frauke devine à son dos qu'il est dégoûté. Les épaules légèrement haussées, son père a l'air niais. L'air de tous les pères cinquantenaires que Frauke croise dans la rue. Ridicule et vieux.

« Qu'est-ce que c'est ? s'enquiert-il en humant l'odeur du thé. Il y a une vache qui a pissé dedans ou quoi ? »

Frauke l'écarte, prend une tasse et s'assied sur le canapé. Elle ne peut s'empêcher de sourire. Son père renifle le thé, puis laisse la tasse.

« Petite », dit-il en s'approchant d'elle.

Sa tête se pose sur les genoux de Frauke, et ses yeux se ferment avec satisfaction. Il utilise toujours la même tactique. Comme si sa vie suivait une trajectoire unique. Les gestes, les mots.

« Vous me manquez », chuchote-t-il.

Frauke a envie de pleurer. C'est leur rituel depuis qu'elle a quitté la maison, dix ans plus tôt. Et toujours elle adresse à son père la même réponse. Car, qu'elle le veuille ou non, elle participe au rituel.

« C'est de ta faute », déclare-t-elle, tout en sachant qu'il n'en est rien.

Frauke boit son thé pendant que la tête de son père pèse sur ses genoux et que le temps recommence tranquillement à s'étirer.

Gerd Lewin possède une entreprise de bâtiment et plusieurs terrains avec des immeubles locatifs au nord de Berlin. Il a des parts dans deux grands hôtels et, tous les six mois, il a une nouvelle petite amie, laquelle est censée remplacer la mère de Frauke, mais ça ne marche pas.

Tous les quinze jours, c'est la visite.

Frauke se rend à Potsdam par l'express régional et attend devant la clinique que son père ait fini sa dernière cigarette. Il fume toujours avec précipitation, le regard tourné vers la rue, comme s'il n'acceptait la présence de la clinique qu'au moment ultime. Ce n'est que lorsqu'il laisse tomber la cigarette sur le trottoir et l'écrase de sa chaussure que la bâtisse en brique, avec son parc et sa pompeuse entrée, devient réelle pour lui. Dans l'intervalle, l'envie de fumer a gagné Frauke, mais elle s'abstient pour ne pas ressembler à son père.

Tanja Lewin habite dans cette clinique privée depuis quatorze ans. Sa vie n'y est guère différente de celle qu'elle menait chez elle. De l'extérieur, tout aurait l'air normal s'il n'y avait des moments où la mère de Frauke disjoncte littéralement, elle vomit ce qu'elle mange et se cache dans la penderie. Et elle voit le diable partout.

Quand on interroge le père de Frauke, il soutient qu'il aurait dû voir venir les choses. Il répète souvent qu'il aurait dû voir venir telle ou telle chose. La crise du bâtiment, les chlamydiae que lui a refilées une de ses copines, le mauvais temps et, bien sûr, les malentendus entre sa fille et lui. La mère de Frauke avait fait sa première fugue le jour de son quarante-troisième anniversaire. La police l'appréhenda peu avant Nuremberg. Tanja Lewin s'était enfermée dans les toilettes d'une station-service et criait inlassablement son propre nom. Quand, par la suite, on la questionna, elle fut incapable de dire précisément ce qui s'était passé. Elle se souvenait d'avoir éprouvé le brusque désir de quitter Berlin. Puis il y avait un trou et elle s'était réveillée dans les toilettes de la station-service – elle avait la gorge meurtrie à force de crier, et deux hommes la hissaient dans une ambulance.

La mère de Frauke resta deux mois dans une clinique psychiatrique. Le trou suivant survint quelques jours après sa sortie. Cette fois, elle demeura à Berlin et fut appréhendée au rayon lits d'un magasin d'ameublement. Elle se rappelait juste avoir attendu le bus à l'arrêt Nollendorfplatz, un homme lui avait assuré qu'il allait arriver. L'instant d'après, l'arrêt de bus avait disparu, et Tanja Lewin était nue et s'accrochait à un oreiller dans le rayon lits, se demandant ce que tous ces gens fabriquaient dans sa chambre à coucher.

C'est dans ce magasin que le diable se montra à elle pour la première fois. Il se présenta sous les traits d'un policier qui ordonna aux gens de se disperser. Il ramassa les vêtements de la mère de Frauke et les lui glissa sous le couvre-lit. Il était gentil. Il ne parla que lorsqu'elle fut habillée. Il dit : *je suis désormais près de toi pour toujours. Je viendrai à toi sous divers visages, mais tu me reconnaîtras toujours.*

Tanja Lewin ne devait jamais oublier ces paroles.

Les médecins étudièrent longuement le cas Lewin. Ils interrogèrent la mère de Frauke et lui donnèrent des médicaments. Ils parlèrent avec le père de Frauke et lui conseillèrent d'envoyer sa femme dans une clinique. Les médicaments étaient certes efficaces, mais il valait mieux la soumettre à un suivi vingt-quatre heures sur vingt-quatre.

Une semaine plus tard, Gerd Lewin signa les papiers et installa sa femme dans une clinique de luxe à Potsdam. Le même jour, il perdit le sommeil. La nuit, il restait étendu sur son lit à fixer le plafond comme s'il attendait que le quotidien réintègre sa vie. Aussi étonnant que cela puisse paraître, il continuait de fonctionner, rapportait de l'argent à la maison et faisait ce qu'il fallait pour subvenir aux besoins de sa femme et de sa fille. Seuls ses yeux le trahissaient – des orbites sombres, brûlées, qui effrayaient Frauke. Gerd Lewin tint le coup pendant plus de six mois, puis, un soir, il se retrouva debout près du lit de Frauke.

« Tanja, dit-il, ma Tanja. »

Frauke ne savait pas s'il la prenait pour sa mère ou s'il se contentait de l'appeler. Elle le reconduisit dans sa chambre, le couvrit et s'apprêtait à repartir quand il lui saisit la main.

« Reste.

— Je ne suis pas maman, répliqua Frauke.

— Je sais, répondit son père, je sais bien. »

Il attira Frauke sur le lit et la fit se coucher à la place de sa mère.

« Dormir », dit-il, et il s'endormit sur-le-champ.

C'était la première fois depuis sept mois et seize jours. Le matin suivant, il se réveilla au côté de Frauke, regarda autour de lui avec stupeur et se mit à pleurer. Il pleura tant que la morve lui coulait du nez et de la bouche.

C'est ainsi que naquit le premier rituel entre le père et la fille. Comme Gerd Lewin ne pouvait trouver tout seul le sommeil, ils firent lit commun durant les années qui suivirent.

Depuis que Frauke a son appartement à elle, son père souffre à nouveau d'insomnie. Voilà pourquoi il fait de temps à autre une apparition chez elle. Pour l'apaisement qu'elle lui procure, pour la minable illusion que sa femme est revenue et qu'il peut dormir. L'amour est parfois cruel. Il ne vous lâche pas, il réclame son dû nuit et jour. Sur ce sujet, Gerd Lewin pourrait écrire un livre entier.

Frauke glisse un coussin sous la tête de son père et se lève. Elle est si épuisée qu'elle n'a plus les idées claires. Pourtant, elle s'assied un court instant devant son Mac, convertit l'annonce en fichier PDF et l'envoie à Kris par mail. Désormais, tout est OK. Son travail est fait. Dodo.

Quand Frauke se réveille, dix heures plus tard, son père n'est plus sur le canapé, et Kris a laissé un message sur le répondeur : « Épatant ! On se voit plus tard ! Il faut fêter ça ! »

Frauke réécoute quatre fois le message, adossée au mur, un pied sur l'autre et une main pressée sur sa bouche pour réprimer son rire. Elle est heureuse, elle est vraiment heureuse.

L'annonce paraît une semaine plus tard dans le *Zeit* et le *Tagesspiegel*. Elle reproduit la solennité d'un avis de décès, mort d'un chef d'État ou assimilé. Elle attire l'œil. Le texte reprend mot pour mot celui que Tamara a écrit. Il exprime parfaitement l'idée de Kris.

SORRY

NOUS VEILLONS
À VOUS ÉVITER TOUT EMBARRAS,
FAUX PAS, MALENTENDU,
ERREUR ET LICENCIEMENT.

NOUS SAVONS CE QUE VOUS DEVRIEZ DIRE.
NOUS DISONS CE QUE VOUS VOULEZ ENTENDRE.
PROFESSIONNALISME & DISCRÉTION.

Sous l'annonce, aucune indication de site Internet ni d'adresse électronique. Cette décision a été prise d'un commun accord. Frauke a juste donné le fixe de Kris. C'est un gag. Ils veulent voir qui appellera, si quelqu'un appelle, et ce qu'il a à dire.

Le premier jour, il ne se passe rien.

Le deuxième jour, il ne se passe rien.

Le troisième jour, ils reçoivent quatre appels.

À la fin de la semaine, il y en a dix-neuf.

Sans comprendre comment, ils ont démarré leur activité.

DEUXIÈME PARTIE

Après

Le claquement du pistolet d'essence me réveille. Je suis à côté de la voiture, les bras posés sur le toit. J'ai dû m'endormir. Mes mollets tremblent, c'est un miracle que je sois encore debout.

J'entre dans la boutique de la station-service et prends un café au distributeur de boissons. Il est 11 heures du matin, c'est le deuxième jour, et je me sens comme une boule de flipper qu'on projette bruyamment d'un bord à l'autre et qui ne s'arrête jamais. Il y a une heure, j'ai dépassé Munich et roule à présent en direction de Nuremberg. Je pense en villes, de telle ville à telle autre. Je ne sais pas où aller après Nuremberg. Seul Berlin est exclu, le reste de l'Allemagne m'appartient. À la première sortie, je mettrai le clignotant et chercherai une destination. Il arrive que la vie se réduise aux choses les plus élémentaires. Prendre de l'essence, boire, dormir, manger, faire pipi et conduire. Sans cesse conduire.

« Vous désirez autre chose ? »

Elle a un cil sur la joue. Je le lui dis. Elle rit et le chasse. Elle aurait pu faire un vœu, mais cela n'a pas l'air d'être son genre. Elle me tend la monnaie. Je regarde au-dehors. Un homme en bleu de travail, un

seau à la main, s'arrête devant ma voiture. Il pose le
seau et commence à nettoyer le pare-brise.

« Attendez, votre café ! »

Sur le point de sortir, je me retourne. La caissière
brandit le gobelet. Je prends le café et la remercie.
Lorsque je quitte la boutique, l'homme a terminé le
pare-brise et se dirige vers la vitre arrière.

« Non ! crié-je.

— C'est gratuit, explique l'homme, en déposant
son seau par terre.

— Peu importe… »

Je place le café sur le toit de la voiture, fouille ma
poche de pantalon à la recherche de monnaie et lui
glisse deux euros dans la main.

« Toutes mes excuses », dis-je, attendant qu'il parte.

Ensuite, je monte dans la voiture et démarre. À cinquante mètres de la station-service, je m'arrête sur le
parking. J'ai les mains qui tremblent. Je regarde dans
le rétroviseur. La vitre arrière est brune, j'ai oublié que
le café était sur le toit. J'éclate de rire. Je reste quelques
instants dans la voiture, m'efforçant de retrouver mon
calme. Mes mains tremblent, et, bien que je vienne
d'aller aux toilettes, je sens un poids sur ma vessie.

« Tout ira bien », dis-je en m'adressant à moi-même
un signe de tête dans le rétroviseur avant de descendre
pour essuyer la vitre arrière.

« Tout ira bien », répété-je, et je pose une main sur
le hayon, savourant le silence qui règne dessous.

Avant

Tamara

« Tamara, je ne trouve pas ça drôle.

— C'est une surprise.

— Je déteste les surprises. Il fait beaucoup trop froid pour les surprises.

— Pourquoi tu ne prends pas la couverture ?

— Pour ce que ça changera ! D'ailleurs, en quoi est-ce qu'elle est ? Ce n'est pas de la laine, ça, c'est du papier de verre ! »

La journée est grise et nuageuse. Tamara est passée prendre sa sœur sur le ponton de la Ronnebypromenade. Astrid n'a remarqué sa présence que lorsqu'elle a surgi derrière elle. De frayeur, elle a porté la main à son cœur.

« Je croyais que tu devais venir me chercher ?

— C'est bien ce que je fais.

— Tammi, on est en hiver, et ça, c'est une putain de barque ! »

Tamara a désigné le banc en face d'elle. Il y a une couverture et un coussin pour s'asseoir.

« Allez, viens, a dit Tamara en tapotant le coussin. Monte avant que ton maquillage ne coule.

« Mon maquillage ne coulera pas, il fait beaucoup trop froid pour ça, au cas où tu ne t'en serais pas aperçue », a répliqué Astrid, et elle a embarqué.

Elle s'est assise en face de Tamara et a tiré la couverture sur ses épaules. Depuis lors, elles sont sur l'eau, et l'humeur d'Astrid ne s'améliore pas.

« Je déteste le grand large, déclare-t-elle.

— On est sur le Wannsee, pas sur l'océan.

— C'est pareil. »

Elles passent sous le pont. Dans l'air flotte un soupçon de pluie. Cela fait longtemps que l'hiver n'a pas été aussi doux. Tamara aime cette sensation dans les mains quand les rames fendent l'eau. Elle a l'air très contente.

« Pourquoi est-ce que tu as l'air si contente ?

— Je suis ravie de te voir.

— Si tu avais donné de tes nouvelles, tu aurais été ravie depuis un bon bout de temps. Je suis ta grande sœur, tu as une idée du mouron que je me suis fait ?

— J'avais l'intention de téléphoner...

— Tu n'as *pas* téléphoné. Tu disparais pendant six mois sans prévenir, et ensuite, ça... »

Elle désigne le Wannsee, comme si le lac était la propriété de Tamara. Celle-ci continue de ramer et sourit. Astrid ne trouve pas cela drôle du tout et donne un coup de pied à Tamara.

« Aïe !

— Ça t'a fait mal ?

— Évidemment que ça m'a fait mal.

— Parfait. Alors, qu'est-ce que tu fabriquais ?

— J'étais occupée.

— Oh, *busy, busy* !

— On peut dire ça. »

Astrid allume une cigarette et observe Tamara, les yeux plissés. Elles longent les ateliers de maintenance de l'express régional et approchent du bâtiment éclairé de l'hôpital.

« Il faut que je te tire les vers du nez ou quoi ?

— Je travaillais.

— Aha !

— Je me suis fait de l'argent, Astrid. Beaucoup d'argent. »

Astrid en reste bouche bée.

« Tu n'as pas dévalisé de banque ou un truc de ce genre, hein ?

— Mais non », répond Tamara.

Elle laisse les rames dans l'eau pour freiner la barque, puis elle désigne la rive.

« Regarde là-bas. »

La maison est recouverte de lierre et semble imprenable. Le jardin évoque une expérience botanique, mais uniquement au premier abord. Quand on l'observe plus attentivement, on y distingue les chemins et le dessein d'ensemble. Le jardin a été pensé dans les moindres détails, même la terrasse y est intégrée. Dehors, il y a une table en bois et deux chaises sous une bâche en plastique.

« C'est la maison des Belzen, explique Tamara. Ils ont tous les deux dans les soixante-dix ans et ils sont très gentils. Une fois par semaine, ils vont se promener sur le sentier qui longe la rive, et prennent le bac pour aller boire un café sur l'île aux Paons. Quand j'aurai leur âge, c'est exactement ce que je ferai. »

Astrid incline la tête de côté.

« Tamara, à quoi rime tout ça ? »

Tamara montre la rive d'en face.

« Et là, c'est l'endroit où on habite. »

L'autre rive est à une bonne cinquantaine de mètres. À travers l'épaisseur des arbres, on aperçoit une vieille villa. Elle a deux étages et une tour sur le flanc gauche. Trois des fenêtres sont éclairées.

Si un feu d'artifice se déclenchait dans l'instant, Tamara trouverait cela on ne peut plus approprié. Cette vue lui rappelle chaque fois le début de l'hiver, et ce qu'elle a ressenti en descendant vers la rive, tard dans la nuit, et en se retournant pour contempler la villa. Comme si tout cela n'était qu'un rêve, et que la villa pouvait disparaître à tout moment. Tamara sent, et c'est une conviction profonde, qu'elle a franchi la ligne d'arrivée.

« C'est une blague, hein ?

— On accoste ? »

Astrid pose une main sur le bras de Tamara pour l'empêcher de reprendre les rames.

« Dis, c'est une blague ?

— Je ne blague pas. »

Astrid porte son regard sur la villa, puis revient à sa sœur.

« Tu as harponné quelqu'un ?

— Personne.

— Personne avec beaucoup de fric ! Allez, arrête.

— Non, je t'assure », dit Tamara.

Le ton de sa voix révèle qu'elle-même n'a pas encore tout à fait compris. Six mois se sont écoulés depuis la création de l'agence, et elle a encore du mal à croire à leur succès.

« L'idée est venue de Kris », commence-t-elle, et elle raconte à sa sœur ce qui s'est passé.

Au début, seules se manifestèrent des entreprises ayant des problèmes internes. Puis ce fut le tour d'entreprises qui voulaient s'excuser auprès d'autres entreprises. Il y avait aussi des demandes privées, mais elles furent rapidement exclues. L'agence n'avait pas vocation à raccommoder les couples ou à s'excuser pour quelqu'un qui avait malencontreusement écrasé un chat. Au début, ils travaillèrent exclusivement à Berlin, mais, dans les semaines qui suivirent, les demandes affluèrent du Sud et de l'Ouest de l'Allemagne, si bien que Kris déclara :

« Si on refuse les contrats en dehors de Berlin, quelqu'un d'autre les acceptera. »

C'est ainsi que Wolf devint représentant en excuses et pardons, et se mit à sillonner l'Allemagne. Il aime le changement et l'anonymat qui l'accompagne – chaque nuit une autre chambre d'hôtel, chaque jour une autre ville.

Ce sont les deux frères qui ont la charge des excuses. Tamara a essayé et échoué. Chez elle, tout devient personnel et, pour être honnête, elle ne tient pas vraiment à s'excuser au nom de quelqu'un qui lui déplaît. À ce propos, Kris a dit :

« Tu ne prends pas parti, tu fais ton boulot, c'est comme ça que ça fonctionne. »

Et puisque c'est comme ça que ça fonctionne, Tamara a déclaré forfait. Frauke non plus ne voulait pas s'excuser. Elle a choisi la paperasse. Établir les emplois du temps, coordonner les contrats, rédiger les factures, ce genre de choses. Voilà son domaine. De son côté, Tamara répond au téléphone et traite les demandes. Si on n'arrive pas à s'entendre avec elle, c'est qu'on n'a rien à faire à l'agence.

« Pourquoi tu ne m'as rien dit de tout ça ? veut savoir Astrid.

— On n'en a parlé à personne, on voulait éviter les commentaires. Il fallait qu'on se lance, on n'avait pas la moindre idée de ce que ça donnerait. »

La machine se mit en route sans qu'ils aient à faire quoi que ce soit. En dehors des annonces dans les deux grands journaux, il n'y eut pas de publicité. Frauke prétendait que cela aurait manqué de style. Ils réussirent grâce au bouche-à-oreille. Les entreprises entendaient parler d'eux et réagissaient. Ils furent contactés par des gérants tourmentés par leur mauvaise conscience, par des managers qui expliquaient leurs problèmes en parlant d'eux-mêmes à la troisième personne et des secrétaires envoyées en reconnaissance par leur patron, qui voulaient juste des informations sur le fonctionnement de l'agence.

Souvent, ce sont d'interminables discussions au téléphone et des confessions embarrassantes, mais il y a aussi des clients qui n'ont pas envie de parler et qui envoient leur requête par la poste. Ce sont ceux que Tamara préfère. Avec une froide objectivité, ils sollicitent l'aide de l'agence. Le travail de Tamara consiste à opérer un tri pour ne conserver que les demandes sérieuses. Sur dix commandes, il y en a généralement trois qui sont bonnes à jeter.

Bien sûr, il y a aussi des réclamations. Des clients qui ne comprennent pas les méthodes de l'agence. Ils estiment qu'elle va trop loin, ils s'étaient fait une autre idée de la chose. Kris soutient qu'on ne saurait aller *trop loin*.

« S'ils ne savent pas ce que ça signifie, expliqua-t-il à Tamara, alors dis-leur que le pardon ne connaît pas de limites, ça sonne bien. »

Beaucoup prennent cette phrase pour une citation de la Bible. Frauke l'a adoptée comme devise et l'a intégrée sur le papier à lettres.

Le pardon ne connaît pas de limites.

Pendant un temps, l'agence eut des imitateurs, mais ne s'en inquiéta guère. Sorry n'est pas seulement une idée, c'est une philosophie. Kris s'est vite révélé un maître en matière de pardon. Sa philosophie est le moteur qui fait tourner l'agence.

« Les gens peuvent nous imiter, déclara-t-il, mais notre concept restera pour eux une énigme. »

Leur demanderait-on de préciser ce concept qu'ils adopteraient des airs mystérieux car, en vérité, ils n'y entendent rien. Kris a tout appris à Wolf – les mots justes, les gestes justes, quand il faut se taire, quand il faut parler. Le reste est affaire d'expérience. Rien d'étonnant, donc, à ce que les imitateurs aient mis la clé sous la porte. Il leur manquait le concept.

« Pourquoi est-ce que vous n'êtes pas restés à Berlin ?

— Astrid, on est à Berlin, ici.

— Wannsee, ce n'est plus Berlin, Tammi, on est dans la zone est. »

D'une chiquenaude, Astrid expédie son mégot dans l'eau, comme pour montrer à sa sœur ce qu'elle pense de Wannsee. Tamara renonce à la corriger : en géographie, Astrid n'a jamais été une lumière. Elle explique : « On commençait à se sentir à l'étroit. Les contrats pleuvaient, et on était encore chez Kris à travailler tous dans une seule pièce. Un soir, Wolf en a eu assez. »

« J'en ai marre qu'on soit encore là à glander chez Kris, dit-il. Colocation ou pas, on est beaucoup trop vieux pour ça. Arrêtons de nous comporter en amateurs. Chaque contrat nous rapporte plus d'argent qu'aucun de nous n'en a jamais gagné en six mois. On devrait l'utiliser. »

Le même mois, ils dénichèrent une villa délabrée au bord du Petit Wannsee. Tamara n'aurait jamais cru que ce genre de chose pouvait encore exister. Sauf dans les films, évidemment. Toutes les deux minutes, on entend en arrière-fond le grondement assourdi de l'express régional et, quand on prend son petit déjeuner dans le jardin d'hiver, on a vue sur la rive du lac. Bien sûr, il y eut quelques réticences. Qui accepterait, à presque trente ans, d'emménager à la périphérie de Berlin pour y restaurer une villa ? Quelques hippies préhistoriques ayant fait un héritage, ou bien des producteurs au bronzage californien avec des capitaux à placer. Mais eux ?

Ils balayèrent les objections.

La villa se révéla un rêve, un rêve vétuste certes, mais ce rêve, ils le vivaient. Pour Tamara, la vitesse à laquelle tout s'enchaîna reste encore incompréhensible. L'agent immobilier empocha son pourcentage, la banque leur donna le feu vert et la villa fut à eux. Le père de Frauke arriva avec une troupe d'ouvriers et, tous ensemble, ils abattirent des murs, grattèrent les vieux papiers peints, réparèrent les planchers et installèrent de nouvelles canalisations. Au début du mois de janvier, la villa était habitable.

La première semaine, ils passèrent d'une pièce à l'autre avec stupéfaction. Partout des planchers poncés, les murs fraîchement peints en blanc, de la lumière. L'odeur de renfermé qui avait accompagné leur jeunesse était derrière eux. Brusquement, tout avait du style, de l'authenticité. Brusquement, ils se sentaient adultes.

Au rez-de-chaussée se trouvent le salon, une bibliothèque et la cuisine. Au premier étage, les bureaux et les chambres de Frauke et de Tamara. Les frères occupent le dernier étage.

Tout est parfait, tout fonctionne si bien que cette configuration, aux yeux de Tamara, pourrait durer jusqu'à la fin de ses jours. Ici, dehors, au bord du Petit Wannsee, avec vue sur l'eau et accès à un ponton.

Le paradis selon Tamara.

« C'est vraiment parfait, conclut Tamara. Voilà. C'est tout. »

Astrid est sur le point de faire un commentaire lorsqu'elle entend un appel derrière elle.

« Houhou, Tamara ! »

Les deux sœurs se retournent. Debout sur la rive, Helena Belzen les salue. Elle a soixante-quatorze ans et porte un pull-over qui lui donne l'air du bonhomme Michelin. Autour des hanches et du cou, elle a toujours un châle, sa tête est coiffée d'un bonnet de laine. Dans la main droite, elle tient une bêche, dans la gauche, un seau.

« Helena, voici ma sœur Astrid, répond Tamara.

— Enchantée, dit Helena et, de sa bêche, elle désigne le canot. Est-ce qu'il ne fait pas un peu froid pour naviguer sur le lac ?

— À qui le dites-vous, réplique Astrid.

— Comment ça va ? s'enquiert Tamara.

— Joachim démonte sa radio pour la énième fois, répond Helena, vacillant avec son seau. Quant à moi, je suis incapable de m'arracher au jardin, je pourrais passer la journée entière à gratter la terre. On se voit dimanche ?

— J'apporte le gâteau.

— Formidable ! »

Helena leur adresse un signe d'adieu et disparaît dans le maquis de son jardin.

« Tu prends régulièrement le café chez la vieille ? chuchote Astrid.

— Elle m'a déjà invitée quatre fois, ça commence à devenir gênant. Cela dit, j'aime bien les Belzen. Attends de voir son mari. Ils forment un couple de rêve. Le jour où on a emménagé, ils ont accosté sur notre rive avec leur canot et nous ont apporté un sachet de sel et du pain frais.

— Ce n'est plus la peine d'avoir des parents, constate Astrid en reportant son regard sur la villa. C'est incroyable. Si tu n'étais pas ma petite sœur, je te flanquerais à l'eau, là, maintenant. Merde, pourquoi est-ce que ce genre de chose ne m'arrive jamais ? Tu as une idée du nombre de types que j'ai dragués avec le minuscule espoir d'en dégotter un qui ait assez de fric pour m'acheter un truc comme ça ? Je te déteste, tu sais ?

— Je sais.

— Alors pourquoi tu souris ?

— Peut-être parce qu'il fait froid ?

— Très drôle, Tammi. »

Elles se sourient.

« Est-ce que je pourrais au moins voir la baraque de l'intérieur avant que tu ne me renvoies à ma minable existence ? »

Tamara abaisse les rames et se dirige vers la baraque.

Kris

Ils ont mis une demi-journée à localiser Julia Lambert.

L'agence intérimaire restant muette, Kris a utilisé des voies détournées pour essayer de découvrir quel était son nouvel emploi. Frauke l'a aidé. Il lui a fallu quinze minutes pour se connecter à l'agence.

« Combien tu risques ? » s'est enquis Kris.

Frauke a écarté pouce et index d'un millimètre.

Julia Lambert est arrivée dans l'entreprise il y a une semaine. Le bureau avec vue sur le parking évoque une salle de permanence. Des cartons dans un coin, une installation provisoire de câbles électriques, une plante poussiéreuse à la fenêtre. Sans doute Julia Lambert ne sait-elle pas encore s'il vaut la peine de s'engager. Son hésitation fait écho à l'une des quatre gravures murales, celle qui est un peu penchée.

« Je n'arrive pas à croire que vous veniez de la part de Hessmann », dit-elle en croisant les jambes.

Dans la main droite, elle tient la carte de visite de l'agence et la tourne entre ses doigts.

« Vous savez sûrement comment nous nous sommes quittés. »

Kris acquiesce, le secrétaire de Hessmann lui a tout raconté. Le chef, quant à lui, ne voulait pas s'exprimer sur le sujet.

« Je suis surpris que vous n'ayez pas porté plainte », dit Kris.

Julia Lambert a un rire bref.

« Comment voulez-vous intenter une action en justice contre un homme comme Hessmann ? Il a plus d'avocats que d'employés. Et puis, qui me croirait ? Qu'est-ce que j'ai comme preuves ? Pendant un moment, j'ai caressé l'idée de mettre le feu aux bureaux, mais où est-ce que ça m'aurait menée, hein ? »

En taule, pense Kris et il lui donne raison, elle a agi comme il fallait.

« Je suis là pour m'excuser en son nom, explique-t-il.

— Vous ?

— Moi.

— Pourquoi vous ?

— Mon agence représente Hessmann. À compter du moment où le contrat est signé, les erreurs de mon client m'engagent personnellement. Je suis un peu sa conscience. Et sachez-le, même un Hessmann veut avoir la conscience tranquille. »

Elle ne réagit pas, elle examine la carte.

« Voilà pourquoi vous vous appelez Sorry ?

— Oui, notre métier est de nous excuser.

— À la place des autres ?

— À la place des autres, en effet. Voudriez-vous m'expliquer avec vos propres mots ce qui s'est passé ?

— Je n'en ai pas envie.

— Vous en êtes sûre ? »

Julia Lambert acquiesce et entrelace ses doigts. La carte est devant elle, sur la table. Kris sent que ce n'est pas le moment d'insister. Les gestes de Julia Lambert sont sans équivoque. Mais il est bon signe qu'elle n'ait pas retourné la carte de visite. Kris distingue le logo, le logo lui plaît beaucoup. Julia Lambert et lui se regardent. Kris ne pipera mot tant que Julia ne prendra pas la parole. Elle a besoin de temps pour réfléchir à ce qu'il vient de dire.

Son histoire est exemplaire. Depuis que Sorry a obtenu son premier contrat, il y a eu plusieurs cas similaires. Son chef a eu une liaison avec elle et l'a larguée quand il a eu envie de chair fraîche. C'est ce qui s'appelle la fin d'une carrière. Il va de soi que le secrétaire a usé d'autres termes.

Julia Lambert a l'air de savoir tirer la leçon de ses erreurs. Kris voit qu'elle s'en remettra sans aide extérieure. Mais il voit aussi que l'humiliation la tourmente encore. Être dans l'impossibilité de se révolter, à la merci de la parole d'un homme qui a été son chef, puis son amant, puis de nouveau son chef.

En matière de sentiments, on finit tous par plier l'échine un jour ou l'autre, songe Kris, qui préfère garder cette pensée pour lui.

« Vous n'êtes pas obligé de vous excuser, reprend Julia Lambert au bout d'une minute.

— Personne n'a parlé d'*obligation*, réplique Kris. Hessmann sait qu'il a commis une faute. Et vous, vous savez qu'il ne vous le dira jamais en face. Un homme comme lui recherche la facilité, changer de femme, c'est comme choisir une cravate. »

Julia Lambert fronce les sourcils, Kris se mordrait volontiers la langue. *Comment peut-on être aussi bête ? On fait quoi, là ? Un brin de causette en prenant une bière ?* Il a généralisé le cas de Julia Lambert, grossière erreur.

« Je suis désolé. Cette comparaison était inconvenante.

— Continuez.

— Je ne suis pas là pour vous offrir de l'argent, poursuit Kris, bien que ce soit précisément le motif de ma présence. L'argent, c'est confortable, mais je pense que vous voulez plus que du confort. »

Dans le mille. Elle ne dit ni oui ni non, sa main droite a repris la carte de visite, la tourne et la retourne entre ses doigts. Elle attend la suite.

« Comme vous le savez, Hessmann a des relations. Dans sa profession, on l'écoute. Et quand je vois où l'agence vous a casée... »

Kris désigne la pièce d'un geste de la main.

« Je me dis que vous méritez mieux.

— Vous croyez ?

— Oui, je le crois.

— Je suis bien, ici.

— Non, vous n'êtes pas bien, ici. »

Elle arrête de jouer avec la carte de visite. Elle ne le contredit pas.

Dieu soit loué !

« Où voudriez-vous aller ? demande Kris.

— Ce n'est pas plus compliqué que ça ? réplique-t-elle.

— Non. Je vous procure un meilleur emploi dans une autre entreprise, en échange vous acceptez les excuses de Hessmann et vous oubliez votre colère, voilà mon offre. »

Kris sait qu'oublier sa colère n'est pas si simple. Mais il est d'avis qu'il faut montrer à Julia Lambert que c'est possible et qu'un meilleur job constituerait une bonne revanche.

Le téléphone sonne. Julia Lambert le laisse sonner et presse deux boutons pour être tranquille. Le téléphone se tait.

« À compter de quand ? demande-t-elle.

— Hessmann m'a donné carte blanche. Autrement dit, c'est quand vous voulez. Personne n'aime se sentir coupable. Hessmann pas plus qu'un autre. »

Julia Lambert rit pour la seconde fois depuis le début de leur entretien. Certes, elle se contient, mais c'est un vrai rire.

Bien.

« Ça ne l'a pas trop gêné au cours de ces six derniers mois, dit-elle. Je doute que ça l'ait empêché de dormir. »

Le sarcasme est perceptible. Kris n'est pas encore en terrain sûr. Cela se voit à la façon dont Julia Lambert est assise. Tendue, méfiante.

Tout cela pourrait n'être qu'une grosse farce.

« Voici ce que je vous propose, dit Kris en se levant. Je vous invite à déjeuner et, pendant le repas, vous m'expliquerez quelles sont les entreprises qui vous intéressent, quel est le poste qui vous semble correspondre à vos compétences ou dont vous avez envie, et quel salaire vous aimeriez avoir. »

Kris ouvre les mains pour lui montrer qu'il ne dissimule rien, qu'il est de son côté. Pas d'entourloupe.

« Qu'en pensez-vous ? »

Les narines de Julia Lambert se dilatent. Elle a la bouche entrouverte, aucun mot n'en sort. Finis les sarcasmes. L'excitation l'a saisie, elle a compris. Kris voit que Julia Lambert pense grand bien de son offre. C'est gagné. Il a vaincu.

« Tu as fait *quoi* ? demande Wolf le soir, alors qu'ils sont assis dans le jardin d'hiver de la villa.

— Je suis allé manger avec elle.

— Non, non, non, je parlais de la carte blanche… »

Wolf se penche et tapote deux fois le front de son frère.

« Qu'est-ce que c'est que cette idée ?

— Je la trouvais bonne.

— Et quelle a été la réaction de Hessmann ?

— À ton avis ? »

« Vous avez *quoi* ? »

La voix de Hessmann était stridente. Il y eut un léger clic sur la ligne, et Kris comprit que quelqu'un d'autre s'était connecté. Kris avait pris congé de Julia Lambert dix minutes plus tôt, lui promettant de la rappeler le lendemain. Ensuite, il avait téléphoné à Hessmann de sa voiture.

« Et comment voyez-vous les choses ? »

Kris perçut la panique chez Hessmann. La panique, c'est mauvais. Cela peut produire des courts-circuits. Kris fut soulagé de n'être pas seul avec Hessmann. Quelle que fût la personne qui écoutait, sa présence constituait un frein. Kris se racla la gorge et exposa sa solution du problème :

« Vous faites embaucher Mme Lambert dans une des deux entreprises qui l'intéressent. Vous en avez les moyens, vous le savez. Après quoi Mme Lambert et vous serez quittes. Paix. »

De nouveau un léger clic sur la ligne, Kris tendit l'oreille dans le silence qui s'ensuivit. Pendant quelques secondes, il fut certain que la communication avait été coupée, puis il entendit qu'on inhalait bruyamment, et Hessmann exprima ses remerciements, déclarant qu'il avait été ravi de collaborer avec l'agence.

« Comment pouvais-tu être aussi sûr de réussir ? s'enquiert Wolf. Les types comme Hessmann dévorent les gens comme toi. Qu'est-ce qui t'est passé par la tête ? »

Kris est surpris de la réaction de Wolf.

« Je n'avais rien à perdre, répond-il. Et puis je trouvais juste qu'il raque un peu. »

Wolf se laisse le temps de digérer.

« J'ai l'impression que, pour toi, ce boulot est en train de devenir une affaire personnelle.

— Ce ne serait pas gênant, admet Kris. Tu avoueras qu'il ne s'agit pas seulement de s'excuser. Il y a une part de compréhension. À quoi sert de s'excuser si la personne sent que tu n'es pas sincère ?

— Tu parles de compréhension, Kris, mais, en réalité, tu veux dire "compassion".

— Non, avec la compassion, on est dans le registre privé. Nous, on garde une distance. On ne peut pas se permettre d'être compatissants, voilà pourquoi Tamara ne convient pas pour ce job. Toi, tu es meilleur. Tu es superficiel, tu sais plus ou moins repousser les émotions.

— Comme c'est commode !

— Tu me comprends. »

Wolf acquiesce. Kris est le seul à pouvoir lui dire ce genre de chose.

« On en reste donc à la compréhension.

— La compréhension avec une touche de sympathie. »

Wolf se frotte la nuque.

« Ça m'est difficile. Les fantômes me poursuivent, avant et après un contrat. Souvent, ça dure des heures. »

Kris réfléchit. Lui ne voit pas de fantômes et, franchement, il considère que l'affaire est réglée une fois que le contrat a été honoré. Mais il veut ménager son frère.

« Personne ne prétend qu'il est facile de s'excuser à la place des autres. Si c'était le cas, ça se pratiquerait depuis longtemps. L'Église ne tardera sans doute pas à nous excommunier. Nous dispensons l'absolution et portons la lumière dans l'obscurité des âmes.

— Et nous sommes plus chers.

— Nous sommes plus chers mais, en contrepartie, personne ne s'agenouille le soir pour nous remercier. Et puis pense à tous les gens que nous avons comblés. Dans un camp comme dans l'autre. Bourreaux et victimes. Nous sommes les gentils. Regarde tous ces contrats. Si nous n'étions pas du bon côté, nous ne serions pas bookés pour plusieurs mois. Les gens ont la culpabilité qui leur suinte par tous les pores. Wolf, nous représentons le nouveau pardon. Oublie la religion. Nous sommes les intermédiaires entre la faute et le remords. Tu peux donner ton cul à torcher que nous sommes dans le vrai. »

Quatre jours après la mission effectuée pour le compte de Hessmann, Julia Lambert obtient un nouvel emploi et envoie à Kris un mot de remerciement. Une semaine plus tard arrive un chèque de Hessmann. Un bonus s'ajoute aux honoraires. Wolf passe son temps à embrasser le chèque, au point que Frauke le prie d'arrêter, sinon la banque le refusera.

C'est le moment de quitter brièvement Wolf et Frauke. Nous quittons Tamara, allongée sur le canapé en train de lire, et Kris, qui prend une douche à l'étage. Il est temps que tu fasses ton entrée dans cette histoire. Par une porte de service. Tel un fantôme qui s'élève du sol et monte en scène.

Bienvenue.

Toi

La première fois que tu entends parler de l'agence, c'est au déjeuner. Tu es avec ton chef et trois collègues dans un restaurant de Potsdamer Platz. Le restaurant ne te plaît pas. Trop bruyant et trop chic. Une fois par semaine, votre chef organise un déjeuner à votre intention, c'est sa lubie. Il est d'avis qu'un peu de culture culinaire ne peut pas nuire.

Tu viens juste de passer ta commande quand ton chef mentionne l'agence. Pendant quelques secondes, un son aigu te traverse les oreilles, tu as l'impression que la réalité se met à trembler, tressaille et se fige dans un raclement. Tu contemples les visages immobiles autour de toi, et tu te demandes ce qui arriverait si, en un moment pareil, ton cœur s'arrêtait de battre et que tu mourais. Serais-tu alors vraiment mort ? Aurais-tu quitté la réalité ? Puis quelqu'un rit, quelqu'un dit que tout ça, c'est de la blague, et le temps redevient le temps, tu es assis à table avec tes collègues et tu portes ton verre d'eau à tes lèvres bien qu'il soit vide. Tes collègues ne s'aperçoivent de rien. Tu t'empresses de reposer le verre, un garçon se penche pour le remplir. Tu l'ignores et ris avec les autres. On dirait un gag.

Une agence qui s'excuse. Toi aussi, tu dis quelque chose, tu dis :

« Tu charries.

— Non, non, je ne plaisante pas, proteste ton chef en te tendant le pain. C'est le dernier truc tendance. Beaucoup de grandes entreprises travaillent déjà avec eux. Je le sais de première main. Je ne serais pas étonné qu'un jour nous ayons aussi recours à eux. »

Vous secouez la tête avec incrédulité, l'idée est absurde, c'est incroyable tout ce que les gens peuvent imaginer. Tu étales du beurre sur ton pain, tu gardes le silence, avec l'air de quelqu'un qui beurre son pain. Intérieurement, c'est le tumulte. *Et si c'était vrai ?* Ton chef te surprend, il lit tes pensées sur ta figure : « Regarde sur Internet. Ils doivent même avoir un site. »

La recherche sur Google produit 1 288 résultats. Le nom de l'agence est Sorry. Son site tient en une seule page. Un court texte, adresse électronique et numéro de téléphone. Tu survoles les commentaires sur l'agence, mais sans cliquer dessus car tu n'as pas besoin de l'avis des profanes.

Une agence qui s'excuse...

Tous ces mois, ces jours, ces heures, ces minutes. Chaque seconde pèse sur tes épaules. Il est pénible de résister. Combien de fois déjà as-tu failli tomber à genoux ? Sans cesse se défendre, sans cesse s'arc-bouter. Il est normal que tu sois fatigué. On le serait tous à ta place, beaucoup auraient renoncé, mais tu es tenace et tout près de te libérer de ta culpabilité. Tu as trouvé une voie. C'est seulement depuis peu que tu sais quoi faire, et voilà qu'on te parle d'une agence qui s'excuse moyennant finances. Est-ce une ironie ? Faut-il parler de hasard ou de providence ? Souhaites-tu t'engager dans une discussion sur les modalités du destin ?

Non.

Tes doigts tremblent tandis que tu composes le numéro. Il t'a fallu quatre jours avant d'accepter l'existence de l'agence. Quatre jours de maux d'estomac. Quatre jours pendant lesquels tu aurais voulu marteler les murs de tes poings. Tu es si nerveux que tu raccroches après la première sonnerie. Tu ris. Tu as conscience de surréagir. Tu n'es plus un ado de seize ans qui appelle la fille de ses rêves. Tu te calmes et appuies sur la touche « bis ».

« Tamara Berger, agence Sorry, bonjour. Que puis-je pour vous ?

— Je m'appelle Lars Meybach, je voulais savoir comment vous travaillez », dis-tu.

Tu presses une main sur ta bouche pour réprimer un gloussement d'anxiété.

« La procédure est très simple, te répond Tamara Berger. Vous nous expliquez à qui vous souhaitez présenter des excuses, quel est le problème et ce qu'il faut dire. Une fois les détails réglés, nous envoyons un de nos collaborateurs. Il exécute le contrat et…

— Comment puis-je savoir si votre collaborateur a agi à mon entière satisfaction ? l'interromps-tu.

— Question de confiance, réplique-t-elle sans hésiter. Bien sûr, vous pouvez aussi exiger un compte rendu. Dans ce cas, nous transcrivons la conversation et nous vous transmettons le rapport.

— Intéressant. Il y a bien un hic quelque part, non ?

— Le seul hic, c'est que nous ne travaillons pas pour les particuliers. Votre problème est-il personnel ou professionnel ?

— Professionnel, mens-tu. Tout ce qu'il y a de professionnel.

— Formidable. Voulez-vous que je vous envoie nos conditions contractuelles par mail ? »

Tu ne t'y attendais pas. C'est rapide.

Trop rapide.

Ne raccroche pas maintenant !

Tu prends le combiné dans l'autre main, respires profondément et demandes :

« Ils sont tous aussi gentils que vous à l'agence ?

— Non, malheureusement, je suis la seule. Si vous entendiez les autres, vous n'appelleriez plus jamais. »

Elle rit, son rire te plaît.

« Madame Berger…

— Tamara, rectifie-t-elle.

— Bien, Tamara, j'ai un problème très urgent, et je ne suis pas sûr que vous puissiez vraiment m'aider. Quels sont vos délais ?

— Quel est le degré d'urgence ?

— Très élevé.

— Alors nous agirons dans les meilleurs délais », te promet-elle.

Quelques minutes plus tard, tu as imprimé et lu les conditions générales et le contrat. Tu te connectes à ta banque et vires les arrhes sur le compte de l'agence. Tout va si vite, tu en as le souffle coupé. Le rendez-vous a été fixé dans dix jours. Tu n'arrives toujours pas à le croire.

Pour te concentrer, tu t'installes sur le balcon et tu respires à fond. Tu penses aux miroirs que tu as recouverts dans ton appartement. Tu penses au temps qui s'est écoulé depuis que tu n'arrives plus à te regarder en face. Deux mois, vingt-six jours, onze heures.

Tu saisis le stylo et remplis le formulaire.

Les mots doivent être justes.

Chaque phrase compte.

Wolf

Sa chambre se trouve au bout du couloir. Son nom figure sur la porte en lettres de bois multicolores. Frank. Il habite chez sa mère. Au mur sont accrochées des représentations d'anges gardiens. Certains sont grassouillets, tout roses, la tête inclinée en prière. D'autres sont impétueux, inondés de lumière. Filtre vaporeux et kitsch. Tout l'appartement sent le désodorisant, les rideaux sont fermés et une minuscule cage à oiseaux renferme une perruche.

La mère tire sur sa jupe, elle n'arrive pas à regarder Wolf en face. Son fils est célibataire, il a trente-six ans et c'est un raté. Elle ne sait pas quelles erreurs elle a commises. Sa main tremble légèrement en versant le café. Des tasses à motif floral et bordure dorée. Le bord d'une des tasses est fêlé et, dans la fissure, on distingue un reste sombre de rouge à lèvres. Wolf est soulagé que ce ne soit pas sa tasse. On pousse vers lui un verre rempli de lait en poudre. Wolf le repousse. La mère se décide enfin à parler. Son fils est désormais employé chez Lidl, où il approvisionne les rayonnages. Il espère, dès cette année, avoir l'autorisation de travailler à la caisse. Wolf n'ignore rien de tout cela. Dans le salon, il n'y a aucune photo du fils.

« Avant, c'était différent », déclare la mère, touchant la cafetière en verre du dos de la main pour vérifier si le café est vraiment assez chaud.

Wolf sait à quel point c'était différent. La chute du fils a été foudroyante. Il y a encore des imbéciles qui croient pouvoir surfer sur Internet et télécharger des clips érotiques sans que personne s'en aperçoive. Et il y a des imbéciles qui, lors de la pause déjeuner, se mettent en quête de pornographie enfantine. L'entreprise a viré Frank Löffler sans hésiter. Jusqu'en septembre, il gagnait 3 377 euros brut par mois. Une semaine plus tard, il rangeait les rayonnages du discount pour 9 euros de l'heure.

« Il travaille jusqu'à 20 heures, explique la mère, mais il devrait bientôt avoir sa pause. »

À la porte, elle retient Wolf par le bras un court instant : « Heureusement qu'il n'y a pas eu de scandale. Je n'y aurais pas survécu. »

Frank Löffler est exactement comme on l'imagine. Les tempes dégarnies, le ventre dépassant de la ceinture et les cheveux gras. Ses yeux ne restent jamais en repos, sa poignée de main est molle. Quand Wolf se présente, Löffler l'informe que sa pause n'est que dans vingt minutes, il lui suggère de le retrouver à l'extérieur.

« La direction n'aime pas qu'on discute avec les clients.

— Je serai en face », répond Wolf.

Il traverse la rue jusqu'à une laverie. Il a toujours aimé les laveries automatiques. Ce sont des sortes de salles de transit pour gens qui ne voyagent pas. Wolf prend un chocolat au distributeur de boissons. Autour de lui, le linge tourne dans les tambours. Une femme dort sur deux chaises, cela n'a pas l'air confortable. Wolf regrette de ne rien avoir emporté à lire. Il réfléchit : quand s'est-il trouvé dans ce genre d'endroit pour la dernière fois ? Un jour, avec un copain, il a essayé de forcer un distributeur de monnaie dans la laverie du Kaiserdamm. Tournevis et pince-monseigneur. Ils ont arrêté au bout d'un quart d'heure, le tournevis s'était coincé et on ne pouvait plus le retirer. Ils ont partagé un chocolat, et puis ils ont filé. Seize ans plus tard, Wolf est dans une laverie, assis sur une chaise en plastique inconfortable, et il vérifie ses mails sur son téléphone portable. La vie est manifestement bien disposée à son égard.

Frank Löffler est d'une ponctualité parfaite. Il sort du supermarché et jette un regard à droite et à gauche comme s'il était indécis. Wolf peut comprendre pourquoi l'entreprise l'a licencié. Frank Löffler est une victime-née.

Ils contournent le pâté de maisons et passent devant une aire de jeux. Les enfants braillent et lancent du sable sur un chien. Löffler s'efforce de détourner les yeux. Il raconte qu'il a reçu des lettres de menaces. Une nuit, une pierre a traversé le pare-brise de sa voiture. Les voisins n'ont rien vu : voilà ce que c'est, disent-ils.

« Ici, c'est un quartier convenable », explique Löffler.

On dirait qu'il comprend la réaction des gens, ce qui est encore pire puisqu'il est innocent.

« Si je suis là, c'est que notre conversation viendra clore votre dossier, déclare Wolf. Vous êtes disculpé, blanchi, appelez ça comme vous voudrez. »

Löffler ne réagit pas, sans doute n'a-t-il pas compris. Wolf aurait bien envie de le secouer. Au lieu de cela, il poursuit :

« Vous revenez dans la course. »

On pourrait croire que Löffler vient de purger une année de prison.

Une brève lueur traverse le regard de Löffler, ses mains remuent dans les poches de son pantalon comme si elles voulaient sortir. Wolf attend qu'il lui demande ce qui s'est passé. Il s'écoule une minute entière, puis Löffler se racle la gorge et demande : « Qu'est-ce qui s'est passé ? »

Quatre mois après son licenciement, on découvrit sur le PC d'un autre collaborateur les mêmes fichiers téléchargés. Le coupable ne fut pas démasqué, car il s'agissait d'un employé plus malin que les autres, qui, au moment de la pause déjeuner, s'asseyait au bureau de ses collègues et surfait à sa guise sur Internet. Faute de mieux, l'entreprise installa des filtres. Personne n'évoqua Frank Löffler. C'était comme s'il n'avait jamais existé. Pendant six mois, le directeur vécut avec le fait d'avoir viré la mauvaise personne et de l'avoir dénoncée à la police. Puis sa mauvaise conscience le rattrapa. Il retira sa plainte et s'adressa à l'agence.

« Et on ne sait pas qui c'est ? s'enquiert Löffler.

— Un de vos collègues, c'est tout.

— De toute façon, peu importe. »

Wolf lui donne raison.

« Combien ? l'interroge Frank Löffler.

« — 80 000. »

Löffler s'arrête.

« À titre d'excuses ?

— À titre d'excuses. »

Ils se trouvent à quelques mètres de l'entrée du supermarché. Wolf sait ce que Frank Löffler pense en ce moment. Il se demande s'il doit engager une action en justice. S'il lui posait la question, Wolf l'en dissuaderait. On n'est pas en Amérique. L'entreprise invoquerait l'erreur et présenterait ses excuses. Le *Berliner Zeitung* ferait un gros titre, et le *Bild* se contenterait avec lassitude d'un geste de refus. Tout le monde a le droit de se tromper. Et d'ailleurs, qui pourrait affirmer que Frank Löffler est si net que cela en fin de compte ?

« Il ne faut pas que ma mère l'apprenne », implore-t-il.

Et soudain il s'adosse au mur, le souffle court comme quelqu'un qui émerge de l'eau.

« Pas un mot à ma mère, d'accord ? »

Wolf ne comprend pas pourquoi la mère ne devrait pas être mise au courant. Peut-être Löffler veut-il la punir. Il lui donne sa parole.

Löffler porte la main à sa poitrine, prend une profonde inspiration et, pour la première fois, regarde Wolf en face.

« Qui êtes-vous ?

— Un bon ange », répond Wolf, regrettant aussitôt sa réponse.

Il a sous les yeux les images kitsch d'anges gardiens.

« Non, sérieusement, qui êtes-vous ? insiste Löffler. Vous n'êtes pas de l'entreprise, ça, c'est sûr. »

Wolf lui parle de l'agence et lui tend une carte de visite.

« Nous faisons du bien », explique-t-il.

Frank Löffler fixe la carte.

« Vous vous *excusez* pour les autres ? »

Il a la voix un peu stridente. *S'il me sert une leçon de morale, je vais devoir lui en coller une*, pense Wolf en reprenant la carte.

« Ce n'est pas contraire à la morale ? s'enquiert Frank Löffler.

— Ça dépend du point de vue. L'Église a sa manière de faire, la télévision la sienne. Et nous la nôtre. »

Soudain Löffler éclate de rire. C'est bien. Il ne rit pas de Wolf ni de l'agence. Il rit de la vie. Wolf connaît ce rire. C'est celui des gens ivres, et celui des petits enfants surexcités qui s'esclaffent de joie comme des baleines. Frank Löffler est complètement HS. Il laisse Wolf en plan sans un mot de plus. Il passe devant le supermarché et traverse la rue. Une chose est sûre, Lidl ne le reverra plus jamais. Wolf ne l'en aurait pas cru capable. Pour quelqu'un comme Frank Löffler, c'est une excellente façon de démissionner.

Cinq minutes plus tard, Wolf informe le directeur de l'entreprise que Frank Löffler a refusé son offre et menace de porter plainte.

« Mais… »

Le directeur s'interrompt. Il devine que Wolf n'a pas terminé. Ce silence, Kris l'a enseigné à son frère. Dis au client ce que tu as à lui dire, ensuite balance-lui un silence. Fais monter la tension. Laisse mariner le client.

« Nous avons longuement discuté, reprend Wolf. M. Löffler se satisferait d'une indemnité plus conséquente. Il souhaiterait un paiement en plusieurs versements, vous avez sans doute encore ses coordonnées bancaires. »

Oui, il les a. Wolf indique le chiffre. Le directeur se racle la gorge. Wolf sourit. Il aimerait qu'il en aille ainsi pour tous les contrats. Parce que c'est diablement agréable d'être un ange.

Il dispose d'une petite heure avant le rendez-vous suivant et se rend dans un restaurant indien près du Schlesisches Tor. Sur sa chaise, il y a quelques grains de riz, il les balaie de la main et s'assied. Il n'a pas faim, il a besoin de la présence d'autres personnes. À cet égard, les restaurants sont parfaits.

L'affluence de midi est passée, seules cinq tables sont occupées, des bougies brûlent aux fenêtres, les flammes tremblent dans la chaleur ascendante du chauffage. Wolf commande une soupe, du thé et un verre d'eau. Il éteint son téléphone pour l'heure qui suit et pose les mains sur la table.

Calme.

Une fois, c'était un vol d'oiseaux tournoyant dans les airs, il lui avait rappelé ses yeux. Une autre fois, la façon dont une femme tapotait sa cuillère contre le bord de sa tasse. Le monde est rempli de déclencheurs. De petits traquenards du souvenir. Dans les moments de calme, Wolf les cherche avec obstination.

Le thé arrive, le serveur pose sur la table une assiette de papadams et fait une remarque à propos du temps. Wolf le remercie pour le thé et attend qu'il soit reparti. Il hume le thé, il le goûte. La cardamome et le miel le font soupirer.

Erin.

Wolf sait que les souvenirs s'usent et se transforment avec les années au point que plus personne ne peut dire s'il s'agit encore de souvenirs ou de produits de l'imagination. Et comme Wolf le sait, il se raccroche au moindre souvenir, fût-il insignifiant, qui le ramène vers Erin.

Son deuxième rendez-vous est dans Wiener Strasse, en face de Görlitzer Park. À l'entrée de l'immeuble, il n'y a pas de plaque avec les sonnettes. La porte est simplement entrebâillée, et on dirait qu'on l'ouvre à coups de pied au moins dix fois par jour. À côté se trouve un portail conduisant dans l'arrière-cour. Le portail est ouvert lui aussi.

Wolf passe devant des vélos, des poubelles et un chat endormi, étendu sur le pavé. Il jette un regard sur sa montre. Son rendez-vous est à 16 heures, il a encore quelques minutes et il extrait une cigarette de son paquet en le secouant.

« Tu en veux une ? » demande-t-il au chat.

Le ventre du chat s'élève et s'abaisse comme si l'animal se croyait en parfaite sécurité. Wolf lui envie sa confiance. Il lève les yeux. Au-dessus de lui flotte un rectangle de ciel. Pas le moindre nuage. Le grondement lointain de la circulation, le claquement d'une porte, quelqu'un tousse. À ce moment-là, Wolf ne voudrait être nulle part ailleurs. Il n'y a qu'à Berlin que les cigarettes ont si bon goût.

Dans le bâtiment sur cour, l'air est poisseux. Il règne une odeur d'oignons frits et de viande bouillie qui rappelle à Wolf les aliments en gelée que cuisinait une de ses tantes. C'était sa spécialité. Ses mains avaient exactement cette odeur. Wolf essaie de retrouver le nom de cette tante. Il croise une femme voilée.

« Bonjour », dit-il.

La femme baisse les yeux et se plaque contre le mur pour le laisser passer. C'est à peine si l'on entend le bruit de ses pas. Wolf poursuit son ascension. Au quatrième étage, il s'arrête pour reprendre son souffle, il a les aisselles qui fument. Une douche serait plus que nécessaire et il n'aimerait rien tant qu'allumer une autre cigarette.

Il n'y a pas de plaque. Mais comme à cet étage, il n'y a qu'une seule porte, Wolf n'a pas motif à hésiter. Il sonne. Il attend. Il frappe. La porte bascule vers l'intérieur.

Pas bon, ça, pas bon du tout.

Dans le couloir, la lumière est allumée. On entend de la musique. Une foule de mauvais films commencent exactement comme cela.

« Houhou, madame Haneff ? »

Wolf pousse la porte de l'appartement.

« Houhou ! Je suis de l'agence. Hier, nous avons eu un échange de mails… »

Aucune réaction.

Et si c'était Mme Haneff que j'ai croisée dans l'escalier ?

Wolf hésite, peut-être devrait-il s'en aller.

Frauke a dû se tromper dans les rendez-vous.

« Houhou ! »

Dans le couloir, le sol est crasseux, des éraflures courent sur le tapis, sur l'un des murs s'élargit une tache d'eau en forme d'arbre de Noël. Wolf n'a pas envie de s'être déplacé pour rien.

« J'entre, d'accord ? » dit-il, et il entre.

Il n'y a pas que le couloir qui aurait besoin d'une rénovation. Wolf s'attend à trouver dans une des pièces une échelle, des outils et des ouvriers cachant leurs bouteilles de bière derrière leur dos avec un sourire contraint.

La première pièce est la cuisine. Au milieu se trouve un fourneau délabré, c'est l'unique meuble. Les fenêtres sont sales, une odeur d'égout flotte dans l'air. Si quelqu'un s'est trompé ici, c'est Wolf.

« Madame Haneff ? »

S'orientant d'après la musique, il découvre la femme dans la pièce où se trouve la radio. Un des murs est recouvert sur toute sa surface d'un papier peint représentant une forêt. Celui-ci a dû être posé récemment, car il brille encore d'humidité et se détache à une de ses extrémités. À l'arrière-plan, on voit des montagnes, devant, une forêt automnale avec un lac. Sur la rive, un cerf est en train de boire. Mme Haneff flotte au-dessus des eaux du lac comme si elle voulait monter au ciel. Les bras sont levés et joints, les pieds suspendus à quelques centimètres au-dessus du sol, les yeux ouverts fixent le mur d'en face. Une tête de clou dépasse du front, une seconde maintient les mains en place au-dessus de la tête. Mme Haneff est pieds nus, sous ses pieds s'est formée une flaque de sang. Ses chaussures sont disposées avec soin à côté de la radio. Wolf aperçoit une goutte de sang qui se détache de la pointe du pied gauche. Si la radio était éteinte, il pourrait entendre la goutte atterrir dans la flaque.

Sa première pensée est : *où peut-on se procurer des clous aussi longs ?* La deuxième : *ce n'est pas réel, c'est...* Il n'a pas de troisième pensée car son estomac se soulève et, pris de nausée, il se rue hors de la pièce.

Quelques instants plus tard, Wolf fume, adossé au mur crasseux du couloir. La cigarette tremble entre ses doigts. De temps à autre, il jette un regard sur la porte ouverte de la pièce. La radio poursuit inlassablement ses émissions. Les pensées de Wolf ne sont que chaos. Il fixe le plafond et essaie de se concentrer. D'autres taches d'eau. Ses mains n'arrêtent pas de trembler. *Bon sang ! calmez-vous, s'il vous plaît.* Il a l'impression qu'il va faire dans son froc. Puis il commence à penser. Enfin.

Kris. Il faut que je joigne Kris...

Non, il faut que j'appelle la police. Il faut que je...

Fiche le camp, il faut que je fiche le camp d'ici le plus vite possible. Ensuite, appeler Kris et...

Wolf sursaute en entendant sonner son portable.

Si c'est Kris, alors...

« Oui ?

— Comment est-elle ?

— Quoi ?

— Comment est-elle ? Est-ce qu'elle a glissé ? Les clous se sont détachés ? »

Wolf sent un tressaillement sur son visage et regarde l'écran.

Le numéro est masqué.

Il replace le téléphone contre son oreille.

« Toujours là ? interroge la voix.

— Je suis toujours là.

— Alors ? »

Wolf se ressaisit. Il vacille, se sent un besoin irrésistible de tousser et tousse. Les jambes tremblantes, il traverse la cuisine jusqu'à la fenêtre. Le goût amer de la bile lui remonte dans l'œsophage. Il réprime une nouvelle nausée et regarde dans l'arrière-cour.

Où est-il ? Où se cache-t-il ?

« Qui es-tu ? demande Wolf.

— Mauvaise question, réplique la voix. La bonne question, c'est : est-ce que tu as fait ton boulot ?

— Quel boulot ?

— Dis, tu es un imbécile ou quoi ? »

Wolf garde le silence. À l'autre bout du fil, il entend la respiration de l'homme. Derrière les fenêtres d'en face non plus il n'y a personne.

« Pourquoi est-ce que je vous paie, hein ? Fais ton boulot. Et fais-le bien. »

On raccroche. Wolf a encore le téléphone à l'oreille. Personne ne dévale les marches dans la cage d'escalier du bâtiment d'en face. Tout est calme.

Fais ton boulot.

Wolf se précipite vers la porte de l'appartement.

Il faut que je sorte d'ici. Vite. L'enfer va se déchaîner, la police va s'amener. Il faut que j'appelle Kris, Kris saura quoi faire...

Devant la porte est posé un sac en papier.

Wolf s'immobilise sur le seuil et fixe le sac.

Enjambe-le, fous le camp, allez.

Après avoir jeté un coup d'œil dans le sac, Wolf s'enferme dans l'appartement et compose le numéro de Kris.

Frauke

Kris a dit qu'il fallait se voir immédiatement. Sur quoi Frauke et Tamara sont allées à Kreuzberg. Tous trois ont traversé la cour, sont entrés dans le second bâtiment et ont gravi les quatre étages. À présent, ils se tiennent sur le seuil du séjour sans oser pénétrer dans la pièce. Posée par terre, une radio diffuse une chanson américaine. La femme clouée fixe le mur d'en face.

« Est-ce qu'elle est morte ? demande Tamara.

— Bien sûr qu'elle est morte, répond Wolf.

— Tu as vérifié ? » s'enquiert Kris.

Wolf secoue la tête. Kris entre dans le salon et éteint la radio. Il s'arrête devant la femme, se hausse sur la pointe des pieds et lui touche le cou. Il reste dans cette position pendant une minute, puis laisse retomber son bras. Ils se détournent tous en même temps.

Tamara est appuyée contre le mur, à côté de la fenêtre de la cuisine. Elle prétend qu'elle n'est pas sûre de pouvoir tenir debout toute seule. Frauke lui offre une cigarette, Tamara secoue la tête. Wolf parle de l'appel téléphonique et rapporte les paroles de l'homme. Puis il leur montre le sac en papier qui était placé devant l'appartement.

« Je ne sais pas ce que vous en pensez, mais, moi, je crois qu'on devrait se casser. Et sans attendre. »

Kris secoue la tête.

« Personne ne se cassera tant qu'on ne saura pas ce qui se joue ici.

— Comment ça ? l'engueule Wolf en désignant le couloir de la main. Tu trouves que ça ressemble à un jeu, ça, là-bas ?

— Wolf, du calme.

— Je n'ai aucune envie de me calmer, je veux foutre le camp !

— Wolf a raison, renchérit Frauke. On devrait appeler la police.

— Je n'ai jamais parlé d'appeler la police ! »

Kris se tourne vers Frauke.

« Tu veux vraiment appeler la police ? À ton avis, qu'est-ce qui se passera alors ? Tu crois qu'ils détacheront le corps, qu'ils nous serreront la main et nous laisseront partir ?

— Je me fiche de ce qu'ils feront.

— Non, tu ne t'en fiches pas, Frauke, rétorque Kris en reportant son regard sur Wolf. Et toi, tu estimes qu'on devrait tout bonnement se casser, en espérant que personne ne nous a vus aller et venir ? Et qu'est-ce que tu fais de ça ? »

Kris brandit le sac en papier.

« Comment expliques-tu ça ? Tu voudrais peut-être l'oublier ? »

Le sac contient trois photos, un Mini Disc Player et un texte imprimé :

> *Je sais où vous vivez, je sais qui vous êtes.*
> *Je vous remercie beaucoup.*

120

C'est vous qui avez rendu tout cela possible.
Vous ne céderez pas à la panique.
Vous continuerez à vivre comme avant.
Sinon j'irai faire une visite à vos familles.
À vos amis.
À vous-mêmes.

Sur l'une des photos, on voit le père de Kris et de Wolf. Lutger Marrer est en train de faire le plein d'essence. Une main dans la poche de son pantalon, il regarde la pompe. La deuxième photo montre Tanja Lewin. La mère de Frauke est au lit et sourit à l'objectif. Frauke reconnaît l'arrière-plan. L'assassin est allé voir sa mère à la clinique. La troisième photo représente Jenni, qui lace une de ses chaussures.

Tamara attrape la photo et dit :

« Comment est-il au courant pour Jenni ? »

Ils la regardent. C'est la première fois en trois ans que Tamara leur parle de sa fille en la désignant par son prénom.

Petite, ce n'est pas le moment de craquer, pense Frauke.

« Et comment est-il au courant pour nous ? » poursuit Tamara.

Silence. Personne n'en a la moindre idée.

« Nous allons le savoir tout de suite, dit Kris en se tournant vers Frauke. Tu as pensé au classeur ? »

Frauke ôte le sac à dos de son épaule et essuie un bout de sol. Elle ouvre le classeur et effectue une brève recherche avant d'en tirer le bon dossier.

« Son nom est Lars Meybach. Il s'est inscrit il y a dix jours et... »

Tamara pousse un cri. Tous la regardent.

« C'est moi, mon Dieu, c'est moi !

— Comment ça, c'est toi ?

— Il s'est inscrit auprès de moi. Il prétendait que c'était urgent et… »

On entend un bruit sourd. Wolf a cogné du poing contre le mur. Surpris, il regarde sa main droite comme si elle avait développé une vie propre. Des jointures écorchées, le sang goutte sur le sol.

« Ce n'est pas malin, commente Kris. Mais si tu te sens mieux… »

Pendant que Tamara enveloppe la main de Wolf dans son écharpe, Kris et Frauke examinent le dossier de Meybach. Il ne contient pas grand-chose. Meybach a envoyé une requête écrite. Court résumé de la situation, rien de plus. Il travaillait avec Jens Haneff et l'entreprise souhaitait s'excuser auprès de la veuve à la suite du décès de son mari lors d'un voyage professionnel.

« Il nous a appâtés avec un mélo, constate Frauke. Accident d'avion, veuve, sentiment de culpabilité.

— Je ne pige pas, dit Kris. Qu'est-ce qu'il nous veut ?

— Je me fiche de ce que veut ce type, rétorque Wolf. Fichons le camp d'ici. »

Kris acquiesce comme s'il comprenait, puis il sort son téléphone.

« Qu'est-ce que tu fais ? demande Frauke.

— Je l'appelle, répond Kris, et il lui tend le dossier. Lars Meybach a eu l'amabilité de nous laisser son numéro de portable. »

Kris

Ça sonne à l'autre bout du fil. Kris change son portable d'oreille. Il a la bouche sèche, les aisselles baignées d'une sueur froide. À la quatrième sonnerie, on répond.

« Un problème ?

— Aucun problème, dit Kris, juste une question. C'est quoi, cette embrouille ?

— Ah ! ça ressemble à Kris Marrer, le grand frère. Je suis ravi qu'on ait l'occasion de se parler. Je parie que tu es l'élément moteur de l'agence.

— On est quatre…

— Oui, mais il faut un cerveau. Quatre têtes ne pensent jamais pareil, il en faut une qui dirige. »

Kris garde le silence.

« Je l'ai nettoyée, poursuit Meybach. Le sang et la salive auraient gâché le tableau. En plus, elle accordait beaucoup d'importance à la propreté. Je n'ai pas voulu rompre avec la tradition. Vous l'avez bien examinée ? Vous pouvez chercher partout, la réponse se cache toujours dans les yeux. Quand on prend le temps de regarder, on voit tout. C'est bête, mais on ne regarde jamais comme il faut. Quand on le fait, on s'étonne d'avoir pu passer à côté de la vérité. »

Kris ne comprend pas ce que raconte le type.

« Qu'est-ce qu'on vient faire la-dedans ? » demande-t-il.

Meybach lui explique ce qu'ils viennent faire là-dedans. Il l'explique une fois, puis une seconde fois, comme si Kris était demeuré. Kris agrippe son portable pour éviter que sa main en sueur ne le laisse échapper. Pour finir, il entend un clic, Meybach a raccroché. Kris se force à garder le téléphone contre l'oreille quelques instants de plus. S'il l'éteint maintenant, il sait qu'il le flanquera par terre. *Wolf a eu raison de cogner le mur*. Pendant une minute entière, Kris continue de regarder par la fenêtre, comme si Meybach était encore là. Il ne veut pas se retourner.

Comment le leur dire ?

Kris déglutit avec peine, raccroche à son tour et se retourne. Ils ne posent pas de questions, ils se contentent de le regarder.

« Il dit qu'on doit faire notre boulot. »

Wolf s'essuie la bouche et se détourne. Tamara fronce les sourcils comme si elle ne comprenait rien à ce qui se passe. Frauke est la seule à réagir.

« Sans moi, déclare-t-elle, oublie ça. »

Et elle sort en courant de la cuisine. On entend ses pas dans le couloir, puis la porte de l'appartement claque derrière elle.

Tous sont pris de court.

« Qu'est-ce qu'il a dit exactement ? insiste Tamara. Bon sang, Kris, qu'est-ce qu'il a dit exactement ?

— Nous devons nous excuser en son nom, répond Kris avec un geste du pouce par-dessus son épaule. Auprès d'elle. »

Ils le regardent comme s'il venait tout juste d'entrer dans la pièce. Kris aimerait que Frauke soit encore là. Tamara recule jusqu'à ce qu'elle rencontre un mur tandis que Wolf reste là, debout, à ouvrir et fermer sa main blessée comme s'il avait une crampe.

« Répète ça, dit-il à Kris.

— Nous devons nous excuser auprès d'elle. En son nom à lui. Il veut qu'on enregistre les excuses. Il veut le fichier de l'enregistrement. D'où le Mini Disc Player. Il dit que c'est pour ça qu'il nous a engagés, pour qu'on… »

Kris s'interrompt.

« Pour qu'on quoi ? le presse Wolf.

— Qu'on le décharge de sa culpabilité.

— Mais… Mais ça ne fonctionne pas comme ça ! proteste Tamara.

— À qui le dis-tu ! » réplique Kris.

Wolf appuie ses paumes contre ses yeux. Sur sa main, l'écharpe a l'air ridicule. Il rappelle à Kris les supporters de football qui, le week-end, parcourent les rues en beuglant.

« C'est *mon* contrat, déclare Wolf en ôtant ses mains de ses yeux, c'est à moi de m'en charger. Mais je ne le fais pas pour ce salaud, pigé ?

— Pigé, répond Kris.

— Qu'est-ce que je dois dire ? »

Kris explique qu'il y a une note dans la poche de pantalon de la femme. Il sort le Mini Disc Player du sac en papier et le tend à Wolf.

« On discutera après », dit Wolf, et il pénètre dans le séjour.

Tamara et Kris ne bougent pas. Ils entendent les pas de Wolf, le crissement des détritus sous ses semelles.

Le froissement de papier. Un raclement de gorge. Silence. Puis :

« "J'ai besoin qu'on me pardonne, je demande pardon pour ce que j'ai été obligé de faire, récite Wolf. À présent, la souffrance et la colère ont été acquittées. C'est…" »

Silence. Tamara regarde Kris. Perplexe, Kris hausse les épaules. Wolf poursuit sa lecture : « "C'est fini. Passé et présent sont purgés. Vous…" »

Wolf s'interrompt. Tamara veut le rejoindre. Kris essaie de la retenir, elle l'évite. Ses pas martèlent le sol du couloir.

« RESTEZ DEHORS ! » entendent-ils en provenance du salon.

Tamara s'immobilise. Wolf reprend : « "Passé et présent sont purgés. Vous avez fait de moi ce que je suis. Alors je vous prends ce que vous m'avez pris. Lars Meybach. P.-S. : Il va de soi…" »

S'ensuit un long silence, puis Wolf sort de la pièce. Il tend la lettre à Tamara et à Kris comme un manifeste. Au bas de la page figure un post-scriptum : « "Il va de soi que vous vous occuperez du cadavre." »

Tamara éclate soudain de rire, un rire d'une stridence hystérique, puis elle se mord la lèvre inférieure et se tait. Wolf et Kris se regardent, Tamara chuchote :

« On ne va pas faire ça, hein ?

— Bien sûr que non, rétorque Wolf en froissant le papier. On fiche le camp, on retrouve Frauke et… Quoi ? Pourquoi tu me regardes comme ça ? »

Kris pense aux photos dans le sac en papier. Il n'arrive pas à se sortir de la tête l'image de Jenni, si innocente, agenouillée en train de lacer sa chaussure. *Est-ce que Meybach l'a approchée de près ?* Il pense à

126

son père, à la mère de Frauke. Et puis il y a toutes les traces qu'ils ont laissées dans l'appartement. Le sang de la blessure de Wolf. Les empreintes digitales.

On ne peut pas se borner à ficher le camp. Meybach sait qui nous sommes.

« Kris, s'il te plaît, dis quelque chose », l'implore Tamara.

Kris dit ce qu'il pense.

L'homme qui n'était pas là

Il sait combien il est dangereux d'être là, pourtant il pénètre dans l'immeuble. Il traverse l'arrière-cour et lève un instant les yeux. Au-dessus de lui, le rectangle de ciel brille comme une fenêtre sur le néant. Il baisse de nouveau le regard, les yeux sont inquiets. Il sait combien il est dangereux d'être là, pourtant il monte l'escalier. Hâtivement, car il est pressé. Chaque marche lui est familière. Le bois usé de la rampe glisse sous sa main. Il va jusqu'au dernier étage et s'arrête devant la porte. Il sait que si elle est fermée, il redescendra. Il ne tentera rien. Il s'en ira et…

La porte est ouverte.

Il entre. Il traverse le couloir. Il regarde dans la cuisine. Combien de fois s'est-il tenu dans cette cuisine ? *À l'abandon, tout est à l'abandon.* Il repart, pénètre dans le salon et s'immobilise. Il la voit. Contre le mur. Il la voit et fond en larmes. Il s'approche d'elle et lui touche le visage. *Trop tard.* Il souffre. Il sent la souffrance. Il lui palpe le visage sans pouvoir s'arrêter. Son cœur se contracte. Son cœur marque une pause, puis se remet à battre. Il se détourne, respire à fond, puis reporte son regard sur elle. Suspendue là. Les yeux fixes. Il veut les fermer, il doit les fermer. Il s'avance et se hausse sur la pointe des pieds. Les paupières ont la consistance du parchemin.

Il quitte l'appartement. Il se sent vieux comme le monde. Il franchit l'arrière-cour et s'arrête devant la maison. Vieux comme le monde et à bout de forces. Il traverse la rue. La circulation s'écoule autour de lui, il n'entend pas les klaxons, ne voit pas les dangers. Il réfléchit à ce qu'il doit faire. Il ne peut pas rester sans réagir. Il ne peut pas. Il est investi d'une responsabilité. Il décide donc d'attendre qu'ils reviennent. D'où sait-il qu'ils reviendront ? Il le sait, c'est tout. Il sent qu'ils n'en ont pas encore fini avec elle. Alors il attendra en espérant une réponse. À toute question, il y a une réponse. Il en a toujours été ainsi, il en sera toujours ainsi.

TROISIÈME PARTIE

Après

Il essaie de me parler. Il essaie de s'expliquer.

À intervalles irréguliers, je mets le clignotant et ne m'arrête que si l'aire de repos est vraiment déserte. J'ouvre le coffre et je le vois, étendu là. Lui ne peut pas me voir, je lui ai collé du ruban adhésif sur les yeux. Sur les yeux et sur la bouche. Je ne veux pas qu'il me regarde, je ne veux pas entendre sa voix. Le coffre pue la peau brûlée, l'urine et la sueur. Un mélange répugnant, mais je le supporte. Je peux supporter une foule de choses.

De moi, il ne reçoit que de l'eau. Je lui ai expliqué les règles. Au début, il n'a pas écouté. Je lui avais arraché le ruban adhésif des lèvres, et aussitôt il avait crié. Il ne pouvait pas savoir où nous étions. Il ne pouvait pas savoir que, toutes les dix secondes, un poids lourd nous dépassait dans un grondement de tonnerre. Personne ne pouvait entendre ses cris. Pourtant, j'ai exécuté ma menace, je lui ai appliqué de l'adhésif sur la bouche, j'ai fermé le coffre et repris la route. Au cours des trois heures qui avaient suivi, il était resté sans boire.

La fois d'après, il garda le silence. Je lui versai de l'eau dans la bouche. Il toussa, resta silencieux, puis

133

voulut me parler. Je continuai à lui verser de l'eau, puis lui remis son bâillon. Il essayait de bouger. Il n'a pas la place de bouger. Il est coincé entre des coussins et des couvertures. Il a les pieds, les genoux et les bras attachés. Il est ficelé comme un paquet. Il ne peut même pas remuer la tête. Il n'a plus vraiment d'existence.

Avant
Tamara

Wolf a les deux mains sur le volant. Les muscles de sa mâchoire sont crispés, son regard est fixé sur la route. Kris n'arrête pas de tourner la tête vers l'arrière, comme pour s'assurer que Tamara est toujours là. Tamara l'ignore et regarde à l'extérieur sans vraiment voir quoi que ce soit. Lorsqu'ils ont quitté l'immeuble, elle aurait pu jurer que Frauke les attendrait impatiemment devant la porte en fumant. Rien. Même sa voiture avait disparu.

Où es-tu donc ?

Ils ont déjà essayé plusieurs fois de joindre Frauke sur son portable. Seule sa messagerie se déclenche. Tout cela n'a aucun sens. Tamara se sent hébétée. Les bruits lui parviennent comme à travers un filtre, la lumière du jour, elle, est claire et crue. Elle ferme les yeux, se laisse dériver et sursaute lorsque Kris ouvre la portière de son côté.

« On est arrivés. »

Au magasin de bricolage, ils achètent un seau et des produits d'entretien, des tenailles, des sacs-poubelle, des truelles et une bâche noire en plastique. Ils déposent une lampe torche et trois pelles dans le caddie, les manches dépassent comme les pieux d'une palissade. Ils n'échangent pas un mot, on dirait trois étrangers flânant de conserve dans une grande surface. Pour finir, Kris ajoute un sac de couchage. Personne ne demande à quoi il va servir.

Retour à l'appartement. Les quatre étages. La porte, le couloir. La femme est toujours suspendue au mur. Rien n'a changé.

Et moi qui croyais que quand nous reviendrions...

Tamara se met à gémir doucement.

« Tammi, ressaisis-toi, l'exhorte Kris.

— Elle a les yeux fermés », constate Wolf.

Pendant quelques secondes, ils fixent les paupières closes de la morte.

« Tant mieux, dit Kris. Au travail. »

Ils commencent par les mains. Wolf tient le corps de la femme par les hanches et le soulève légèrement pour soulager les mains d'une partie du poids. Kris se hausse sur la pointe des pieds et applique les tenailles. Les deux frères sont blêmes, l'air absent, comme s'ils étaient très loin.

Moi aussi, je veux m'en aller, pense Tamara et elle tressaille quand le clou sort des paumes avec un bruit de succion. Kris perd l'équilibre et jure, le clou tombe au sol avec un tintement et décrit un demi-cercle. Les bras du cadavre s'affalent sur le dos de Wolf.

« Dépêche-toi », dit Wolf en vacillant sous le poids.

L'extraction du deuxième clou fait le même bruit que lorsqu'on ouvre une bouteille de vin. La tête de la morte s'incline, le menton retombe sur la poitrine.

« OK », dit Kris en reculant d'un pas.

Wolf laisse glisser le cadavre jusqu'à ce qu'il soit assis, dos contre le mur.

« Tammi, tu pourrais peut-être nous donner un coup de main ? »

Ils placent la femme dans le sac de couchage. La fermeture Éclair se grippe à deux reprises. Tamara hésite, peut-être qu'ils devraient ménager une ouverture pour l'air. Kris lui demande ce qu'elle fabrique.

« Rien », répond-elle en remontant la fermeture Éclair jusqu'au bout.

Ils soulèvent le sac de couchage. On entend un froissement, Tamara aimerait que la radio soit de nouveau allumée. Ils transportent le cadavre dans le couloir, le déposent près du mur pour qu'il ne gêne pas. Kris et Wolf retournent au salon, étalent la bâche en plastique et entreprennent de gratter le papier peint à la truelle. Tamara est en charge de la cuisine. Elle essuie le sang de Wolf sur le plancher, fourbit les poignées de porte, nettoie tout ce qu'ils ont touché. Une fois ou deux, elle s'interrompt dans son travail et jette un coup d'œil dans le couloir, comme si elle avait entendu quelque chose.

Tamara ignore combien d'heures se sont écoulées. C'est la nuit. Elle a les jambes raides, sa nuque n'est plus qu'une crampe. Ses mains sont douloureuses, et la peau en est toute ridée par l'eau de rinçage.

Les deux frères descendent le sac de couchage pendant que Tamara pénètre dans la cour de l'immeuble avec la voiture de Wolf. Elle ne s'inquiète pas qu'on puisse les voir. Elle agit de façon purement machinale. Une fois le sac casé dans le coffre, Kris et Wolf s'occupent de répartir les détritus et les produits d'entretien dans les poubelles.

« Fichons le camp », dit Kris.

Wolf sort la voiture de la cour et pose une question. Kris répond. Wolf pose une autre question. Kris répond. Tamara a repris sa place à l'arrière et n'a aucune idée de ce dont ils parlent. Elle comprend les mots, mais ces mots n'ont aucun sens. Il y a dans ses tempes une pulsation sourde, il y a l'envie d'engueuler les deux frères pour qu'ils la bouclent. Tamara presse son front contre la vitre et ferme les yeux. Ses pensées en reviennent toujours au même point. *Jenni*. La photo est dans la poche de son pantalon. Tamara veut appeler David. Tamara ne veut pas créer la panique. Tamara est tout entière panique.

« Ça va ? » l'interroge Kris.

Tamara acquiesce comme si elle comprenait ce qu'il dit.

Ils traversent l'autoroute en direction du nord et quittent le périphérique de Berlin. Au bout de dix minutes, ils prennent la première sortie, puis tournent dans un chemin forestier. Wolf coupe les phares et continue en roulant au pas. Tamara baisse sa vitre. Le bourdonnement lointain de l'autoroute emplit la voiture. Wolf s'arrête dans une clairière. Ils ont laissé la voiture de Kris à Kreuzberg et prévu de la récupérer au retour. Ils croient avoir tout planifié. Dix minutes passent. Tamara sait que quelqu'un doit donner le signal, sinon rien ne se produira.

« Bon, allons-y », lance Kris.

Ils descendent de voiture et vont jusqu'au coffre. Ils regardent fixement le sac de couchage.

« Je ne veux pas, dit Tamara.

— Personne ne veut », la corrige Kris avec lassitude, et il sort une des pelles.

Il s'éloigne de quelques mètres et commence à creuser. Wolf tend la lampe torche à Tamara.

« C'est pour quoi faire ?

— Il faut que quelqu'un nous éclaire, explique Wolf en prenant une des pelles. Ou bien est-ce que ça non plus, tu ne veux pas ? »

Kris

Ils sont en train de creuser quand Wolf déclare soudain que ça n'est pas bien. Kris et lui travaillent dos à dos, la terre est grasse et lourde, ils n'ont jamais autant transpiré.

« Ça n'est pas bien. »

Pendant un instant, Kris pense que Wolf s'adresse à Tamara, accroupie au bord de la fosse avec la lampe de poche. Puis Wolf arrête de creuser. Kris se retourne et voit son visage tout éclairé. Sa peau en sueur est maculée et, durant quelques secondes, Kris croit discerner de la peur dans les pupilles de son frère. Wolf lève sa main libre pour se protéger du faisceau lumineux et prie Tamara de baisser la lampe. Tamara dirige la lumière sur la fosse. Wolf fixe le manche de sa pelle et répète que ça n'est pas bien.

Une part de Kris sait ce qu'il veut dire, une autre se refuse à l'entendre car, à l'évidence, il est trop tard. Cela fait une heure qu'ils creusent ce putain de trou où ils disparaissent presque à hauteur du cou. Kris a insisté pour que la tombe soit au moins à deux mètres de profondeur, afin d'éviter que les animaux ne flairent l'odeur et ne déterrent le cadavre.

On n'arrête pas comme ça en plein milieu, pense Kris et il dit :

« C'est un peu tard, non ?

— Elle n'est pas encore sous terre », réplique Wolf.

Kris a grande envie de balancer une gifle à son petit frère. Wolf le sent et s'empresse de poursuivre :

« On ne sait pas qui est cette femme et pourquoi elle a été tuée. On ne sait pas non plus ce qu'on fait ici. Si on l'enterre, alors… »

Ses mains s'agitent en signe de perplexité.

« … alors elle disparaîtra, purement et simplement. Et ça n'est pas bien.

— Moi, ça me va très bien, intervient Tamara. Je ne veux pas mettre Jenni en danger.

— Et toi ? » demande Wolf à son frère.

Kris ne ressent aucune émotion d'ordre moral. Une femme est morte, aucun d'eux ne l'a connue, aucun d'eux n'a causé sa mort. Il ne croit pas que la femme soit morte parce qu'ils ont créé l'agence, c'est inepte. Cette tombe, là, dans la forêt, est la solution à un problème qui pourrait bousiller leur vie. Dès que le cadavre aura disparu, le problème disparaîtra également de leur vie. Du moins, il l'espère.

« On ne devrait pas faire ça », insiste Wolf.

Il regarde la voiture, comme si le cadavre pouvait entendre chaque mot.

« C'est contraire à la morale. »

Kris s'approche de lui.

« Wolf, ce tueur a photographié papa.

— Je sais.

— Et Jenni. Il l'a approchée, tu comprends ? Et puis il y a la mère de Frauke. Il nous menace, ça ne te donne pas à réfléchir ?

— Si, mais…

— Wolf, quoi qu'on fasse, cette femme ne ressuscitera pas. Mais nous, on est vivants. C'est nous qui sommes menacés. Si on n'obéit pas, on mettra d'autres personnes en danger. C'est aussi simple que ça. On ne fait que réagir.

— Justement, réplique Wolf. Je crois qu'on ne réagit pas bien.

— Et comment est-ce qu'on devrait réagir à ton avis ? »

Wolf plante sa pelle à deux reprises dans le sol.

« Pas comme ça. »

Pas comme ça n'est pas une réponse appropriée quand on est debout dans une tombe fraîchement creusée, avec un cadavre dans le coffre de sa voiture. Kris se félicite de ne pas être seul avec Wolf en ce moment. Tamara sert de tampon.

« Fais-moi plaisir, petit frère, dit-il, ressaisis-toi et finissons-en. Dès qu'on sera à la maison, on parlera de tout ça. Mais là, tes jérémiades ne nous mènent nulle part. »

Wolf ne réagit pas, il se borne à regarder Kris. Tamara intervient.

« Wolf ? chuchote-t-elle, comme pour ne pas l'effrayer. Hé, Wolf, qui est la morte ?

— Aucune idée, comment est-ce que je le saurais ?

— Tu l'as bien examinée ?

— Évidemment. Pourquoi cette question ?

— Est-ce qu'elle te rappelle quelqu'un ?

— Tamara, ça suffit.

— C'est juste une question.

— Et moi, je te répète que ça suffit.

— Alors, dis-le.

— C'est idiot.

— C'est peut-être idiot, mais je veux te l'entendre dire, s'il te plaît.

— Ce n'est pas Erin, OK. Je le sais.

— Pourtant, tu penses que, pour des raisons morales, on ne devrait pas l'enterrer ici ? »

Wolf maintient le contact visuel jusqu'à ce que Tamara détourne les yeux. Kris connaît la répugnance de son frère pour les questions rhétoriques. Surtout quand elles viennent de Tamara. Elles révèlent ce que Tamara pense de Wolf et ce dont elle le croit capable.

« Je ne sais pas ce que tu veux entendre, reprend Wolf, mais ce que je sais, c'est que cette situation n'a rien à voir avec Erin. »

Sur ce, il pose la pelle contre le bord de la fosse et se hisse hors du trou. Kris est éberlué. Il reste là comme un imbécile qu'on aurait mis sur « pause » avec une pelle à la main. Wolf retourne à la voiture. Pendant quelques secondes, il est illuminé par l'éclairage intérieur de l'habitacle, puis la portière du conducteur se referme rapidement et son visage retombe dans l'obscurité.

« Merde », dit Tamara.

Kris agrippe le manche de la pelle, la pression est telle qu'il ne sait pas quoi faire de sa colère, il veut l'évacuer en pelletant la terre. Évidemment, c'est impossible, alors il sort de la fosse et rejoint la voiture. Il ouvre brutalement la portière et voit le visage effrayé de Wolf. Kris saisit son frère par son T-shirt et le tire au-dehors comme un chien désobéissant. Les coups pleuvent mécaniquement. Kris n'arrive pas à les contrôler et, pour être honnête, il ne cherche pas à le faire. Son bras se lève, son bras s'abaisse, Wolf n'a aucune chance. Il essaie de rester debout et vacille, il glisse sur les feuilles et tombe. Kris l'attrape, le traîne derrière lui jusqu'à la fosse.

Ce qui rend la scène sinistre, c'est que les deux frères n'échangent pas un mot. Tout se passe dans un silence angoissant, comme si on revenait rétrospectivement sur un événement passé dont le son s'est perdu avec le temps. Du moins, c'est l'impression de Kris. Il n'entend pas les halètements ni les coups sourds. Tout paraît cotonneux. Plus tard, Kris apprendra que Wolf essayait de lui parler et que Tamara lui criait d'arrêter.

Plus tard, ce n'est pas maintenant.

Kris tire son frère jusqu'au trou afin qu'il poursuive sa tâche, c'est tout ce qu'il veut. Il est tellement en colère qu'il n'aperçoit l'ombre que trop tard. La pelle s'abat sur son crâne et l'explosion engloutit sa conscience dans un néant aveuglant.

Tamara

Il est presque minuit lorsqu'ils s'engagent dans l'allée conduisant à la villa. Kris n'a pas encore la démarche très assurée, Tamara et Wolf l'aident à sortir et le soutiennent pour monter l'escalier. Le nez de Wolf a cessé de saigner, il a l'œil gauche presque fermé et, sur le devant de son T-shirt, s'étalent des taches sombres.

La voiture de Frauke est garée à sa place, et, au rez-de-chaussée, il y a de la lumière. Tamara a beau être furieuse contre sa meilleure amie, à la vue de la voiture, elle ne peut s'empêcher d'être soulagée. Kris formule son sentiment à voix haute :

« Au moins, maintenant on sait où elle est fourrée. »

Assise sur le canapé du salon, Frauke lève les yeux à leur entrée. Tamara croise son regard et se demande avec effroi ce qu'est devenue son amie si forte. Frauke a l'air petite et fragile, sa voix en revanche est restée la même, exigeante et précise.

« Où étiez-vous ? »

Tamara s'apprête à lui retourner sa question quand elle s'aperçoit que Frauke n'est pas seule. Un homme est assis en face d'elle.

« C'est Gerald, explique Frauke, il est de la Kripo [1]. »

Il n'en faut pas plus. Ce ne sont que quelques gouttes, mais Tamara les sent couler le long de sa cuisse. Kripo. D'une voix étranglée, elle déclare qu'elle a besoin d'aller aux toilettes, c'est urgent. Avant que quiconque ait pu émettre une objection, Tamara s'est esquivée à l'étage, bien qu'il y ait aussi des WC au rez-de-chaussée.

« Quoi ? »

La voix de David semble résonner à des milliers de kilomètres. Tamara trouve étrange qu'une personne qui vous a été si proche puisse être si distante.

« Je disais…

— J'ai entendu. Où es-tu ? »

Tamara ne veut pas lui dire qu'elle s'est enfermée dans la salle de bains. Ni qu'elle est assise dans le noir sur le couvercle rabattu des toilettes, les genoux contre la poitrine, les bras autour.

« À la maison, répond-elle.

— Tamara, nous étions pourtant d'accord…

— Je voulais juste savoir si Jenni allait bien.

— Mais évidemment qu'elle va bien, qu'est-ce que tu crois ?

— Va voir, s'il te plaît.

— Quoi ?

— Juste un instant, David. Tu veux bien monter et vérifier que ça va ? Je ne quitte pas. »

---

1. Kripo *(Kriminalpolizei)* : « police criminelle » est la désignation commune en langue allemande des forces de police chargées d'enquête en matière de crimes. *(N.d.T.)*

David reste silencieux. Tamara l'entend prendre une inspiration, puis il y a un bruit de raclement, et des pas qui s'éloignent. Elle attend. Elle fixe le miroir au-dessus du lavabo, tache sombre qui la fixe en retour.

Si je m'approchais tout doucement de la salle de bains et que je regardais à l'intérieur, peut-être que je me verrais assise sur les toilettes, le combiné à l'oreille. Peut-être que je pourrais quitter cette Tamara et repartir ailleurs à zéro.

« Elle dort, dit David à l'autre bout du fil.

— Merci, merci, merci. »

Tamara respire, elle sent les larmes lui monter aux yeux.

« Tamara, qu'est-ce qu'il y a ?

— Vous ne pourriez pas partir en voyage pendant quelque temps ?

— *Qu'est-ce que tu veux ?*

— Partez pendant quelque temps. Quinze jours, par exemple. Le temps est beau et…

— Tamara, le temps est atroce. Nous sommes en plein mois de février. Tu as pris quelque chose ? »

À présent, les larmes coulent, Tamara sanglote. David tente de la calmer, Tamara ne veut pas qu'il l'entende pleurer. Elle renifle, elle essaie de se calmer.

« Peur, articule-t-elle finalement avec peine.

— Pardon ?

— J'ai peur, David.

— De quoi ?

— Dehors, il y a tant de méchanceté.

— Tamara…

— Promets-moi que dans les jours qui viennent, tu veilleras particulièrement sur Jenni, promets-le-moi.

— Promis », dit David.

Puis il s'ensuit une pause, où Tamara croit déceler de la nostalgie et de l'espoir, mais David gâche tout en l'exhortant à se ressaisir.

« Tu entends ? insiste-t-il.

— J'entends », répond Tamara.

Elle essaie de s'imaginer la lumière dans la maison de David. La lumière, l'odeur et la certitude qu'il y a toujours quelqu'un. Avant qu'elle puisse lui demander ce qu'il pense, ce qu'il ressent, il a raccroché.

Wolf

Wolf est en piteux état. Il a le nez douloureux et l'œil gauche enflé. Il sait que Kris est encore plus mal en point. Les deux frères tiennent avec peine sur leurs jambes. Et par-dessus le marché, Frauke a ramené un membre de la Kripo.

« Qu'est-ce qui vous est arrivé ? » interroge-t-elle.

Kris répond que, pour l'instant, c'est sans importance.

« Je voudrais plutôt savoir ce qu'un type de la Kripo fait chez nous. »

Frauke et Gerald échangent un bref regard, comme pour se concerter, puis Gerald explique que Frauke est passée le prendre.

« Je ne suis pas en service, détendez-vous. »

Wolf aimerait que Gerald lui explique comment faire. Arriver à se détendre quand on rentre chez soi après avoir éloigné un cadavre du lieu du crime, et qu'on trouve un policier de la Kripo assis sur le canapé du salon. Wolf est tiraillé entre un désir de fuite et une envie d'agression. Il ne voit pas ce qu'il gagnerait à agresser un fonctionnaire de la Kripo, mais c'est toujours mieux que de fuir la queue entre les jambes. Il s'étonne aussi qu'un policier puisse entrer chez eux sans aucune formalité et exiger des réponses. *Il n'est même pas en service.* Avant que Wolf puisse poser une question, Frauke intervient :

« Gerald et moi, nous nous sommes connus au cours d'un stage de programmation que j'ai animé, il y a deux ans.

— Petit hobby », renchérit Gerald en agitant les doigts comme s'il tapait sur un clavier.

Kris s'en fiche.

« Je suis un peu perdu, Frauke, dit-il. Qu'est-ce que Gerald vient faire ici *exactement* ?

— Je lui ai demandé de l'aide.

— À quel sujet ?

— Tu sais très bien à quel sujet. »

Gerald se frotte le crâne comme s'il lui déplaisait de se retrouver dans la ligne de mire.

« Et si l'un de vous me racontait ce qui se passe ? » suggère-t-il sans donner à sa phrase l'allure d'une question.

Personne ne lui répond. Frauke regarde ses mains tandis que Kris retire sa veste. Il la pose sur le dossier de la chaise et s'assied. Wolf admire son calme. Kris doit être complètement claqué. Il remarque que la chemise de son frère est trempée de sueur dans le dos. *Comment peut-il se maîtriser à ce point ?* Au premier étage, on entend gronder la chasse d'eau, puis Tamara redescend l'escalier. Wolf sait qu'il doit réagir avant qu'elle n'entre au salon et n'ouvre la bouche.

« Frauke, est-ce qu'on pourrait se parler un moment, tous les deux ? »

Il a le ton tranquille et déterminé, comme s'il savait où il allait. Wolf n'a aucune idée de ce qu'il va bien pouvoir raconter à Frauke. Il la voit hésiter. Elle regarde alternativement Gerald et Kris comme si Wolf n'était pas là.

« S'il te plaît, juste un instant », ajoute-t-il.

Elle ne voudra jamais, elle va parler de la morte, et ce sera cuit. Le flic ne comprendra jamais pourquoi on a effacé les traces. Pourquoi est-ce qu'il comprendrait, d'ailleurs ? Il nous soupçonnera, il...

Frauke se lève, passe devant Wolf et sort. Wolf est si surpris que, pendant quelques secondes, il se borne à la suivre des yeux avant de comprendre qu'il serait plus malin de la rejoindre.

Frauke l'attend dans la véranda. Elle a allumé une cigarette et contemple l'allée menant à la villa. Wolf trouve inquiétant qu'elle soit incapable de le regarder.

« Pourquoi est-ce que tu évites mon regard ? »

Frauke expulse la fumée par le nez. Elle tourne la tête et regarde Wolf, *enfin*, puis reprend sa position initiale. Wolf la saisit par les épaules et l'oblige à lui faire face. Les doigts de Frauke lâchent la cigarette, qui roule au sol. Wolf sent sur son visage l'haleine chaude de Frauke. Cigarette et menthe. *D'où vient la menthe ?* Cela fait longtemps qu'il ne s'est plus trouvé aussi près de Frauke, et il aimerait que la situation soit différente. Il aimerait l'étreindre et ainsi tout effacer autour d'eux. Le sexe comme remède.

« Comment as-tu osé amener un flic à la maison ?

— Wolf, s'il te plaît ! Gerald est un ami...

— *Ton* ami, peut-être, mais, pour nous, c'est un flic. Débarrasse-toi de lui, sinon c'est moi qui le jetterai dehors. »

Les commissures des lèvres de Frauke s'abaissent légèrement.

« Pourquoi tu fais cette tête ? s'enquiert Wolf.

« — Même si tu le voulais, tu ne pourrais pas.

— Qu'est-ce que je ne pourrais pas ?

— Wolf, tu tiens à peine debout et tu veux t'en prendre à Gerald ? Tu dérailles complètement. Il te démolira. Donne-moi ça. »

Elle lui ôte le mouchoir de la main et éponge le sang qui coule sur sa lèvre supérieure.

« Qu'est-ce qui vous est arrivé ? »

Wolf recule, et la main de Frauke se retrouve soudain à flotter dans l'air. L'épuisement transforme le moindre mouvement en torture. Wolf ne sait quoi répondre à Frauke.

« On s'est disputés », dit-il finalement.

Il ramasse la cigarette tombée au sol, en tire une bouffée, regarde la villa.

« Mais ce n'est pas le problème. Qu'est-ce que tu as fichu ? Si le tueur apprend que tu es allée à la police, alors… »

Il regarde la cigarette, il ne sait pas ce qui se passera alors.

« Pourquoi est-ce que tu t'es barrée ?

— Tu as bien regardé les photos ? rétorque Frauke.

— Tu te fous de moi ? Évidemment que je les ai bien regardées.

— Est-ce que tu as remarqué qu'elles ont été prises à l'extérieur ? Votre père et Jenni. Il n'y a que la photo de ma mère qui ait été faite à la clinique. Il l'a vue, tu comprends ? Ce salopard a rendu visite à ma mère. Ils se sont retrouvés face à face. Alors, désolée si j'ai un peu surréagi, mais c'était trop pour moi. »

Wolf acquiesce, il comprend, il ignore comment il se serait comporté à sa place, mais il comprend. Et

152

pourtant… *Tu as mis ta mère en danger*, voudrait-il dire, mais il reprend :

« On aurait pu parler.

— Je ne voulais pas parler, réplique Frauke. À quoi est-ce que ça aurait servi ? Tu ne vois pas ce qui se passe ? On ne peut pas régler ça. On nous braque un flingue sur la tempe. On n'est pas capables de régler ce genre de chose. Voilà pourquoi il fallait mettre Gerald au courant. »

Frauke s'approche de Wolf, ses mains se posent sur sa poitrine, c'est un tel moment d'intimité que Wolf est envahi de nostalgie.

Si proche.

« Je t'en prie, Wolf, va convaincre les autres que c'est la meilleure solution.

— C'est trop tard.

— Mais non, on amène Gerald à l'appartement et…

— Frauke, je te dis qu'il est trop tard. Si tu ne veux pas qu'on y passe tous, arrange-toi avec ton ami de la Kripo et vire-le. Ensuite, on parlera. »

Wolf se détourne et abandonne Frauke dans la véranda.

Tamara a pris place à côté de Kris sur l'accoudoir du fauteuil. Kris lui tend un verre de vin rouge et remplit le verre de Gerald. L'atmosphère est détendue, ce qui étonne Wolf. À la vue des jointures enflées de son frère, il touche instinctivement son œil. Plus tard, ils découvriront que Kris s'est foulé la main.

Kris demande à Wolf si lui aussi veut du vin. Wolf acquiesce. Gerald fait observer qu'ils sont bien installés. Il jette un œil sur sa montre, croise les jambes, puis désigne son propre visage en demandant :

« Qui avez-vous contrarié ?

— Querelle de famille, répond Kris.

— Ah !… » fait Gerald.

Wolf boit son vin, qu'il trouve insipide. Frauke
revient enfin. Wolf ne se retourne pas. Frauke s'arrête
près de lui et déclare qu'elle est désolée, elle s'excuse
auprès de Gerald.

Frauke

Gerald a garé sa voiture devant la propriété. Frauke et lui font halte au portail. Gerald ne comprend rien à ce qui vient de se passer. Mais il sait qu'il ne devrait pas s'en aller comme cela. Il a toujours eu du mal à interpréter les silences ou à rester assis en face d'une femme compliquée, qui regarde fixement devant elle sans dire un mot. Frauke n'est pas de ces femmes compliquées, ce qui rend son silence d'autant plus effrayant.

« Tu es sûre que…

— Je suis sûre », le coupe-t-elle.

Gerald tourne les yeux vers la villa.

« Il a la figure dans un état…

— Wolf est OK, il est juste très susceptible. »

Frauke se hausse sur la pointe des pieds et embrasse Gerald sur la joue en pensant : *nous, les femmes, quand nous prenons congé, c'est très clair*. Gerald acquiesce, comme s'il avait compris. Frauke discerne dans son regard plus de choses qu'elle ne souhaiterait en voir. Trois fois ils ont couché ensemble, trois fois ils ont reconnu que ce n'était pas une bonne idée. Frauke a mis fin à la liaison quand Gerald a commencé à parler de relation durable. Ils se sont vus moins souvent, sont restés amis, tout paraissait réglé, mais le regard de Gerald est éloquent.

« Donne de tes nouvelles, à n'importe quel moment. Promis ?

— Promis. »

Gerald laisse Frauke au portail et monte dans sa voiture. Un dernier geste de la main, puis il s'en va. Frauke souffle, soulagée, et reste où elle est. Elle redoute le retour à la villa. Elle sait que ce n'était pas une riche idée de filer comme elle l'a fait à Kreuzberg. Elle avait attendu un moment dans la rue, espérant que les autres la rejoindraient. Puis elle s'était rendue chez Gerald.

Après avoir fermé le portail, Frauke se tourne vers la villa et remarque avec surprise que Kris est assis en haut des marches de la véranda. À côté de lui, Tamara est appuyée contre la rambarde, Wolf a placé son bras autour de ses épaules.

Ils veulent s'assurer que Gerald est vraiment parti.

Et aussi, peut-être, que je suis vraiment revenue.

Frauke se secoue et va les rejoindre.

« Comment est-ce que tu as réussi à te débarrasser de lui ? »

Telle est la première question de Kris.

Frauke désigne Wolf du menton.

« J'ai raconté qu'il m'avait frappée.

— C'est pas vrai, proteste Wolf.

— Qu'est-ce que tu voulais que je dise après ton numéro dans la véranda ? Je n'ai rien trouvé de mieux. Est-ce que je pourrais enfin savoir ce que vous avez fait ?

— Nous avons fait ce qu'on exigeait de nous, et tu aurais dû nous aider, répond Tamara. Mais tu as fichu le camp en nous mettant en danger. Nous, et Jenni. »

Frauke a l'impression qu'on lui a fauché les jambes. Elle s'attendait à tout sauf à la déception de Tamara. Elle veut réagir, elle veut s'expliquer quand elle enregistre avec retard les paroles de son amie.

« Comment ça ? En quoi est-ce que j'aurais dû vous aider ?

— Il nous a demandé d'évacuer le corps, répond Kris.

— *Quoi ?*

— Il l'a exigé, Frauke, il a…

— Kris, c'est un salaud d'assassin. Vous avez obéi à un assassin ? »

Ses amis la regardent sans un mot. Leurs yeux ont une expression lasse, épuisée. Comme personne ne répond, Frauke poursuit :

« Il faut stopper ça immédiatement et avertir la police. Vous pigez ? Il faut l'arrêter avant qu'il ne cherche sa prochaine victime.

— Et qu'est-ce que tu raconteras à la police ?

— Ce qui s'est passé.

— Et *qu'est-ce* qui s'est passé, Frauke ? Tu veux raconter que Wolf est entré dans un appartement désert pour s'excuser auprès d'une femme qui était clouée à un mur ? Tu veux leur montrer les preuves ? Si on peut appeler ça des preuves : une lettre, une adresse électronique et un numéro de portable qui ne fonctionne probablement pas. Comment crois-tu que ton pote de la Kripo réagira ? Tu crois qu'il appellera vite fait et que le tueur s'exclamera : *bon sang, qu'est-ce que je suis content de vous entendre !* Est-ce que tu as pensé une seconde que ce type nous surveille peut-être ? »

Frauke ne peut s'empêcher d'éclater de rire. D'un rire artificiel, qui lui rappelle le temps de sa scolarité, quand elle masquait les moments désagréables par un rire hystérique.

« Vous avez vu trop de films. Vous voulez me faire croire que vous vous êtes vraiment excusés au nom de ce pervers ? Et ensuite, qu'est-ce que ce sera ? La prochaine fois, vous lui ferez un rabais ? Je pourrais rédiger une nouvelle annonce : *Assassinez vos voisins, amis et ennemis. Nous pourvoyons aux excuses.* Je n'arrive pas à le croire, vous déraillez complètement. Une femme a été clouée contre un mur, et, vous, vous me sortez ces conneries ! Qu'est-ce que vous avez fait ? Vous avez haché le cadavre en petits morceaux et vous avez tiré la chasse d'eau ? »

Kris détourne les yeux, Tamara regarde par terre, seul Wolf soutient le regard de Frauke.

« Wolf, qu'est-ce que vous avez fait du cadavre ? »

Wolf plonge la main dans la poche de son pantalon, la ressort et la regarde avant de lancer la clé à Frauke. Une étincelle dans l'air, un tintement lorsque Frauke attrape la clé. Elle n'a aucune idée de ce que cela signifie. D'un mouvement de tête, Wolf désigne sa voiture, garée à côté de celle de Frauke dans l'allée, et il dit :

« Elle est dans le coffre. »

Quelque chose se déchire en Frauke. C'est presque un soulagement. Ce qui la maintenait encore debout a cédé. Sa crampe d'estomac disparaît. Frauke se penche en avant et vomit sur les graviers.

Kris

Ils ne sont plus devant la villa, mais assis dans la cuisine. Il est une heure du matin passée et Kris a une terrible migraine. Tamara s'est enveloppée dans une couverture et grelotte comme si le chauffage ne fonctionnait pas. Wolf a posé près de lui un bol rempli d'eau, dans lequel il plonge de temps à autre un torchon qu'il applique ensuite sur son œil enflé. Frauke est la seule à ne pas être assise, elle est adossée au mur. Elle les a écoutés sans les interrompre une seule fois. Mais Kris la connaît bien. Elle regrette d'avoir congédié Gerald.

« Alors c'était ton idée de ne pas enterrer la femme ? demande-t-elle à Wolf.

— Je n'appellerais pas vraiment ça une idée… Je suis sûr que tu aurais fait pareil si tu nous avais accompagnés. Mais comme tu t'es tirée…

— Je vous répète que je suis désolée, j'ai paniqué. »

Wolf lève son pouce.

« Super alibi. Heureusement que, nous, on n'a pas paniqué. Nan, on était détendus, on rigolait.

— Tu es vraiment un con.

— Wolf n'est pas un con, s'interpose Tamara.

— Comment tu appelles ça, alors ? Je m'excuse et il se fout de moi. Explique-moi comment tu appelles ça.

— Ce n'est pas ce qu'il voulait dire. »

Ils regardent Wolf. Il est évident que c'est bien ce qu'il voulait dire. Kris sait que son frère est sur le point de sortir une stupidité. Wolf n'a jamais su quand il fallait s'arrêter.

« Il ne t'est pas venu à l'esprit qu'on a tous une part de responsabilité ? demande-t-il.

— Comment ça ?

— Les amis, ça suffit maintenant, intervient Kris. Ça ne mène nulle part…

— Reste en dehors de ça », le coupe Frauke.

Elle appuie ses mains sur la table, se penche en avant comme si elle devait se rapprocher de Wolf pour ce qu'elle a à dire.

« C'est quoi cette histoire de responsabilité ?

— Tu m'as parfaitement entendu.

— Tu veux dire que si l'agence n'existait pas, peut-être qu'il n'y aurait pas eu de meurtre ? »

Wolf se renverse sur son siège et croise les bras sur sa poitrine.

« Tu racontes n'importe quoi, poursuit Frauke en regardant Kris et Tamara. Est-ce que l'un de vous pourrait le lui dire ?

— Il le sait, répond Kris.

— Je n'en ai pas l'impression.

— Il faudra que tu fasses avec.

— Merci, Wolf.

— Pas de quoi, Frauke. »

Kris a toujours été d'avis que ces deux-là n'auraient jamais dû coucher ensemble. Wolf n'est pas de taille face à Frauke et les situations de conflit en sont une bonne illustration.

« Vous m'avez l'air d'avoir tout planifié dans le moindre détail, reprend Frauke. Quelle est la suite des opérations ?

— On écoute tes propositions, réplique Wolf. Comme moi, tu as l'air d'avoir une foule de bonnes idées. Toi, c'est la Kripo, moi, l'éthique. On devrait s'associer. »

Hier, ils en auraient ri, ils se seraient regardés et ils auraient pouffé de rire, pense Kris, et il déclare :

« On va envoyer les données à Meybach et l'affaire sera close.

— Ce sera fini ?

— Ce sera fini.

— Super plan, s'extasie Frauke. Oublions le cadavre. Laissons-le dans le coffre jusqu'à ce que plus personne ne se souvienne de l'endroit où il est.

— Ce n'est pas drôle, rétorque Tamara.

— Tammi, je n'essaie pas d'être drôle. J'ignore si je dois rire ou pleurer. Et puisque je n'arrive pas à me décider, il est temps que j'aille me coucher. Quand vous aurez un plan sensé, qui prenne en compte la morte dans le coffre, on en discutera. En attendant, merci de me foutre la paix. Aujourd'hui, j'en ai ma claque. »

Son dernier regard est pour Wolf. Peut-être espère-t-elle qu'il la contredira.

« Bonne nuit, dit Wolf sans la moindre trace de sarcasme.

— 'nuit », répond Frauke et elle monte à l'étage.

Le silence qui s'installe est apaisant. Ils sont assis dans la cuisine, tous trois si fatigués que, pendant un moment, ils restent là, l'œil fixe, à savourer le silence.

« Vous avez une mine épouvantable », fait remarquer Tamara à un moment donné.

Kris essaie de fermer son poing droit, impossible, les jointures sont trop enflées. Tamara va chercher un tube de Mobilat dans la salle de bains et applique le gel sur la main de Kris. Celui-ci soupire.

« Ça soulage, dit-il.

— Comment va ta tête ? »

Kris hausse les épaules, ce qui lui arrache une grimace.

« Sois contente que je n'aie pas une commotion cérébrale. »

Tamara rougit. Wolf déclare qu'avec un crâne comme le sien il est impossible d'avoir une commotion cérébrale. Kris le remercie de son commentaire.

« Je ne voulais pas frapper si fort, s'excuse Tamara.

— Je plaisantais, la rassure Kris. J'ai un crâne en béton, ne t'inquiète pas. »

Wolf montre son œil.

« Tu peux aussi faire quelque chose pour moi ? »

Tamara sort des glaçons du compartiment réfrigéré, les enveloppe dans un torchon et les passe rapidement sous l'eau. Wolf la remercie et presse la glace sur son œil gonflé. Tamara s'appuie contre la cuisinière et bâille.

« Tu as l'air fatiguée, dit Kris, couche-toi, on parlera tranquillement demain.

— Je ne veux pas vous laisser en plan », réplique Tamara.

En l'entendant, Kris a envie de se lever et de la serrer dans ses bras. Elle paraît être la seule à avoir conservé sa présence d'esprit. *Qui l'aurait cru, notre fragile Tamara a un cœur de lionne.* Kris se demande s'il se fait des idées, si son épuisement l'amène à imaginer des choses. Tamara lui paraît pleine de détermination et d'assurance.

« Tu peux aller te coucher, renchérit Wolf, on trouvera bien un plan.

— C'est peut-être ce qui m'inquiète », répond Tamara.

Elle rassemble autour d'elle les pans de la couverture. Elle embrasse Kris puis Wolf sur la joue. Pendant quelques secondes, elle plonge son regard dans l'œil sain de Wolf, et il se passe quelque chose. Kris n'arrive pas à mettre le doigt dessus, mais il se passe quelque chose entre Wolf et Tamara.

« Je te déteste parce que tu n'as pas voulu te débarrasser du corps, dit-elle à Wolf, mais je pense que tu as eu raison.

— Merci. »

Kris et Wolf écoutent Tamara monter l'escalier, ils entendent le craquement familier du plancher et la porte de la chambre qui se referme.

« Elle est formidable, déclare Wolf.

— Tu dis ça uniquement parce qu'elle t'a approuvé. »

Ils se taisent, ils ne se regardent pas.

« Je suis désolé, reprend Kris après une pause, je n'aurais pas dû te frapper.

— Laisse, je l'avais mérité.

— Personne n'a mérité toute cette merde.

— Là, tu marques un point. »

Wolf sourit.

« Et maintenant qu'est-ce qu'on fait, grand frère ? »

Kris regarde sa main enflée.

« Une exposition d'œuvres familiales ?

— Je t'ai dit que ça allait.

— Non, ça ne va pas. J'ai vu rouge, et si Tamara n'avait pas été là…

— Arrête ou je monte me pieuter et tu te débrouilleras pour passer seul cette merveilleuse soirée. »

Kris lève la main en un geste d'apaisement.

« C'est bon, je me tais.

— Merci, parce que je serais totalement incapable de dormir.

— Des suggestions ?

— On pourrait boire, ça diminue la douleur. »

Kris rit.

« Franchement, tu as mal au crâne, et, moi, j'ai un œil qui me sort presque de la tête. Tu connais un meilleur remède ? »

Kris secoue la tête, non, il n'en connaît pas.

Assis dans le jardin d'hiver, ils contemplent le Petit Wannsee. Dehors, il vente, de temps à autre la lumière de la lune se promène sur le terrain, s'accroche aux buissons et frotte l'écorce des arbres, puis les nuages se referment et engloutissent le jardin dans l'obscurité. Sur la table, il y a de la vodka et de la tequila, et quelques bougies aux flammes vacillantes comme sources de lumière. Les deux frères ont le sentiment d'être dans une caverne. Ils boivent et ruminent leurs deux grands problèmes. Le premier gît dans le coffre de la voiture, le second est un dément qui attend qu'ils lui envoient un fichier contenant des excuses.

« Tu avais peut-être raison, admet Kris.

— J'ai souvent eu raison aujourd'hui, sois plus précis.

— Meybach a écrit qu'il nous remerciait. Que nous avions rendu tout ça possible. Et si c'était vrai ? S'il avait tué uniquement parce que nous avons ouvert l'agence ?

— Mais non ! Je ne crois pas qu'on ait fait apparaître un fou comme par magie. Il se peut qu'on ait servi de déclencheur, mais des déclencheurs, on en trouve partout. Quelle que soit la raison pour laquelle il a tué cette femme, je ne pense pas qu'on soit responsables.

— Alors pourquoi est-ce que tu as dit ça ?

— Pour énerver Frauke.

— Tu es vraiment un con.

— Merci. Garde-moi la place. »

Wolf retourne dans la villa chercher des glaçons pour son œil.

« Chips ou nachos ! » lui lance Kris.

Wolf revient avec les glaçons et un sachet de nachos.

« Tu crois que Meybach nous laissera tranquilles ?

— Je l'espère.

— Et si ce n'est pas le cas ? »

Kris ne réagit pas.

« Est-ce qu'on peut courir ce risque ?

— Quel risque ?

— Ben, le risque qu'il nous adresse un contrat tous les quinze jours.

— Ça suffit.

— C'était juste une supposition. »

Kris contemple son verre vide.

« Tu sais, je n'arrête pas de me demander ce qu'il espère. Est-ce qu'il croit vraiment que nos excuses serviront de réparation ?

— Aucune idée », répond Wolf en remplissant leurs verres.

Ils trinquent et boivent, puis ouvrent le sachet de nachos. Il s'écoule un moment avant que l'un d'eux reprenne la parole.

« Qu'est-ce qu'on fait d'elle ? demande Kris.

— Si seulement je le savais. »

Wolf allume une cigarette et, le temps de deux bouffées, en contemple l'extrémité rougeoyante.

« On pourrait la caser dans la cave.

— Oublie ça.

— Au moins, il y fait frais.

— Oui, super. Et ce serait pour combien de temps ?

— Le temps qu'on trouve un meilleur plan. »

L'idée ne plaît pas à Kris. Il sait qu'elle ferait flipper Frauke.

« On aurait dû l'enterrer dans la forêt, dit-il.

— L'éthique, dit Wolf.

— Connard, dit Kris.

— Je ne peux pas dormir », dit Tamara.

Ils sursautent, la vodka déborde de leurs verres, tous deux rougissent. Ils ont l'air de deux gamins surpris à lire un magazine porno sous la couverture. Kris ne sait pas pourquoi la situation leur est si pénible.

« Je pense sans arrêt à elle, explique Tamara. Ça me fait tellement de peine qu'elle soit dans le coffre.

— Tu n'es pas la seule. »

Wolf tend son verre à Tamara. Elle prend une gorgée, puis avale la vodka d'un trait. Kris regarde ses bras nus et remarque qu'elle a la chair de poule. Tamara se frotte les yeux.

« Et maintenant, qu'est-ce qu'on fait ? » demande-t-elle.

C'est un peu comme si sa question bouclait une boucle. Personne n'a de réponse. Wolf tapote ses genoux, Tamara s'assoit et pose sa tête sur son épaule. C'est un tableau charmant. Ils regardent le jardin sombre et le lac, le lac les regarde, la nuit est paisible, cinq minutes s'écoulent, puis on entend un léger ronflement.

« Wolf ?

— Je ne dors pas. »

Kris prend Tamara dans ses bras, son souffle lui caresse le cou, elle est légère comme une plume. Kris n'a aucune peine à la porter jusqu'à sa chambre. Il la dépose sur le lit et la borde avec soin. *Si elle n'avait pas été là aujourd'hui, qui sait ce que j'aurais fait à Wolf.* Kris se penche et embrasse Tamara sur la joue. Elle ouvre les yeux et ne s'effraie pas, bien qu'il soit à quelques centimètres de son visage. Elle n'a même pas l'air surprise.

« *Hi*, chuchote-t-elle.

— *Hi.*

— Comment est-ce que je suis arrivée dans mon lit ?

— Je t'ai portée.

— Tu as l'air triste. »

Sa main surgit de sous la couverture et touche la joue de Kris.

« Ça va. Dors maintenant. »

Tamara referme les yeux. Kris reste encore un moment assis à son côté, avec l'impression d'avoir attrapé la mélancolie de son frère.

Lorsqu'il redescend, Wolf n'est plus dans le jardin d'hiver. Kris le trouve devant l'évier de la cuisine, la tête sous le filet d'eau. Il allonge la main et ferme le robinet.

« Ça fait du bien », dit Wolf.

Kris lui tend un torchon. Wolf se sèche, palpe son œil enflé et ôte vite sa main. Puis il regarde le torchon et déclare :

« On devrait le faire. Ici, maintenant.

— Pas question. Je ne veux pas de cadavre à la cave.

— Je ne parlais pas de la cave. »

Wolf tourne les yeux vers la fenêtre.

« Ce serait idéal. Et sûr. »

Kris suit son regard. Dehors, il y a la nuit, il y a le Petit Wannsee et…

« Tu ne vas tout de même pas la jeter dans le lac ! En quoi est-ce que ce serait sûr, imbécile ? !

— Il ne s'agit pas du lac ! Je veux la garder dans les parages. C'est une question de dignité… »

Wolf s'interrompt. Le silence s'installe. Tout à coup, Kris entend, clair et distinct, le tic-tac de l'horloge de la cuisine. Il ne peut pas savoir que ce tic-tac le poursuivra pendant longtemps. Il s'égrenera, sec et calculateur, chaque fois que Kris repensera à cette nuit. Puis Kris éclate de rire, il rit en allant se servir dans le réfrigérateur. Il a soudain envie de lait glacé. Le silence se brise sur les bords, le tic-tac lui résonne douloureusement dans le crâne.

« Tu ne te rends pas compte à quel point tu es bourré », fait-il après la première gorgée.

Wolf garde le silence. Kris repose la brique de lait. Les yeux fixés sur son frère, Wolf déclare qu'il ne faudra jamais le dire à Frauke et à Tamara.

Ils ouvrent la seconde bouteille de vodka, retournent dans le jardin d'hiver et continuent à discuter. Deux heures durant. À un moment, ils se retrouvent devant la villa sans savoir comment ils sont arrivés là. Le froid mordant les réveille. *L'ivresse lucide est pire que l'ivresse tout court*, pense Kris, et il se retient à l'épaule de son frère. Ils sont ivres, lucides et déterminés, ils sont debout devant la voiture de Wolf et regardent, fascinés, le hayon s'ouvrir sans bruit.

« La technique », s'extasie Wolf, la clé de voiture fièrement brandie.

Devant eux gît le sac de couchage. Il n'y a plus d'échappatoires. Ils sont d'accord sur le fait que personne ne devrait connaître une fin pareille. Personne. Wolf presse le bouton sur la clé de voiture, le hayon se referme, et ils acquiescent d'un signe de tête satisfait, appuient leur postérieur contre le hayon et tentent de recouvrer leur sobriété. Il fait froid, il fait plus froid que froid.

« Cet hiver était censé être le plus doux depuis des années, dit Kris.

— Merde à la météo !

— Merde au temps ! » renchérit Kris.

Ils se taisent. Pendant un moment, ils ignorent le froid, puis ils reprennent leur discussion.

À 4 heures et demie, ils se mettent au travail et creusent la tombe à quelques mètres de la remise, entre la villa et le lac. Du côté rue, le terrain est protégé par un mur à hauteur d'homme. Pour les voir, il faudrait que les voisins dressent une échelle. Le sol est plus sec que dans la forêt, ce qui ne leur facilite pas la tâche. Ils enfoncent les pelles, appuient fortement du talon, ils sont furieux contre la mort. Les étoiles se cachent derrière la couverture de nuages. Deux jours auparavant, tout était différent. Le ciel était une fête nocturne. Enveloppés dans des couvertures, ils s'étaient assis sur la terrasse, les yeux levés, et contemplaient la nuit. Frauke avait aperçu sa première étoile filante.

Deux jours, deux ans, deux décennies et plus.

Quand ils ne peuvent plus voir au-delà des bords de la tombe, ils sortent le cadavre du coffre. Ils se gardent bien de le retirer du sac de couchage. Fatigués, épuisés et toujours ivres, ils se dirigent vers la fosse, vacillant sous le poids du corps. Le sac tombe au fond avec un soupir froufroutant. D'en haut, ils lui jettent un regard satisfait, mais, au bout de quelques secondes, ils regrettent de ne pas avoir sorti la morte du sac. Le grattement de la terre sur le Nylon. Ils souhaiteraient être sourds. Ils accélèrent le rythme. Le manche des pelles est glissant sous l'effet de la transpiration et des ampoules crevées qui parsèment leurs mains. Le grattement cesse enfin. Ils continuent à pelleter en s'efforçant de ne pas penser, ils veulent en finir et oublier. Et si quelqu'un arrivait, leur demandait s'ils savent ce qu'ils font, ils répondraient en toute sincérité qu'ils savent ce qu'ils font. Pas d'alibis, pas d'échappatoires. L'alcool n'y change rien. Leur plan est parfait. Au petit déjeuner, ils raconteront qu'ils ont rapporté le corps dans la forêt. Kris dira : *heureusement, mon petit frère est revenu sur ses principes moraux.* Et le petit frère sourira d'un air gêné et s'excusera pour les âneries qu'il a débitées.

Alors qu'ils sont en train de lisser la terre sur la tombe, les premières gouttes de pluie surviennent. Il ne pouvait rien leur arriver de mieux. Ils lèvent les yeux, ils sourient. Au bout de quelques instants, plus rien ne rappelle une tombe. La boue gicle et un grondement de tonnerre traverse paresseusement le matin qui point.

Ils vont chercher la brouette dans la remise et descendent le surplus de terre jusqu'à la rive. Pendant qu'ils déversent deux pleines brouettes dans le Petit Wannsee, leurs yeux errent sans relâche sur la rive opposée. Les vieilles gens dorment peu, c'est connu, mais même si les Belzen étaient réveillés, ils auraient du mal à distinguer quoi que ce soit avec cette pluie drue. Non, les deux frères sont en sécurité.

Après avoir déchargé les derniers restes de terre dans le lac, ils rincent pelles et brouette sur la rive et les replacent dans la remise. Côte à côte, ils rentrent à la villa. Ils sont complètement trempés, ils ne sont plus ivres, ils ne sont plus que fatigués. Sueur et pluie, les muscles qui tressautent, les paumes meurtries. Et puis le froid. Il n'a rien à voir avec le froid qui les entoure. Ce froid-là est profondément ancré en eux, comme une douleur qui irradie en tous sens.

Ils retirent leurs affaires mouillées derrière la porte d'entrée, où ils les abandonnent pour ne pas salir la villa. Ils ne parlent pas, il n'y a rien à dire. Nus, ils montent l'escalier en courant et disparaissent dans leurs chambres. Ils sont trop éreintés pour se laver. Quand Wolf atteint son lit, il se glisse sous la couverture et tombe dans un profond sommeil. Kris a besoin d'un peu plus de temps. Il rassemble les pans de la couverture autour de lui et reste simplement allongé là pendant quelques instants, épuisé. Et il écoute la pluie, voit les éclairs tressaillir sans bruit sur le plafond de la chambre, entend les rafales de vent secouer les fenêtres et pense que c'est enfin terminé.

Enfin.

Toi

Vent. Orage. La fuite effilée des nuages à l'horizon, grondement de tonnerre et doux crépitement de la pluie. Tu es debout près de la fenêtre ouverte, un éclair illumine ton visage et te fait penser aux garçons. *Butch Cassidy & the Sundance Kid*. Ils étaient âgés de neuf ans quand ils avaient vu le film pour la première fois. Ils ne s'étaient jamais disputés pour savoir qui serait qui. Ils avaient vu le film huit fois et connaissaient les gestes et les répliques par cœur.

Durant les mois qui avaient suivi, ils avaient fait honneur à leur nom et dévalisé toutes les banques qu'ils rencontraient sur le chemin. Ils esquivaient les balles, sautaient sur des trains lancés à pleine vitesse et cravachaient leurs chevaux.

Un jour, ils tombèrent dans un sale traquenard et se cachèrent de la police mexicaine sur un chantier, à proximité du terrain de sport. Ils savaient que personne n'irait les chercher là. C'était dimanche, on ne voyait pas un seul ouvrier, le chantier était à eux. C'était également le dernier jour des vacances d'été, il fallait prendre congé d'un âge d'or. Les garçons explorèrent les lieux et s'arrêtèrent devant une canalisation en béton. Celle-ci serait leur refuge, désormais elle leur appartenait aussi car ils étaient les meilleurs amis du monde et ils partageaient tout. Comme Butch et Sundance. Ils voulaient ne jamais se quitter, ils avaient tant de projets. Même la grêle de balles de leurs ennemis, ils voulaient l'affronter ensemble. *Ensemble*. Tu revois encore leurs visages resplendissants. Comme s'ils étaient illuminés de l'intérieur, comme si leur amitié était de l'énergie pure.

L'un s'assit à un bout de la canalisation, l'autre à l'opposé. Ils se parlaient en chuchotant et l'écho portait le son de leurs voix, auxquelles il donnait un accent inquiétant.

Quand ils se glisseront jusqu'à nous, fais-moi un signe.

Oui, d'accord.

Il te reste assez de munitions ?

Quand mon revolver sera vide, j'utiliserai des pierres.

Butch, qu'est-ce que tu veux faire avec des pierres ?

Tu verras, Sundance, tu verras.

La pluie survint à l'improviste, en l'absence de nuages. Elle se déversa comme du néant. Pour les garçons, un orage estival à Berlin avait toujours été une sorte de prodige. Pendant un moment, ils regardèrent le ciel, incrédules. Ils sortirent de la canalisation, se tinrent debout, épaule contre épaule, et rirent. La pluie tombait sur eux en chuchotant. Les vêtements épousaient leurs corps comme un cocon au travers duquel luisaient leurs membres osseux. Aujourd'hui encore, quand tu fermes les yeux, tu sens cette pluie chaude. Une pluie d'été. Inattendue et douce, et, au milieu, deux garçons qui lèvent les bras en riant.

Puis ils regagnèrent l'abri de la canalisation et s'assirent tous deux à l'une des extrémités. Ils pressaient leurs chaussures de tennis contre la paroi intérieure et crachaient au-dehors dans la pluie. Ils étaient si innocents. Ils croyaient que le monde tournait autour d'eux.

Butch fut le premier à entendre le bruit de moteur. Suivi peu après par le couinement des pneus dans la boue. Une voiture se gara contre la palissade du chantier. Les garçons se tapirent dans la canalisation. Peut-être était-ce le service de sécurité, peut-être les avait-on vus. Mais ce n'était pas la sécurité. Dans la voiture étaient assis un homme et une femme. L'homme avait une cigarette aux lèvres, la femme avait rabattu le miroir et se maquillait. Dans la pluie diluvienne, on ne distinguait que leurs silhouettes. Au bout d'un moment, l'homme sortit de la voiture, se plaça devant la palissade et urina.

À cette vue, Butch éclata de rire. Son rire résonna dans le tuyau comme si quelqu'un applaudissait avec précipitation. D'une voix sifflante, Sundance lui adressa une mise en garde et ils s'enfoncèrent dans la canalisation, mais rien n'y fit, Butch ne se maîtrisait plus.

« Eh bien, qui avons-nous là ? »

Le visage de l'homme avait surgi à un bout. Comme une lune qui perce à travers les nuages. Les garçons ne prirent pas la fuite. Ils étaient si jeunes et si naïfs, ils pensaient que l'homme ne pouvait rien contre eux. Après tout, ils étaient deux. En plus, la canalisation avait une autre extrémité. Ils restèrent au milieu, bien à l'abri.

« Vous ne voulez pas sortir ? » demanda l'homme.

Sundance secoua la tête, Butch aurait bien aimé s'enfuir. Il regrettait d'avoir ri. Tu te rappelles encore que ses mains pressaient la paroi de la canalisation. Comme s'il pouvait la défoncer et s'envoler.

« Allons, venez », insista l'homme.

On entendit un coup, les garçons sursautèrent. Ils se retournèrent. Une deuxième lune s'était levée. Le visage de la femme les observait de l'autre côté.

« Qui avons-nous là ? » dit la femme.

Sundance trouva drôle qu'elle posât exactement la même question que l'homme.

« Drôle, hein ? chuchota-t-il à Butch.

— Quoi donc ? lui chuchota Butch en retour.

— Les deux, là.

— Deux chiots », dit la femme en s'éclipsant.

L'homme resta où il était et s'enquit de leurs noms. De leur âge. De ce qu'ils faisaient là. S'ils ne voulaient pas sortir.

« Si vous ne sortez pas, je vais devoir entrer », déclara-t-il en se baissant pour pénétrer dans la conduite.

Les garçons coururent dans l'autre direction et s'arrêtèrent. Dans la pluie crépitante, on distinguait l'ombre de la femme. Elle attendait qu'ils sortent.

« Vous venez de mon côté ? l'entendirent-ils demander.

— Ou du mien ? »

La voix de l'homme résonna dans la canalisation.

Les garçons se regardèrent. Ils prirent une décision et se dirigèrent vers la femme. Ils avaient davantage confiance en elle. Ils étaient comme des brins d'herbe dans une prairie qui n'a encore jamais vu de tondeuse à gazon.

« L'un de vous peut partir, l'autre doit rester. Qui veut partir ? »

Ce n'était pas plus compliqué. Une question, une réponse. C'est tout. Les garçons se regardèrent. Ils avaient pleuré, mais la pluie effaçait les larmes. Ils avaient donné leurs noms à l'homme et à la femme. Leurs vrais noms, comme si cela pouvait changer quelque chose. Comme si la réalité allait soudain recouvrer une apparence de raison en apprenant qu'ils n'étaient pas deux *desperados* qui attaquaient des trains et faisaient sauter des coffres-forts. Les garçons avaient expliqué qu'ils n'étaient là que pour jouer. Ils voulaient rentrer chez eux, mais l'homme répondit que ce n'était pas si simple.

« N'est-ce pas, Fanni ? »

La femme expliqua aux garçons que, bien sûr, elle ne s'appelait pas Fanni. Son vrai nom était Franziska, mais qui voudrait s'appeler Franziska ? L'homme déclara s'appeler Karl. Karl, c'est tout.

Alors Butch voulut fuir, en passant devant la femme parce qu'il croyait plus facile de lui échapper. Celle-ci lui fit un croc-en-jambe. Ce fut si rapide que Butch ne sut pas ce qui lui arrivait. Soudain, il était par terre, le visage dans la boue, on le remit sur ses jambes, et il se retrouva de nouveau à côté de Sundance. Il avait les genoux qui tremblaient, son nez saignait, son visage était maculé de boue.

« Tu saignes », lui chuchota Sundance.

Du dos de la main, Butch voulut ôter le sang, mais la femme fut plus prompte. Son bras évoquait un serpent. Elle saisit le menton du garçon et ordonna :

« Ferme les yeux, chiot. »

Butch ferma les yeux. Il tremblait de tout son corps. Le sang et la morve lui coulaient du nez tandis qu'il se tenait là, sans oser bouger, regarder, exister. Des doigts, la femme essuya la boue qui lui souillait le visage, puis elle lécha le sang et embrassa sa bouche tremblante, promena sa langue sur ses joues, lécha ses larmes.

Sundance aurait voulu hurler. Il aurait voulu tirer ses deux revolvers et, de la main gauche, abattre la femme, de la droite, l'homme. Sa bouche resta close, et les revolvers demeurèrent bien loin, à Mexico.

Quand la femme se fut redressée, elle dit que l'un d'eux pouvait partir et que l'autre devait rester.

« Qui veut partir ? »

Les garçons se regardèrent, et l'un d'eux s'apprêtait à dire qu'il voulait partir, qu'il voulait absolument partir, quand l'autre le devança. Il le précéda d'une seconde, se détourna et partit. Ce n'était qu'une petite trahison. De toute façon, en pareille situation, les garçons ne se seraient pas fait de cadeau. L'un partit, l'autre resta. Voilà. Mais Sundance ne partit pas vraiment. Il alla se cacher derrière un tas de briques. Il savait qu'il devait le faire, pour Butch. Être là. Quoi qu'il se passât, il était un témoin. Être là. Au moins pendant un moment. Ensuite, il irait chercher du secours. Ensuite.

Tu te souviens de tout. Comment Butch devint un chiot. Comment le garçon passa de l'être humain au chien. Ce que l'homme lui fit. Ce que la femme lui fit. Comment le chiot dut rester à quatre pattes sous la pluie après qu'ils l'eurent déshabillé. Comme il tremblait et comme sa plainte couvrait le bruit de la pluie qui tombait. Grêle, perdue, solitaire. Et comme Sundance vomit. De peur et d'impuissance.

Quand l'homme et la femme disparurent, Butch était redevenu un être humain et gisait sous la pluie. Il tenta de se redresser et retomba. Trop faible. Personne ne pourrait décrire cette souffrance. Personne ne devrait avoir à le faire. Toi non plus, bien que tu ne cesses de chercher des mots pour cela.

Tamara

Le tonnerre gronde. Tamara se réveille en sursaut. Elle a l'impression d'avoir la bouche pleine de coton. Elle se souvient d'avoir connu un réveil semblable, dans la panique. C'était il y a une éternité, chez sa sœur. Ce matin-là, elle avait derrière elle une nuit passée à danser avec Frauke et elle devait se rendre à l'agence pour l'emploi. Cette fois, c'est la nuit qui a succédé à la pire journée de sa vie, seul un verre de vodka avait pu la calmer.

La montre indique 9 h 30. La pluie tambourine contre la fenêtre, les éclairs tressaillent à l'horizontale dans le ciel et illuminent un front de nuages noirs qui ressemble à un drapeau flottant au vent.

Tamara attend le tonnerre et compte les secondes.

Au rez-de-chaussée, elle aperçoit les vêtements jetés devant la porte d'entrée. Deux tas, des traces de boue, des chaussures crottées. Tamara touche du pied un des tas. Mouillé. On dirait que Kris et Wolf se sont ratatinés sur place.

Tamara laisse les affaires où elles sont et se rend à la cuisine. L'odeur qui y règne lui rappelle les soirées de fête avec cocktails renversés et cendriers qui débordent. Tamara bâille. Elle sait que c'est une erreur de s'être levée. Elle déteste être debout avant les autres. *Qui voudrait, de son plein gré, être le premier à entamer une journée pareille ?*

Tamara allume la machine à espresso et, en attendant que celle-ci chauffe, elle boit un verre d'eau et regarde le Petit Wannsee par la fenêtre. Sous l'effet du vent, la pluie creuse des sillons sur le lac. Au repère situé à côté de la passerelle, Tamara voit que le niveau de l'eau a monté. Elle est surprise qu'il n'y ait pas de lumière chez les Belzen. En ce moment, elle aurait donné beaucoup pour apercevoir Helena et Joachim en train de prendre leur petit déjeuner derrière la fenêtre panoramique. Chaque matin au même endroit. Ce serait normal, ce serait comme avant. Ils lui feraient signe, Tamara leur répondrait et la journée serait une journée comme les autres.

Ils ont sans doute déjà pris leur petit déjeuner depuis longtemps.

Pour aérer à fond, Tamara ouvre la fenêtre de la cuisine, qui donne sur la propriété des voisins. Un air froid pénètre dans la pièce et la fait frissonner. Tamara offre son visage à la pluie. Elle voit la remise et le toit de la maison des voisins. La pluie laisse dans l'air des traits argentés qui lui évoquent des éraflures sur du verre. Elle s'apprête à refermer la fenêtre quand elle remarque quelque chose de clair qui brille sur le sol. Elle se penche au-dehors, s'immobilise et garde les yeux fixés sur l'endroit concerné, attendant que la lueur réapparaisse. Ses cheveux se mouillent, elle grelotte et chasse la pluie de ses yeux. Elle n'a pas longtemps à attendre. Une rafale de vent balaie la propriété et la lueur redevient visible. À présent, Tamara la

181

distingue nettement. Quelque chose de blanc lui fait signe dans la boue.

« Wolf, qu'est-ce que vous avez fichu ?

— Quoi ?

— Qu'est-ce que vous avez fichu, bon Dieu ? »

Tamara lui ôte sa couverture.

« De quoi tu parles ?

— Pourquoi est-ce qu'il y a des fleurs dans le jardin ?

— Peut-être parce que c'est un jardin ? »

Tamara le frappe sur le dos du plat de la main.

« Wolf, réveille-toi, bon sang ! »

Wolf se retourne et bascule ses jambes hors du lit. Tamara s'aperçoit qu'il a une érection.

« Quelles fleurs ? demande-t-il.

— Des fleurs blanches. En plein milieu du jardin. Mais qu'est-ce que vous avez fait ? »

Wolf se frotte le visage.

« Je ne sais pas du tout de quoi tu parles. Je te le jure. »

Tamara s'en va réveiller Kris.

Cinq minutes plus tard. Ils sont trois à se pencher par la fenêtre de la cuisine, observant à travers la pluie comme le vent agite les fleurs sur le sol boueux.

« Des lys, dit Kris. Je crois que ce sont des lys.

— Et qu'est-ce que ça veut dire ? » demande Tamara.

Kris et Wolf échangent un bref regard. Tamara les connaît trop bien, ce geste équivaut à un aveu de culpabilité. Tous deux ont les yeux injectés de sang et les mains crasseuses. Tamara repense aux vêtements

182

mouillés dans le couloir. Ce matin, elle n'est pas très rapide, mais tout de même assez pour comprendre.

« Qu'est-ce que vous avez fait ?

— On a bu, explique Kris.

— Ça, j'aurais pu le dire à l'odeur, et quoi d'autre ? »

Au lieu de répondre, les deux frères reportent leurs regards au-dehors. À l'étage, on entend des pas, des pas dans l'escalier. Tamara se retourne et voit Frauke qui entre dans la cuisine.

Enfin, pense-t-elle, *enfin je ne suis plus seule avec eux.*

Kris

Les maux de tête ne facilitent pas vraiment la réflexion. Kris a l'impression qu'on lui matraque le crâne toutes les dix secondes. Il sait ce qui ne va pas tarder à arriver. Un de ces moments insupportables.

Frauke ne se dirige pas vers le réfrigérateur, elle ne place pas de tasse sous la machine à espresso. Elle regarde ses amis et demande :

« Qu'est-ce que vous faites ? »

Kris se rend compte alors qu'il est pieds nus dans une flaque d'eau.

« Il y a des fleurs dans le jardin », répond Tamara.

Frauke les rejoint. Wolf s'écarte pour lui faire de la place. Tamara montre l'endroit.

« Tu vois ? »

Frauke est plus rapide que Tamara. Son regard passe de Wolf à Kris et, un bref instant, Kris est pris de panique à l'idée qu'elle puisse lire dans ses pensées.

Il faut vite que je pense à autre chose, il faut...

« Vous l'avez enterrée ? interroge Frauke. Sur notre propriété ? »

On dirait une question, mais c'est un constat. L'accent porte sur *notre propriété*. Comme si c'était cela qui constituait le pire affront, non le fait d'avoir enterré la femme.

Wolf hausse les épaules.

« C'est toujours mieux que de la descendre à la cave. À ce qu'on s'est dit. »

Des deux mains, Frauke frappe Wolf sur la poitrine.

« Vous êtes des pervers ou quoi ?

— Je peux tout expliquer », intervient Kris, sans savoir ce qu'il veut expliquer.

Wolf le regarde d'un air surpris et Kris pense : *qu'est-ce que je vais bien pouvoir expliquer ? C'est un peu tard pour raconter que nous sommes retournés dans la forêt, non ?* Le visage surpris de Wolf lui arrache un sourire. Il sent monter en lui l'hystérie. *Comment est-ce que je peux sourire en un moment pareil ?* Les coins de ses lèvres frémissent, il a mal à la tête, il ne sait pas quoi dire pour leur défense.

« Tu trouves ça drôle ? demande Frauke.

— Non, je…

— Alors pourquoi ce sourire idiot ?

— Calme-toi, s'il te plaît.

— Merde, je *suis* calme.

— On peut toujours la déterrer », suggère Wolf mollement.

Frauke l'a de nouveau dans sa ligne de mire. *Si seulement Wolf pouvait la boucler de temps en temps*, pense Kris, et il veut s'interposer, mais la situation change brusquement. Comme si on avait débranché une fiche électrique, Frauke lâche Wolf et quitte la cuisine sans un mot. La porte d'entrée claque contre le mur, puis retombe en craquant. Quelques instants plus tard, ils voient Frauke courir dans le jardin. Elle est pieds nus, ses pieds forment une tache claire dans la boue tandis qu'elle quitte l'allée pavée pour traverser le terrain. Elle est en slip et T-shirt. La pluie la trempe en quelques secondes. Il y a un coup de tonnerre, un éclair suit paresseusement. Un bref moment, Frauke apparaît en négatif.

« J'espère qu'elle ne va pas péter un plomb », dit Wolf.

Frauke s'immobilise. Les fleurs gisent à ses pieds. Le blanc est maculé de boue, le vent a disposé les lys en éventail comme des cartes à jouer. Frauke s'accroupit et les ramasse.

« Comment avez-vous pu faire ça ? dit Tamara.

— Vous n'étiez pas censées l'apprendre, répond Wolf. On voulait vous raconter qu'on l'avait ramenée dans la forêt et…

— Je parle des fleurs, imbécile, l'interrompt Tamara. Comment avez-vous pu déposer des fleurs sur sa tombe ? L'ivresse n'excuse pas tout.

— Ce n'est pas nous, affirme Kris.

— C'est ça, et ce n'est pas vous non plus qui l'avez enterrée.

— Attends, Tamara, ce n'est pas nous », répète Kris.

Il souhaiterait être dans un film. Car alors les personnages se regarderaient, surpris, puis la caméra montrerait de nouveau le jardin, et ensuite on passerait miséricordieusement à la scène suivante, et Wolf ne dirait pas :

« Peut-être que Meybach nous a observés et qu'il nous a suivis dans la forêt et puis jusqu'ici. C'est peut-être pour ça qu'il y a des fleurs sur la tombe. C'est comme…

— Une carte de visite ? »

Tamara termine la phrase à sa place.

Ils se taisent. Ils regardent Frauke fourrer les lys à la poubelle. Quand elle reprend le chemin de la villa, ils se détournent rapidement de la fenêtre, afin qu'elle ne croie pas qu'ils l'ont observée.

Ils sont de nouveau assis autour de la table. C'est comme la nuit précédente, à ceci près que tous attendent que Frauke se décide enfin à parler. Frauke les ignore. La pluie goutte de l'extrémité de ses cheveux, ses seins sont bien visibles à travers le mince T-shirt. Frauke sort de l'eau minérale du réfrigérateur et boit à même la bouteille pendant qu'à ses pieds se forme une flaque.

« Frauke ? » se hasarde enfin Tamara.

Frauke replace la bouteille dans le frigo. Quand elle se met à parler, la colère a disparu de sa voix, ce qui rend les choses beaucoup plus inquiétantes.

« Je ne vous connais plus, déclare Frauke. Vous êtes des étrangers pour moi. Je ne veux pas savoir pourquoi vous avez fait ça. Ni comment vous avez pu mettre des fleurs sur sa tombe.

— Nous n'avons pas…

— Peu importe, Wolf. Je ne veux plus de vos explications, je suis saturée d'explications. Je boucle mes valises et je fiche le camp. Il faut que je mette de la distance entre nous. Ce truc, là, dehors, n'aurait jamais dû arriver. »

Voilà. Frauke quitte la cuisine et Kris se rend compte que c'est la troisième fois en vingt-quatre heures que Frauke les laisse tomber. Wolf murmure un juron et écrase sa cigarette dans le cendrier. Tamara n'a aucune réaction. Elle se contente de fixer la porte comme si Frauke allait revenir d'un instant à l'autre.

« Si j'essayais de la rattraper ? propose-t-elle enfin.

— Je t'en serais très reconnaissant », répond Wolf.

Tamara

Tamara est vaincue d'avance. Debout dans l'embrasure de la porte, elle a l'air de quelqu'un qui s'est trompé en cherchant sa propre chambre.

« C'est absurde, proteste-t-elle. Tu ne peux pas te barrer comme ça.

— Bien sûr que je peux. Regarde bien : j'emballe mes affaires, je pars, je suis partie. »

Frauke met son sac à dos sur l'épaule, puis elle s'approche de sa meilleure amie, si près que celle-ci prend sur elle pour ne pas reculer.

« Tammi, arrête ça, tire un trait. Kris et Wolf ne savent plus ce qu'ils font. Ils iront encore plus loin si tu ne les freines pas. J'ai appelé Gerald, et, à cause de ça, vous m'avez botté le cul. Je m'en vais. »

Elle passe devant Tamara et quitte la pièce. Tamara a envie de fondre en larmes. *Tire un trait.* Elle aimerait connaître le mode d'emploi. Son amie la déçoit et elle court à la fenêtre pour la héler. Elle n'arrive même pas à ouvrir la fenêtre. *Qu'est-ce que je pourrais dire ? Tout est dit.* Et c'est ainsi que Tamara, impuissante, regarde Frauke ouvrir le portail, monter dans sa voiture et partir. Le portail reste ouvert, cette journée se poursuit comme elle a commencé dès le réveil de Tamara.

Une succession d'échecs. *Comment tire-t-on un trait dans une situation pareille ?* Elle se sent lâchée. Elle voit flou. *Frustration et panique, je perds la vue sous l'effet de la frustration et de la panique.* Elle essuie ses larmes. *Frauke a raison, il faut que je les freine, mais je ne sais pas où est ce foutu frein.*

Tamara est coincée. Soudain elle comprend, un trait d'inspiration, elle sait où trouver le frein.

Quand elle entre dans la cuisine, un quart d'heure plus tard, Wolf est assis devant son ordinateur portable. Debout à côté de lui, Kris presse un sachet de glaçons contre son crâne.

« Qu'est-ce que vous faites ?

— Assieds-toi, il faut qu'on parle », répond Kris.

Tamara s'assied en face d'eux.

« Comment Meybach s'y est-il pris exactement pour nous contacter ? l'interroge Kris.

— Je crois que nous avons un tout autre problème.

— Frauke reviendra, ne t'inquiète pas.

— Ce n'est pas mon impression.

— Tamara, concentre-toi, d'accord ? Comment Meybach nous a-t-il contactés ?

— Il a appelé et s'est informé de notre façon de travailler. Il a envoyé une demande écrite. Vous l'avez lue. Il nous chargeait de prendre rendez-vous avec Dorothea Haneff par mail. Sur quoi j'ai écrit à Mme Haneff, qui m'a répondu.

— Tu lui as parlé personnellement ? »

Tamara secoue la tête.

« Elle m'a indiqué par mail la date qui lui convenait. Elle a aussi demandé le numéro de portable de Wolf au cas où elle serait bloquée dans un embouteillage. Voilà.

— Au moins, on sait maintenant comment ce salopard s'est procuré mon numéro », dit Wolf.

Tamara ne comprend toujours pas de quoi il retourne. Kris le lui explique :

« Wolf et moi, nous sommes convaincus d'en savoir plus sur Meybach que nous ne le pensons. Nous avons une adresse électronique *et* un numéro de portable qui fonctionnait encore hier.

— Et alors ?

— Enfin, Tamara, on dirait qu'on parle chinois ! On veut choper le tueur !

— Vous voulez QUOI ?! »

Tamara se lève.

« Vous êtes complètement cinglés. »

Elle s'aperçoit qu'ils sont sérieux. *Sentiment de culpabilité. Ils veulent réparer leurs conneries en passant à l'attaque. Et moi, j'ai tiré le frein.* D'un ton aussi calme que possible, elle dit :

« Vous croyez vraiment qu'il nous donnerait le moindre indice pour qu'on le trouve ? Réfléchissez enfin ! On dirait deux crâneurs qui se contentent de gesticuler. Frauke avait raison, vous êtes complètement dépassés. Écoutez, on peut se créer une adresse mail et la détruire en quelques minutes. Il est encore plus simple de se procurer un portable prépayé. »

Les deux frères la regardent.

« En ce qui concerne les deux crâneurs, tu as sans doute raison, reconnaît Wolf.

— Idiot, rétorque Tamara, qui ne peut s'empêcher de rire.

— C'est vrai, tout le monde peut se créer une adresse ou acheter un portable prépayé, admet Kris. Mais pourquoi ne pas partir de l'idée que Meybach n'a pas *besoin* de se cacher ? Supposons qu'il se fiche qu'on connaisse son identité. Qu'est-ce que ça t'inspire ? »

Tamara ne sait pas ce qu'elle est censée penser.

« Ou il est idiot, poursuit Kris, ou il n'a pas peur de nous. D'ailleurs, qu'est-ce qu'il a à craindre ? On a effacé ses traces et on s'est chargés du cadavre. Alors cherchons qui est Dorothea Haneff. Tu comprends ce que je veux dire ? Il faut fouiller le passé de cette femme. C'est toujours comme ça, c'est dans le passé de la victime qu'on trouve le coupable. À un moment donné, on tombera sur Meybach, ou la personne qui porte ce nom. Quelque chose dans la vie de cette femme nous mènera jusqu'à lui. Meybach m'a dit qu'il ne voulait pas rompre avec la tradition. Il parlait de la morte comme s'il la connaissait. »

Les deux frères regardent Tamara avec un air d'espoir.

« Et alors ? réplique-t-elle. Ça ne change rien. Peut-être que vous ne saisissez pas le danger, mais, moi, ce type me fiche une trouille bleue.

— Comment ça ? s'étonne Wolf. Tu veux le laisser s'en tirer ?

— Wolf, je t'en prie, regarde les choses en face : on est un groupe d'amis, on dirige une agence. On n'est pas des policiers ni des agents secrets, juste des gens hypernormaux, tombés sur un dément. C'est à la police de s'occuper de lui. Nous, on ne peut pas. Et c'est bien comme ça. Je refuse le danger.

— Si tu t'inquiètes pour Jenni…

— Bien sûr que je m'inquiète pour Jenni, le coupe Tamara, irritée. Je ne suis peut-être pas la mère qu'il faudrait, mais je m'inquiète pour ma fille, OK ? Vous pigez ?

— Alors qu'est-ce que tu proposes ? s'enquiert Kris. Tu veux te tirer, comme Frauke, ou attendre que le tueur se manifeste de nouveau et nous confie une autre mission ?

— Ni l'un ni l'autre, tu le sais bien, rétorque Tamara.

— Alors quoi ? » insiste Kris.

En réalité, Tamara avait prévu d'annoncer sa décision en entrant dans la cuisine. Elle a l'impression de les avoir trahis.

Ils ne comprendront jamais.

Tamara se secoue et les met au courant, et, à chaque mot, sa voix révèle un peu plus sa culpabilité.

Les deux frères réagissent simultanément.

« TU AS QUOI ? »

Kris jette le sachet de glaçons dans l'évier et sort en courant de la cuisine. Tamara entend du remue-ménage dans le couloir et, un instant plus tard, il est de retour.

« Où est le Mini Disc Player ?

— En haut. Je viens de te dire que j'avais envoyé le fichier à Meybach.

— Comment est-ce que tu as osé ?

— Il fallait que quelqu'un mette un terme à tout ça. »

Actionner le frein.

Wolf se lève.

« Si ce n'était pas toi, je t'en collerais une. »

Passant devant elle, il se dirige vers la porte.

« Où vas-tu ? » demande Kris.

Wolf sort sans répondre. Tamara regarde ses mains.

« On aurait pu en parler, dit Kris.

— Comme on a parlé de l'endroit où on enterrerait le corps ? »

Kris se rassied. Il se masse la nuque. Tamara le voit tressaillir et va se placer derrière lui. Elle lui demande de pencher la tête en avant. La bosse sur son crâne est violette, de la taille d'un œuf de poule.

« Tu devrais aller aux urgences, il faut montrer ça à un médecin. »

Kris refuse d'un geste.

« Mais non, ce n'est qu'une bosse. »

Tamara récupère le sachet dans l'évier et le remplit à nouveau de glaçons. Ensuite, ils se rassoient l'un en face de l'autre et attendent que Wolf revienne. Tamara a un sentiment d'échec.

Wolf

Wolf ferme la porte de la remise derrière lui. Il y reste adossé pendant un moment avant de serrer les poings et de péter les plombs. Bûches et bidons volent, la brouette reçoit tant de coups de pied qu'elle bascule, toute cabossée, et le vélo de Tamara perd son pneu arrière.

Comment est-ce qu'on a pu se foutre dans un merdier pareil, comment ?

Un quart d'heure durant, Wolf se déchaîne, puis il quitte la remise, les bras chargés de bûches. Il est hors d'haleine, mais il se sent mieux. Quand il arrive dans la cuisine, Kris est seul à table.

« Où est Tammi ?

— Au salon. Elle cherche Haneff et Meybach sur Internet.

— Comment est-ce que tu as réussi à la convaincre ?

— On a parlé tranquillement, c'est tout. »

Wolf s'assied.

« On s'est plantés, hein ?

— Oui.

— On pourrait la déterrer…

— Et ensuite ? »

Kris secoue la tête.

« Hors de question, on la laisse tranquille et on attend le résultat des recherches de Tamara.

— Et Frauke ? Je m'inquiète pour elle.

— Frauke est Frauke, elle va se calmer. Tu la connais. Elle se tire vite, mais elle revient tout aussi vite. »

L'expérience m'a prouvé le contraire, pense Wolf, et il dit :

« Elle était tellement froide ! Elle a même emporté un sac à dos.

— Et elle n'a pas dit au revoir, je sais. »

Les deux frères se regardent.

« Elle reviendra, déclare Kris avec assurance, fais-moi confiance. »

Wolf acquiesce et lui accorde sa confiance. À ce moment-là, nul ne peut savoir que Kris ne tardera pas à regretter son assurance.

Quand les deux frères entrent au salon, Tamara est assise sur le canapé.

« Est-ce que Meybach a répondu à ton mail ? » s'enquiert Kris.

Tamara secoue la tête.

« J'ai utilisé deux moteurs de recherche pour les noms. Je n'ai obtenu aucun résultat pour Lars Meybach, par contre je sais maintenant qui était Dorothea Haneff. Elle n'a jamais été veuve parce qu'elle ne s'est jamais mariée. Elle n'a pas davantage vécu à Berlin. Un de ses camarades de classe possède son propre site et il a répertorié tous ses condisciples avec leur biographie. Dorothea Haneff est née à Hanovre, elle y a fait sa scolarité, puis elle a travaillé dans une entreprise de bâtiment.

— C'est déjà quelque chose, dit Kris. Examinons son passé. C'est là, quelque part, que doit se cacher Meybach.

— Je ne crois pas, fait Tamara.

— Pourquoi ça ?

— Parce que Dorothea Haneff est morte d'une tumeur au cerveau, il y a trois ans.

— Quoi ? »

Wolf contourne le canapé pour regarder l'écran.

« Il existe peut-être une autre Haneff.

— Wolf, je t'en prie, un nom pareil…

— Mais pourquoi nous donner un faux nom ?

— Pourquoi nous donner quoi que ce soit ? » rétorque Tamara.

Tous trois se regardent. Les théories des deux frères ont fait long feu. Une nouvelle question émerge, que Tamara formule à voix haute :

« Qui est la femme enterrée dans notre jardin ? »

Toi

Tu n'as jamais eu l'intention de révéler son vrai nom. Pas par crainte, tu n'as aucune raison d'avoir peur. Sans nom, elle est anéantie, comme si elle n'avait jamais existé. C'était ça, l'idée. Tu l'as rayée de la réalité, ce qui a nécessité la collaboration de Dorothea Haneff. Si ton père le savait, il ne serait pas ravi. Dorothea Haneff a été son amour de jeunesse. Il y a trois ans, ton père s'est rendu exprès de Berlin à Munich pour l'enterrement. Plus de six cents kilomètres afin de prendre congé d'une femme qui l'avait repoussé. Très pathétique.

Le mail de l'agence te parvient à 11 heures du matin. Tu télécharges la pièce jointe et tu l'écoutes. Dans un premier temps, il n'y a rien, puis on entend un froissement et ensuite la voix de Wolf Marrer. Le sérieux, la colère. Tu réprimes un rire et effaces le fichier.

Un profane pourrait croire qu'il ne s'agit là pour toi que d'un jeu, mais tu sais qu'il n'en est rien. Tu n'es pas un joueur, tu es un débiteur. Et comme, pour toi, ce n'est pas un jeu, il n'y a pas non plus de règles. Tout est possible. C'est de la vie qu'il est question. Nous faisons un peu dans la métaphore, mais cela s'accorde bien avec tes pensées. Quand on prend conscience qu'il n'y a pas de règles, on effectue un grand pas en avant. Tu l'as compris très tôt, même si cela ne t'a pas beaucoup aidé dans l'existence. Tu as commis des erreurs, pris les mauvaises décisions. On ne peut pas éviter les mauvaises décisions. Pas quand on a vingt-six ans, et encore moins quand, à neuf ans, on rentre chez soi en courant sous la pluie après avoir été violé.

Sundance aida Butch à se relever, il avait ôté son propre T-shirt pour essuyer le corps souillé de Butch. Sang. Sperme. Terre. La pluie le secondait tandis que Butch s'abandonnait, comme hébété. Il restait là sans bouger, respirait, clignait des yeux, à la fois présent et très loin. Sundance rassembla les vêtements gisant dans la boue, les rinça dans une flaque et aida Butch à s'habiller.

Sur le chemin du retour, ils n'échangèrent pas un mot, restant à un mètre l'un de l'autre. La ville les ignorait complètement et continuait à respirer et à produire son vacarme. Il y avait le martèlement de la pluie sur l'asphalte, son crépitement dans les flaques, il y avait le grondement des voitures qui passaient et leurs phares aveuglants. Rien ne pouvait interrompre ce rythme.

Quand ils arrivèrent chez Butch, Sundance attendit que son ami eut passé la porte, puis il courut jusque chez lui. La même nuit, il fut réveillé par son talkie-walkie, qui était placé sous son lit, toujours allumé.

« Oui ? »

Il y eut un grésillement sur la ligne, Sundance entendit le souffle de Butch comme s'il n'était pas à quatre rues de distance, mais juste à côté de lui.

« Ils sont là », dit Butch.

Sundance n'hésita pas une seconde. Il s'habilla et se glissa au-dehors. Il traversa la rue et coupa au plus court par les jardins. Butch l'attendait. Il était posté à la fenêtre de sa chambre, au premier étage, immobile comme un fantôme derrière la vitre. Sundance lui adressa un signe de main. Butch disparut et, peu après, la porte de la terrasse s'ouvrit.

« Où est-ce qu'ils sont ? chuchota Sundance.

— Devant la maison.

— Tu es sûr ?

— Ils ont dit qu'ils reviendraient. Comme avertissement. Pour que je la ferme. »

Butch prononça ces paroles comme s'il les avait apprises par cœur et maintes fois récitées. Le mantra d'un jeune garçon qui veut exorciser le mal. Sundance demanda comment ils connaissaient son adresse.

Il n'aurait pas dû poser la question.

« *Ils la connaissent !* » siffla Butch, attrapant Sundance par le poignet. Il l'entraîna jusqu'à la cuisine, où il l'attira au sol. Ils se tapirent derrière l'évier et se redressèrent prudemment pour regarder par la fenêtre. Une voiture était garée de l'autre côté de la rue. Sundance pensa qu'il pouvait s'agir de n'importe quelle voiture. Il s'apprêtait à en faire la remarque lorsque, dans l'habitacle, il distingua l'extrémité rougeoyante d'une cigarette. Des ombres. Deux. Sundance se tut. Dans la maison, l'horloge sonna minuit. Les portières de la voiture s'ouvrirent, la femme et l'homme sortirent.

« Minuit, souffla Butch. Ils ont… »

Il respirait par à-coups nerveux.

« Ils ont dit qu'ils viendraient… pour… Si je parle… ils… »

Il essaya de reprendre haleine, tira sur le bras de Sundance.

« … ont dit… qu'ils éventreraient mes parents… Et moi… moi, je serais obligé de regarder et… et ils ont demandé si je voulais une preuve… Dit que je les croyais… Je te jure, c'est vrai ! Tu sais ce… ce qu'ils ont dit… ensuite… »

Sundance reporta son regard au-dehors. L'homme et la femme se tenaient au milieu de la rue, les yeux tournés vers la maison. Leurs visages étaient flous comme si l'on avait mal ajusté l'objectif. Sous leurs pieds, la rue luisait, encore humide de la pluie qui avait cessé quelques heures plus tôt.

« Dit à minuit, poursuivit Butch, toujours bégayant. Et maintenant… Tu vois, maintenant ils sont là. »

Il pleurait. Sa tête retombait sur sa poitrine. Sundance se mordit la lèvre inférieure pour retenir ses propres larmes.

« On va s'enfuir, dit-il précipitamment, attirant Butch de nouveau sur le sol de la cuisine. On va s'enfuir, d'accord ? Alors ils nous chercheront et ils laisseront tes parents tranquilles parce qu'ils ne pourront pas nous trouver. »

Butch regarda Sundance avec surprise. Son visage s'illumina à cette idée. Espoir. En y repensant, tu souris de la naïveté des deux garçons. Ils croyaient que la vie était juste. Ils croyaient à l'équité, ils croyaient qu'à la fin les bons gagnaient et que les méchants, remplis de honte, étaient définitivement vaincus. Tu sais que la vie ne connaît pas l'équilibre. C'est un pur chaos. Derrière chaque porte se dissimule l'obscurité. Derrière chaque fenêtre vivent des ombres.

« S'enfuir ? interrogea Butch.

— S'enfuir », répondit Sundance, et il le pensait.

Ils tendirent l'oreille dans le silence. Un moteur démarra. Butch et Sundance se redressèrent et virent que, de l'autre côté de la rue, la voiture avait disparu. Les garçons éclatèrent d'un rire hystérique, ils se pressaient les mains sur la bouche et riaient. Ils se donnaient des bourrades, croyant à la magie, comme si leur décision avait chassé les démons. Ce n'était pas plus difficile que cela.

« Ils ont foutu le camp, dit Butch.

— Ils ont vraiment foutu le camp », renchérit Sundance.

Ils étaient soulagés, ils n'avaient pas réellement eu l'intention de fuir. Ils avaient souhaité de toutes leurs forces que les deux démons sortent de leur vie, et les démons avaient obéi. Ils étaient partis.

Pour un an.

Jour pour jour.

Puis ils revinrent.

Butch et Sundance ne parlèrent jamais de viol. Si tu pouvais retourner dans le temps, tu leur chuchoterais ce mot à l'oreille. Tu l'écrirais dans leurs cahiers, tu irais d'une classe à l'autre et tu couvrirais le tableau noir de ce seul mot.

Viol.

Une phrase, une seule, fut prononcée. Aujourd'hui encore, cette phrase résonne à tes oreilles comme un son désagréablement aigu, qui rappelle d'un coup tous les souvenirs. À l'époque, Butch ne la laissa échapper que dans un murmure, mais il y avait en elle plus de force que dans un cri.

« Je ne veux plus jamais être un chien. »

Ce fut Butch qui, le premier, vit l'homme et la femme, un an plus tard. La voiture était garée dans l'allée, en face du portail de l'école. Le couple n'avait pas l'air d'avoir changé, il était là, assis derrière le pare-brise, et attendait.

Butch les vit, ils virent Butch.

Celui-ci fit demi-tour et regagna l'école. Il s'assit par terre à côté du distributeur de boissons et patienta jusqu'à ce que Sundance sorte du cours de gymnastique. Pendant deux heures entières, il se contenta de rester assis par, sans bouger. Il savait que jamais ils n'oseraient pénétrer dans l'école. Il se croyait en sécurité. Le regard fixé sur l'entrée, il s'efforçait de ne pas cligner des yeux : s'il les gardait ouverts sans relâche, peut-être que l'homme et la femme ne viendraient pas.

Sundance passa en courant, il faillit ne pas voir Butch.

« Hé, qu'est-ce que tu fais là ? »

Butch fut incapable de répondre. Il avait les yeux secs, sa bouche ressemblait à un piège qui se serait brusquement refermé et ne s'ouvrait plus. *Ils sont de retour !* voulait-il crier. *Je les ai vus !* Pas un mot ne sortait, il fallut que Sundance le remette sur ses jambes pour que le piège soudain se desserre et que les mots sortent en titubant de sa bouche, comme des prisonniers privés de la lumière du jour pendant un an.

« Ça recommence. »

Il n'eut pas besoin d'en dire plus.

Le jour même, ils programmèrent leur fuite.

Autrefois, la vie semblait régie par des règles. Les garçons s'éveillaient le matin et s'endormaient le soir. Ils mangeaient plusieurs fois par jour et écoutaient leurs parents. À l'école, ils étaient attentifs. Et quand le feu était rouge, ils ne traversaient pas. Après le viol, ce monde ordonné commença à se déliter.

Il ne fut pas question de raconter à quiconque les événements survenus sur le chantier. La peur du châtiment était trop forte car que se passerait-il si Fanni et Karl l'apprenaient ? Et puis, bien sûr, il y avait la crainte qu'on ne les accuse et que tout le monde pense que c'était de leur faute. *Quelle erreur avons-nous commise ? Qu'aurions-nous pu faire d'autre ?* Tu peux comprendre les choses jusque dans le moindre détail. Il y a des livres sur le sujet, l'emprise du bourreau sur la victime. Les enfants sont si faciles à manipuler, ils ne connaissent que les règles les plus simples. Quand on leur lance un ballon, ils l'attrapent. Tout change quand la lumière se détourne d'eux et que l'obscurité les touche.

Butch et Sundance se donnèrent deux jours pour les préparatifs. Ils ne voulaient pas se faire remarquer. Au cours de ces deux jours, ils vérifièrent si la voiture était là et la virent plusieurs fois devant l'école, à l'arrêt de bus, à un carrefour. Une fois, l'homme était seul dans le véhicule, et Butch et Sundance eurent si peur à l'idée que la femme puisse surgir derrière eux qu'ils montèrent dans le mauvais bus. Juste pour rester en mouvement. Pendant six stations.

Le soir du deuxième jour, ils décidèrent de dormir chez Butch pour s'enfuir durant la nuit. Ils disposaient de deux adresses. Butch avait un oncle qui vivait à Bochum, l'oncle était OK, ils pourraient tout lui raconter. La deuxième adresse était celle de la sœur de Sundance. Elle habitait Stuttgart. En cas de besoin, ils pouvaient aussi aller là-bas. Tel était leur plan.

Tu te rappelles l'odeur de peur que dégageait le cuir chevelu des deux garçons quand ils souhaitèrent bonne nuit aux parents de Butch. Ils se couchèrent après s'être rhabillés et attendirent que les lumières de la maison fussent éteintes. Ils avaient caché leurs sacs à dos derrière les poubelles et les vélos étaient prêts à côté du garage. Ils avaient également pensé à prendre de l'argent dans le porte-monnaie de leurs parents et savaient quand partaient les premiers trains.

Ils restèrent étendus dans le noir jusqu'à deux heures du matin, en sueur, nerveux, feignant de dormir au cas où les parents se manifesteraient à l'improviste. À deux heures tapantes, le réveil sonna sous l'oreiller de Butch. Ils se levèrent et se glissèrent en chaussettes dans l'escalier. Il n'y avait pas un bruit, on aurait dit que la maison observait chacun de leurs pas en retenant son souffle.

La femme les attendait au salon. Assise dans un des fauteuils, elle avait replié ses jambes sous elle de sorte que, pendant un instant, ils purent croire qu'elle flottait dans les airs. Ombre parmi les ombres. Quand Sundance l'aperçut, il s'immobilisa sur le dernier palier. Butch le heurta et s'apprêtait à protester quand lui aussi remarqua la femme. Sa respiration s'accéléra aussitôt, ce qui parut servir de signal à la maison. Celle-ci recommença soudain à vivre et à bouger, soudain le salon se remplit de bruits – la pendule égrena son tic-tac, le plancher craqua et, dans la cuisine, le frigo démarra. La femme posa un index sur ses lèvres. Un sifflement de serpent. « Chhh… »

Butch mouilla son pantalon. Il claquait des dents. Il était à deux doigts de mourir. Ce bruit, tu l'entends encore. Une rangée de dents contre l'autre. Où que tu sois, dans les moments les plus calmes de ta vie, il y a ce bruit qui se dissimule. Sundance, en revanche, ne tremblait pas, il ne produisait aucun bruit, seules les larmes coulaient sur ses joues.

« À votre avis, où est Karl en ce moment ? » interrogea Fanni.

Les garçons ne répondirent pas. Fanni désigna l'étage supérieur.

« Il vérifie si tout le monde dort vraiment. Pourquoi est-ce que vous ne dormez pas ? »

Sundance sut aussitôt que la femme mentait. Comment Karl aurait-il réussi à se faufiler sans qu'ils le voient ? Il ne pouvait pas être là-haut. Butch, lui, croyait chaque mot de la femme. Il voulait y croire parce qu'il pensait que, dans ce cas, tout irait bien.

« S'il vous plaît, gémit-il.

— Chhh, fit Fanni. Tes parents vont se réveiller, et tu ne voudrais tout de même pas qu'ils voient que tu as fait pipi dans ton pantalon. »

C'est alors que Sundance perçut l'odeur d'urine chaude. Il ne tourna pas les yeux vers Butch. Il se demandait s'ils pourraient atteindre la porte de la véranda.

« Ça fait un an qu'on ne s'est pas vus, et voilà que vous voulez partir en voyage, dit Fanni. C'est très impoli. »

Butch essaya de nier, la femme secoua la tête, les explications ne l'intéressaient pas.

« Vous avez caché vos sacs à dos derrière les poubelles. Vos vélos sont prêts. Où voulez-vous aller ? »

Derrière eux, des pas résonnèrent dans l'escalier. Butch faillit éclater de rire. Ses parents s'étaient réveillés et descendaient, et quand ils seraient en bas, alors…

« Ils comptaient sûrement nous rejoindre, dit Karl. Hein, les garçons ? »

Butch et Sundance se retournèrent. Le monde s'effondra, toutes les règles s'évanouirent.

Il t'a fallu des années avant de te demander sérieusement comment cela avait pu arriver. Livres. Statistiques. Tu as tout appris. Sur le comportement des enfants. Des hommes et des femmes qui voyagent en couple et qui tuent. En Amérique, il y avait ce genre de chose. Mais ici, en Allemagne ? Tu ne t'es pas rendu compte à quel point les enfants sont transparents. Butch et Sundance agissaient en cachette, mais ils brandissaient leur plan comme une enseigne lumineuse. Bien visible pour des observateurs attentifs. Fanni et Karl étaient attentifs.

Ils dirent qu'ils allaient emmener Butch.
Ils dirent qu'ils avaient pris goût à lui.
« Nous t'aimons bien », dit Fanni.

206

Alors Butch se mit à pleurer, sans bruit. Alors Butch regarda Sundance. Alors Sundance fut brave et les implora de laisser partir Butch. À voix basse.

S'il vous plaît.

« Prenez-moi. »

Fanni et Karl réfléchirent brièvement, puis secouèrent la tête. Non, Butch leur plaisait davantage. Ce furent leurs termes.

« Ton ami nous plaît davantage. Tu aurais dû y penser avant. Tu as eu ta chance sur le chantier. »

Karl caressa la tête de Sundance.

« Peut-être qu'un jour nous reparlerons de ton offre. »

Alors Butch eut un sanglot. Bruyant. Aussitôt Karl tira un couteau de sa ceinture. Butch se tut. De la pointe de son couteau, Karl tapota le nez de Butch. Il lui caressa la joue et essuya ses larmes avec la lame.

« Tu veux que je fasse un saut à l'étage et que j'arrache à tes parents leurs putains de cœurs ? demanda-t-il doucement. C'est ça que tu veux ? »

Butch se remit à étouffer. Pris de vertige, il vacilla, près de tomber. Fanni bondit du fauteuil et le rattrapa. Elle pressa Butch contre sa poitrine et lui murmura à l'oreille : « Voilà, c'est bien. Respire, mon petit, respire. »

Karl intima à Sundance l'ordre d'aller récupérer les sacs à dos. Ensuite, Sundance monterait dans la chambre et se coucherait.

« Si tu n'obéis pas, je t'ouvre le visage pour voir s'il y a un cerveau derrière. Tu vois, comme ça. »

Karl s'approcha, il montra à Sundance une cicatrice qui lui courait de l'oreille gauche jusqu'au menton.

« Cette fois-là, je m'en suis tiré, commenta-t-il. Et toi, est-ce que tu t'en tireras ? Et ne t'inquiète pas pour ton ami, il sera bientôt de retour. Tu me crois ? »

Karl sourit, il posa son index sur les lèvres de Sundance comme pour le faire taire. Sundance gardait le silence, c'était le champion du silence.

« Lèche-moi le doigt si tu me crois », ordonna Karl.

Sundance lui lécha le doigt. Salé. Amer. Karl ôta sa main et mit son doigt humide dans sa bouche.

« Mmm », fit-il.

Puis ils partirent. Avec Butch dans les bras de Fanni. Par la porte de la véranda, dans la nuit. Et Sundance resta là. Tremblant, silencieux. Pendant dix minutes, il demeura dans le salon, avant de s'essuyer la bouche, encore et encore, de cracher et de recracher, avant de se glisser dans la salle de bains et de se laver la bouche pendant si longtemps que le goût du savon lui donna la nausée. Puis il exécuta la tâche dont Karl l'avait chargé. Il récupéra les sacs à dos et les monta dans la chambre de Butch. Cependant il ne se coucha pas, il retourna en bas. Il s'assit par terre et attendit que Butch fasse son entrée par la porte. Il était désobéissant. Il le savait. Il luttait contre lui-même, mais il n'y pouvait rien, il fallait qu'il attende Butch. Ce faisant, il pensait au couteau et n'arrêtait pas de se dire : *je vais m'en tirer je vais je vais je vais m'en tirer j'attends et je vais m'en tirer quand Butch sera là de nouveau on s'en tirera ensemble on s'en tirera on s'en...*

D'abord, ce fut juste une ombre.

Sundance avait entendu les oiseaux qui s'éveillaient. Le gris du ciel au-dessus du jardin ne se dissipait qu'avec peine et devint vaguement bleu. Sundance s'adossa à un fauteuil, il avait mal aux fesses, le tapis était dur comme du béton. Sundance avait l'impression que sa colonne vertébrale était toute tordue.

Et puis il y eut une ombre.

Sundance se frotta les yeux pour en chasser le sommeil et les cligna une fois ou deux afin de mieux voir. L'ombre gisait sur le gazon. Comme un monticule de terre ou un animal qui ne veut pas être découvert.

Sundance sortit par la porte de la véranda. L'herbe était mouillée de rosée. Butch était en position fœtale : la tête sur les genoux, il avait replié les jambes et les entourait de ses bras. Sundance l'entendit respirer. Un souffle lourd, précipité. Il lui posa la main sur le dos. Aussitôt, Butch se mit à trembler.

« Ils sont partis », dit Sundance.

Avec une extrême lenteur, Butch quitta sa posture crispée. Son visage luisait de larmes, il avait les cheveux trempés de sueur. Un oiseau faisait du tapage au-dessus des garçons. Un nouveau jour s'était levé. Sundance aida Butch à se redresser. Il le soutint pendant qu'ils entraient dans la maison et montaient l'escalier. Butch ne voulait pas regagner sa chambre, il voulait aller dans la salle de bains. Sundance le conduisit dans la salle de bains, où Butch s'enferma. Debout devant la porte, Sundance l'entendit actionner la douche. Il ne savait pas quoi faire. Il attendit cinq minutes, le crépitement de l'eau ne voulait pas cesser. Sundance patienta cinq minutes de plus. Il pensa à l'oiseau qui les avait assourdis. Il lui aurait volontiers jeté une pierre. Sundance frappa doucement à la porte. L'eau continuait de couler. Quand les parents de Butch commencèrent à s'agiter dans leurs lits, Sundance prit son sac à dos, descendit l'escalier et courut jusque chez lui.

Aujourd'hui encore, il se demande comment deux amis peuvent aussi facilement se perdre de vue. N'y a-t-il donc rien de sacré en ce monde ? Autrefois, Butch et Sundance étaient comme des frères, ils étaient collés l'un à l'autre depuis le jardin d'enfants, ils étaient faits l'un pour l'autre. Pendant un temps, le viol sur le chantier les avait soudés encore plus étroitement. Mais la nuit où ils voulaient s'enfuir, cette nuit d'échec total s'interposa entre eux.

Peut-être Butch se sentait-il trahi une seconde fois, peut-être ne pouvait-il surmonter sa détresse, tu n'en sais rien. Quoi qu'il en soit, il est trop tard désormais pour chercher à comprendre. À l'époque, seul le résultat comptait, et le résultat fut désastreux.

Pendant la semaine qui suivit, Butch n'alla pas à l'école. Sundance n'osa pas passer chez lui ni l'appeler. Chaque soir, il allumait son talkie-walkie. Butch ne se manifesta pas.

Le neuvième jour, Sundance lui rendit visite. Il s'attendait à ce que les parents de Butch l'envoient promener, il s'attendait à tout sauf à voir Butch lui ouvrir la porte.

« Ça va ? demanda Sundance comme s'ils s'étaient quittés la veille.

— Ça va » », répondit Butch.

Son œil gauche tressaillit. Puis Butch détourna légèrement le regard de Sundance comme s'il attendait quelqu'un.

« Tu es malade ? s'enquit Sundance.

— Un peu », murmura Butch.

Sundance se pencha en avant. Il fallait qu'il pose la question. « Qu'est-ce qu'ils t'ont fait ? »

Il pensait que Butch prétendrait ignorer de qui il parlait. Que Butch se mettrait à pleurer. Que Butch ferait quelque chose. Mais Butch se contenta de répondre : « Ils ont disparu. Pour toujours. »

Sundance faillit éclater de rire.

« Nan ! s'exclama-t-il.

— Si.

— Mais…

— Il faut que je rentre, le coupa Butch. Et tu as intérêt à croire qu'ils ont disparu. Parce que, moi, je le crois. Et si je le crois, alors… »

Il s'interrompit et regarda Sundance avec surprise. Comme si on lui avait volé les mots de la bouche. Sundance fut pris de nervosité.

« On est toujours amis, hein ? s'assura-t-il.

— Bien sûr qu'on est toujours amis », répondit Butch, et il referma la porte.

Tamara

L'après-midi du jour où Frauke est partie avec un sac à dos, deux véhicules de la police pénètrent dans la propriété. Du premier sautent trois hommes, qui se postent à côté de la voiture. Dans le second, il ne se passe rien, puis la portière finit par s'ouvrir, laissant apparaître Gerald.

« Je déteste ça », déclare-t-il sans s'adresser à qui que ce soit en particulier, et il se dirige vers la villa.

Tamara n'a rien remarqué. Elle est au premier étage, en train de téléphoner, quand Wolf lui crie de descendre. Au rez-de-chaussée, elle tombe sur deux policiers. Le plus jeune l'invite à s'asseoir. Il a l'air aimable, mais son amabilité ne peut dissimuler la tension qui l'habite. Tamara est complètement larguée, sans compter qu'elle a du mal à prendre au sérieux un policier plus jeune qu'elle.

« Je préfère rester debout », dit-elle.

Elle demande à Wolf s'il sait ce qui se passe.

« Regarde par la fenêtre. »

Tamara passe devant les policiers. Elle voit les véhicules d'intervention dans la cour et Frauke qui parle avec Gerald et désigne l'eau en contrebas.

« Pourriez-vous vous asseoir, je vous prie ? » répète le policier.

Tamara ne bouge pas. Dehors, il y a deux hommes en train de creuser avec des pelles à l'emplacement de la tombe. Un troisième tient en laisse un chien berger. Le chien est assis à ses pieds, la langue pendante. Dans l'air glacial, Tamara distingue nettement le nuage de son haleine. Wolf la rejoint.

« Frauke ne plaisante pas », dit-il.

Tamara ne sait quoi lui répondre. *C'est comme ce matin*, pense-t-elle, *on est à la fenêtre, on regarde, et le monde change, là-dehors, tandis qu'ici il ne se passe rien.* Elle sait qu'elle se ment. Depuis qu'ils ont trouvé la femme morte, clouée au mur, il leur arrive bien plus de choses qu'ils ne veulent l'admettre. *Tout s'effondre, tout perd sa valeur.*

« Où est Kris ? interroge Tamara.

— Il t'a écoutée, répond Wolf. Il y a un quart d'heure, il est allé à l'hôpital Immanuel avec son affreuse bosse. »

Ils voient Gerald sortir des cigarettes de sa veste et en offrir une à Frauke. Celle-ci lui demande du feu, puis, levant les yeux, aperçoit Wolf et Tamara à la fenêtre.

Tamara n'a pas la force de lever la main. Wolf se détourne.

Une demi-heure plus tard, les policiers entourent en silence la tombe ouverte. Frauke et Gerald se sont joints à eux. Ils regardent la villa, puis de nouveau la tombe. Tamara est incapable de s'arracher à la fenêtre. Elle a l'impression qu'une chose à laquelle elle tenait beaucoup vient de tomber et que personne ne peut recoller les morceaux.

Si je me détourne, tout est fini. Je laisse échapper le moment qui nous réunit de nouveau, Frauke et moi. Comment peut-elle nous trahir comme ça ? Comment peut-elle ?

Deux policiers descendent dans la tombe. Tamara les voit hisser le sac de couchage hors de la fosse et se détourne.

Ça suffit comme ça.

Et c'est ainsi que Tamara loupe le spectacle de Frauke se précipitant vers la villa, flanquée de Gerald. Arrivée dans la cuisine, Frauke repousse un policier qui se trouve sur son chemin et fonce sur Wolf.

« Qu'est-ce que vous avez fait d'elle ? »

Wolf se contente de la regarder.

« Qu'est-ce que vous avez fait d'elle, Wolf ? Bon sang, où est-elle maintenant ?

— De qui est-ce que tu parles ?

— Tu le sais très bien. Où est le corps ? »

Tamara est surprise que Frauke ait oublié le nom de la morte. *Peut-être ne veut-elle pas le prononcer à voix haute, parce que sinon...*

C'est alors que Tamara enregistre ce que Frauke vient de dire.

« Je ne comprends rien, répond Wolf. Mais une chose est sûre, dans l'immédiat, je ne veux plus voir ta gueule ici. »

Gerald se racle la gorge et renvoie les deux policiers. Tamara le trouve aimable pour quelqu'un qui travaille à la Kripo et qui a dû se déplacer deux jours de suite.

« Dans la fosse, il y a un sac de couchage, dit-il. Frauke soupçonnait la présence d'un cadavre.

214

— Ce n'était pas un *soupçon*, l'interrompt Frauke, il était *là*. »

Gerald veut poursuivre, Frauke l'ignore.

« Où est-ce que vous l'avez caché ? demande-t-elle à Wolf. Dis-le, qu'on en finisse.

— Mais qu'est-ce qui t'arrive ? réplique Wolf tranquillement. D'abord le numéro d'hier soir, et maintenant ça. Comment as-tu osé raconter à Gerald que je t'avais frappée ? »

Frauke rougit. Tamara devine ce qui va suivre. C'est comme ce matin : le tonnerre au loin, et l'attente anxieuse de l'éclair qui lui succède. *Je pourrais me barrer*, pense Tamara. Mais il est trop tard, Frauke s'est déjà tournée et la fixe.

« Arrête de me regarder comme ça, dit Tamara. Moi non plus, je ne sais pas ce qui t'arrive. »

Frauke en reste bouche bée. Tamara est tellement soulagée de la promptitude de sa réaction qu'elle veut aussitôt s'excuser auprès de Frauke. Gerald intervient :

« Nous aimerions bien fouiller la villa, si vous n'y voyez pas d'inconvénient.

— Faites, répond Wolf, Frauke vous servira de guide, elle connaît les lieux. »

Une heure plus tard, les deux véhicules d'intervention ont quitté la propriété, et la police a laissé des traces de son passage à tous les étages. Ils ont découvert la réserve de marijuana que Wolf conserve dans la vieille boîte de cacao, mais n'ont fait aucun commentaire. Après leur départ, Gerald leur demande de signer un formulaire où ils déclarent être d'accord avec la perquisition de la maison et du terrain.

« Et si on ne signe pas ? interroge Wolf.

« — Dans ce cas, je risque d'avoir des ennuis »,
répond Gerald avec honnêteté.

Ils signent.

Wolf veut parler à Frauke seul à seule. Gerald soutient que ce n'est pas une bonne idée. Wolf pousse un
juron et tente de joindre Kris sur son portable tandis
que Tamara raccompagne Gerald jusqu'à la porte.
Postée près du portail d'entrée, en train de fumer,
Frauke a l'air pitoyable. Gerald la rejoint par le chemin
gravillonné. *On dirait la fin d'un film triste*, pense
Tamara, qui attend inconsciemment que Frauke lui
adresse un regard. Gerald et Frauke quittent la propriété et s'en vont.

Fatiguée, Tamara ferme les yeux, elle aimerait pouvoir se réveiller dans son lit et offrir à cette journée une
seconde chance. Lorsqu'elle rouvre les yeux, des
flocons de neige flottent devant son visage. Les premiers flocons sont délicats et légers, les suivants gros
et lourds. On est à la fin du mois de février et c'est la
première neige de l'hiver. Tamara contemple le ciel
pendant un moment, il y a un sourire, il y a aussi
quelques larmes, puis elle ferme la porte et regagne la
cuisine où Wolf l'attend.

« Est-ce qu'il neigerait ? demande-t-il en passant la
main sur les cheveux de Tamara.

— Ça commence tout juste. »

Wolf lui tend sa tasse de thé. Ils sont à la fenêtre,
l'un à côté de l'autre, comme s'il n'y avait pas d'autre
place dans la cuisine. Ils regardent la neige qui tombe
et le jardin dévasté. Leurs bras se touchent. Tamara
prend une gorgée de thé et rend la tasse à Wolf. Ils
n'éprouvent pas encore de colère parce qu'ils ne sont

pas encore capables de comprendre vraiment ce que Frauke a fait.

« Ce n'était pas vous, constate Tamara.

— Ce n'était pas nous », confirme Wolf.

Tamara pose sa tête sur l'épaule de Wolf. Elle pense aux Belzen, le couple se lève tôt, le matin. *Peut-être ont-ils vu quelque chose. Peut-être ont-ils vu de l'autre rive qui a déterré le cadavre.* Elle garde ses pensées par-devers elle car, pour être honnête, elle ne se soucie plus de savoir qui a fait cela.

« Kris va péter un câble », dit Wolf.

À l'étage supérieur, un des téléphones sonne. Ils ne bougent pas, ils ne veulent pas encore se quitter. La neige recouvre la terre retournée, qui, naguère, était encore une tombe. Ils restent à la fenêtre jusqu'à ce que toutes les traces aient disparu sous la blancheur.

« Qu'est-ce que c'est, ce malade qui récupère un cadavre et laisse des lys ? » interroge Wolf.

Tamara ne réagit pas. Plongée dans ses pensées, elle se demande quelle sera son attitude la prochaine fois qu'elle verra Frauke. *Se bornera-t-elle à s'excuser et alors tout redeviendra comme avant ?* Elle le souhaite, mais n'y croit guère.

L'homme qui n'était pas là

Il ne comprend pas ce qui se passe. C'est comme si le temps n'avançait pas au bon rythme. Le rythme est imprévisible et les pauses semblent mal placées. Il est constamment à contretemps et suit en clopinant, maladroit et mal assuré. Il se doutait qu'un jour il en serait ainsi. Quand on ne maîtrise pas sa vie, tout vous échappe, et on reste à la traîne, les mains vides.

Il ne sait pas qui ils sont. Il ne sait pas où commencer. Pourtant, il était doué pour cela autrefois. Il décelait les points faibles de tout un chacun et s'entendait à les exploiter. Que lui en est-il resté ? Il n'en sait rien. Cela fait si longtemps. Il sait juste qu'il doit s'arracher le plus vite possible à cette paralysie. Comme lorsqu'on s'assied dans son lit, en pleine nuit, soulagé que le rêve n'ait été qu'un rêve et que la réalité ait repris ses droits.

Deux heures durant, il attend qu'ils quittent l'immeuble. Il les suit en voiture. Hors de Berlin et sur l'autoroute. Lorsqu'ils tournent dans un chemin forestier, il éteint ses phares et s'oriente sur leurs feux arrière. Il observe les deux hommes creuser une tombe pendant que la femme les éclaire avec une lampe de poche. Puis éclate une dispute, et la femme assomme un des hommes. Il ne comprend plus rien. Cinq minutes plus tard, le trio repart sans avoir déposé le cadavre dans la tombe. Il les suit.

À présent, il observe le portail clos de la propriété. Peu après minuit, un homme et une femme quittent la villa. Il ne les a encore jamais vus. L'homme prend congé et s'en va, la femme rentre à la villa.

Combien sont-ils ? s'interroge-t-il. Il recommence à attendre. Quand le froid le gagne, il explore les environs et parcourt les rues latérales. Il est important de se familiariser avec l'endroit. Il a regardé les rues sur le plan de la ville. Cela le gêne de ne pas pouvoir approcher la propriété. Tout en visitant le coin, il retrouve lentement, très lentement son élément. L'instinct du chasseur. Cela faisait si longtemps ! C'est horrible de se sentir comme un amateur.

Très vite, il se rend compte qu'à pied il n'arrivera à rien. Il remonte dans sa voiture et regagne König-strasse par la Bismarckstrasse. Il se gare sur l'autre rive du Petit Wannsee et se met au travail.

Son premier choix se révèle une erreur. À peine a-t-il sonné à la porte qu'il le sait. De l'extérieur, il est presque impossible de voir les propriétés. Avant, il n'aurait sonné que s'il avait été sûr à cent pour cent.

Une femme ouvre, un chat dans les bras. Il s'excuse de l'avoir dérangée si tard et s'en va sans autre forme de procès. Deux maisons plus loin, c'est un homme qui lui ouvre. Son instinct lui dit qu'il est bien tombé, mais il lui faut s'en convaincre.

« Je suis navré de vous déranger à cette heure, déclare-t-il. Ma voiture est tombée en panne. Je suis juste là, devant, et j'aurais aimé passer un coup de fil rapide au service de dépannage pour qu'on me remorque.

— Tout ennemi du portable est mon ami », répond Joachim Belzen en l'invitant à entrer.

Alors qu'il n'était encore qu'un enfant, sa mère s'extasiait sur son don. Il trouvait toujours les mots justes, il avait le sourire juste.

« Vous êtes bien ici », constate-t-il.

Joachim Belzen appelle sa femme, qui descend de l'étage supérieur. Sa main est petite et forte. Elle non plus ne montre aucune trace de méfiance. De quelque manière qu'il s'y prenne, les gens voient toujours le bien en lui.

« Vous êtes complètement gelé », dit Helena Belzen.

Il se frotte les bras et hausse les épaules. L'instant d'après, Helena a disparu dans la cuisine pour lui préparer du thé. Dans l'intervalle, il téléphone au service météo, lui donne un faux numéro de client relevé sur un ticket de stationnement et le remercie pour la rapidité de son intervention.

« Le service de dépannage sera là dans trois quarts d'heure », annonce-t-il.

Et, regardant le jardin par la baie vitrée de la terrasse, il aperçoit sur la rive opposée les fenêtres éclairées de la villa.

« J'ai toujours cru qu'ils mettaient plus longtemps, ajoute-t-il.

— La nuit, ils n'ont rien à faire », explique Joachim Belzen en offrant un siège à son visiteur.

Helena arrive avec une tasse de thé. Il n'est pas question qu'il attende la dépanneuse dehors, dans le froid, dit-elle. Et alors les Belzen se mettent à parler. Lui n'a besoin que de quatre questions pour être dans le vif du sujet. Il évoque leur splendide propriété et demande, l'air de rien, qui peut bien avoir les moyens de s'offrir la pompeuse villa, sur l'autre rive.

Ils lui racontent tout. La gentillesse des nouveaux propriétaires, leurs noms et leurs succès professionnels.

« Une agence donc, conclut-il.

— Nous pensons qu'ils sont dans les assurances, précise Helena, bien qu'ils ne ressemblent pas du tout à des assureurs.

— En tout cas, ils ont plus d'argent qu'ils n'en gagnent », lance Joachim.

Tous trois rient de l'ambiguïté du propos.

Les Belzen parlent de leur maison et des nombreuses années de travail qu'ils y ont investies. Ils la lui font visiter, le confortant dans l'idée qu'ils ne doivent pas souvent voir du monde. C'est un de ces couples où lorsque l'un des deux meurt, l'autre perd rapidement l'envie de vivre.

« Je peux vous refaire du thé », propose Helena.

Il jette un regard sur sa montre et secoue la tête. Il est temps d'y aller, la dépanneuse l'attend sûrement. Il les remercie de l'avoir accueilli aussi aimablement et de lui avoir permis d'utiliser leur téléphone. Les Belzen le raccompagnent jusqu'à la porte. Il leur serre la main. Il a toujours été attentif à maintenir le contact physique pendant quelques secondes. Il est sur le point de se détourner quand son portable sonne dans la poche de son manteau.

Quinze minutes plus tard, il se lave les mains dans les toilettes des invités et s'assied sur la terrasse sombre des Belzen. Il aurait dû éteindre son portable. Il ne comprend pas comment il fait pour oublier les détails les plus importants.

« Karl ? dit-il. Maintenant nous pouvons…

— Je ne sais pas où elle est. Ça fait deux jours et…

— Karl, du calme. »

Karl semble bouleversé. Ça ne va pas, Karl n'est jamais bouleversé.

« Mais elle m'appelle toujours quand elle…

— J'ai dit "du calme", ça veut dire "du calme", compris ? »

C'est un ordre, et Karl se tait aussitôt. C'est comme cela.

« Je suis calme », reprend-il à voix basse au bout de quelques secondes.

En entendant cela, l'homme a chaud au cœur. Et à la chaleur succède le chagrin. *Je sais où est Fanni, Karl.* Il se demande comment le lui annoncer. Ils étaient comme frère et sœur. *Mes enfants.*

« Je sais où elle est, Karl », commence-t-il prudemment.

Il se met à raconter. Bientôt, on n'entend plus que les pleurs de Karl. L'homme ne veut pas le rabrouer, mais il ne veut pas non plus subir ces jérémiades.

« Karl, ressaisis-toi. »

Puis il lui adresse une mise en garde, l'avertissant que l'assassin de Fanni, quel qu'il soit, pourrait aussi en avoir après lui.

« Tu es en danger, Karl. Il faut que tu sois prudent. »

Sur ces mots, il l'abandonne à lui-même. Rempli de crainte et rempli d'incertitude. Car lorsqu'on éprouve crainte et incertitude, on est sensible aux dangers environnants. Et tout cela, il l'exige de ses enfants. C'est le juste salaire de son amour pour eux.

La place sur la terrasse est idéale. Il a ôté la bâche en plastique recouvrant les chaises et il est assis à l'ombre de la véranda, le dos tourné à l'obscurité de la maison. La villa se trouve en face. En plus, il a une vue dégagée sur une remise et une partie de l'allée. Impossible de rêver mieux.

Il sait qu'en la circonstance seule l'attente paiera. *L'action juste naît de la patience, la patience est attente. Celui qui n'attend pas manque de patience et passe à côté de l'action juste.* Il ne se rappelle plus d'où lui vient cette citation. Il a dû la lire dans un calendrier, il y a longtemps que les livres ne l'intéressent plus. La vie est déjà assez compliquée comme cela sans qu'on vienne y ajouter les pensées des autres.

Il fait froid, il va chercher une couverture dans la maison. Avant, il n'aurait pas eu aussi froid. Tout est différent. Les dernières années, il les a passées dans un exil volontaire. Une maison à l'ouest de Berlin, un anonymat qui le rendait plus petit et plus insignifiant. Mais ainsi en avait-il décidé. Plus aucun contact. Il avait le cœur trop faible. Après les opérations, les semaines et mois d'hôpital, il avait changé de style de vie et disparu.

Il était devenu un personnage de conte de fées, qui s'était plongé lui-même dans un sommeil de plusieurs années. Jusqu'au jour où elle l'avait réveillé en lui téléphonant.

« Tu ne devineras jamais qui est chez moi, aux toilettes », furent ses paroles.

Il répondit par un silence. Son appel survenait à l'improviste. Ils avaient certes gardé contact par courrier, mais ce contact était unilatéral. Il ne voulait plus être là pour ses enfants. Ces derniers avaient dépassé l'âge. Sans le savoir, ils lui mettaient sous le nez, par leur existence même, ce que la vie lui interdisait désormais. Il garda donc le silence, il entendit son souffle dans son oreille et il sentit un frisson lui traverser le corps. On aurait dit qu'il essayait de réprimer un orgasme. Sans succès, le corps trembla. Reconnaissant. Heureux. Soulagé. *Fanni.* Elle était de la famille. Jamais il ne l'aurait avoué, mais sa famille lui manquait beaucoup.

« Il a tellement grandi, reprit Fanni.

— Qui ? articula-t-il enfin.

— Le petit Lars. Notre petit Lars est de retour. Il est… »

Il raccrocha. Il était très nerveux et laissa échapper un peu d'urine, qui coula le long de sa jambe. Pendant toutes ces années, le silence, et puis cette nouvelle. Un de ses fils était revenu. *Lars.* Pourquoi cela ne s'était-il pas produit quand il était encore en bonne santé ? Pourquoi maintenant ? Maintenant, il appartenait au passé.

Spontanément, il se rendit chez Fanni. Il avait sa nouvelle adresse, il savait où vivaient tous ses enfants. Sur le chemin, il s'étonna que la faim fût assez forte pour lui faire oublier toutes ses résolutions. Il riait. Il se sentait un regain de jeunesse et d'audace. *Notre petit Lars est de*

retour. Comme si soudain les pièces de puzzle s'emboî-
taient. Et lui-même était une des pièces.

Oui.

Mais il arriva trop tard. À quelques minutes près. Ce
jour-là, il se rendit compte pour la première fois que le
temps avait déraillé. Autrefois, il n'avait jamais été en
retard, il se serait sévèrement puni pour une étourderie
de ce genre.

Dans le couloir de l'immeuble, il croisa un homme
qui descendait l'escalier avec un sac-poubelle noir et lui
céda respectueusement le passage. Ils se saluèrent d'un
signe de tête. Il ne vit pas le rapport, il était trop excité
et trop affamé. Il y avait trop de sentiments, trop de souvenirs qui se bousculaient en lui. La compréhension ne
lui vint que lorsqu'il fut devant la porte de Fanni, à
sonner pour la quatrième fois. Son instinct se déclencha,
il descendit précipitamment l'escalier et sortit dans la
rue. Évidemment, l'homme avait disparu depuis longtemps. Il resta là, les poings serrés. Il se concentra. *Où
était-il allé ?* Et à chaque seconde qui passait, il redeve-
nait peu à peu celui qu'il avait été autrefois.

Mentalement, il se repassa en boucle l'appel de Fanni.
Il s'installa dans un café et réfléchit. Les pièces ne
s'imbriquaient pas. *Lars, que lui veut-il à Fanni ?* Il but
son premier café en quatre ans. Son corps lui gâcha le
plaisir, son estomac se mit à gargouiller, il eut des bal-
lonnements et se précipita aux toilettes. Une fois revenu
à sa table, il commanda un grand cappuccino. Il n'avait
pas l'intention de se laisser dominer par son corps. Et
puis le café l'aidait à réfléchir. Et il fallait qu'il réfléchisse. Finalement, il se rendit une seconde fois chez

Fanni. En moins d'une minute, il força la serrure. Sa supposition était juste, Fanni avait disparu.

La housse du canapé montrait en deux endroits une teinte plus claire. Quant au canapé, il avait été déplacé. On distinguait l'ancien emplacement des pieds, or il savait que Fanni n'aurait jamais laissé les choses en l'état. Fanni était bien élevée, c'était lui qui l'avait élevée. Il se pencha sur les zones pâlies du canapé et renifla. L'odeur lui était familière. Amère et âpre, gaz lacrymogène. Et maintenant qu'il faisait preuve d'une attention accrue, il découvrait des indices partout. Sous la table basse, il repéra un trou dans le tapis qui résultait d'une brûlure et un reste de cendres à côté. Les fibres de laine auraient pu prendre feu, mais quelqu'un avait écrasé le mégot et l'avait ensuite posé dans le cendrier. Quelques fibres de tissu collaient encore au filtre. Fanni aurait aussitôt vidé et nettoyé le cendrier.

Il se mit dans la peau du petit Lars, qui désormais était un homme. Il le vit devant lui. Lars Meybach. Il s'ouvrit au souvenir comme s'il arrachait les planches barrant une source désaffectée. Le silence, la fraîcheur qui montait. Il rit. C'était si simple quand il s'en remettait à ses instincts. Il n'y avait qu'un seul endroit où Lars pouvait emmener sa Fanni.

Il se rendit à Kreuzberg. Il se gara de l'autre côté de la rue, descendit de voiture et attendit le moment opportun pour traverser. Et tandis qu'il patientait, il les vit sortir de l'immeuble. Deux hommes et une femme. Quelque chose dans leur expression le retint sur le trottoir. Il sortit son portable de son manteau et feignit de lire un message. Ils traversèrent la rue et passèrent à côté de lui. La femme lui effleura l'épaule. Il se retourna et les vit monter dans une voiture. Ils quittèrent leur place de stationnement, partirent, et alors il comprit ce qu'il avait vu sur leurs visages. *Ils avaient rencontré la mort.* Sans hésiter, il traversa malgré les klaxons, ouvrit brutalement la porte d'entrée, franchit l'arrière-cour et monta l'escalier.

Mais il arrivait de nouveau trop tard.

Plusieurs heures après, assis sur la terrasse des Belzen, il observe sur l'autre rive ces hommes qu'il a non seulement croisés dans la rue mais également suivis dans la forêt, où ils ont creusé la tombe. À présent, il connaît leurs noms et sait qu'ils sont frères. Kris et Wolf, les Belzen ignoraient leur nom de famille. Les deux frères sont dans le jardin d'hiver et s'enivrent. Ils ne se doutent de rien, ils ne perçoivent rien. Il ne les quitte pas des yeux. Plus il les observe, plus le mystère s'épaissit. *Quel rapport y a-t-il entre ces individus et Fanni ? Quel lien ?* Le mystère est comme une maison avec des fenêtres murées et une porte fermée à clé. Il n'y a qu'un moyen d'entrer dans la maison, et il sait que Lars Meybach est la clé.

Vers 4 heures du matin, il voit les frères creuser une nouvelle tombe. Cette fois, il n'y a pas de dispute. Ils déposent le corps de Fanni dans la fosse. Il se met à pleuvoir. Une pluie glaciale, qui crépite et s'accompagne d'un orage. Les frères transportent la terre en brouette jusqu'au lac et la déversent dans le Petit Wannsee. Il ne peut plus rester tranquillement assis. Insoucieux du temps, il se poste sur la rive. Il est à cinquante mètres de distance et, malgré la pluie, entend le souffle haletant des jeunes gens. À un moment, ceux-ci lèvent les yeux, ils ne peuvent pas le voir, car il ne veut pas être vu. Il n'a pas désappris tout ce qu'il a laissé derrière lui. Il se fond dans l'ombre. Il pourrait les appeler qu'ils ne le verraient pas.

Là. Je suis là.

Les frères rentrent dans la villa, les lumières s'éteignent. Il est là, immobile, et tend l'oreille dans le silence. En dépit du vent, il n'a pas froid, un feu intérieur lui tient chaud, son âme est embrasée. On n'entend que la pluie. La pluie, le vent et lui au milieu. Son cœur a trouvé le rythme, il le sent, il le respire.

Les Belzen lui ont parlé du canot avec lequel, en été, ils rament jusqu'à l'île aux Paons. Le canot est de l'autre côté de la maison. Il ôte la bâche, les rames sont fixées sur les flancs. Il retourne dans la maison et prend un ciré, qu'il enfile sur ses affaires mouillées. Il déniche aussi une casquette de baseball dont il se coiffe pour éviter que la pluie ne lui coule dans les yeux pendant qu'il travaille. Sur le point de sortir, il avise les fleurs dans le couloir. Elles sont magnifiques, pures, blanches. La vie même. Il attrape le bouquet de lys et l'emporte.

En mettant le canot à l'eau, il imagine le visage soucieux de son médecin. Pendant quelques instants, un vacillement anxieux parcourt sa poitrine, mais à chaque coup de rame il s'affaiblit. Le courant est à peine perceptible. L'homme franchit sans peine les cinquante mètres qui le séparent de l'autre rive, enroule la corde sur le débarcadère et met pied à terre. Il sait où les deux frères ont placé la brouette et les pelles. Il prend une des pelles et accomplit sa tâche.

À l'aube, il retourne chez les Belzen. Il a laissé le sac de couchage dans la tombe, la fosse est refermée. Après avoir étendu Fanni sur le canapé, il tire le canot à terre et le range à sa place habituelle. Il est fatigué, mais l'euphorie est la plus forte. Il suspend le ciré au porte-manteau et pose la casquette de base-ball à côté, sur le porte-chapeaux.

Tout est comme avant.

Il s'examine. Ses vêtements sont sales, les jambes de son pantalon couvertes d'une croûte de boue. Il fourre ses affaires dans la machine à laver et choisit le programme de lavage rapide. Vêtu de ses seuls sous-vêtements, il se rend à la cave. Le feu qui brûlait en lui s'est calmé, il n'a pas l'intention d'avoir froid. La cave est un grand atelier avec un long plan de travail. Des maquettes d'avion sont suspendues à des fils, il y a un canapé bien amorti, un réfrigérateur pétaradant et, dans un coin, un vieux flipper. La chaudière est placée directement sous l'escalier. Après avoir réglé le thermostat sur vingt-cinq degrés, il découvre sur l'une des poutres de soutien des jumelles dans un étui de cuir.

Sous la douche, il presse Fanni contre lui et se laisse aller au chagrin. C'est comme des retrouvailles. Il la lave, embrasse la plaie sur son front. Il observe ce qu'elle est devenue. Sa Fanni. Elle a vieilli. Il touche ses lèvres, il soulève ses seins et les laisse retomber. Il lui frotte les mains pour ôter le sang de ses blessures jusqu'à ce que seule soit visible la chair propre, ouverte. Il lui lave les cheveux et ressent de l'excitation. Son pénis repose, tendu et lourd, sur sa cuisse. Il lui rince les cheveux pour enlever la mousse, la sèche et la transporte en haut. Il l'allonge sur un canapé dans la pièce d'à côté parce qu'il ne veut pas qu'elle partage la même chambre que les Belzen. Fanni était spéciale. Il la couche, la couvre et la laisse seule.

Il passe la nuit dans le salon avec vue sur la villa. Lorsqu'il entend le signal, il sort ses affaires de la machine à laver et les met dans le sèche-linge. Peu après, il enfile ses vêtements encore chauds et se sent très bien. La fatigue est passée.

Il prépare du café, remplit une tasse et reprend sa place au salon. Les rideaux très fins le protègent tout en lui permettant de voir la villa.

Et c'est ainsi qu'il passe la matinée, c'est ainsi qu'il assiste à l'arrivée de la police, qui entreprend d'ouvrir la tombe. Il ne sait pas qui l'a appelée, ni ce qui se joue là-bas. Mais il sourit de leur perplexité quand ils ne trouvent que le sac de couchage. À ce moment-là, il le voit et il n'arrive pas à croire qu'il le voit. Il s'assied et presse les jumelles contre ses yeux jusqu'à en avoir mal. Il a très bonne mémoire. Même sans costume ou sac-poubelle dans les bras, il le reconnaît aussitôt.

Te voilà, pense-t-il, et il murmure : « Lars. Qu'est-ce que tu fais ? Mais qu'est-ce que tu fais ? »

Ce n'est qu'après le départ de la police qu'il abaisse ses jumelles et se renverse sur son siège, désorienté. Il ignore ce qu'ils fabriquent, mais il commence à trouver du plaisir à cette énigme. Il sent l'excitation. Sa respiration est trop rapide, sa tension grimpe, le vacillement traverse sa poitrine d'un trait comme une impulsion électrique. Il veut se lever, des élancements montent et descendent le long de son bras gauche. Tous ses muscles se tendent d'un coup, et, bien avant qu'il puisse se lever, son cœur se contracte. Il s'effondre sur le côté et cesse de respirer. Il n'est plus.

QUATRIÈME PARTIE

Après

Je m'éveille au son d'un cognement sourd et, l'espace d'un instant, c'est la désorientation complète. Autour de moi, tout est gris, à intervalles irréguliers des phares tranchent l'obscurité et effilochent la brume. Les souvenirs m'assaillent, m'obligeant à fermer les yeux et à respirer profondément. Mes absences deviennent de plus en plus longues. Je devrais dormir douze heures, les pauses courtes ne sont pas suffisantes.

On entend de nouveau cogner.

Un homme émerge de la brume. Casquette jaune, veste militaire verte, jogging rouge et jaune. Ses pieds sont chaussés de claquettes de bain bleu et blanc. Il s'arrête devant une poubelle et y flanque un sachet. Après quoi il urine à côté, dans l'herbe clairsemée, comme si nous n'étions pas là, ma voiture et moi. Peut-être pense-t-il que je dors, peut-être cela lui est-il égal. Quand il a terminé, il se gratte le postérieur et disparaît dans la brume.

J'ôte ma main crispée de la clé de contact, je m'attendais à tout. Deux feux arrière rougeoient dans l'obscurité, un break quitte l'aire de repos, de nouveau retentissent les coups venant du coffre. Cela dure exactement vingt-quatre secondes. Quand le silence revient, je descends voir.

Il a le front qui saigne. Il a réussi à libérer sa tête. Je laisse le coffre ouvert pendant quelques minutes pour en chasser la puanteur, puis, à l'aide d'une grande quantité de ruban adhésif, je replace sa tête là où elle doit être. C'est le troisième jour. Je ne lui donne pas d'eau, il ne l'a pas mérité.

Avant

Frauke

Un jour s'est écoulé depuis que la police a ouvert la tombe vide dans le jardin de la villa. Durant ce bref intervalle de temps, l'hiver est sorti de sa cachette et a donné l'assaut. En quelques heures, les températures ont chuté en dessous de zéro, la neige s'est posée, tel un drap chuchotant, et produit un silence surprenant – le bruit de la circulation s'est tu, on n'entend plus d'oiseaux, les hommes se parlent à voix plus basse.

Dans le Sud de l'Allemagne, c'est l'état d'urgence, les trains ne fonctionnent plus, les avions ne volent plus, les écoles sont fermées. Au nord et à l'ouest, de violentes tempêtes se déchaînent, tandis qu'à l'est se répand une nouvelle ère glaciaire. En une nuit, Berlin s'est changé en un rêve de blancheur étouffant. La circulation se traîne dans la ville comme un animal blessé. Les trottoirs sont désertés, rares sont ceux qui se risquent dehors et, au matin, les réverbères se réduisent à des tampons jaunes luisants, incapables de lutter contre le demi-jour.

Cette situation de catastrophe n'intéresse guère Frauke. Elle est assise, grelottante, sur un tronc d'arbre abattu, un journal sous le postérieur. À ses pieds, le lac de la Krumme Lanke, gelé, recouvert d'une couche de neige vierge de traces. Dans le paysage enneigé, les seuls mouvements perceptibles viennent des corbeaux, qui s'élancent en silence d'une branche à l'autre.

Pour Frauke, c'est comme si le temps reflétait son état intérieur. Elle se débarrasse de sa cigarette d'une chiquenaude et la piétine une ou deux fois. Sa montre indique 9 h 45. Frauke se sent lentement gagnée par la nervosité. *Ça doit être parce que je veux rentrer*, se ment-elle en sortant une autre cigarette du paquet. Elle a passé la nuit précédente à l'hôtel alors que Gerald lui avait proposé de dormir chez lui. Frauke a décliné l'invitation. Elle a suffisamment de problèmes comme ça.

Après le départ de la police, le samedi à midi, Gerald avait obéi au souhait de Frauke et l'avait accompagnée dans un café. Frauke sentait sa perplexité. Le soir précédent, elle avait surgi, complètement affolée, sur le pas de sa porte en l'appelant à l'aide, puis, quelques heures plus tard, l'expulsait de la villa devant ses amis pour, le matin suivant, réapparaître dans son bureau et vider son sac – parlant d'une morte clouée contre un mur et d'un assassin qui s'était acheté des excuses.

« Il voulait quoi ?

— Qu'on s'excuse en son nom auprès de la morte.

— Et ensuite ?

— Ensuite, il voulait qu'on efface les traces.

— Et ça, tu ne pouvais pas me le dire hier soir ?

— Je voulais que tu l'entendes de nous tous. Je pensais que s'ils te rencontraient, ils parleraient plus facilement. Mais ça n'a pas été le cas.

— Je sais, j'étais là.

236

— Si j'avais su que Kris et Wolf enterreraient le cadavre dans notre jardin, j'aurais…

— Ils ont fait quoi ?

— Le cadavre est maintenant dans notre jardin, c'est pour ça que je suis là. »

Gerald était troublé. Il informa Frauke qu'elle portait là des accusations très graves. Frauke leva la main en un geste défensif.

« Nous n'avons rien à voir avec le meurtre, tu comprends ça, Gerald ? Il nous a menacés. Qu'est-ce qu'on était censés faire ? »

Gerald se pencha en avant.

« Frauke, tu te rends compte que tout ça est un peu…

— … un peu dingue ? compléta Frauke. Je sais. Mais je peux tout prouver. »

Gerald l'accompagna à Kreuzberg pour examiner l'appartement où Wolf avait soi-disant trouvé la femme morte. À aucun moment, Gerald ne prononça le mot « soi-disant », mais Frauke l'entendait dans chacune de ses phrases.

L'appartement était désert, le sol n'était même pas sale, il n'y avait pas non plus de photographies au mur. Quand Frauke lui désigna les deux trous, Gerald resta impavide et déclara qu'il ne pouvait pas en tirer grand-chose. Extérieurement, il avait l'air intéressé, mais Frauke décelait sa nervosité.

Il pense sûrement aux histoires que je lui ai racontées sur ma mère, et il se demande si je ne suis pas frappée, moi non plus.

« Il n'y a rien ici, constata Gerald. Ce n'est qu'un appartement vide. Il faut que tu me donnes plus de grain à moudre.

237

— La morte est enterrée dans notre jardin, ça te suffit ? » lui lança Frauke, agacée.

Elle était consciente que, avec n'importe qui d'autre, Gerald aurait depuis longtemps coupé court et conseillé de se calmer un peu sur la drogue. Pour Gerald, Frauke n'était pas n'importe qui.

« Qu'est-ce que tu attends de moi ? voulut savoir Gerald.

— Je veux que tu déterres le cadavre.

— Frauke, je ne peux pas le faire en l'absence de plainte.

— Alors je porte plainte. Si tu veux, je me dénonce moi-même. »

Gerald soupira. Il balaya du regard l'appartement vide.

« Tu es sûre ?

— Je suis sûre. »

Gerald se procura deux véhicules d'intervention et renonça au dépôt de plainte de Frauke. S'il avait suivi la voie normale, il aurait dû s'entretenir avec le juge d'instruction afin d'obtenir un mandat de perquisition pour la maison et le terrain. Cela aurait pris trop de temps. Souhaitant en finir au plus vite avec cette affaire, il s'abstint donc délibérément de solliciter les autres services. Il ne voulait que son équipe parce qu'il n'avait rien besoin d'expliquer quoi que ce soit à ses hommes. Ils obéissaient sans poser de question.

Après que la fouille eut mis au jour un simple sac de couchage, Gerald fut très soulagé lorsque Wolf donna sans hésiter son accord pour la perquisition. Les colocataires de Frauke auraient pu lui compliquer singulièrement la vie.

« Je voulais m'excuser, expliqua Frauke à Gerald lorsqu'ils furent installés au café, une demi-heure plus tard. J'étais sûre que la femme était dans la tombe.

— Tes amis m'ont eu l'air très convaincants.

— Gerald, ils mentent.

— Oui, peut-être, mais ce sont tes amis. »

Frauke pinça les lèvres comme pour s'imposer silence. Elle évita le regard de Gerald. Elle ne savait pas comment le convaincre.

Le convaincre de quoi, il n'y a rien, chuchota une voix dans sa tête.

La neige soufflait contre la fenêtre en rafales horizontales, son martèlement évoquait des doigts minuscules tambourinant contre la vitre. Frauke restait sourde et aveugle à tout cela. Ses pensées se bousculaient. *Concentre-toi, persuade-le.* Elle voulut proposer à Gerald d'examiner de plus près le coffre de la voiture de Wolf. *Et le sac de couchage ? Pourquoi Gerald l'a-t-il laissé ?* De nombreux détails lui revenaient après coup.

On pourrait vérifier s'il y a des traces de sang dans les trous du mur...

On pourrait passer au détecteur de mensonge...

« Je n'y comprends rien, dit-elle à voix basse, rien de rien.

— Si tu veux, je reparlerai à tes amis.

— Non, ça ira.

— Vraiment, je peux...

— Tu ne me crois pas, Gerald, avoue-le. »

Il s'absorba dans la contemplation de son café et se tut. Frauke fouilla dans son sac, puis posa une photo sur la table. Jusque-là, elle s'était interdit ce recours, ne voulant pas impliquer sa mère.

Je dois la protéger.

« Je n'ai plus que ça, déclara-t-elle.

— Qui est-ce ?

— Ma mère. Dans le sac en papier, il y avait trois photos. Sur l'une d'elles, on voit la fille de Tamara, assise sur un escalier devant le jardin d'enfants. L'autre photo montre Lutger, le père de Kris et de Wolf, en train de prendre de l'essence. Mais celle-ci… »

Frauke tapota la photo. « Le tueur l'a prise chez ma mère.

— Ta mère ne vit pas dans une clinique à Spandau ?

— À Potsdam. Elle y occupe un deux pièces. Est-ce que tu comprends ce que je veux dire ? Meybach était assis en face de ma mère, il lui a certainement parlé. Il était là. »

Gerald ne prit pas la photo, il la toucha de l'index, rien de plus.

« Pourquoi est-ce qu'il ne t'a pas envoyé une photo de ton père ? » demanda-t-il.

Frauke le regarda comme s'il plaisantait. « Tu te fous de moi ?

— Non, non, je suis sérieux, pourquoi se donner la peine de rendre visite à ta mère ?

— Comment veux-tu que je le sache ? »

Gerald poussa la photo en direction de Frauke. Un petit geste, qui pourtant provoqua presque un recul effrayé chez Frauke. *Je ne le connais que depuis deux ans, mais je lis en lui comme dans un livre ouvert.* Ce geste lui révélait tout.

Il pense que n'importe qui aurait pu faire cette photo. Même moi.

240

« Ma mère est la seule à savoir à quoi ressemble Meybach, reprit Frauke sans pouvoir empêcher sa voix de trahir la colère. Ma mère était assise en face de cet assassin, Gerald, elle se souviendra de lui. Si tu lui parles et qu'on dresse un portrait-robot, alors… »

Gerald frappa soudain du plat de la main sur la table, Frauke se tut aussitôt.

« Écoute-moi, ordonna-t-il à voix basse, je veux que tout soit bien clair. Je t'aime beaucoup, je suis de ton côté à cent pour cent, mais j'ai déjà pris trop de risques. Ça pourrait me valoir de sacrées complications. Je suis allé chez vous et tu m'as flanqué dehors, on a examiné ensemble un appartement abandonné et j'ai lâché mes hommes dans votre jardin sans mandat pour qu'ils ouvrent une putain de tombe. Et maintenant, tu veux que je me rende dans une clinique et que j'interroge une femme qui a l'esprit dérangé depuis dix ans ? »

Autour d'eux, un silence soudain se fit. Gerald ne s'était pas rendu compte qu'à la fin il avait haussé le ton. Il n'avait pas voulu s'emporter. Le regard de Frauke était éloquent : il l'avait perdue. Les gens reprirent leurs conversations. Frauke ramassa la photo et la fourra dans son sac.

« Frauke, je ne voulais pas…

— Tu as raison, admit-elle en se levant. Tu as pris suffisamment de risques comme ça.

— Pas de bêtises, hein, où est-ce que tu vas ?

— À ton avis, où est-ce que je vais ? Voir ma foldingue de mère pour lui demander qui a fait cette photo », répondit Frauke.

Elle boutonna son manteau et quitta le café.

Il est 10 heures et quart, et Frauke ne sent plus ses jambes. À ses pieds, le sol est jonché de mégots. Elle sait que si elle fume encore une cigarette, elle va avoir un haut-le-cœur. Un des corbeaux atterrit dans un nuage de neige sur la Krumme Lanke, à quelques mètres d'elle. Il donne deux coups de bec dans la glace, rentre la tête et repart. Frauke le voit disparaître au-dessus du lac, puis le paysage retrouve son calme et son immobilité.

Enfant, elle croyait que les corbeaux étaient des anges gardiens en tenue de camouflage. En y repensant maintenant, elle ne sait plus comment cette idée lui était venue. Mais elle se souvient du bien que cela lui faisait. Chaque fois qu'elle voyait un corbeau, elle se sentait protégée, en sécurité.

Dans la poche de son manteau, sa main droite agrippe le manche en bois jusqu'à en avoir mal. Elle a acheté le couteau ce matin, dans un magasin d'articles ménagers de Schlossstrasse. Il possède une lame à double tranchant et elle l'a bien en main. *Aujourd'hui, aucun corbeau ne me protégera, aujourd'hui je me protégerai toute seule.* Frauke regarde de nouveau sa montre. Au loin retentit le vrombissement d'un moteur. La sableuse est en route et ne tardera pas à passer devant elle. Frauke sort le paquet de cigarettes de son manteau. La première bouffée provoque une nausée, ensuite cela va mieux. *Une cigarette de plus ne peut pas faire de mal*, pense-t-elle, et elle fixe la glace avec une telle intensité que le paysage fond et tremble devant ses yeux comme un rêve nébuleux.

Après avoir laissé Gerald en plan au café, Frauke s'est rendue en voiture à Potsdam sous les rafales de neige, a annoncé sa visite et rejoint l'aile du fond où se trouve l'appartement de sa mère. Elle avait l'impression de vivre un rêve éveillé. Durant toutes ces années, elle n'était jamais venue là toute seule. Cela aurait sonné faux.

« Où donc est monsieur votre père ? »

Frauke sursauta en entendant la voix de Mme Sanders derrière elle. Elle ne se retourna pas, elle imaginait Mme Sanders sur le seuil de sa chambre – dressée sur la pointe des pieds, attentive à ne pas franchir une ligne invisible.

« Aujourd'hui, il ne vient pas, répondit Frauke.

— Aha ! mais c'est que chez madame votre mère, il y en a du va-et-vient. Des choses sexuelles, je dirais. Elle est de nouveau enceinte ? Impossible d'allumer la lumière, ça reste sombre. »

Ignorant Mme Sanders, Frauke s'arrêta devant la porte de sa mère. Numéro 17. Elle pressa l'oreille contre le bois. Elle était nerveuse, mais qui ne le serait pas après avoir passé onze ans sans parler à sa mère ?

Tanja Lewin se mit à voir le mal en sa fille après que son mari l'eut envoyée en clinique privée. Un jour – ils étaient au jardin et le père s'était rendu aux toilettes –, Tanja Lewin prit sa fille de quinze ans à part et déclara :

« Je sais qui tu es et qui se cache derrière ton visage. Et je sais ce que tu as fait. Regarde-moi, ou bien est-ce trop difficile ? C'est à cause de toi que je suis ici. C'est à cause de toi que tout ça est arrivé. »

C'est ainsi que cela commença.

La nuit, le téléphone sonnait et, quand le père décrochait, on coupait la communication. Ce n'est que lorsque Frauke répondait que la mère lui sifflait à l'oreille :

« Comment va ma petite pute ? Tu sais que je suis enfermée ici pendant que tu partages le lit de ton père. Tu dois vraiment me détester pour m'infliger ça ! »

La doctoresse qui s'occupait de Tanja Lewin ne cessait de demander à Frauke comment elle se sentait et comment elle affrontait la maladie de sa mère. Elle voulait savoir si celle-ci lui adressait des reproches, et expliquait inlassablement que Tanja Lewin était irresponsable et confondait les gens et les situations. *Dans ce cas*, aurait aimé répondre Frauke, *pourquoi suis-je la seule qu'elle accuse, pourquoi ne s'en prend-elle pas à mon père ?* Frauke ne pipa mot. Elle ne révéla rien à la doctoresse ni à son père. Elle ne voulait pas qu'on ait vent des menaces proférées par sa mère de peur que les médecins n'augmentent les doses de médicaments ou pire encore. Au fond d'elle-même, Frauke nourrissait un espoir : si tout le monde pensait que sa mère était normale, celle-ci reviendrait bientôt à la maison et reprendrait sa vie d'autrefois.

Voilà pourquoi, durant les visites, Frauke restait désormais à l'arrière-plan, évitant de regarder sa mère. Le pire était que celle-ci avait aussi des moments de lucidité où elle se montrait chaleureuse, affectueuse, et invitait Frauke à venir près d'elle. Cette douche écossaise de sentiments devenait de plus en plus dangereuse pour l'équilibre de Frauke.

La grande rupture survint l'année où Frauke passa son bac et effectua un voyage de deux mois en Italie. Sa mère fut si déçue de son absence que, au retour de Frauke, elle cessa de lui parler. Et cela ne s'était plus démenti.

Frauke prit une profonde inspiration, frappa à la porte et abaissa la poignée. L'appartement était vide, sa mère n'était pas non plus dans la salle de bains attenante. Frauke regarda au dos de la porte où était affiché l'emploi du temps de la semaine. Aujourd'hui, il y avait du gratin de nouilles au fromage et de la salade de roquette. En dessous de SAMEDI, on avait inscrit et entouré un grand « S ».

Frauke savait à présent où trouver sa mère.

Frauke dut repousser le rideau masquant l'étroite fenêtre de la porte pour pouvoir voir sa mère, assise sur un banc. Elle était nue et seule. Frauke toqua contre la vitre, Tanja Lewin n'eut aucune réaction. Frauke ouvrit la porte et entra. La chaleur fut comme une gifle.

« Maman ? »

Sa mère leva les yeux, effrayée. Les médecins n'aimaient pas les visites spontanées. Ils prétendaient que les patients devaient se préparer aux rencontres. *Peut-être que, pour elle, je n'existe pas tant que je ne me suis pas annoncée*, pensa Frauke et elle essaya de sourire.

« Je ne t'attendais pas si tôt, dit sa mère. Après le sauna, Birgit voulait me faire un massage et…

— Il faut que je te parle », l'interrompit Frauke en restant sur le pas de la porte.

Elle avait l'impression que ses poumons refusaient d'inspirer l'air suffocant. Tanja Lewin tapota le banc à côté d'elle.

« Alors assieds-toi.

— Tu ne pourrais pas…

« Ferme la porte et viens me parler », ordonna sa mère avec sévérité.

Elle glissa sur le côté pour ménager une place à sa fille.

Frauke ferma la porte et s'assit. Elle était nerveuse et aurait bien voulu allumer une cigarette mais elle ignorait si c'était même possible dans un sauna.

« Je savais que tu viendrais, déclara sa mère. Je le sentais là. »

Elle souleva son sein gauche, le laissa retomber.

Beau geste, pensa Frauke, et elle acquiesça comme si elle comprenait parfaitement ce que sa mère voulait dire. Elle était trempée de sueur, mais ne voulait pas retirer son manteau. *C'est ma cuirasse, je ne la lâche pas.* La main de sa mère se posa sur son genou, Frauke eut un sursaut de recul.

« Du calme, dit sa mère.

— Je suis calme. »

La mère lui tapota le genou.

« Il est venu, raconta-t-elle. Il m'a parlé. Il t'aime bien. Je crois que c'est pour ça qu'il m'a rendu visite. Il voulait en savoir plus sur toi. Il m'a demandé pourquoi tu souffrais tant. Tu imagines ma surprise. J'ignorais que tu souffrais. Voilà pourquoi je devais te parler. Je voulais que tu saches que tu n'as aucun tort. Tu comprends ? »

Frauke essaya de réagir. *De l'ordre, mets de l'ordre dans ce chaos.* Elle se racla la gorge, essuya la sueur qui lui coulait dans les yeux.

« Maman, qui est venu ?

— Le diable ! De qui crois-tu que je parle ?

— Comment sais-tu que c'était le diable ?

— Tu t'imagines que je ne reconnais pas le diable quand il est debout près de mon lit ? »

246

Sa mère se mit à rire, elle riait de Frauke, alors Frauke fit quelque chose qu'elle n'aurait jamais cru possible : elle frappa sa mère au visage.

« J'ai vingt-neuf ans, dit-elle, et elle dut répéter. J'ai vingt-neuf ans, plus quinze ans. J'ai assez d'emmerdes comme ça. Cesse de me raconter ces conneries, d'accord ? Ça suffit. »

Mère et fille se regardèrent. Y avait-il de l'approbation dans les yeux de la mère ? Quelque chose, dans ce regard, troubla Frauke. Puis Tanja Lewin leva la main et la posa sur la joue de sa fille, doucement, comme si c'était Frauke qui avait reçu le coup et pas elle.

« Ne pleure pas, dit sa mère. Je sais à quel point c'est difficile pour toi.

— Tu ne sais rien.

— Si, je le sais, et si tu savais tout ce que je sais, tu serais enfermée ici avec moi. Nous, les fous, nous en savons trop, c'est tout. »

Elle sourit, elle avait fait une plaisanterie. Frauke eut envie de s'en aller. Elle s'imagina se précipitant hors du sauna, elle se vit adossée au mur du couloir, la respiration lourde, et sentit le goût de la cigarette, puis ce fut la rue et puis la voiture, et puis elle était partie.

« Qu'est-ce que tu as raconté au diable ? » demanda-t-elle doucement, la voix cassée.

Elle comprenait avec douleur ce qu'elle était en train de faire. Elle se commettait avec sa mère. *Une fois de plus.*

Tanja Lewin a vu le diable si souvent qu'elle ne se laisse plus abuser. Le diable a chanté devant elle et récité des poèmes, il a étreint son cœur, lui montrant ainsi qu'elle lui appartenait. La mère de Frauke connaît l'odeur du diable, ses préférences, ses aversions. Une fois, il vint à elle sous la forme d'un enfant. Il se glissa dans la clinique, se tint debout près de son lit et dit qu'il s'était perdu. Tanja Lewin se moqua de lui. Une autre fois, il emprunta ses traits à elle, alors elle se mit à crier jusqu'à ce qu'il ne sorte plus un son de sa bouche.

Après une absence de plusieurs années, le diable était revenu voir Tanja Lewin cinq jours plus tôt. Il portait une veste épaisse, des bottes et un bonnet de laine. Il était jeune, sympathique.

« Le diable n'a pas froid, dit-elle en guise de salut.

— Je ne voulais pas me faire remarquer », répondit-il en approchant une chaise.

Le diable n'avait pas de bagues aux doigts, ses yeux étaient marron, son visage rasé.

« Est-ce qu'ils savent que tu es là ?

— Bien sûr, ils m'ont laissé entrer. Regarde ce que je t'ai apporté. »

Le diable brandit un appareil photo.

« Tu veux mon âme ?

— Je veux un souvenir de toi. »

Le diable la pria de sourire. La mère de Frauke sourit, le diable prit une photo, puis une autre.

« Parle-moi de ta fille, ordonna-t-il.

— Je ne te dirai rien » », répliqua Tanja Lewin avec un rire craintif.

Elle avait beau attendre le diable nuit et jour, cela ne signifiait pas qu'il ne lui inspirait aucune crainte.

Sur quoi le diable secoua la tête et déclara qu'il voyait les choses différemment. Il joignit les mains. Visiblement il avait le temps. Ils se regardèrent. Ils se regardèrent longuement. C'est éprouvant quand le diable se tait. C'est un peu comme si l'énergie quittait la pièce. L'air. La vie.

« Qu'est-ce que tu veux savoir ? demanda Tanja Lewin au bout d'un moment.

— Raconte-moi ce que tu lui as fait », répondit le diable.

Alors Tanja Lewin voulut crier. Elle voulut sauter du lit et lui labourer le visage de ses ongles. Le diable ne laissa pas la situation dégénérer. D'une main, il plaqua la mère de Frauke contre le lit, de l'autre il lui ferma la bouche.

« Tout, dit-il en se penchant sur elle. Raconte-moi tout. »

Tanja Lewin lui mordit la main. Elle éprouvait une telle crainte que cela lui donnait du courage. Le diable laissa la main sur sa bouche. Ses yeux se fermèrent un instant. Le sang de sa blessure coula dans la bouche de la mère de Frauke, qui dut l'avaler et fut prise de nausée. Le diable ne recula pas. Ses yeux étaient une question.

Raconte-moi tout, d'accord ?

Tanja Lewin acquiesça, la main se retira de sa bouche, Tanja Lewin cracha du sang par terre, elle eut un haut-le-cœur et faillit vomir. Le diable attrapa des mouchoirs en papier sur la table de nuit et les lui tendit. Tanja Lewin entendit que le sang de sa blessure gouttait sur le sol.

« Je saigne pour toi », dit-il en souriant.

Tanja Lewin se mit à pleurer. Comme elle l'expliqua par la suite à Frauke, ce n'était pas la crainte mais le soulagement de voir que le diable ne lui en voulait pas. Il jouait à l'homme compréhensif. Il lui caressa le front de sa main valide et lui intima l'ordre de se calmer. Maintenant.

Elle se calma.

Il lui ordonna de le regarder. Maintenant.

Elle le regarda et le diable lui demanda une nouvelle fois de tout lui raconter.

Tanja Lewin secoua la tête.

« Tu ne lui as rien raconté ? interrogea Frauke, surprise.

— Rien. Pas un mot.

— Et il n'a pas insisté ?

— Il n'a pas insisté. Le diable est un gentleman. C'est pour ça aussi qu'il fallait que je te parle. Je n'ai pas confiance en lui. Le diable a beau dire qu'il t'aime bien, sois sur tes gardes. Le diable ment, il ment sans arrêt. Et ce qu'il aime, il le déteste ; et ce qu'il déteste, il appelle ça de l'amour. C'est pour ça que je ne lui ai rien révélé. Il n'a pas à savoir qui tu es. Tu es ma fille. C'est tout ce qu'il a à connaître. C'est tout ce qu'il y a à dire. Tu sais ce que ça signifie, être "fatigué" ? »

Sans attendre la réponse, Tanja Lewin posa sa tête sur les genoux de Frauke. Comme le père. Comme si la mère savait comment le père se comportait avec la fille. En dépit de la chaleur, Frauke en eut la chair de poule.

« Laisse-moi dormir juste un jour, dit la mère. Ou une semaine, d'accord ? »

Elle ferma les yeux, une main toujours posée sur le genou de Frauke, l'autre serrée en poing devant sa bouche. Dans cette position, Tanja Lewin s'endormit, tandis que Frauke restait assise là, à suer par tous les pores de sa peau, sans oser réveiller sa mère.

Elle m'a protégée.

Cette pensée était comme de la glace dans la chaleur.

Frauke tint vingt minutes, puis elle souleva précautionneusement la tête de sa mère et la posa sur un essuie-mains. L'air à l'extérieur du sauna fut la meilleure chose que Frauke eût connue. Le soulagement se manifesta sous forme de sanglots. Dans le couloir, elle se laissa tomber sur une chaise et respira avidement.

Il était là, il voulait en savoir plus sur moi.

En se dirigeant vers la sortie, Frauke s'informa auprès des infirmières si sa mère avait reçu de la visite au cours des jours précédents. Elles l'ignoraient, elles expliquèrent que madame sa mère n'était pas non plus dans une prison de haute sécurité, n'est-ce pas ?

Qu'est-ce qu'il me veut !

La neige fut un soulagement. Tout ce blanc, ce froid, ce silence. Frauke rejoignit sa voiture et était en train d'extraire une cigarette de son paquet, les mains tremblantes, quand son portable sonna.

L'écran indiquait le numéro de Tamara.

« Oui ? »

Dans le silence qui suivit, Frauke s'attendit à tout. À des insultes et des questions. Elle n'aurait pas non plus été surprise que Tamara se borne à raconter des âneries.

On est toujours amies ?

« Est-ce que tu pourrais venir ? dit Tamara. Ton père est couché devant la porte. »

Frauke sursaute. Elle ne sait pas combien de temps elle est restée ainsi, les yeux dans le vague. *Comment est-ce que je peux être aussi imprudente ?* Le vacarme de la sableuse qui passait l'a arrachée à ses pensées. *Comment Meybach savait-il que je me sens coupable ? Comment est-ce qu'il le savait ?* Elle a mal à la main droite, elle relâche son étreinte et regarde fixement le couteau. Il est 10 h 20 et Frauke se demande si elle serait vraiment capable de tuer. Autrefois, elle croyait que, en grimpant suffisamment vite sur une colline, elle arriverait au sommet avec l'élan nécessaire pour s'envoler. Ce qui est important, c'est l'élan.

Ça pourrait être ça, tuer, j'ai besoin d'élan, il faut que j'y croie, dans ce cas ça viendra tout seul.

Frauke essaie de s'imaginer la vie après. Comment elle reprend son travail, commande une assiette de taboulé au kebab du coin, fouine dans la librairie ou s'explique avec Kris ; comment elle donne rendez-vous à tel ou tel homme, en sachant exactement si elle fera ou non l'amour avec lui ; comment elle parle avec Wolf, comment Tamara la serre dans ses bras, comment tout est en ordre et comment elle est juste elle-même, et personne d'autre, après avoir tué un être humain.

« Où est-ce que tu es ? » interroge-t-elle à mi-voix.

Et elle tend l'oreille au bruit de la sableuse qui s'éloigne, et elle aimerait être de retour à la villa.

D'habitude, Frauke met à peine dix minutes pour se rendre de Potsdam jusqu'à la villa, mais, hier, la neige a rallongé le trajet de vingt minutes. Une fois arrivée, Frauke n'osa pas s'engager dans la propriété et se gara comme une étrangère le long du trottoir.

Et s'ils ne me laissaient pas entrer ?

Frauke examina son visage dans le rétroviseur. Sa chevelure noire, la raie au milieu, les yeux peut-être un peu trop maquillés. Elle repoussa ses cheveux derrière ses oreilles et descendit de voiture.

Son père était assis sous la véranda, enveloppé d'une couverture. Avec sa tasse dans les mains, il rappela à Frauke une photo en noir et blanc qu'elle avait vue lors d'une exposition. Quand son père l'aperçut, il ôta promptement la couverture de ses épaules. *Il ne veut pas avoir l'air vieux et faible.*

« Je pensais que vous étiez tous sortis, dit-il en guise de salut, montrant du pouce derrière lui. Alors j'ai attendu dehors.

— Tu aurais pu geler », répondit Frauke en jetant un regard vers la fenêtre de la cuisine.

Il n'y avait personne.

« Les types comme moi ne gèlent pas, répliqua son père en se frappant la poitrine de la main gauche. Acier inoxydable, tu comprends ? »

Il plia la couverture et la posa sur le banc.

« C'était une blague. »

Il voulut la serrer dans ses bras. Frauke recula. Elle avait reçu suffisamment de marques d'affection de ses parents pour la journée.

« Je sais que c'était une blague, dit-elle. Pourquoi est-ce que tu ne m'as pas appelée ? »

Son père fit comme s'il n'avait pas entendu.

« Tamara a dû avoir un sacré choc en me trouvant devant la porte. Oh, là là ! tu aurais vu sa tête. Elle a sans doute cru que j'étais mort. Il faut dire que ce temps est fatigant.

— Papa, pourquoi est-ce que tu ne m'as pas appelée ?

— Ta voiture n'était pas là. Je pensais que tu n'allais pas tarder. J'ai l'habitude d'attendre. Tamara m'a fait du café, mais je n'ai pas voulu entrer. L'air est lourd, non ? »

Il prit une dernière gorgée et versa le reste du café dans la neige avant de poser la tasse sur le banc. Une hideuse tache brune subsista sur la blancheur immaculée.

« Qu'est-ce qui se passe ? demanda son père. Vous vous êtes disputés ? Tu peux me le dire, je...

— Ça ne te regarde pas. »

Il leva la main en signe d'apaisement.

« Bon, bon. Ce n'est pas non plus pour ça que je suis là. Ta mère s'est manifestée, elle veut te parler.

— Je sais, je viens de la voir.

— Mais comment savais-tu ? »

Son père se tut et se frotta le visage. Comme toujours il était fatigué, les yeux rougis.

« Toutes les deux, vous êtes une énigme pour moi, reprit-il. Je ne vous comprends pas. Ta mère m'a appelé chez moi aujourd'hui, à midi. Elle m'a téléphoné d'un de ces appareils à pièces qu'il y a dans le foyer. Il fallait que je te trouve et que je te dise qu'elle... »

Il s'interrompit de nouveau au milieu de sa phrase. Voyant ses larmes, Frauke se demanda comment il pouvait à ce point aimer sa mère. Après toutes ces années. *Aucun être humain ne devrait en aimer un autre avec cette intensité.*

« Qu'est-ce qu'elle t'a raconté ? » voulut-il savoir.

Elle le mit au courant. Elle lui révéla tout ce qu'elle avait appris de sa mère et vit sa joie laisser place au chagrin. La joie que sa femme ait eu un moment de lucidité et l'ait appelé. Et le chagrin qu'elle parlât du diable comme d'un hôte bienvenu.

« Viens, dit-elle, allons-nous-en. »

Dans la rue, devant la villa, elle lâcha le bras de son père et s'assit dans la voiture. Elle ferma sa portière, démarra le moteur et alluma le chauffage. Elle respira profondément. Elle ne voulait pas voir son père, debout sur le bord de la route, qui la regardait. Elle n'était pas dans un de ses meilleurs jours. Elle avait commencé par rameuter la police chez ses amis, puis elle était allée trouver sa mère et maintenant, ça. *Peut-être qu'il fichera le camp, peut-être qu'il m'oubliera et qu'on ne se reverra plus jamais.* La portière s'ouvrit du côté passager, son père se laissa choir sur le siège avec un soupir.

« Tout ce que je veux, c'est dormir, déclara-t-il. Tu restes avec moi, ce soir ?

— Et ta voiture ?

— Je passerai la chercher une autre fois. »

Sa main lui pressa la jambe.

« Je t'en prie, Frauke, s'il te plaît. »

Frauke ne voulait pas aller chez son père et rencontrer sa nouvelle conquête. Personne ne devait la voir dans cet état. Il dit qu'il comprenait. Ils prirent donc une chambre dans un petit hôtel de la Mommsen-strasse. À peine étaient-ils entrés dans la pièce que le père s'étendit sur une moitié du lit et s'endormit en quelques instants. Assise à la fenêtre ouverte, Frauke fumait. Ses idées tournaient en rond, tels des oiseaux de proie à l'affût d'un mouvement révélateur.

Comment Meybach avait-il osé ?

Vers minuit, elle prit un bain et se fit livrer une pizza. La question la taraudait, la question exigeait une réponse. Meybach avait commis une faute. Il avait approché Frauke de trop près. Il aurait dû rester à l'écart de sa mère. Désormais, c'était une affaire personnelle et Frauke ne parvenait pas à s'en dépêtrer.

Comment a-t-il osé ? Hein, comment ?

Pendant un moment, elle contempla son père endormi. Il avait toujours été passif, vivant dans l'espoir paresseux qu'un jour sa femme se rétablisse. En entendant sa respiration régulière, Frauke comprit qu'il ne fallait pas qu'elle devienne comme lui. Pas de passivité, pas d'espoirs paresseux. Elle résolut d'aller droit à son but. Finies les tergiversations fébriles. Finie l'attente. Elle détestait l'impuissance.

Elle mangea sa pizza et attendit de voir si elle changeait d'avis. Mais sa confiance augmentait à chaque instant. Le seul hic, c'est qu'elle ne voulait pas se mettre en route trop tôt, ce qui était absurde car il n'y avait pas de bon ou de mauvais moment pour aller chez soi.

Sauf si tu veux te faire prendre.

Elle se lava le visage à l'eau froide et se regarda dans le miroir.

Maintenant ou jamais.

Elle écrivit un mot à son père, enfila son manteau et sortit dans la neige.

Une demi-heure plus tard, elle ouvrait la porte de la villa. Le silence régnait, une obscurité agréable, familière, emplissait les pièces, et dans l'air flottait le parfum d'un feu de bois. Frauke retira ses bottes et les laissa à la porte. *Pas de traces.* Elle posa la main sur le chauffage dans le couloir. La chaleur était encore là, elle ne disparaîtrait qu'à l'aube. Frauke savait comme on avait froid dans la villa, le matin au réveil. Le luxe d'une douche, le travail de la chaudière qui diffusait de la chaleur dans la maison, un nouveau jour.

Sans moi.

Laissant la porte entrouverte, Frauke entra.

Je voudrais que tu sois au même endroit que d'habitude, s'il te plaît.

Elle s'arrêta devant le portemanteau et fouilla la veste.

Rien.

Elle attrapa le manteau.

Rien.

Et maintenant ? Qu'est-ce que je fais maintenant ? Je me vois mal monter à l'étage et demander à Kris de m'aider.

Frauke réfléchit, puis elle sortit son portable et composa le numéro de Kris dans le noir.

S'il vous plaît, faites que...

La sonnerie vint de la cuisine. Frauke raccrocha immédiatement, la sonnerie cessa, et Frauke, en chaussettes, se déplaça à pas de loup dans le vestibule. On l'entendait à peine, seul le sol de la cuisine craqua légèrement.

Le portable était posé sur une pile de journaux. Elle le glissa dans son manteau et se faufila hors de la cuisine. En arrivant dans le couloir, elle se retrouva subitement face à elle-même. Son cœur marqua une pause douloureuse, puis elle détourna le regard de son reflet et sortit. Mettre les bottes, fermer la porte avec précaution, descendre les marches du perron et direction le portail d'entrée. Le crissement de ses pas dans la neige produisait un vacarme effrayant. Elle ne jeta pas un regard en arrière. Elle savait que personne ne la suivait des yeux. Elle était confiante. Tout comme elle, maintenant, ses traces de pas auraient disparu dans une heure.

Son père n'avait pas bougé. *Il pourrait être mort*, pensa Frauke en lui posant la main sur le dos. Chaleur, le rythme de sa respiration. Frauke s'enferma dans la salle de bains. Elle trouva le bon numéro au bout de quelques secondes. Kris ne lui avait pas attribué de nom, juste un signe : #.

Frauke appuya sur APPELER.

Meybach décrocha au bout de la quatrième sonnerie.

« Je me demandais déjà quand vous vous manifesteriez. Je voulais vous remercier pour le fichier, bon travail.

— Tu es un malade, un enfoiré », siffla Frauke.

Silence.

« Allô ? »

Elle regarda l'écran. Meybach avait raccroché. Elle pressa la touche « bis ». Il la laissa attendre et ne répondit qu'après la onzième sonnerie.

« Reprenons depuis le début », dit-il.

Frauke inspira profondément.

« C'est mieux, tu te détends.

— Comment as-tu osé aller voir ma mère ?

— Ah ! c'est toi, Frauke Lewin, c'est bien de t'avoir au bout du fil. Tu as sans doute déjà remarqué que je me suis un peu entiché de toi. J'ai su dès le premier jour qu'il y avait un lien particulier entre nous.

— Il n'y a aucun lien. Je veux savoir comment tu as osé aller voir ma mère.

— Elle constitue un cas intéressant. Le passé des autres n'avait pas grand-chose à m'offrir, mais ta mère, elle, est spéciale.

258

— Si tu retournes la…

— Bon sang ! Frauke, ce n'est pas de ta mère qu'il s'agit ici. »

Il se tut. Elle ne voulait pas poser la question, elle la posa.

« Alors de quoi s'agit-il ?

— De culpabilité, bien sûr, de quoi d'autre ? Tu ne comprends pas l'ironie qu'il y a derrière tout ça ? Vous dirigez une agence qui présente des excuses alors qu'il y a tant de choses que vous n'arrivez pas à vous pardonner.

— Qu'est-ce que tu sais de nous ? Tu ne nous connais pas. Tu ne sais rien de nous.

— Je ne sais pas grand-chose, soyons honnêtes. Mais vous, que savez-vous de la culpabilité ? Que comprenez-vous au pardon ? »

Frauke fut désorientée, elle n'avait aucune idée de ce dont il parlait.

« Nous faisons un boulot, répondit-elle.

— C'est peut-être ça, le problème. Vous faites *juste* un boulot. Peut-être devrions-nous en rester là. Faites votre boulot. Je n'ai plus qu'une excuse à vous demander, après quoi nous serons quittes et le boulot sera terminé.

— QUITTES ? COMMENT ÇA, QUITTES ? explosa Frauke. PERSONNE NE S'EXCUSERA PLUS EN TON NOM, ESPÈCE DE MALADE… »

De nouveau le silence à l'autre bout du fil. Frauke espéra que ses beuglements n'avaient pas réveillé son père. Elle fixa l'écran et fit quelques déambulations dans la salle de bains. Elle aurait pu appeler Meybach de la rue, mais elle voulait être à proximité de son père. Comme s'il lui offrait une protection.

Dix-sept sonneries plus tard.

« C'est toujours une question de compréhension, déclara Meybach.

— Je n'ai pas de compréhension pour toi. Tu es un assassin, les assassins ne méritent aucune compréhension. Et ne crois pas que j'ignore qui tu es. Ma mère t'a décrit très précisément. La police est au courant.

— Frauke, tu me vexes. J'ai suivi chacun de tes pas, alors arrête de bluffer. En plus, personne n'écoutera une femme qui vit depuis quatorze ans dans un hôpital psychiatrique et qui reçoit de temps en temps la visite du diable. Mais ça non plus, ce n'est pas le propos. Je peux te dire à quoi je ressemble. Tu *sais* à quoi je ressemble. Mais à quoi te servirait une description ? Est-ce que tu serais à ma recherche ? »

Elle n'en crut pas ses oreilles. Elle éprouva une telle rage que son crâne faillit exploser.

Il se fout de moi, ce putain d'enfoiré se fout de moi.

« Je veux qu'on se rencontre, articula-t-elle avec difficulté.

— Répète ça.

— Je veux qu'on s'explique. Quoi que tu cherches, je te le donnerai à condition que tu laisses mes amis en dehors du jeu.

— Comment sais-tu que tu pourras me donner ce dont j'ai besoin ? »

Laisse-moi, cria une voix dans la tête de Frauke, *laisse-moi soulager mes amis de leur fardeau, laisse-moi le faire.*

Elle reprit aussi calmement que possible.

« Je n'ai aucune idée de ce que cette femme t'a fait, mais, pour moi, il est clair qu'il s'agit d'une vengeance. »

Aucune réaction. Frauke entendait la respiration de Meybach. Celui-ci n'acquiesçait ni ne niait. Frauke poursuivit :

« Je peux t'aider. Je peux te donner ce que tu cherches.

— C'est-à-dire ?

— L'absolution. »

Elle sut qu'il souriait.

« Peut-être qu'on devrait se rencontrer, après tout », admit-il.

Frauke essaya de parler normalement, mais les mots se bousculèrent.

« Où et quand ? »

Meybach se mit à rire.

« Tu es sous pression, hein ? »

Cette fois, ce fut Frauke qui faillit raccrocher. *J'ai trahi mes amis, je n'ai plus de chez-moi, connard, et tu me demandes si je suis sous pression ?*

« Peut-être est-ce moi qui peux te donner l'absolution, poursuivit Meybach.

— Oui, peut-être », mentit Frauke.

Il lui expliqua où elle pourrait le trouver. Après quoi il mit fin à la communication et Frauke, surprise, resta quelques secondes à fixer l'écran du portable avant de l'embrasser.

Je te tiens, pensa-t-elle, *maintenant je te tiens.*

Voilà pourquoi, six heures plus tard, Frauke est assise sur un tronc d'arbre, au bord de la Krumme Lanke, à grelotter pitoyablement. Pour l'instant, aucun promeneur, aucun joggeur ne s'est encore montré. Seuls les corbeaux passent d'un arbre à l'autre comme si eux aussi s'impatientaient.

Il est 10 h 33. Meybach devait être là à 10 heures. Frauke regarde autour d'elle, la forêt forme un mur sombre dans son dos. Elle doute que Meybach arrive par là. La neige le trahirait au bout de quelques pas.

Il viendra par un des chemins sablés, et alors j'effacerai tout et je…

Le portable de Kris sonne dans son manteau. Elle le sort. L'écran affiche le #.

« Nous y voilà, dit Meybach en guise de salut.

— Me voilà, où es-tu ?

— Pour être tout à fait honnête, il m'a paru difficile de te faire confiance. Tu aurais pu rappliquer de nouveau avec une bande de policiers.

— Je ne ferais jamais…

— Si tu le pouvais, tu le ferais, je le sais. Mais tu as sans doute un peu trop tapé sur les nerfs de la police, est-ce que je me trompe ? »

Frauke jette un regard derrière elle.

« Tu nous as surveillés ?

— J'ai gardé un œil sur vous. C'était très osé de ta part d'aller trouver ton vieil ami de la Kripo. »

Frauke commence à transpirer.

« J'ai agi seule, explique-t-elle précipitamment. J'ai… j'ai pété les plombs. Les autres n'y sont pour rien. Je réparerai tout ça.

— Nous verrons.

— Je croyais qu'on voulait se rencontrer.

— Mais on se rencontre », réplique Meybach.

Au même instant retentit un coup de sifflet. Les corbeaux s'envolent des arbres. Frauke aperçoit un homme debout sur l'autre rive. À cent mètres de distance. Peut-être moins.

« Ce n'est pas du jeu, dit-elle.

« — Qu'est-ce qui n'est pas du jeu ? Tu voulais peut-être me serrer la main ? »

Non, je voulais trancher ta putain de gorge, aurait aimé lui répondre Frauke. En plissant légèrement les yeux, elle voit qu'il porte un jeans et une veste noire. Il est coiffé d'un bonnet et presse le portable contre son oreille droite.

Frauke se rapproche de la rive de la Krumme Lanke. Elle a mal aux yeux tant elle se concentre sur Meybach. Mais quels que soient ses efforts, il reste flou comme s'il n'était qu'un mirage prêt à se dissiper.

« Pourquoi est-ce que vous n'avez pas enterré le cadavre dans la forêt ?

— Scrupules, répond Frauke, et respect pour la morte. On ne voulait pas l'enterrer n'importe où à la va-vite. Chacun a droit à un enterrement décent.

— Alors vous l'avez mise dans votre jardin ? »

Frauke garde le silence.

« Tout le monde ne mérite pas un enterrement, Frauke. Certaines personnes, on devrait juste les enfouir sous terre.

— C'est pour ça que tu es venu la récupérer ? »

Sur la rive opposée du lac, la silhouette reste immobile.

« Qui dit que je suis venu la récupérer ? » demande Meybach après une longue pause.

Frauke inspire en produisant un son sifflant.

« Qu'est-ce que tu fais ? » demande Meybach.

Frauke baisse les yeux avec étonnement. Elle s'est engagée sur la couche de glace de la Krumme Lanke.

« Pas de bêtises, hein ! La glace ne supportera pas ton poids. Tu crois que j'aurais été assez bête pour me placer là où je suis si elle pouvait te porter ? »

Frauke ne lui répond pas. Sa main droite enserre le manche du couteau dans la poche de son manteau. En dépit du froid, elle sent son dos baigné de sueur. *Comme hier dans le sauna, tout se répète.*

« Tu as vraiment cru que je me donnerais la peine de récupérer le cadavre dans votre jardin ? Je te croyais plus intelligente. De toute façon, il vaudrait sans doute mieux que je ne compte plus sur toi puisque tu es hors jeu désormais.

— Comment ça, hors jeu ? »

Meybach commence à rire. Rien que pour ce rire déjà, Frauke pourrait le tuer.

« Alors comme ça, tes amis te pardonnent et se réjouissent de te revoir après que tu as appelé la police ? J'aurais aimé qu'on se rencontre en d'autres circonstances, je crois qu'on se serait bien entendus. Quoi que tu aies à voir avec l'agence, tu n'en fais pas vraiment partie. C'est à toi que tu devrais pardonner, Frauke, c'est le premier pas. Et celui-là, personne d'autre que toi ne peut…

— COMMENT OSES-TU TE MÊLER DE MA VIE ? »

Les paroles de Frauke retentissent par-dessus la glace. Elle n'a pas parlé dans le portable, elle s'est penchée en avant et elle a crié. Lorsqu'elle replace le portable contre son oreille, Meybach dit doucement :

« Alors comme ça, j'ai touché un point sensible. »

Elle ne peut plus le regarder. C'est fini. Elle ne peut plus. *Je ne me coucherai pas*, pense-t-elle et elle referme le portable. Elle le fourre dans son manteau et regarde en direction de Meybach comme si elle attendait un signal de départ, puis elle se met à courir.

Toi

Frauke Lewin est la seule à t'avoir réellement séduit. Quand tu as examiné l'agence de plus près, tu l'as aussitôt remarquée. Quelque chose en elle t'a fasciné. Elle semblait différente de Tamara Berger, qui t'apparaissait fragile et craintive, trop faible pour pouvoir vraiment vivre. Elle était différente de Kris Marrer, qu'on aurait dit tout en angles. Et elle était très différente du petit frère Wolf, qui certes paraissait prévisible, mais tu savais que ce n'était là qu'une illusion. Nous autres individus affligés d'un sentiment de culpabilité, nous sommes les êtres les plus imprévisibles qui soient.

Tu t'es concentré sur Frauke Lewin. Pendant deux jours, tu as été si proche d'elle que, rétrospectivement, tu es surpris qu'elle ne t'ait pas remarqué. Il y avait là une proximité, il y avait là un lien, il y avait là… Tu ne parviens toujours pas vraiment à comprendre. Tu sais seulement que tu voulais en savoir plus sur elle.

D'emblée, son père t'a été antipathique. Mais la mère t'a fasciné. Son bulletin de santé, sa vie avant et après son internement à la clinique, sa relation avec Frauke. Tu as vu d'où venait la culpabilité et décidé de rendre une visite à la mère. C'était stupide. C'était irresponsable et dangereux. Sans compter qu'elle t'a repoussé et ne t'a rien raconté. Pourtant ta visite a payé. Tu ne t'es pas seulement rapproché un peu de Frauke, non, elle t'a appelé et elle a souhaité te voir. Et maintenant qu'elle n'est séparée de toi que par la Krumme Lanke, tu regrettes beaucoup qu'entre vous il y ait ce problème. Tu aimerais qu'elle t'ait rencontré dans la vie de tous les jours. Tu aimerais aussi qu'elle réfléchisse tranquillement à tout ça. À tête reposée. Elle te comprendrait. Avec plus de compréhension, elle te comprendrait. Mais comme ça…

« Tu n'en fais pas vraiment partie, dis-tu en essayant, de loin, de déchiffrer son expression. C'est à toi que tu devrais pardonner, Frauke, c'est le premier pas. Et celui-là, personne d'autre que toi ne peut…

— COMMENT OSES-TU TE MÊLER DE MA VIE ? »

Sa voix retentit par-dessus la glace.

Pendant un moment, tu restes muet, puis tu dis prudemment :

« Alors comme ça, j'ai touché un point sensible. »

C'était ce qu'il ne fallait pas dire, la conversation est finie. Frauke range son portable, se recroqueville et soudain fonce sur toi. *Comment peut-elle être aussi courageuse ?* Au bout de dix mètres, elle perd son bonnet de laine, qui tombe sur la glace, son manteau s'ouvre comme une fleur noire. Tu distingues son expression résolue, ses bras pompent l'air au rythme de ses enjambées, quelque chose de métallique brille dans sa main.

Elle m'attaque, penses-tu, incrédule, *elle m'attaque pour de vrai*. À présent, la grande question est : que feras-tu si elle arrive jusqu'à toi ? T'engageras-tu dans un combat avec elle ? Regarde son visage, c'est une furie. Tu pourrais t'enfuir.

Je ne me rendrai pas ridicule.

Frauke a atteint le milieu du lac. Elle ne montre aucune hésitation, elle n'a qu'un objectif en tête. Mètre après mètre, elle se rapproche de toi, ses pas résonnent sourdement sur la surface glacée, tu crois entendre son souffle bruyant, puis une détonation retentit et le sol cède sous ses pieds. Le couteau lui échappe et glisse sur la glace dans ta direction. Frauke essaie de s'agripper aux bords du trou, la glace casse, l'eau gicle et teinte la neige de gris avant de la rendre transparente. Tu restes là, à regarder. Impossible de le nier, tu es soulagé. Un semblant de pitié, un semblant de déception t'envahissent. Tu te demandes comment elle a pu être aussi bête.

Pas bête, courageuse.

Bon, comme tu voudras. Mais tu sais, je l'espère, que les gens courageux meurent presque toujours les premiers, hein ?

Frauke

Le choc ne vient pas seulement de l'eau froide, bien plus violent est le choc de la défaite.

J'étais si sûre de réussir.

Frauke sait instinctivement qu'elle doit garder la tête hors de l'eau, sinon c'est la fin. Elle agrippe le bord de la glace, qui se brise sous ses doigts. Elle bat des pieds, un cercle de fer lui enserre la cage thoracique et lui coupe la respiration.

Du calme, il faut juste rester calme, j'arriverai bien à sortir et alors...

Pendant quelques secondes, elle oublie de faire du surplace. Elle distingue très clairement Meybach debout sur la rive. Il n'a pas reculé. Il n'a pas essayé de fuir. Le mirage a un visage.

Je... je le connais, je...

Frauke disparaît sous l'eau, remonte, ses ongles grattent la glace. Elle parvient à prendre appui sur son bras gauche. *Fatiguée.* Le froid lentement la fatigue. C'est comme si elle avait la nuque dans un piège à ours. La douleur est paralysante et descend le long de son dos, vertèbre après vertèbre. À présent, la fatigue est générale, elle ralentit ses mouvements et relègue la douleur au second plan tandis que le manteau saturé d'eau la tire vers le fond. Frauke sort également son bras droit de l'eau et s'appuie sur le bord.

La glace tient.

Se reposer, se reposer juste un moment...

Alors elle voit Meybach qui se détourne.

« Hé, où est-ce que tu vas ? »

Il ne répond pas, il ne l'écoute pas, il continue à grimper sur le talus.

« Arrête-toi, espèce de... Est-ce que tu aurais peur ? Est-ce que je t'ai... ? »

La glace se brise. Pendant un instant, Frauke s'est montrée imprudente, s'appuyant de tout son poids sur le bord gelé. Sa tête s'enfonce, son nez se remplit d'eau, elle émerge en toussant et en s'efforçant de reprendre son souffle. Quelque chose de tranchant se déplace dans son crâne et sectionne les nerfs. Tout s'émousse et devient insensible. L'eau gèle sur son visage et, lorsqu'elle tâtonne autour d'elle, il n'y a plus de bord. Ses mains rencontrent l'eau et la font gicler. Les corbeaux commencent à croasser. Le lac tire Frauke avec avidité, il la tire, la tire vers le bas, la fatigue est générale, la pesanteur, le froid et, par-dessus, l'insensibilité qui, tel un cocon, enveloppe son corps et tout son être.

Calme, ici, c'est le calme.

Sur la rive, il n'y a plus personne. On n'entend aucun pas sur la glace. Seul le soleil pointe à travers les nuages, faisant étinceler la glace. C'est comme de l'espoir.

Bientôt...

Une chaleur se pose sur le visage de Frauke. Ses mains attrapent le vide, les gestes se ralentissent.

Bientôt...

Un mur de nuages se glisse devant le soleil, le vent revient, les corbeaux se taisent. Le silence. C'est le silence. Le trou dans la glace lentement se referme.

CINQUIÈME PARTIE

Après

Hanovre est derrière moi et j'ai mis le cap sur Osnabrück. Dans le coffre, c'est le silence. Je pue. Solitude. J'aimerais qu'un pneu éclate, que la voiture fasse un tonneau et que ce soit la fin. Solitude et lâcheté. Qu'est-ce que je fais là au fond ? C'est de ma faute. Tout est de ma faute. Trop de responsabilités, trop de décisions. Je n'aurais qu'à me ranger sur le bas-côté. Je pourrais l'étouffer en lui bouchant le nez. Je pourrais l'asperger d'essence. Je pourrais l'étrangler ou lui taper sur le crâne avec le cric jusqu'à ce qu'il ne bouge plus. J'ai déjà imaginé tout cela : le tirer hors de la voiture et le pousser sur l'autoroute. Le jeter du haut d'un pont. Le coucher devant la voiture. Le supprimer.

Désormais, je l'autorise à me parler. Je croyais pourtant avoir développé une immunité contre cela, je veux entendre son histoire. Il parle, j'écoute et, quand j'en ai assez, je lui colle l'adhésif sur la bouche et je poursuis ma route. Je reconnais les mensonges. Je crois reconnaître les mensonges. Mais je ne sais pas. Jusqu'à présent, il m'a raconté quatre histoires. Il est tout, il n'est rien. Il se réinvente dans sa peur. J'attends le moment du déclic, où je le percerai à jour. Je ne veux pas que tout ce qui est arrivé apparaisse comme le fruit du

hasard. Je déteste les hasards. Mais c'est à cela, justement, qu'il semble tout ramener : à un grand, un
maudit hasard. Je refuse que la vie de mes amis ait été
le jouet du hasard. Je préférerais tuer quelques dieux.
Ou le Dieu unique s'il osait lutter contre moi.

Avant

Tamara

L'enterrement a lieu quatre jours plus tard, un jeudi matin. Les oiseaux tapagent dans les arbres, et du sol monte une odeur dont la vitalité est presque indécente. Avec la même hâte qu'il a mis à lancer l'assaut, l'hiver s'est déjà retiré. Plus de neige, plus de glace. Le printemps triomphe et le soleil est un disque scintillant, pulsant, qui oblige Tamara à baisser les yeux.

Pourquoi ne pleut-il pas ?

Tamara se sent mal. L'air est trop intense pour elle et la lumière trop vive. Kris a dit une fois qu'on ne devrait jamais se séparer de quelqu'un quand il y a du soleil.

Jamais.

Tamara a le sentiment d'être hors jeu. Elle se tient en bordure du terrain et attend le coup de sifflet final. Cela lui rappelle les après-midi d'été qu'elle passait au stade avec Frauke. Deux adolescentes de quatorze ans assistant à l'entraînement d'une équipe de garçons. Les heures les plus ennuyeuses de sa vie, tout cela parce que Frauke et elle voulaient montrer aux garçons qu'elles étaient là.

Frauke, où es-tu ?

Tamara aimerait que sa pensée marque une pause. Elle aimerait que la terre tremble et informe le monde entier qu'elle a perdu sa meilleure amie. *Après une dispute, après une putain de dispute.* À présent, Tamara croit savoir quels ont dû être les sentiments de Wolf quand il a trouvé Erin morte dans les toilettes. Désormais, on ne peut plus s'expliquer. Plus de discussions, plus d'excuses.

Fini.

Tamara n'a pas le courage de s'avancer. Elle voudrait poser les mains sur le cercueil et dire tant de choses, mais elle reste là où elle est et se raidit.

Un appel anonyme a informé la police qu'une femme s'était enfoncée sous la glace de la Krumme Lanke. En vingt minutes, une équipe de sauvetage avec des chiens était sur place et se mettait au travail. La Krumme Lanke est une eau d'alimentation et, en temps normal, on aurait pu effectuer un repérage jusqu'à quinze mètres, mais la température de l'eau et la glace compliquaient les recherches. Les chiens n'ayant aucune chance de trouver une trace, les sauveteurs brisèrent la glace en deux endroits dans le sens du courant. Ils envoyèrent deux plongeurs. On découvrit Frauke à l'embouchure, devant le pont. Elle était restée trois heures sous l'eau.

Le père de Frauke appela la villa dans l'après-midi après avoir identifié le corps de sa fille. Ce fut Wolf qui décrocha, il écouta, ne posa aucune question et mit fin à la communication quand le père de Frauke voulut savoir s'il avait bien compris. Pendant cinq minutes, Wolf resta dans le couloir à fixer le téléphone, puis il monta retrouver Tamara, qui était assise à son bureau.

« Viens ici, Tammi. »

Tamara resta assise. Elle n'aimait pas la façon dont il la regardait, là, debout à la porte.

« Quoi ?

— S'il te plaît, Tammi, viens. »

Tamara se leva et s'approcha de lui. Il la prit dans ses bras, l'étreignit et ensuite il parla. Quand il eut tout dit, il ferma les yeux et supporta les ongles de Tamara dans son dos, mais, quoi qu'elle pût faire, il ne la lâcha pas, il la garda serrée contre lui.

Heureusement qu'il me tenait dans ses bras, pense Tamara en cherchant la main de Wolf. Derrière elle, elle entend chuchoter, quelqu'un renifle, un corbeau atterrit sur le mausolée d'en face. Ils sont entourés des camarades de classe et compagnons d'études de Frauke. Tamara a reconnu certains visages, les autres lui sont étrangers. *De quoi se souviennent-ils quand ils se souviennent de Frauke ?* Le corbeau frotte son bec contre le mur du mausolée, puis il reprend son vol et disparaît au-dessus du cimetière. Au loin, on entend le grondement de la circulation sur Onkel-Tom-Strasse. La vie ne marque aucune pause, rien ne l'arrête.

Ensuite, nous reprendrons exactement là où nous en étions restés.

Tamara appelle de ses vœux un tremblement de terre.

Au téléphone, le père de Frauke a parlé d'un accident, la police aussi a qualifié l'événement d'accident. Pourtant, le lendemain, Gerald fit son apparition à la villa pour demander si Frauke nourrissait des idées de suicide.

« Est-ce qu'elle en a parlé ? Peut-être qu'elle ressentait de la culpabilité à cause de… »

Il fit un geste qui était censé tout embrasser – la villa, leur amitié, le prétendu cadavre dans le jardin.

« Frauke ne se serait jamais suicidée », répliqua Kris en regardant Gerald d'un air de défi.

Allez, contredis-moi, disaient ses yeux. Quand il apprit la mort de Frauke, Tamara le vit pour la première fois pleurer. Ses larmes ne durèrent pas longtemps, la cuirasse reprit le dessus. Mais elles avaient coulé, Tamara les avait vues, et elle fut soulagée quand Kris redevint Kris. Il fallait que l'un d'eux garde la tête froide, leur dise quoi faire.

« En plus, ce serait une manière très stupide de se tuer, ajouta Kris.

— Alors il nous reste l'accident…

— Accident, mon cul ! intervint Wolf. Frauke n'était pas une idiote, or elle a couru sur la glace. »

Gerald attendit une meilleure explication. Wolf ne pensait nullement à la lui fournir. De Tamara, Gerald n'avait presque rien à espérer. Elle était assise sur le canapé, cachée sous une couverture, inaccessible. Il s'adressa donc de nouveau à Kris.

« Je vous ai apporté les objets qu'on a trouvés dans son manteau. »

Il posa sur la table un sachet de plastique transparent : clés, portefeuille, deux téléphones portables, babioles. Le sachet était embué, comme si les affaires de Frauke respiraient. Tamara émergea de la couverture, Wolf se pencha au-dessus de la table.

« Et ça, c'était sur la glace, ajouta Gerald en posant un deuxième sachet à côté du premier. Est-ce que ce couteau vous dit quelque chose ? »

Kris secoua la tête. Wolf prit le couteau.

« Jamais vu, répondit-il.

— Tamara ? »

Tamara secoua elle aussi la tête. Elle ne pouvait détourner les yeux des deux portables enfermés dans l'autre sachet en plastique.

« Le couteau n'est pas à nous, confirma-t-elle.

— Il se trouvait près du trou dans la glace. Le manche et la lame portent les empreintes de Frauke. Même si ce n'est pas son couteau, elle l'a eu en main. »

Gerald les regarda à tour de rôle.

« Si vous avez quelque chose à me dire, c'est le moment. »

Pause, silence.

« Êtes-vous menacés ?

— Personne ne nous menace, répondit Kris.

— Et qu'en est-il de ce cadavre ?

— Quel cadavre ? rétorqua Kris.

— Et le tueur qui veut que vous vous excusiez en son nom ? »

Gerald ne voulait pas lâcher prise.

« Est-ce que tout ça, ce n'était que le fruit de l'imagination de Frauke ? »

Kris inclina la tête de côté. Tamara était contente de ne pas être la cible de Gerald.

« Parce que tu la crois maintenant qu'elle est morte ? » interrogea Kris.

Gerald le regarda en silence, puis il baissa les yeux et changea de sujet.

« Pourquoi est-ce qu'elle avait deux portables ?

— Il y en a un qui est privé, répondit Kris, l'autre est pour le boulot. On a chacun deux portables.

— Je vois. »

Gerald se leva. Tamara vit qu'il n'en avait pas fini mais il sembla changer d'avis et quitta la villa sans prendre congé. *Ce n'est pas bon signe*, pensa-t-elle. La porte d'entrée retomba avec un déclic. Wolf sortit les portables du sachet en plastique.

« Elle a dû venir ici pendant la nuit, dit-il. Elle a dû entrer en catimini et prendre ton putain de portable. »

Wolf tendit à Kris le portable bleu. Il était mouillé et, lorsque Kris l'ouvrit, quelques gouttes d'eau tombèrent sur la table.

« Pourquoi elle aurait fait ça ? demanda-t-il.

— Une forme subtile de vengeance, supputa Wolf. Je ne sais pas. Cette femme a toujours été une énigme pour moi.

— Toutes les femmes sont une énigme pour toi », rétorqua Tamara.

Ils échangèrent un bref regard. Un regard où il y avait tout, la douleur, le passé et le désespoir.

C'est vraiment vrai ?

C'est vraiment vrai.

Kris essaya d'allumer son téléphone. Rien. Il le posa sur la table et se frotta le visage des deux mains.

« Frauke ne se serait jamais vengée, dit-il, ce n'était pas son genre.

— Tout comme ce n'était pas son genre de courir sur un lac gelé et de s'y noyer, compléta Tamara. Ce n'est pas un accident. Je n'y crois pas. »

Elle regarda Wolf.

« Toi-même, tu as dit qu'elle n'était pas assez bête pour faire ça.

— Oui, mais elle a quand même été assez bête pour nous balancer », objecta Wolf.

Tamara lui donna un coup dans l'épaule.

« Ne dis pas ça, Frauke n'était pas bête.

— Je ne comprends pas pourquoi elle l'a volé, s'interrogea Kris en tapotant son portable comme si celui-ci pouvait lui répondre. Je n'en ai pas la moindre idée. »

Tamara voit le ciel bleu radieux se refléter sur la laque noire du cercueil. Elle croit que, en se penchant suffisamment pour regarder ce dernier, il en irait comme dans un conte de fées. Ce n'est pas son reflet qu'elle apercevrait, mais celui de Frauke, et alors elles pourraient parler comme si rien ne s'était passé.

Le père de Frauke est debout à la tête du cercueil, flanqué de la mère, qui a eu l'autorisation de quitter la clinique pour l'enterrement. En guise de salut, Tamara lui a serré la main. *Je connaissais Frauke mieux que toi*, aurait-elle voulu lui dire.

La mère de Frauke l'a ignorée. Elle évite tout contact visuel : soit elle regarde ostensiblement pardessus l'épaule des gens, soit elle fixe le cercueil comme si elle pouvait voir sa fille morte à travers le bois.

Ce que nous faisons là est une erreur, pense Tamara, *Kris avait raison*.

Adolescentes, Frauke et elle s'étaient mutuellement juré de ne jamais finir sous terre. Elles voulaient que leurs cendres soient dispersées dans le Lietzensee afin d'être réunies jusque dans la mort. Tout cela a laissé le père de Frauke indifférent. Il a insisté pour que Frauke soit enterrée dans le cimetière municipal de Zehlendorf. Et lorsque Kris a voulu discuter, Gerd Lewin a dit :

« J'ai besoin de savoir où est ma fille, de pouvoir lui rendre visite à tout moment, vous comprenez ça ? »

Tamara comprenait. Quels qu'eussent été les rapports de Frauke et de son père, celui-ci n'abandonnerait pas facilement sa fille. Kris ne voulait pas l'admettre. Il refusa d'assister à l'enterrement et s'éclipsa dans la remise après le petit déjeuner. Il revint au salon avec plusieurs charretées de bûches, qu'il empila à côté de la cheminée. Wolf fit observer que le froid avait diminué, sur quoi Kris répliqua que, pendant qu'ils seraient au cimetière, lui entretiendrait le feu.

Peut-être que c'est la meilleure façon de dire adieu, pense Tamara en regardant sa main, bien à l'abri dans celle de Wolf. Wolf lui manque alors qu'il est près d'elle. Kris lui manque. Ainsi que Frauke. En ce moment, Tamara voudrait que toutes les personnes qui lui ont été proches soient là, qu'elle puisse les retenir. Mais elle aurait également aimé rester à la villa avec Kris. Il y a tant de choses qu'elle aimerait, mais aucune d'elles ne se produit. Personne ne parle. Personne ne quitte le cimetière. Les minutes se traînent. Personne n'a l'idée d'exaucer ne serait-ce qu'un seul de ses souhaits. Tamara se met à pleurer. Elle croyait ne plus avoir de larmes. Wolf lui entoure les épaules de son bras. Quelqu'un lui tend un mouchoir. La matinée sera longue.

Kris

Kris revenait d'un jogging quand il apprit la nouvelle. Il entra dans la villa et fut surpris du silence qui y régnait. Il jeta d'abord un coup d'œil dans la cuisine, puis au salon. En montant l'escalier, il entendit pleurer.

Tamara et Wolf étaient par terre, dans le couloir. Wolf assis, Tamara roulée en boule, la tête sur ses genoux. Kris fut incapable de sortir un mot. Une planche craqua sous son pied. Wolf leva les yeux et le regarda. *Non*, songea Kris, *s'il te plaît, quoi que tu aies à dire, garde-le pour toi.*

« Elle est morte », dit Wolf.

Kris voulut se détourner et s'en aller, mais il resta cloué sur place. Wolf haussa les épaules comme s'il était perplexe, et répéta :

« Elle est morte, Kris, morte, c'est tout. »

Les pleurs de Tamara évoquaient un insecte prisonnier d'un verre et qui cherche en vain la sortie.

À présent, Kris est assis en short devant la cheminée et il alimente le feu comme si sa vie en dépendait. Il a les cheveux collés sur le crâne, la sueur goutte sur le tapis, laissant des traces sombres. Son dos est mouillé. À sa droite se dresse une bouteille d'eau à l'intérieur de laquelle se sont formées des bulles d'oxygène, l'eau est tiédasse.

Kris est content d'avoir dit non à l'enterrement. Cet enterrement est une erreur, il le sait.

Toutes les deux minutes, il se penche en avant et ajoute une bûche. Le feu est presque silencieux, seul un craquement se fait parfois entendre et de blanches étincelles fusent vers le haut. *Si tout était aussi simple qu'un feu qu'on doit alimenter ; nous serions tous assis devant des cheminées à nous enfoncer dans la béatitude*, pense Kris en prenant une gorgée d'eau à la bouteille.

Il sait ce qu'il fait.

Quand ils étaient enfants, Wolf et lui passaient les vacances d'été chez leurs grands-parents, au bord du Starnberger See. L'année où Kris avait huit ans et Wolf six, leur grand-père mourut dans un accident de voiture. Ce fut leur premier contact avec la mort. Ils furent témoins du chagrin de la grand-mère, ils virent leurs parents pleurer et se retrouvèrent, quelques jours plus tard, complètement perdus au cimetière à côté de tous les autres endeuillés, sans du tout savoir comment ils devaient se comporter. À l'époque, Kris s'était juré de ne plus jamais aller à un enterrement.

La même nuit, la grand-mère vint dans la chambre d'amis que Wolf et lui partageaient pendant les vacances. Elle apportait deux bougies et expliqua que même les morts avaient besoin d'une lumière pour les guider.

« Quand votre grand-père verra la lumière, il n'aura pas peur et il saura combien vous l'aimez. »

Les deux frères regardèrent avec de grands yeux la grand-mère leur donner à chacun une bougie, l'allumer, puis quitter la chambre.

Des années plus tard, ils rirent de cette nuit, mais, sur le moment, ils n'avaient su quoi faire, assis dans leurs lits avec une bougie entre les doigts sans oser bouger. Comment dormir ? Et si les bougies s'éteignaient ? Leur grand-père se perdrait-il dans l'obscurité ?

La grand-mère était si absorbée dans son chagrin qu'elle avait oublié de leur donner des chandeliers. Et c'est ainsi qu'ils passèrent la nuit adossés au mur, les yeux fixés sur leur bougie. Ils parlèrent pendant un moment du grand-père, puis la fatigue vint. Wolf s'assoupit et fut réveillé par la cire brûlante qui lui coulait sur les mains. Kris en revanche se risquait tout juste à cligner des yeux et fixait la flamme comme si c'était la lumière de la vie du grand-père. Il croyait que s'il maintenait la flamme en vie durant toute la nuit, au matin le grand-père serait assis avec eux à la table du petit déjeuner.

Vers trois heures, Wolf déclara forfait, il éteignit la bougie et s'étendit pour dormir.

Kris tint bon. À l'aube, il entendit la grand-mère quitter son lit. Il entendit les oiseaux qui s'éveillaient, les bruits du premier train dans la gare voisine et le bruissement du sang dans ses oreilles. Lorsque sa bougie ne fut plus qu'un minuscule bout qui menaçait de lui brûler les doigts, la grand-mère les appela. Il fallait se lever, le petit déjeuner était prêt.

Wolf s'éveilla en sursaut et vit Kris assis sur son lit, le bout de chandelle à la flamme vacillante sur la paume de la main. Kris se rappelle encore très clairement que son petit frère fixa la bougie éteinte sur sa table de chevet, se demandant s'il devait vite la rallumer. Évidemment, ce fut le moment que choisit la grand-mère pour entrer.

Wolf lui avoua en sanglotant qu'il était désolé, mais qu'il n'avait pas réussi, qu'il n'avait pas réussi, voilà tout, à rester éveillé. La grand-mère le calma et expliqua que ce n'était pas ce qu'elle avait voulu dire. Elle s'apprêtait à poursuivre quand Kris poussa un cri. Il y avait des deux à la fois – douleur et soulagement. Dans sa main, la bougie s'était consumée, la mèche s'était posée sur sa paume, telle une épingle incandescente. Kris avait tenu.

Bien que le grand-père ne fût pas présent au petit déjeuner, Kris était fier de lui-même. Il se sentait comme un protecteur. Voilà pourquoi, en ce jeudi, il transpire devant la cheminée. Une bougie ne lui suffit pas. Frauke doit partir pour le grand voyage dans un feu rugissant. Voilà pourquoi Kris maintient le feu en vie. Pour être auprès de Frauke, pour lui offrir une protection, où qu'elle soit en ce moment.

L'enterrement a été précédé d'un vide de plusieurs jours. Depuis qu'ils ont trouvé la morte clouée au mur, ils ont différé l'exécution de tous les contrats. Jusqu'à présent, personne n'a pensé à reprendre le travail. Ils ont relevé le pont-levis et disparu en eux-mêmes. Après la mort de Frauke, Wolf avait sombré dans la mélancolie, et Kris ne savait pas trop qui son frère pleurait le plus – Frauke ou bien lui-même et le malheur qui semblait le poursuivre comme son ombre. Tamara faisait ce que Tamara fait toujours en période de crise. Elle établit sa base sur le canapé et enchaîna les romans comme si le monde extérieur s'était réduit à de l'encre d'imprimerie et du papier blanc.

Ils parlaient à peine, ils vivaient les uns à côté des autres.

Kris fut le premier à se remettre en mouvement. Le fait que, la nuit précédant sa mort, Frauke était venue à la villa pour lui dérober son portable ne le laissait pas en repos. Comme l'appareil ne fonctionnait plus, Kris se rendit à Charlottenburg, au siège de son fournisseur, pour prendre connaissance de ses appels reçus et passés.

Le quartier le déprima. Cinq ans plus tôt, le voisinage de la place Ernst-Reuter était encore très vivant, avec la librairie Kiepert qui occupait tout l'angle. Désormais, l'endroit ressemble à un terrain de jeux pour yuppies et flâneurs qui, après leur Frappuccino et leurs *chocolate chip cookies*, passent en coup de vent chez Manufactum acheter des cadeaux exorbitants, qui ont l'air d'avoir été bricolés avant la Seconde Guerre mondiale.

Les bureaux du fournisseur se trouvaient au dernier étage. Un employé fit attendre Kris pendant dix minutes, puis il se mit à son Notebook et imprima la liste de tous les appels passés et reçus au cours des trente derniers jours. Ensuite, il demanda à Kris s'il lui fallait autre chose.

« Une bagatelle », répondit Kris.

Il se heurta à un mur. L'employé refusa catégoriquement de pister le numéro de Meybach.

« Désolé, je n'en ai pas le droit. Je me mettrais dans le pétrin. En plus, il est chez un autre fournisseur. »

Kris le remercia pour la liste et s'en alla. Ses soupçons s'étaient confirmés. Frauke lui avait pris son

portable pour accéder au numéro de Meybach. Naturel-
lement, elle aurait tout aussi bien pu récupérer le dossier au bureau, mais sans doute jugeait-elle qu'elle
courait trop de risques de tomber sur l'un d'eux.

Nous aurions pu parler.

Frauke avait fait exactement ce que Kris aurait dû
faire depuis longtemps. Elle était passée à l'offensive.
Elle avait téléphoné à Meybach samedi soir à 23 h 45
et il l'avait rappelée le lendemain à 10 h 23. Peu après,
elle se noyait. Mais c'était loin de fournir à Kris les
informations nécessaires.

Dans Gneisenaustrasse, il mit le cap sur le bureau de
son ancien chef, ignorant les « bonjour » des collaborateurs.

« Qu'est-ce que tu veux ? demanda Bernd Jost-
Degen en manière de salut.

— Il faut qu'on parle », répondit Kris et il ferma la
porte derrière lui.

Avant que son ex-chef pût protester, Kris poursuivit :

« Je sais que ça te prendra cinq minutes pour joindre
ton ami du service de presse. Lequel aura besoin de
trois minutes pour contacter son type de la police,
auquel il ne faudra pas plus d'une minute pour trouver
le propriétaire de ce numéro de portable. »

Kris posa sur le bureau le bout de papier avec le
numéro.

« Bernd, j'ai besoin de l'adresse et je sais que tu as
les contacts nécessaires pour me la procurer. Ce ne
serait pas la première fois que tu te sers de tes relations.
Je t'en prie, fais-le pour moi. »

Bernd Jost-Degen le fit pour Kris. Pas parce que Kris était un type sympa ou qu'il travaillait encore pour lui six mois plus tôt. Pour convaincre un Bernd Jost-Degen, il faut d'autres arguments. En l'occurrence, l'argument était très subtil. Il émanait de Kris une impression de danger. Bernd Jost-Degen ne savait pas ce qui était arrivé à son ancien employé. Il voyait juste que celui-ci voulait l'information – à tout prix. Bien que Bernd Jost-Degen n'eût probablement jamais subi de violence physique, il était capable de voir venir un coup quand un poing se serrait.

Les jointures de Kris étaient blanches.

Bernd Jost-Degen s'exécuta en huit minutes.

Après cela, Kris se sentit vidé. Il s'installa dans un café de la place Savigny et fixa la rue à travers la devanture. Dans sa poche de pantalon se trouvait l'adresse de Lars Meybach. On était mardi midi, l'enterrement de Frauke devait avoir lieu jeudi matin et Kris ne savait pas quelle était l'étape suivante. Pendant un moment, il envisagea de parler à Gerald. Mais il repoussa cette idée. Il doutait que Gerald prît en considération le fait que, peu avant sa mort, Frauke avait reçu un appel de Meybach. Comment étayer cela ? Il n'y avait pas de preuves tangibles, juste leurs dires et bien sûr le cadavre, mais ce dernier avait disparu. Gerald se moquerait de lui.

Au cours des deux heures qui suivirent, Kris passa un seul appel téléphonique et attendit. Il mangea trois brownies, chacun accompagné d'un café au lait. Après quoi il fut en hyper-glycémie, le ventre gargouillant. À trois heures moins cinq, il monta dans sa voiture et se rendit place Nollendorf.

Son nom est Marco M. Dès la scolarité, il s'était baptisé Marco M. et reprenait les professeurs quand ils disaient juste Marco. Marco M. était un de ces obsédés de l'ordinateur capables de tout pour des bytes et des cartes graphiques : cambriolages, vols à l'étalage, pas de voies de fait, plutôt la voie de l'accès direct à la marchandise. Depuis, son style a changé, il n'effectue plus de cambriolages, il ne se salit plus les mains, d'autres s'en chargent pour lui.

Alors que Kris terminait ses études, Marco M. et lui se fréquentèrent pendant un temps. Marco M. l'approvisionnait en herbe et en stimulants, et ils avaient ainsi passé plus d'une soirée devant la télévision, complètement défoncés. Ensuite, ils se perdirent de vue parce que Marco M. avait voulu vendre sa camelote dans le mauvais quartier. Il fut balancé, atterrit en prison pour deux ans et réapparut chez Kris une semaine après sa libération. Il lui montra une cicatrice sur son cou, exhiba un tatouage qu'il s'était fait lui-même sur la cheville et demanda à Kris s'il savait qui vendait de la drogue dans son ancien quartier. Kris lui dit ce qu'il savait. Marco M. régla le problème. Depuis, il règne de nouveau sur les environs de la place Nollendorf, et c'était là précisément que Kris et lui s'étaient donné rendez-vous.

Marco M. ressemble à un de ces chiens qui ont besoin de lever la patte à tous les coins de rue sans pouvoir produire un jet d'urine. Quand on le voit, on ne pense pas aussitôt à un pitbull ou à un boxer. Marco M. possède l'élégance et la vigilance d'un lévrier. Même si l'on a du mal à imaginer un lévrier avec une chaîne en or et un survêtement de sport. Marco M. rôde sur son territoire tous les jours à la même heure. Il appelle cela des « contrôles ». Il veut savoir ce qui se passe et il veut qu'on le voie.

Ce jour-là, Marco M. était assis sur un tabouret de bar devant le magasin de bandes dessinées. Il avait un verre de Coca et faisait rouler deux boules de Qi Gong dans sa main droite.

« Nouveau hobby ? demanda Kris en s'arrêtant près de lui.

— Ça m'aide à me détendre. T'as déjà essayé ? »

Marco M. lui tendit les boules. Elles étaient chaudes. Kris les fit rouler, c'était agréable.

« Pas mal.

— Ça fait les biscoteaux », expliqua Marco M. en ouvrant un coffret garni de velours.

Kris y déposa les boules. En se levant, Marco M. laissa le coffret sur le tabouret.

« Ce qui est à Marco M., on ne le vole pas, dit-il en entourant de son bras les épaules de Kris. Marchons un peu. »

Ils descendirent la Motzstrasse et firent le tour de la place Winterfeld. Kris invita Marco M. à manger des falafels. Ils s'assirent sur le banc devant l'échoppe et regardèrent les skaters. Ils parlèrent du quartier et des grands changements que Schöneberg avait connus depuis le déménagement de Kris, l'automne précédent. Ils ne parlèrent pas de Frauke. Kris ne voulait pas des condoléances de Marco M. Il essayait de penser le moins possible à Frauke, ce qui bien sûr était stupide car s'il était assis là, sur la place Winterfeld, c'était à cause de Frauke. Au bout de dix minutes, le portable de Marco M. sonna.

« D'habitude, je ne réponds pas quand je mange », s'excusa-t-il, prenant l'appel.

Il écouta un bref instant, puis raccrocha.

« Bon, eh bien, voilà », dit Marco M. et ils se serrèrent la main.

Kris le laissa sur son banc. Il remonta la Maassenstrasse, passant devant des cafés et des gens assis à l'extérieur, qui buvaient des *latte macchiato* effroyablement chers. Ils avaient mauvaise mine, le teint blafard, ils cherchaient le soleil et ignoraient quelle « tendance » suivre. C'était bon de ne pas être l'un d'eux.

Kris prit place dans sa voiture et roula vers Potsdamer Strasse. Il était calme, regardant peu dans le rétroviseur. Au premier feu, il sortit un CD de la boîte à gants. Hardkandy. La musique éclaira un peu sa journée. Kris rentra chez lui.

Ce n'est qu'après s'être garé devant la villa qu'il sentit la tension le quitter lentement. Il jeta un coup d'œil dans le rétroviseur et regarda le portail ouvert. Son regard se posa ensuite sur la villa. On ne voyait personne.

Kris glissa la main sous le siège avant et en retira les deux petits paquets. L'automatique montrait des rayures et des éraflures, mais Kris l'avait bien en main. L'arme lui rappela le pistolet à gaz de Frauke, qu'il avait eu l'occasion d'examiner. L'automatique avait un tout autre poids. Il était plus réel. Kris ouvrit le second paquet. Marco M. lui avait expliqué que c'était seulement après le sixième coup qu'on entendait vraiment quelque chose.

« Je n'ai besoin que de deux coups », avait répliqué Kris.

Le silencieux s'adaptait parfaitement sur le canon. Kris le dévissa, vérifia le cran de sûreté avant de remettre arme et silencieux sous le siège, puis il descendit de voiture.

Le soir, ils dînèrent ensemble. Alors que Tamara lui passait le pain, Kris se demanda comment Meybach pouvait commettre l'erreur d'utiliser un portable répertorié. Wolf déclara qu'après l'enterrement il voulait prendre le large pendant quelques jours, à la campagne ou peut-être à la mer, il ne savait pas trop, et Kris acquiesça, s'interrogeant sur ce qu'il ferait quand Meybach serait devant lui. *Est-ce que j'en serai capable ? Est-ce que je le ferai ?* Il n'aimait pas l'héroïsme, mais il avait le sentiment que s'il n'agissait pas, il ne se passerait rien. C'était une loi métaphysique.

Serais-je capable de poser l'arme sur la tempe de Meybach et d'en finir ?

C'était la seule réponse que Kris refusait d'envisager.

Après le départ de Wolf et Tamara pour le cimetière, Kris alluma le feu. Trois heures plus tard, il est toujours à la même place. Il sait qu'il retarde volontairement le moment de la décision. Il a peur. Il a peur de lui-même. Ses pensées tournent autour de la vie qu'ils menaient tous les quatre dans la villa avant que ce dément n'ait l'idée de clouer une femme contre un mur.

Kris croit que, en restant assis là suffisamment longtemps, il suera toutes ses peurs. Il a mal aux yeux, ses poumons peinent à absorber l'oxygène. Il s'assoupit un bref instant et se réveille en sursaut. Il s'est vu. L'arme à la main. Ce n'était pas lui qui tenait l'arme, c'était elle qui le tenait. Dans son rêve, il n'arrivait pas à s'en débarrasser. Comme si l'arme lui collait à la main.

Kris se ressaisit. Il a compris qu'il n'en avait pas le cran. La combinaison arme plus Kris est grotesque. Il n'est pas un héros. Qui donc essayait-il de convaincre ?

Tu fonces, tu t'achètes une arme et ensuite ?

Kris s'étire, il crache dans le brasier, puis ouvre grand les fenêtres. L'air frais est si bon que, pendant un moment, Kris reste là, dans le courant d'air, à savourer le froid sur sa peau. Printemps et le bruit des oiseaux.

Comment ai-je pu croire que j'en serais capable ?

Laissant la fenêtre ouverte, il s'apprête à monter prendre une douche quand la sonnerie du téléphone le retient dans le corridor. Kris décroche. C'est Meybach. Il espère qu'il ne dérange pas. Il a un dernier contrat pour eux.

Toi

Deux pigeons avancent en se pavanant jusqu'au milieu de la chaussée et attendent que le feu change. Quand les voitures démarrent, les pigeons s'envolent et se posent sur un rebord de fenêtre. Dès que le feu est rouge, ils atterrissent sur la bordure du trottoir, retournent en paradant au milieu de la chaussée et le jeu reprend depuis le début. Tu les observes durant quatre changements de feu en te demandant si les pigeons ont le sens de l'humour.

Une cloche retentit lorsque tu entres dans la boulangerie. Le parfum des petits pains tout juste sortis du four et du café fraîchement moulu fait gargouiller ton ventre. Tu salues et feins d'examiner la vitrine. En arrière-fond, on entend une radio, quelque part à Berlin les matelas sont devenus incroyablement bon marché. Tu choisis un sandwich baguette au fromage et un café à emporter. Le vendeur emballe le pain et enfonce un couvercle en plastique sur ton café. Tu arrondis, lui donnes trente-cinq centimes de pourboire et vous vous quittez.

Les pigeons ont disparu quoique le feu soit rouge. Tu traverses la rue et t'installes dans ta voiture. Tu tiens la tasse de café à deux mains et poses le couvercle en plastique sur ton genou droit. Tu es surpris de ton calme. Dans la tasse, le café ne tremble pas.

Son nom est Karl Fichtner. Il possède quatre boulangeries dans le Nord de Berlin. C'est la seule où il travaille, le matin de 5 à 7 heures, ensuite il s'occupe de livrer le pain dans les autres boulangeries. Il termine à 14 heures. Il ignore qu'aujourd'hui sera son dernier jour de travail.

Tu attends dans le restaurant où il déjeune. Tu es assis à sa table, mais pas à sa place. Tu as bu de l'eau minérale et observé la rue par la fenêtre. Il ne te voit qu'après avoir serré la main du garçon. Tu lui adresses un signe de tête, il hésite, tu souris. Tu sais bien sourire.

Fichtner est quelqu'un qui ne parle qu'après avoir réfléchi à ce qu'il veut dire. Quelqu'un qui n'aime pas revenir sur sa parole. Il s'assied à ta table, ouvre sa veste et pose ses avant-bras sur le plateau de la table. Ce faisant, il te regarde, les mains jointes. Il a un petit tatouage sur l'avant-bras. Un edelweiss.

Tu gardes le silence, tu as appris à attendre. Au bout d'un moment, Fichtner se racle la gorge et te demande si vous vous connaissez. Il a l'air fatigué, mais tu le serais sans doute également si tu enfournais des petits pains tous les jours à 5 heures. Tu apprécies que Fichtner te pose la même question que Fanni, une semaine plus tôt.

« On se connaît d'autrefois », réponds-tu en poussant la photo dans sa direction.

Fichtner prend la photo. Il ne cille pas, il donne l'impression d'avoir cessé de respirer. Le garçon arrive, Fichtner l'ignore, le garçon tourne les talons.

Fichtner tient la photo un peu de travers pour qu'elle capte la lumière, puis il la replace sur la table et dit :

« Ça fait si longtemps.

— Une éternité », renchéris-tu.

Ses yeux semblent se poser sur tes yeux. C'est l'impression que ça fait. Comme si son regard te touchait. La cicatrice de sa joue ressort, toute blanche.

« Tu étais encore un enfant, dit Fichtner. Tu étais… »

Et alors il se met à pleurer, le menton lui tombe sur la poitrine, c'est humiliant. Il ne se couvre même pas le visage des mains. Aucune dignité, juste des sanglots frénétiques. Et puis les larmes. Tu regardes autour de toi. Tu espères que tout le monde profite de ce pénible moment.

Comme si souvent ces derniers jours, tu te demandes ce que Butch et Sundance feraient maintenant. *Qu'est-ce qui se passerait si… ?* C'est un jeu stupide, car il n'y a plus de Butch ni de Sundance. Ils ont été effacés de la mémoire du temps et c'est cette perte que tu ne peux te pardonner. Ni à toi ni à la société, et s'il y a un dieu quelque part, c'est bien le dernier à qui tu pardonnerais cela. Mais tu as beau tourner et retourner la chose dans tous les sens, on en revient toujours à l'idée qu'il y a des gens qui ne méritent pas de pardon. Des gens que tu as rencontrés.

Une de ces personnes est morte, l'autre est assise en face de toi et pleure.

La honte, peut-être ? La perte, peut-être ? Chaque innocence perdue est une perte. Butch et Sundance ont été perdus le jour où ils ont rencontré Karl et Fanni pour la seconde fois. La première, ils s'en étaient tirés avec des blessures. Surtout Butch. La deuxième fois, les deux amis furent poussés par-dessus une barrière invisible et s'évanouirent dans le néant. Obscurité, vide, ce jour fut insignifiant dans l'histoire du monde et rien ni personne ne pourrait te le rendre.

Après qu'ils eurent emmené Butch la seconde fois, les deux amis continuèrent certes de se voir à l'école, dans la rue ou au supermarché, mais se *voir* n'était pas suffisant. Ils se perdirent de vue sans que le contact visuel s'interrompe.

Sundance n'a jamais compris comment cela avait pu arriver. À l'époque, il aurait eu besoin d'un conseil, ou il aurait dû parler à quelqu'un. Quand ses parents l'interrogeaient à propos de Butch, il changeait de sujet. Dans sa détresse, Sundance s'éloignait de plus en plus de son meilleur ami.

Butch, en revanche, opéra un tel refoulement que Sundance devint quantité négligeable. Pendant la plus grande partie de son adolescence, il resta seul, se transformant en un crabe qui marchait à reculons et disparaissait de la surface de la vie au point qu'on en oubliait qu'il avait jamais existé. On, c'est-à-dire ses parents, ses amis et jusqu'à lui-même. C'est ainsi que l'amitié entre Butch et Sundance se brisa, comme tant d'amitiés de jeunesse – sans discours, sans beaucoup de sens.

Ils se perdirent de vue pendant douze années entières.

Imagine, tu es assis dans un train et tu parcours un trajet qui consiste en jours et en semaines défilant à vive allure. Le train ne s'arrête pas. Vrombissement des mois, grondement des années. L'écho résonne dans ta tête. Le visage tire et la vitesse alourdit chaque geste, car le temps veut qu'on lui prête attention, le temps réclame toujours de l'attention. Sundance apprit très tôt qu'un intervalle de temps, aussi petit soit-il, pouvait être extrêmement douloureux quand quelqu'un vous manquait. Il est allé là-bas, il y a logé. Il a certes trouvé de nouveaux amis, mais, dans son souvenir, il est toujours resté une pièce qui n'était réservée qu'à Butch et à lui. Cette pièce s'empoussiérait et ne voyait plus la lumière.

À la fin de sa scolarité, Butch déménagea à Charlottenburg tandis que Sundance continuait à vivre chez ses parents, à Zehlendorf. Durant les années qui suivirent, ils ne se croisèrent pas une seule fois. De temps en temps, ils avaient des nouvelles l'un de l'autre par des amis, rien de plus. Jusqu'à ce samedi soir où ils se retrouvèrent tous les deux dans un quartier de Berlin qu'ils ne fréquentaient jamais. Köpenick.

Il y avait une soirée. Butch avait promis d'accompagner une amie. Sundance, lui, rendait service à un copain en passant le chercher. Ce jour-là, il y eut quantité de circonstances qui ne s'accordaient pas, mais qui provoquèrent les retrouvailles de Butch et de Sundance. Sans doute est-ce là une des nombreuses règles que la vie a concoctées pour nous déstabiliser.

Ce fut dans le vestibule. De la musique retentissait en arrière-fond, un voisin en claquettes de bain réclamait le silence et quelques filles faisaient circuler une perruque en piaillant, tandis que les garçons, assis sur les marches, leur criaient qu'elles étaient hideuses. Dans ce chaos, Sundance montait l'escalier alors que Butch était en train de descendre. Ils se reconnurent aussitôt. Comme si douze ans formaient une distance qu'on pouvait franchir en quelques pas.

Butch était grand et sec, il dépassait Sundance de quelques centimètres. Mais le visage, jamais Sundance n'oublierait ce visage. Comme si Butch manquait en permanence de sommeil. Sundance, en revanche, avait l'air comme d'habitude. À ce qu'il croyait du moins, mais Butch perçut immédiatement le changement. Si, durant l'enfance, Sundance avait eu la même naïveté que son ami, celle-ci avait complètement disparu. Sundance paraissait déterminé, il voulait quelque chose de la vie.

« Oups », dit Butch.

Et Sundance éclata de rire.

La soirée se termina dans un bar à Schöneberg, où ils burent des cocktails en s'émerveillant de ce hasard. Ils parlèrent de tout ce qui avait précédé la rencontre avec Karl et Fanni. Dans leurs récits, le souvenir de leur enfance s'arrêtait à cette journée sur le chantier. L'époque qui avait suivi était vide. Elle appartenait à un autre Butch et faisait partie d'un autre Sundance. Il existait juste un après – après l'école, après le permis. Ils gémirent à propos du service civil et se demandèrent ce que faisait Untel ou Untel.

De Fanni et Karl, pas un mot.

Cette façade tint jusqu'à l'aube. Jusqu'à ce que Butch dise qu'il ne pouvait plus avaler une goutte, sa vessie allait éclater. Sundance resta seul à la table pendant que Butch se rendait aux toilettes. Sundance était agréablement ivre. Il se pencha légèrement pour mieux voir le ciel matinal par la vitre de devanture. Et tandis qu'il contemplait le jour nouveau avec nostalgie, il éprouva soudain une impression bizarre. C'était un de ces pressentiments qui peuvent surgir à propos de n'importe quoi – une pause entre deux chansons, le garçon qui se racle la gorge, les pieds de la chaise qui grattent le sol ou le silence quand quelqu'un a allumé une cigarette et expulsé la fumée.

Sundance se rendit aux toilettes. Il savait que Butch n'y serait plus. Envolé par une fenêtre ou une porte de service. Pour toujours.

« Tu es là ? »

Silence. Par-dessus le silence, la vibration de l'aération, une toux venant du bar, puis, à voix basse, d'une des cabines :

« J'arrive tout de suite.

— Est-ce que ça va ?

— Je… »

Butch se tut, Sundance regarda sous les portes des cabines et vit les chaussures de Butch. Il attendit que celui-ci poursuive.

« Je ne peux plus, reprit enfin Butch. Ça fait un sacré bout de temps… et tu… tu m'as tellement manqué… et moi… je ne peux… je ne peux plus te regarder… »

Sundance sentit soudain sa tête se vider. La réalité était là. Accompagnée de bannières flottant au vent et d'une armée bruyante, elle avait fait irruption et l'avait rattrapé, là, dans les toilettes d'un bar en plein Berlin, un jour ordinaire. Il s'assit par terre, le dos contre la porte de la cabine. Pendant un moment, ils ne parlèrent pas, puis Sundance posa la question devant laquelle il s'était défilé. Des années durant. *Qu'est-ce qui s'est passé ensuite ? Pourquoi on s'est éloignés l'un de l'autre ?* Et Butch commença à raconter, bien à l'abri, séparé de Sundance par une porte.

Ils venaient le chercher une fois par mois. Douze fois par an.

« Au début, ils me récupéraient dans la rue. Comme quelqu'un qui ne sait pas où aller, et alors quelqu'un l'emmène, qui sait où il va, lui. C'est exactement l'impression que j'avais à chaque fois. »

Il parla du trajet dans Berlin. Avec le temps, chaque carrefour, chaque feu lui était devenu familier. Il comptait les passants, il comptait ses respirations. Ils ne lui adressaient jamais la parole. Ils passaient par le centre pour se rendre à Kreuzberg, là, ils s'arrêtaient devant un vieil immeuble locatif. En face, un parc. Butch n'a jamais su le nom de ce parc. On traversait l'immeuble jusqu'à l'arrière-cour. Pas de soleil, rien que des ombres, une rangée de poubelles, des voisins derrière les rideaux, un chat qui s'éclipsait, le quatrième étage, l'escalier et puis la porte d'entrée. Pas de plaque pour le nom, pas de sonnette. Couloir. Cuisine. Salle de bains. Le tout à l'abandon et crasseux, à l'exception d'une pièce. Le sol nettoyé, les vitres astiquées, donnant sur une façade. C'est là qu'ils l'amenaient.

« … devais toujours les précéder, alors ils fermaient la porte derrière eux et discutaient comme si je n'étais pas là, comme si j'étais un fantôme. »

Il se souvenait de l'odeur de l'appartement, de la puanteur dégagée par les oignons et la viande revenus, mêlée au parfum chimique des produits d'entretien et à la fumée confinée des cigarettes, comme si l'immeuble renvoyait son haleine dans cette pièce à travers le parquet. Et il se souvenait de la tapisserie. Un paysage d'automne avec lac et forêt. Au bord du lac se tenait un cerf. Quand Butch vit ce papier peint pour la première fois, la femme lui caressa les cheveux et lui dit que s'il était un bon garçon…

« Si j'étais un bon garçon et que je savais m'élever, alors moi aussi j'irais sûrement au ciel. Sur le mur en question, il y avait un crochet. Chaque fois, ils me mettaient torse nu. Puis ils m'attachaient les mains et m'ordonnaient de m'étirer vers le ciel. C'est comme ça qu'ils me suspendaient au crochet. J'étais obligé d'être sur la pointe des pieds, je touchais à peine le sol et je me rappelle encore avoir pensé : comment connaissent-ils ma taille ? Ils prenaient des photos de moi. *Avant et après*, disaient-ils en m'enlevant le reste de mes vêtements pendant que j'étais suspendu là. Ils disaient : *on ne voudrait pas que tes parents aient mauvaise opinion de nous.* C'était une de leurs blagues. Ils répétaient ça souvent. Comme si mes parents savaient ce qui m'arrivait. Puis, quand j'étais nu, ils me lavaient pour que je sois propre. Ils me lavaient avant et après. Ils prenaient de l'eau qui avait chauffé dans une bouilloire électrique. En même temps, ils jouaient avec moi et me disaient de regarder parce que c'était comme ça qu'on faisait, mais j'essayais de détourner les yeux… »

Au plafond, le stuc avait si souvent été repeint qu'il en avait perdu sa forme. Il évoquait un ulcère qui saillait des murs, blanc et livide. Butch connaissait chaque fissure et chaque endroit par lequel la pluie avait traversé le toit. Il avait compté les motifs en chevron du parquet.

« … me cognait l'épaule jusqu'à ce que je pleure. C'était important pour lui que je pleure. Il disait : *quand je ne vois pas de larmes, je ne vois pas de remords.* J'ignorais ce qu'il voulait dire, j'aurais pleuré de toute façon, mais il frappait et je voyais que lui-même avait les larmes aux yeux comme si c'était moi qui le frappais, et pas l'inverse… »

En hiver, le chauffage tournait à plein régime et l'air était lourd dans la pièce. L'été, en revanche, il faisait toujours frais car le soleil n'atteignait pas la façade. Butch ne savait jamais combien de temps ils le retenaient prisonnier. Il s'habitua à l'odeur, il s'habitua à la lumière. Il s'habitua à tout. Dès qu'il était dans la pièce, il perdait la notion du temps. Rétrospectivement, il comprit que cela valait mieux. S'il avait pu donner un cadre au temps, celui-ci serait devenu réel, à l'instar d'un emploi du temps. Or Butch ne voulait pas de réalité.

« … dehors et nous laissait seuls. Alors la femme introduisait ses doigts dans ma bouche, dans mes fesses. Elle me les enfonçait dans le nez en me maintenant la bouche fermée au point que j'en étouffais presque. Ensuite, elle me demandait si je voulais la voir nue et je n'avais pas le droit de dire *non*, c'était important, il fallait que je dise *oui*. La première fois, je secouai la tête et elle me serra le cou jusqu'à ce que je l'entende craquer, comme une branche sèche. Alors je disais *oui*. Toujours *oui*. Elle prenait mon pied et se frottait dessus, et me demandait si je sentais comme elle mouillait. Pendant ce temps, elle me regardait dans les yeux et il fallait que je sourie, et il fallait que j'aime ça. C'était si dur. C'était tellement dur, parce que mon visage… »

La porte des toilettes s'ouvrit brusquement et un ivrogne entra en titubant. À la vue de Sundance assis par terre, il eut un geste de recul. Sundance lui ordonna de dégager, les toilettes étaient hors d'usage. L'ivrogne murmura une excuse et ressortit. Sundance se leva et verrouilla la porte.

« Tu es toujours là ? s'enquit Butch.

— Je suis toujours là. »

Sundance se rassit et attendit. Butch parla de la honte, de la rage et de l'espoir de tenir bon, car s'il tenait bon, tout rentrerait dans l'ordre et ses parents seraient en sécurité, et, un jour, le cauchemar prendrait fin.

« … l'homme revenait et elle lui disait ce qu'il devait faire. Elle s'installait sur une chaise et disait : *retourne-le et baise-le jusqu'à ce qu'il s'évanouisse.* Alors il me retournait. Je voyais le papier peint, je plongeais mes regards directement dans la forêt. Il y avait le froid du lubrifiant et les mains sur mes épaules qui me tiraient vers le bas, je croyais à chaque instant que mes bras allaient se déchirer… »

Butch s'enfonçait dans la photographie. Debout près du cerf sur la rive, il l'entendait boire. Le lapement, le clapotis de l'eau, le murmure de la forêt et, en regardant la verdure par-delà le lac, Butch se voyait lui-même, à une grande distance, dans une pièce à Kreuzberg, le visage contre le mur. Il voyait ce que l'homme lui faisait et cela ne l'atteignait pas. Il n'aurait même pas pu décrire le visage de l'homme. Quand ils exigeaient qu'il les regarde, il regardait à travers eux. Il voulait oublier qui ils étaient, toute son existence se réduisait à un instant infime. L'instant où il quittait cette pièce et retrouvait la vraie vie. Butch voyait ce qu'il voulait voir, et il voulait en voir si peu qu'il aurait tout aussi bien pu être aveugle.

« … revenais à moi, ils me détachaient, me lavaient et me rhabillaient. C'était chaque fois pareil. Parfois ils disaient : *si tu ne cries pas, si tu restes bien tranquille, nous te laisserons partir tout de suite et tu ne nous reverras plus jamais.* Et je les croyais, tu sais, je les croyais vraiment. Alors j'essayais de ne pas crier, mais est-ce que tu as déjà essayé de ne pas crier quand on t'applique une cigarette sous la plante des pieds ? Est-ce que tu as essayé de la boucler quand on t'écarte violemment les jambes ? C'est impossible, tu as beau serrer les dents de toutes tes forces, c'est tout bonnement impossible. Je ne pouvais même pas presser mes mains sur ma bouche puisque j'étais suspendu à ce crochet. Alors je criais. Et la femme me fourrait... »

Un jour par mois, douze jours par an. Dans l'intervalle, Butch fonctionnait avec une précision d'horloge. Il ne causait pas de problème, c'était un garçon qui semblait se suffire à lui-même. Une fois par mois, il attendait la voiture, en face de la fontaine. Rétrospectivement, il s'étonnait que personne n'eût remarqué qu'il montait régulièrement dans une voiture, à un carrefour en plein Zehlendorf. Pendant des années le même rituel. Peut-être cela tenait-il à l'endroit, peut-être se passait-il trop de choses simultanément. Et peut-être, dans sa honte, ne voulait-il tout simplement pas être vu.

Être dans l'obscurité pendant que tous les autres se tiennent dans la lumière. Être impuissant, sans défense. Être furieux et ne pas le montrer. Être seul et en compagnie. Constamment affamé, assoiffé, fatigué, épuisé. Sentir la vie autour de soi et ne pas pouvoir la toucher. Ne pas penser à cette journée, chaque mois. Penser sans arrêt à cette journée, chaque mois. Dans son subconscient. Se déplacer sur une trajectoire lointaine. Très lointaine. Invisible.

Butch pensait qu'il finirait par les lasser. Il comptait là-dessus. Il eut treize ans, il eut quatorze ans. Parfois il souhaitait qu'ils le laissent suspendu au crochet. Pendant trente jours. Et quand ils seraient revenus, il aurait succombé à la faim et à la soif, et tout serait fini. Mais quoi qu'il pût souhaiter, au fond de lui subsistait la conviction que, à un moment donné, cela se terminerait. Il le savait. Il le savait parfaitement. Et il eut quinze ans, et il eut seize ans.

« Et alors ils ont fichu le camp. »

Butch avait dix-sept ans, il attendait sur le trottoir, et l'homme et la femme ne vinrent pas. Ce mois-là, terrifié, il retourna chaque jour au carrefour. La Ford rouge ne vint pas. Butch ne comprit jamais qu'il était devenu trop vieux pour eux. Le jeune Butch n'était plus un gamin. Son dix-septième anniversaire avait fait de lui un adulte et il ne les intéressait plus.

Butch répéta le rituel au cours des mois qui suivirent. La nuit, il regardait par la fenêtre et attendait qu'ils viennent le chercher. Il était convaincu d'avoir fait quelque chose qu'il ne fallait pas. Il avait peur pour ses parents. Mois après mois. Et alors ce fut lui qui cessa d'être là.

« Les nuits empirèrent, j'avais beau l'avoir souhaité, je n'arrivais pas à croire que c'était fini. Je pense que, quand tu as été persécuté pendant sept ans par un cauchemar, tu peux être aussi vigilant que tu veux, tu perds confiance. Le cauchemar devient réalité, alors pourquoi la réalité devrait-elle disparaître ? »

Butch se tut. D'un coup les bruits revinrent. La musique du bar, un clapotis, le léger pling ! du néon. Butch observa un long silence. Sundance regarda sa montre. Il se sentait fatigué, il avait froid.

« Tu sors ? demanda-t-il.

— Je ne peux pas.

— Ouvre la porte, c'est tout.

— Je ne peux pas, je te dis. »

La voix de Butch trahissait la panique. Sundance entra dans la cabine adjacente. Il monta sur la cuvette et regarda par-dessus la cloison de séparation. Butch avait replié ses jambes et les entourait de ses bras. Il était assis sur le couvercle des WC, son visage avait disparu entre ses genoux. Il se balançait d'avant en arrière.

Sundance se hissa jusqu'au sommet de la cloison. Celle-ci vacilla mais tint bon. Sundance descendit dans l'autre cabine et prit Butch dans ses bras. C'était comme d'étreindre une pierre. Il fallut à Butch dix minutes pour se détendre. Ils quittèrent le bar et, à dater de ce jour-là, ils redevinrent inséparables.

Wolf

« Fichons le camp », dit Tamara.

Wolf sursaute, il était si absorbé dans ses pensées et ses sentiments qu'autour de lui les bruits avaient disparu. Pendant la cérémonie, il n'a parlé à personne, il est resté auprès de Tamara et l'a soutenue, c'est tout ce dont il était capable. À présent, Tamara le tire par le bras. Ils s'éloignent des gens en deuil, mais ne se dirigent pas vers la sortie du cimetière comme Wolf l'espérait. Au lieu de cela, Tamara s'accroupit devant le cercueil et, lorsqu'elle se relève, elle tient une rose à la main.

« Je crois que tout le monde t'a vue, dit Wolf.

— Ça ne fait rien. »

Tamara glisse son bras sous le sien, ils ne prennent congé de personne, ils s'en vont, c'est tout. En arrivant devant la voiture de Wolf, Tamara s'arrête du côté du conducteur. Wolf ne pose pas de question, il lui lance la clé et monte.

« Ça fait une éternité que je n'étais pas revenu. »

Comme on est en semaine, il n'y a que quelques mères avec des poussettes. Deux hommes âgés sont assis sur un banc, entre eux un cubi de vin rouge. Wolf a le sentiment que le parc n'a pas changé depuis sa jeunesse.

Ils longent le terrain de jeux et le kiosque, et prennent la direction du monument aux morts. Peu avant d'y arriver, ils tournent dans un chemin latéral qui mène directement au bord de l'eau.

« Par là. »

Tamara désigne les épais buissons à côté d'un saule pleureur. Wolf se baisse et pénètre dans les fourrés. De l'autre côté se trouve un minuscule bout de gazon, situé au bord de l'eau et offrant juste assez de place pour deux personnes. Le gazon est protégé du chemin par les buissons. Sur la rive opposée, on distingue une rangée d'immeubles anciens et l'hôtel.

Tamara s'accroupit sur la rive comme elle s'est accroupie devant le cercueil et dépose la rose sur l'eau. Celle-ci commence par tournoyer, puis elle se dirige vers le milieu du lac. Wolf s'accroupit à côté de Tamara.

« Bien joué.

— Merci. »

Un canard nage vers la rose, la heurte une fois du bec, puis repart. Wolf et Tamara se redressent en même temps, se cognent l'un à l'autre et manquent de tomber à l'eau. Wolf entoure Tamara de son bras. Il est surpris quand elle se presse contre lui. Il sent son souffle dans son cou, respire cette odeur qui a toujours été pour lui une énigme. *Comment fait-elle pour sentir aussi bon ?* Dans son odeur, il retrouve aussi la journée. Le chagrin, la fatigue et la rage. Il attire Tamara plus près de lui et enfouit son visage dans ses cheveux. L'espace d'une seconde, Tamara sursaute, le souffle de Wolf sur son oreille. *Faim, il a faim.* Le bas du corps de Wolf se presse contre le sien, Tamara ne recule pas, même lorsqu'elle sent son érection, elle reste près de lui. Elle promène ses lèvres sur son cou, la main de Wolf lui caresse les cheveux et lui tire la tête en arrière pour qu'elle le regarde. Tous deux ont le souffle court, tous deux attendent le pas suivant.

« Ici ?

— Ici. »

Il est couché dans l'herbe humide, le Lietzensee à ses pieds. Cela lui est égal qu'on les observe des immeubles en face, cela lui est égal que l'hôtel vende des billets pour le spectacle. Il n'a d'yeux que pour Tamara, qui se meut sur lui tout en le regardant. Comme s'ils se livraient chaque jour à cette activité, comme s'il n'y avait rien d'étrange à cette situation. Ils ne sont plus désespérés, leur chagrin flotte comme la rose à la surface du Lietzensee et s'éloigne progressivement d'eux. Pur plaisir. Les mains de Tamara sur son torse, les yeux clos de Tamara, et, chaque fois qu'elle le regarde, il sourit, et elle referme les yeux pour conserver ce moment le plus longtemps possible.

« Jouis quand tu veux. »

Il n'y pense même pas. Lui aussi veut préserver ce moment et aimerait que Frauke puisse les voir. *Pour toi*, voudrait-il dire, *quelles que soient les erreurs que nous ayons faites, ce que nous faisons là est juste, et j'espère que tu le comprends, je l'espère vraiment.* Les mouvements de Tamara se font plus exigeants, Wolf s'efforce de rester calme, sa main gauche enserre la nuque de Tamara, la droite est posée sur ses fesses. Quelque part, quelqu'un siffle. Tamara rit, ses lèvres sur les lèvres de Wolf, son gémissement dans le sien, le gémissement de Wolf dans la bouche de Tamara, et alors elle s'interrompt. *Au fond.* Il est en elle si profondément qu'on ne peut plus avancer ni reculer. C'est fini. Wolf a le sentiment d'être au bon endroit. *Arrivé.* Ils se regardent. Tamara bande ses muscles et sourit. *Comme si elle savait parfaitement qui je suis et pourquoi je suis là.* Wolf se perd dans ce sourire. Ils sont tous deux arrivés.

Toi

« Alors, qu'est-ce que tu deviens ? »

Karl Fichtner a retrouvé sa contenance. Il a commandé une bière au garçon, vidé son verre et retrouvé sa contenance. À la manière dont il t'interroge, tu comprends qu'il ignore complètement qui tu es vraiment. Bien sûr, il a vu la photo et tu es assis en face de lui, pourtant il ne sait pas qui tu es vraiment. Avec Fanni, cela a été pareil. Pour toi, c'est une énigme : comment ces deux-là pouvaient-ils agir comme des mécaniques, avec autant de cruauté, sans examiner sérieusement les enfants qu'ils détruisaient ?

« Ça ne va pas très fort », réponds-tu.

Fichtner acquiesce, comme s'il comprenait. Il dit que tu n'as pas changé.

« Évidemment tu as grandi, mais… »

Il s'interrompt, son menton tremble.

« Ça me fait tant de peine. Je… je ne sais pas ce que je… »

De nouveau ce silence, juste troublé par le cliquetis des assiettes et le brouhaha général. Tu as le ventre qui gargouille, les mains si humides que tu es obligé de les essuyer sur ton pantalon. Ça ne va pas, ça ne devrait pas se passer comme cela. *Des remords ?* Tu ne veux pas voir cet homme s'effondrer, tu ne veux pas de sa pitié. Tout est faux.

Fichtner annonce qu'il doit faire un tour aux toilettes.

« Il ne faut pas qu'on me voie comme ça », explique-t-il avec un sourire las en désignant ses yeux.

Tu résistes à la sympathie, tu as très envie de le suivre aux toilettes.

Quand Fichtner revient, quelques minutes plus tard, il propose d'aller ailleurs. C'est un peu comme s'il lisait dans tes pensées. S'il en était capable, il s'enfuirait à toutes jambes.

Tu paies, Fichtner t'attend devant le restaurant.

« Tu as une voiture ? »

Tu secoues la tête, tu es soulagé que ce soit aussi simple. Toutes les journées que tu as consacrées à tes recherches ont porté leurs fruits. Tu aurais pu rendre visite à Fichtner plus tôt, mais tu voulais agir avec minutie. Pour toi, il n'y a rien de pire que le travail d'amateur.

Vous vous arrêtez devant la voiture de Fichtner, elle est d'une marque différente et elle n'est plus rouge. Vous montez et vous attachez vos ceintures. Fichtner démarre, sans t'indiquer où vous allez.

Des vestiges de l'amitié d'autrefois naquit une proximité nouvelle. Quand, à la fin de l'année, l'appartement en dessous de celui de Butch se libéra, Sundance emménagea à Charlottenburg. Ils terminèrent leurs études, firent un voyage d'un mois en Asie et devinrent de plus en plus proches au cours des années qui suivirent. C'était presque trop parfait.

Tu sais qu'il est difficile de résumer la vie de deux personnes. Les années ne comptent pas, tout s'accroche à des événements. Les bons et les mauvais jours. Quand tu jettes un regard rétrospectif sur la vie de Butch et de Sundance, tu peux affirmer avec certitude que les années qu'ils partagèrent furent les meilleures. Pas de distance, une merveilleuse forme de proximité.

Bien sûr, ils connurent des crises, se disputèrent et se blessèrent, mais c'étaient des disputes superficielles, qui ne duraient pas plus d'un jour et auxquelles ils trouvaient toujours une solution. Si, à l'époque, on avait interrogé Sundance, il n'aurait su dire ce qui pouvait s'interposer entre Butch et lui. Les amis étaient devenus des frères. Ils n'avaient pas de secrets l'un pour l'autre. En apparence du moins. Voilà pourquoi Sundance fut pris totalement au dépourvu.

Un matin, Butch appela de son bureau. Il lui manquait des papiers importants, il était coincé dans une conférence et ne pouvait pas s'absenter.

« Si tu n'es pas loin de l'appartement… »

Sundance promit de lui apporter les papiers à l'heure du déjeuner. Une heure plus tard, il ouvrit la porte de l'appartement de Butch et eut une brève hésitation en se rendant compte qu'il n'était jamais entré seul chez son ami. Sundance jeta un coup d'œil dans les pièces et ne fut pas surpris. Tout paraissait comme d'habitude. Butch vivait dans un ordre méticuleux. Les chaussettes étaient triées et rangées dans les tiroirs, dans la penderie rien ne dépassait, jusqu'aux produits de soins dans la salle de bains qui obéissaient à un système de rangement.

315

Quand tu y repenses aujourd'hui, tu rejettes sur ta curiosité la responsabilité de tout ce qui suivit en oubliant que le mauvais timing avait aussi été un facteur décisif. Si ce jour-là, Sundance n'avait pas eu le temps, si Butch n'avait pas réussi à le joindre, si Butch n'avait pas oublié ses papiers…

Sundance trouva ceux-ci sur la table du salon et remarqua alors le désordre qui régnait devant la télévision. Un verre de vin s'était renversé, laissant une tache sur le tapis. À côté se trouvaient deux mouchoirs fripés. Un des tiroirs de la commode était à demi ouvert. Sundance le tira complètement et vit de minces pochettes de DVD. Les tranches étaient disposées vers le haut et ne portaient pas de titre. Sundance ouvrit une des pochettes. À l'intérieur non plus, les DVD ne comportaient pas de titre.

Il faut que je parte maintenant, pensa-t-il. *Je ne vais tout de même pas regarder la collection de pornos de mon meilleur ami, soyons clairs.*

Or c'est précisément ce qu'il fit. Il sortit le DVD de la pochette, le glissa dans l'appareil et alluma le téléviseur. Avec un sentiment de culpabilité, avec réticence, mais aussi avec beaucoup de curiosité.

Butch venait d'être embauché dans l'agence de publicité et désirait faire ses preuves. Voilà pourquoi, chaque jour, il travaillait au moins jusqu'à 20 heures. Ce jour-là, il procéda comme d'habitude, quoiqu'il fût troublé. Non seulement Sundance avait omis de lui apporter les papiers, mais il n'avait pas non plus répondu à ses appels répétés. Butch s'inquiétait. Même au boulot, on ne savait pas où il était.

À 20 h 10, Butch quitta le bureau et prit l'ascenseur jusqu'au parking souterrain. Il sortit de sa place de stationnement et s'apprêtait à partir quand la portière du côté passager fut brutalement ouverte, livrant passage à Sundance. Butch freina. Sundance lui intima l'ordre de rouler, alors Butch leva le pied du frein et repartit. Au premier feu, il regarda Sundance. Son ami était gelé, la journée avait été pluvieuse, il avait les cheveux collés comme un casque et, aux coins de ses lèvres, la salive avait séché en grumeaux blancs. Butch perçut une odeur âcre.

« Qu'est-ce qui t'est… »

Il ne put aller plus loin car Sundance lui attrapa le crâne, ses doigts s'enfoncèrent dans ses cheveux.

« Hé, doucement, qu'est-ce que…

— La ferme, ordonna Sundance. Tu la fermes, compris ? »

Il ne lâcha Butch que lorsque celui-ci eut acquiescé. Pendant le reste du trajet, ils n'échangèrent pas un mot. Sundance martelait le plancher de ses pieds, il gardait les yeux fixés sur la rue et avait l'air chargé à bloc. Quand Butch eut trouvé une place devant le tribunal d'instance, il envisagea, l'espace d'une seconde, de prendre la fuite. Mais comment fuir devant son meilleur ami ?

« On va chez moi », dit Sundance.

Ils entrèrent dans l'immeuble, montèrent l'escalier et pénétrèrent dans l'appartement de Sundance. Dans la cuisine, Butch dut s'asseoir.

« Est-ce que je peux parler maintenant ? demanda-t-il.

— Tu peux.

— C'est quoi, ces conneries ? »

Sundance tira un sac en plastique de sous la table.

« Ouvre-le », dit-il.

Butch regarda à l'intérieur du sac et ferma les yeux.

La nuit fut longue. Les DVD demeurèrent entre eux, sur la table, comme une offrande, tandis que Butch parlait de son addiction. Il se répétait. Il appelait cela son « addiction » et ce mot donnait à chaque fois la nausée à Sundance. Comme s'il s'agissait d'une maladie, comme si tout le monde pouvait être contaminé et l'attraper. Butch affirma qu'il n'arrivait pas à décrocher, il avait tout essayé, mais il y avait cette faim…

« C'est une faim. Sans ça, mon existence est vide, je ne peux pas fonctionner.

— Mais ce sont des enfants, dit Sundance.

— Je sais bien que ce sont des enfants, mais je…

— CE SONT DES ENFANTS ! hurla soudain Sundance. EST-CE QUE TU PIGES ? »

Butch se mit à pleurer, c'était pitoyable, Sundance n'avait jamais rien vu d'aussi triste. Et il ne pouvait rien faire. Il pouvait hurler tout son saoul, il pouvait taper sur la table, cela ne servait à rien.

Butch fit promesse sur promesse. Il changerait. Désormais il comprenait. Il avoua que cela l'avait toujours effrayé, mais il n'arrivait pas à décrocher. Il était accro, il en avait besoin et…

Sundance voulut savoir où il s'était procuré les films.

« Je suis tombé dessus par hasard. Sur Internet. On en trouve partout quand on cherche bien.

— Depuis quand ?

— Un, deux ans.

— Depuis quand ? insista Sundance.

318

— Trois ans, je te le jure, seulement trois ans. Peut-être quatre. Je ne sais plus trop.

— Tu ne *sais* plus trop ? Comment oses-tu me mentir ? Et comme ça, tu es *tombé dessus par hasard* ? Quand on trouve de la pornographie enfantine, c'est qu'on la cherche, on ne tombe pas dessus *par hasard* ! Je veux savoir où tu t'es procuré cette merde. Je veux les adresses. Je veux les adresses exactes ! »

Butch baissa la tête, il était humilié et Sundance ne put supporter ce spectacle. Il balaya les DVD de la main et les envoya par terre. Il était près de renverser la table, mais, quoi qu'il fit, les images étaient gravées dans sa mémoire et ne voulaient pas disparaître.

Il avait visionné deux des DVD, en tout il y en avait trente-quatre. Des courts-métrages. Des enfants qui avaient des relations sexuelles avec des enfants. Des adultes qui avaient des relations sexuelles avec des enfants. Des adultes qui avaient des relations sexuelles entre eux, et les enfants regardaient et ensuite ils devaient participer. Sundance ne savait comment se comporter. Il savait ce qu'il y avait à faire et il savait qu'il ne pourrait pas le faire. Et bien sûr, Butch posa la question fatidique :

« Tu ne vas pas me dénoncer, hein ?

— Comment peux-tu me poser cette question ?

— Je voulais juste dire que si tu me dénonces… »

Butch se tut. Il se pencha en avant comme s'il avait des maux d'estomac. Sundance éprouva le besoin de lui poser la main sur l'épaule et de le calmer, mais il résista à cette envie. Il ne voulait pas pardonner. Il n'y était pas encore prêt.

Il faut tirer ça au clair, pensa-t-il, *on ne peut pas se contenter d'excuser ça.*

« Et pendant ce temps, tu te branles », asséna-t-il.

Butch leva les yeux, le visage blême, le front couvert de sueur, les lèvres presque livides.

« Bien sûr que je me branle, ça m'excite.

— Et d'où vient le sang ? »

Après avoir regardé les DVD, Sundance avait ramassé les mouchoirs, s'attendant à les trouver imbibés de sperme. Mais il y avait aussi autre chose.

« D'où vient le sang ? » insista Sundance.

Butch se leva, Sundance remarqua que ses genoux tremblaient. Butch baissa son jeans. À l'intérieur de ses cuisses, on voyait des coupures. Deux des blessures étaient récentes.

« Ça fait partie du jeu, expliqua-t-il, pitoyable, le pantalon baissé. Ça en fait partie. »

Tu ne cesses de te demander si, à ce moment-là, il n'aurait pas été possible de changer le cours des choses. Enfant, tu avais souvent essayé, dans le jardin, de faire couler la pluie dans une certaine direction. Mais tu pouvais creuser autant de tranchées que tu voulais et détourner les torrents de pluie, dès que tu avais une minute de distraction, la pluie se frayait de nouveau son propre chemin. Tu ignores ce qui serait advenu si, ce jour-là, Sundance s'était montré plus énergique. S'il avait dénoncé Butch. Tout aurait-il été différent ? Sundance savait ce que Butch avait traversé. Il aurait été un monstre s'il n'avait pas éprouvé de compréhension pour la situation de Butch. Il ne pouvait pas le dénoncer. Alors il essaya de maîtriser les choses.

Et c'est ainsi que commença le temps de la confiance, le temps de la thérapie, le temps du ménage.

Sundance se battait pour son meilleur ami, il ne voulait pas le perdre une seconde fois. Quand ils étaient enfants, il n'avait pas pu le protéger de Karl et de Fanni, alors ce n'était que justice d'essayer à présent de le protéger contre lui-même. Ils convinrent qu'il s'agissait d'une maladie. Sundance se mit à lire des livres sur le sujet, il voulait comprendre le psychisme de son ami.

La nouvelle année commença et tout se présentait bien. Le printemps fit place à l'été, et ils prirent des vacances et partirent cinq semaines en Suède pour rendre visite à une ancienne amie d'école. Butch était plein d'entrain, il s'était fait prescrire des antidépresseurs par son thérapeute, son inquiétude s'apaisait, il paraissait content de lui-même. Et alors l'automne survint, et l'automne fut comme une ombre qui éteignit toutes les lumières. Obscurité pure.

Fichtner gare la voiture devant l'immeuble locatif. Il reste assis pendant un moment, les mains sur le volant, le regard dirigé droit devant lui, comme s'il y avait quelque chose à voir.

« Je ne sais pas si je serai capable de monter à l'appartement, dit-il. Ça fait si longtemps. »

Tu veux sûrement savoir quelle a été ton expression quand, durant le trajet, il a révélé qu'il n'avait pas pu jeter la clé et t'a proposé de revoir les lieux. À ce moment-là, on lisait en toi comme dans un livre ouvert, heureusement Fichtner était obligé de se concentrer sur la route. Quand tu as demandé qui payait pour l'appartement, il a répondu qu'il l'ignorait. Il mentait. Tu avais vérifié. Le loyer est prélevé chaque mois sur son compte.

« J'aimerais bien revoir l'appartement, as-tu dit, ajoutant après une pause : histoire de chasser les fantômes. »

Tu t'attendais à ce que Fichtner t'interroge sur ces fantômes, mais il s'est tu et, à présent, vous êtes garés devant l'immeuble, et Fichtner continue d'avoir les yeux dans le vague, alors tu te secoues et tu sors le premier.

Plus rien, chez Fichtner, ne rappelle l'homme qui est entré dans le restaurant, une demi-heure plus tôt, et t'a jaugé du regard. Ce n'est pas qu'il ait l'air brisé. Il t'évoque plutôt un de ces retraités qui restent beaucoup trop longtemps devant les rayonnages du supermarché.

Vous pénétrez dans l'immeuble.

L'arrière-cour, l'escalier, la porte, la clé, la serrure.

Fichtner entre et te tient la porte, tu passes devant lui, la porte se referme derrière toi en claquant et le coup t'atteint à la nuque, te projetant en avant. Tu tentes de te retenir au mur, Fichtner te fait un croche-pied et t'attrape par les cheveux.

« Espèce de petit enfoiré ! » te siffle-t-il à l'oreille en voulant te cogner la figure contre le parquet.

Tu parviens à conserver un bras devant ton visage, seule l'extrémité de ton nez s'érafle sur le bois.

« Pour qui est-ce que tu te prends ? Nous t'avons traité comme un membre de la famille. Nous t'avons accueilli, nous t'avons montré ce que tu valais, et toi, minable petit enculé, tu te lances à nos trousses ? »

Fichtner veut t'écraser le visage au sol, ton bras n'arrive pas à trouver de prise, tu détournes la tête au dernier moment, ton oreille claque contre le bois. Une fois, deux fois. Il presse son genou sur tes reins. Tu ne parviens pas à lui échapper, bon sang, remue-toi !

Fichtner te souffle dans la nuque.

« Nous t'avons bien plus apporté que tes putains de parents et voilà comment tu nous remercies ? Réponds-moi, misérable enfoiré. Qu'est-ce que tu as fait à Fanni ? »

Tu l'entends sangloter au-dessus de toi. Comment as-tu pu être aussi bête ? Tout n'était qu'une farce – les remords, la culpabilité, les larmes. C'est *à présent* qu'il souffre, c'est *à présent* qu'il a du chagrin. Et tu t'es laissé avoir. Es-tu une lavette ? Toutes ces années, et elles ne t'ont rien appris !

Ton pied trouve le mur. La rage te réveille, la haine te donne des forces. Tu te dégages d'une poussée et Fichtner perd l'équilibre. Il tombe sur toi, atterrit sur ton dos et ses doigts lâchent tes cheveux. Il veut se relever. Tu redresses vivement le crâne et heurtes son nez. On entend un craquement. Le poids disparaît de ton dos. Fichtner roule dans le couloir et reste à terre. Il a une main au visage, l'autre levée en un geste de défense, comme s'il pouvait te retenir.

Tu te relèves, tu te sens soudain tout léger et tu t'arrêtes devant Fichtner. Il essaie de t'attraper, tu casses d'un seul coup son bras levé. Avant qu'il puisse crier, tu lui écrases ton poing sur le nez. On n'entend plus qu'un râle, il a la bouche pleine de sang, ses forces l'ont abandonné, il gît sur le dos et il tremble, son bras valide ne cesse de balayer le sol. Tu le saisis par le col de sa veste et tu le tires derrière toi jusque dans la pièce.

Après, le calme, le silence.

Tu es assis par terre, en face de Fichtner, et tu lèves les yeux vers lui. Son regard fixe le mur au-dessus de toi, il ne respire plus. Une agréable satisfaction t'envahit. Tu as payé ton tribut et sors le portable de ta veste pour composer le numéro de l'agence.

« Allô ?

— C'est moi, Meybach. J'espère que je ne dérange pas. »

Silence, puis la voix de Kris Marrer. Basse, menaçante.

« Elle est morte, tu sais ça ? »

Pendant un instant, tu n'as aucune idée de qui il parle. *Bien sûr qu'elle est morte*, veux-tu répliquer, puis tu comprends qu'il ne s'agit pas de Fanni.

« Ça n'a pas été une partie de plaisir de nettoyer ta merde, poursuit Kris Marrer, mais je me suis fait une raison. Pour la mort de Frauke, je ne peux pas.

— C'était un accident.

— C'est-à-dire ? »

Tu lui dis ce qui s'est passé. Tu lui dis que tu as appelé les pompiers. Et tu avoues que tu as de la peine. Peut-être que tu n'aurais jamais dû lui donner rendez-vous. Mais y avait-il moyen de faire autrement ?

Tu te tais, tu as le sentiment d'avoir trop parlé. D'ailleurs, pourquoi est-ce que tu t'expliques ? Quelques minutes plus tôt, tu as été envahi par un calme méditatif, cela signifierait-il que tu deviens bavard ?

Kris Marrer garde le silence. Tu t'attendais à de la fureur et de l'incrédulité. Il y a quelque chose de différent en lui. C'est comme si tu percevais ses pensées. Ce ne sont pas de bonnes pensées. Et ce n'est pas le bon moment, et tu n'es pas la bonne personne pour parler avec lui de son amie.

Tu appelais pour une raison précise. Finis-en.

Tu informes Kris Marrer que ce sera ton dernier contrat et que tu attends qu'ils suivent la même procédure. Tu t'excuses que cela coïncide avec le jour de l'enterrement, mais on ne peut pas faire autrement. Tu le répètes. *On ne peut pas faire autrement.* Kris Marrer te demande si tu as toujours l'humour aussi pervers. Et pourquoi il devrait croire à ton innocence dans la mort de Frauke. Tu en as assez. Tu raccroches, éteins le portable et contemples le cadavre de Fichtner. Cette fois, tu ne le nettoieras pas, comme tu l'as fait pour Fanni. Ils verront de quoi tu es capable. Cela te vaudra sûrement un peu de respect. Le ton de Kris Marrer t'a fortement déplu.

Au bout d'une minute, tu te lèves et vas dans la salle de bains te laver le visage. Tu as l'oreille gauche enflée et une très fine déchirure sur le front. Tu ôtes pull-over et T-shirt et te sers de ce dernier comme d'un essuie-mains. Après, tu te sens mieux.

Fais-le.

Tu lèves les yeux. Nerveux, déjà presque fébrile. L'espace d'un instant, tes yeux se détournent en tressaillant, puis tu croises ton propre regard dans la glace et c'est comme une réunion. Tu es de nouveau toi. *Merci.* C'est si bon, c'est un sentiment merveilleux. Tu étais en manque de toi-même. *Merci.* Tu ne savais pas de quelle manière te trouver. *C'était la voie.* Même les larmes te réjouissent, larmes de soulagement. Pendant plusieurs minutes, tu restes appuyé contre ce lavabo à te regarder pleurer. Des larmes de joie. *Merci.* Ensuite, tu quittes l'appartement sans fermer la porte derrière toi. C'est fini. Il n'y a plus de lien, les ponts ont été dynamités, la culpabilité a disparu. Terminé.

SIXIÈME PARTIE

Après

Je m'en souviens encore, nous pensions que c'était terminé. Je me rappelle très bien notre soulagement. Derrière la colère et la perplexité se cachait la foi dans le bien. Nous étions si naïfs. Nous étions si foutrement naïfs.

Désormais, j'ai laissé la région de la Ruhr derrière moi et je dépasse Saarbrücken en direction de Singen. Il y a des années de cela, nous sommes allés au lac de Constance, où devait se dérouler une grande fête. Un ami de Frauke nous avait promis une maison de vacances. La fête n'eut jamais lieu, la maison de vacances était une cabane dépourvue de WC, mais nous y restâmes pendant dix jours. Nous nous amusâmes à vivre en communauté et passâmes un été formidable. Peut-être que je retrouverai la cabane. Peut-être que je m'allongerai sur un des matelas à l'odeur de moisi et que je rattraperai mon retard de sommeil.

C'est le matin du quatrième jour. J'ignore si on est déjà à ma recherche. Quand la police remarque-t-elle une voiture normalement garée ? J'ai pensé à tout. J'ai les papiers, j'ai les assurances, j'ai même posé la trousse de premiers soins sur le siège arrière en cas de contrôle. Personne ne regardera dans le coffre. Je me sens en sécurité, cela peut paraître absurde, mais je me sens en parfaite sécurité. Comme si planait au-dessus de moi une main protectrice. La justice. J'aimerais seulement qu'elle ne se contente pas de me protéger, mais qu'elle m'indique aussi un cap.

Sur une aire de repos équipée de toilettes, je me lave les aisselles, le torse et les bras. Je fais quelques étirements à côté de la voiture. Ce sont la nuque et le dos qui souffrent le plus. J'aurais besoin d'un lit. J'aurais besoin de chagrin. J'aurais besoin d'un grand break. Je ne sais pas quand viendra tout cela. Ce qui domine, c'est la colère et le désespoir. Je ne veux joindre personne, car ce que j'accomplis là est mon devoir. Je n'ai de contact qu'avec les caissiers des boutiques de stations-service. Ce qui gît dans le coffre n'est pas un être humain. Il est ma seule compagnie et je sais que, lorsque le chagrin se sera frayé un chemin et aura gagné, je le tuerai. Je crois que c'est ainsi que cela se passera. Je le tuerai, tout simplement.

Et peut-être que j'aurai un peu de chance et que je trouverai cette cabane.

Avant

Tamara

Tamara et Wolf retrouvent un Kris en sueur, assis au salon, vêtu de son seul short et buvant de l'eau minérale à la bouteille. Il règne au rez-de-chaussée une chaleur torride, bien que les fenêtres soient grandes ouvertes. Kris ne demande pas comment s'est passé l'enterrement. Il les regarde comme s'il était surpris qu'ils soient déjà de retour.

« Est-ce qu'on dérange ? l'interroge Wolf.

— Pourquoi est-ce que vous dérangeriez ? » réplique Kris.

Wolf monte à l'étage pour se changer. Quand il a quitté le salon, Kris désigne la porte du menton.

« Tu veux bien fermer ? »

Tamara ferme la porte et s'y adosse. *Il sait qu'on a fait l'amour*, pense-t-elle, *il le voit sur nos visages et il savait sans doute depuis longtemps qu'il se passerait quelque chose entre Wolf et moi.*

« J'ai besoin de ton aide, déclare Kris, et il ne faut pas que Wolf l'apprenne.

— Mais…

— Tamara, je t'en prie, je t'expliquerai dès qu'on sera seuls. Jusque-là il faut que tu la boucles. On dîne

ensemble, on fait comme d'habitude, et puis le téléphone sonnera, et ce sera Lutger.

— Pourquoi votre père…

— Parce que je l'ai prié de téléphoner. Lutger
demandera à Wolf s'il peut venir une heure ou deux.
Wolf ne refusera pas, il ira voir Lutger.

— Et ensuite ?

— Ensuite, on prendra tous les deux la voiture.

— Et je parie que tu ne me diras pas où on va.

— Et je ne te dirai pas où on va. »

Le téléphone sonne à 9 heures précises, Tamara
passe le combiné à Wolf. Wolf est si surpris de cet
appel qu'il s'assure plusieurs fois auprès de son père
que tout va bien avant de prendre congé et de partir le
retrouver.

Cinq minutes plus tard, Kris et Tamara sont à leur
tour dans la voiture.

« Alors ?

— Pas encore.

— Comment ça, pas encore ? Wolf est parti, nous
sommes seuls. »

Sans la regarder, Kris franchit le portail et s'arrête à
l'extérieur de la villa.

« Tu fermes le portail ?

— Pas avant que tu m'aies répondu. »

Tamara fixe sur lui un regard interrogateur. Kris
soupire, détache sa ceinture et sort de la voiture. Après
avoir fermé le portail, il regagne sa place et remet sa
ceinture.

« Je sais pourquoi tu ne veux pas me le dire, fait
Tamara. C'est parce que je refuserais de venir, exact ?

— Exact. Tu es contente ?

— Kris, qu'est-ce que tu as en tête ?

332

— Fie-toi à moi, tu comprendras plus tard.

— Tu crois ?

— Je le *sais*. »

Kris démarre. Au carrefour de la station Wannsee, il s'arrête au feu, jette un coup d'œil dans le rétroviseur, reporte son regard devant lui. Tamara ne le perd pas de vue une seconde.

« Est-ce que tu pourrais arrêter de me fixer ?

— Je ne te fixe pas.

— Tamara, s'il te plaît.

— Je ne te fixais pas », répète Tamara en arrêtant de le fixer.

Dix minutes plus tard, Kris demande :

« C'était dur ?

— Tu aurais dû être là. »

Kris ne réagit pas.

« Frauke aurait voulu que tu sois là.

— Tammi, elle voulait qu'on l'incinère et qu'on disperse ses cendres sur le Lietzensee. *Voilà* ce qu'elle voulait. Alors vide ton sac.

— J'aurais voulu que tu sois là.

— Merci. »

Ils se taisent. Le crépuscule a cédé la place à une nuit d'un noir d'encre et les lumières de Berlin ont l'air d'incessants éclairs de chaleur. Tamara sait qu'autrefois tout le circuit de l'Avus était illuminé et qu'il s'y déroulait des courses automobiles. Les lampadaires sont toujours là, mais cela fait plus de deux décennies qu'on ne les a pas allumés. Les tribunes sont à l'abandon et rappellent la tristesse des maisons délabrées. Derrière se dresse la tour radio, tel un trait scintillant dans l'obscurité, son sommet est enveloppé de brume et ressemble à celui d'un phare. Tamara s'enfonce dans son siège et prend conscience de son épuisement. Dix heures plus tôt, elle était devant la tombe de Frauke, puis elle a fait l'amour avec Wolf au bord du Lietzensee, et maintenant elle est en voiture avec Kris et ignore où ils se rendent. Tamara aimerait que Wolf soit là.

« Combien de temps encore ? s'enquiert-elle.

— Un quart d'heure. »

Kris quitte l'Avus pour emprunter l'autoroute.

Tamara ferme les yeux.

« Tammi, réveille-toi. »

Elle se redresse d'un bond, temporairement désorientée, puis elle plisse légèrement les yeux pour mieux distinguer l'endroit où ils se trouvent.

« Tu devrais porter des lunettes.

— J'ai des lunettes. Pour lire. C'est suffisant. »

Tamara regarde derrière elle. Un mur, des arbres.

« Où est-ce qu'on est ? »

Ils descendent de voiture et Tamara reconnaît les lieux.

« C'est une blague ?

— Montons.

— Kris, je ne bougerai pas tant que tu ne m'auras pas dit ce qu'on fiche ici.

— Je t'en prie, monte avec moi et…

— Tu es sourd ou quoi ? l'interrompt Tamara en jetant un regard à sa montre. Je te donne deux minutes, après quoi je rentre en train. »

Kris se contente de la regarder. Ce regard effraie Tamara. Elle ne sait pas ce que pense Kris, ni même s'il pense. L'image du poisson de l'aquarium avec son regard fixe, impénétrable, lui traverse l'esprit. *J'ai couché avec ton frère !* voudrait-elle crier. Kris hoche imperceptiblement la tête, comme s'il avait pris une décision, et se dirige vers le coffre. Il attend que Tamara l'ait rejoint. Pendant un cruel instant, celle-ci est convaincue que le cadavre de la femme a retrouvé sa place dans le coffre. *Je suis désolé de tous ces va-et-vient*, dirait Kris, *mais nous devons de nouveau la suspendre au mur.*

Dans le coffre, il y a une couverture, des tenailles, une lampe de poche, le sac de couchage souillé qui a servi à transporter le corps et les deux pelles de la remise. La voix de Kris parvient aux oreilles de Tamara comme de très loin.

« Meybach a appelé. Nous avons un nouveau contrat. »

C'est sa quatrième cigarette, c'est sa dernière cigarette. Tamara la laisse tomber par terre et l'écrase sur l'asphalte.

« Je ne fumais que lorsque Frauke m'offrait une cigarette, tu le savais ?

— Qui pouvait l'ignorer ? »

Oui, qui pouvait l'ignorer ?

Tamara contemple les restes de la cigarette à ses pieds. Cendres. Tabac. Filtre piétiné. Tamara appuie son postérieur contre la portière côté passager, Kris est assis en face d'elle, sur les marches d'entrée d'un immeuble.

« Je l'aimais, tu sais ça ? »

Kris acquiesce, il sait ça. Tamara regrette d'avoir ouvert la bouche. *Nous l'aimions tous*, pense-t-elle et elle veut que Kris le dise. Rien qu'une fois. Le visage de celui-ci affiche clairement les traces laissées par les journées précédentes. Les pommettes sont très saillantes et, à la lumière des réverbères, ses cheveux courts ont l'air d'avoir été coupés à ras du cuir chevelu.

« Nous l'aimions tous, déclare Kris. Mais ça n'a rien à voir, Tammi.

— Pourquoi est-ce que tu ne veux pas parler de Frauke ?

— Parler de quoi ? Elle est morte et on n'y changera rien. Bien sûr que je suis triste, bien sûr que je pourrais pleurer, mais ça, là-haut… »

Il désigne l'immeuble.

« Ça passe avant. Plus tard, on parlera de Frauke autant qu'on voudra, mais, d'abord, je souhaite régler ça rapidement, sans me livrer à des considérations sur où et comment enterrer le cadavre. Voilà pourquoi c'est toi qui es là, et pas Wolf. D'autant que je ne sais pas comment il réagirait devant un deuxième cadavre.

— Tu ne sais pas non plus comment, moi, je réagirai.

— Tu es plus forte que Wolf, tu surmontes ça plus facilement. »

Tamara rit.

« Merci du compliment.

— À ton service. »

Kris se lève et époussète son pantalon. Il contourne la voiture, sort le sac de couchage, fourre les tenailles dans sa veste et referme le coffre.

« Peu importe ta décision, dit-il, moi, je monte. »

Tamara tend la main, Kris lui donne le sac de couchage. Ils traversent la rue côte à côte et pénètrent dans l'immeuble.

La porte de l'appartement est ouverte et une odeur de produits d'entretien flotte encore dans l'air. Ils jettent un œil dans la cuisine et la salle de bains avant d'entrer dans le salon. Un homme est suspendu au mur. Ses pieds flottent à quelques centimètres au-dessus du sol. Il a le visage tuméfié et ensanglanté.

« Détends-toi, dit Kris.

— Je suis détendue.

— Je n'appellerais pas ça "détendue", Tammi, tu vas me casser le bras. »

Tamara baisse les yeux, sa main agrippe l'avant-bras de Kris. Elle le lâche et secoue ses doigts comme s'ils étaient engourdis.

Je t'en prie, Kris, pour l'instant, ne dis rien.

Kris s'approche du cadavre et prend un bout de papier qui se trouve dans la poche de sa veste. Il regarde le visage du mort. Le sang ne provient pas seulement de la blessure au front. L'homme a le nez cassé et la lèvre inférieure éclatée. Kris déplie la note, c'est le même texte que pour la femme.

« Toujours cette photo, constate Tamara en touchant le mur encore humide.

— Allons-y, lance Kris. On décroche le cadavre et... »

Il s'interrompt.

« Qu'est-ce qu'il y a ?

— Tu ne trouves pas curieux qu'il ait les yeux ouverts ? Chez la femme, c'était pareil, tu te souviens ? »

Ce dont Tamara se souvient, c'est d'avoir trouvé inquiétant que les yeux de la femme soient fermés à leur retour du magasin de bricolage. Elle se rappelle encore avoir pensé : *peut-être qu'elle en a eu assez de nous attendre.*

Kris se place juste en face du cadavre, la tête inclinée de côté, comme pour chercher le bon angle de vision.

« Si quelqu'un m'enfonçait un clou dans le front à coups de marteau, je serrerais les paupières, tu peux en être sûre. »

Kris s'approche du visage du mort.

« Regarde ça.

— Kris, je…

— S'il te plaît, regarde. »

Tamara le rejoint. Elle voit le sang séché qui se perd dans les plis de la peau et s'écaille par endroits, elle voit de la poussière sur les paupières du mort, les veinules dans les yeux ouverts et le regard qui disparaît dans le néant. Kris dit :

« La première fois que j'ai parlé avec Meybach, il m'a demandé si nous avions bien regardé la morte. Il a dit que nous aurions beau chercher partout, la réponse se cacherait toujours dans les yeux.

— Tu veux dire quelque chose comme *nos yeux sont les fenêtres de l'âme* ?

— Quelque chose comme ça. »

Tamara recule.

« Désolée, je ne vois rien.

— C'est qu'il n'y a rien à voir, on a affaire à un mort. Où que son âme s'en soit allée, les yeux ne nous aident pas beaucoup… »

Kris s'interrompt et se retourne comme si on lui avait frappé sur l'épaule. Il fixe le mur d'en face, de l'air de quelqu'un qui n'a jamais vu de mur. À présent, Tamara voit, elle aussi. À hauteur des yeux, une petite photo est épinglée au papier peint. La photo représente deux jeunes garçons dans la rue, ils ont chacun un bras sur les épaules de l'autre et se tiennent en équilibre sur leurs vélos. Leurs pieds ne touchent pas le sol.

Kris traverse la pièce et retire l'épingle. Il tient la photo du bout des doigts comme pour ne pas la salir. Tamara le rejoint.

« Comment est-ce qu'on a pu louper ça ? s'étonne-t-elle.

— On avait d'autres soucis. »

Kris désigne la tête du mort.

« Regarde, les yeux et la photo sont sur la même ligne. Meybach voulait que ses victimes continuent de voir la photo jusque dans la mort. »

Kris éloigne la photo comme pour mieux distinguer les garçons. Il la retourne. Le verso est vierge. Il regarde de nouveau les deux garçons et dit :

« Qui êtes-vous ? Et qu'est-ce que vous fichez là ? »

Après avoir rangé la photo dans son portefeuille, Kris sort les tenailles de sa poche. Tamara se détourne.

« Je vais attendre dehors.

— Hé, qu'est-ce que tu fais ?

— Je disais que…

— Tammi, tu ne peux pas partir, tout seul je n'y arriverai pas. Sinon je ne t'aurais pas demandé de m'accompagner. Il faut qu'un de nous le soutienne pour que le clou… »

Il se tapote le front avec les tenailles.

« … ne supporte pas tout le poids du corps.

— Tu veux que je le touche ? »

Tamara entend les accents stridents de sa voix.

« Si tu préfères, tu peux retirer les clous.

— Kris, ça suffit.

— Allons, Tammi, ce sera rapide. Il n'y a que deux clous. Tu ne vas tout de même pas me planter là.

— Kris, ce n'est pas drôle.

— Je n'avais pas l'intention d'être drôle.

— Je ne peux pas.

— Mets les bras autour de ses hanches et soulève-le, je me charge du reste. »

Tamara s'approche du mort. Elle lui pose les mains sur les hanches, sent le ventre de l'homme et resserre son étreinte. La graisse glisse, on entend un gargouillis.

« Ne lâche pas », l'exhorte Kris.

Tamara se sent au bord du haut-le-cœur.

« C'est pas le moment de flancher. »

Elle voit Kris fermer les yeux du mort.

« Tu peux le soulever un peu plus ? »

Tamara s'aide de l'épaule.

« C'est bien. »

Kris applique les tenailles et pousse un juron. Le clou est profondément enfoncé dans le front. Il n'arrive pas à en trouver la tête, il force la pince dans la chair, soulagé que le sang ne coule pas. Les tenailles rencontrent quelque chose de dur et se referment sur la tête du clou.

« OK, je l'ai. »

On entend un bruit de succion, puis il y a une secousse et le cadavre descend d'un cran. Prise de panique, Tamara agrippe les hanches du mort et s'aperçoit qu'il a le pantalon mouillé. Kris soutient le corps de sa main libre.

« Il a juste glissé un peu, dit-il. Maintenant, je vais…

— Arrête de bavasser, tu veux, et termine le boulot. »

Kris laisse tomber le clou par terre et se hausse sur la pointe des pieds pour atteindre les mains jointes. Tamara fixe une tache sur la tapisserie et s'absorbe dans sa contemplation. Le bon vieil idéal bourgeois de l'Allemagne des années soixante. Forêt avec cerf, lac entouré de montagnes. *Pourquoi cette hideuse tapisserie ? Qu'est-ce que ce dément a dans le crâne ? Et Kris qui traficote là au-dessus, combien de temps ça va durer ? S'il vous plaît, qu'on en finisse, s'il vous plaît.*

Debout à la fenêtre de la cuisine, Tamara inspire l'air nocturne à grands traits. Le corps est dans le sac de couchage, le sac de couchage est dans le couloir. Tamara entend la voix de Kris dans le salon. Devant ses yeux flotte une image qu'elle n'a jamais vue et ne verra jamais – Kris, penché en avant, le Mini Disc Player près des lèvres, présentant ses excuses au mort. Tamara est surprise du calme qu'elle ressent à présent. Kris avait raison, elle est forte. Cette fois, elle n'a pas eu de mal à remonter jusqu'en haut la fermeture Éclair du sac.

Je deviens insensible, je me consume, je...

Kris la rejoint à la fenêtre. Tous deux contemplent l'arrière-cour obscure. Il n'y a de lumière que dans deux appartements.

« Tu as froid ?

— Un peu. »

Kris lui entoure les épaules d'un bras. Cela ne réchauffe pas, mais c'est agréable.

« Tu vas chercher la voiture ? »

C'est comme la semaine précédente. Tamara descend l'escalier, ouvre les deux battants du portail, s'installe au volant et pénètre dans la cour en marche arrière. *Tout est exactement comme il y a une semaine. Sauf que Wolf n'est pas de la partie, que Frauke n'est plus en vie et que je ne suis plus la même qu'avant.* Elle sort de la voiture et lève les yeux vers la façade. Le visage de Kris surgit dans l'obscurité, telle une tache claire. Ils se regardent par-delà les étages. Un homme et une femme qui s'occupent d'un mort.

Ils ne sont pas stupides, ils retournent au même endroit dans la forêt. Un des bords de la fosse a cédé et le fond s'est rempli d'eau. Il leur faut une demi-heure pour retrouver une profondeur de deux mètres.

Le cadavre glisse avec un doux froufroutement dans la tombe, un choc sourd, puis le silence. Kris et Tamara échangent un bref regard, puis entreprennent de refermer la fosse. Ils ne prononcent pas un mot et espèrent tous deux ne jamais revoir ce sac de couchage. Quand ils quittent la clairière, c'est comme s'ils n'étaient jamais venus.

Wolf

La maison l'accueille comme un vieil ami. Chaque visite est un voyage dans le passé. À peine la porte s'ouvre-t-elle qu'un arôme de bois et de pomme enveloppe Wolf bien que, depuis plus d'une décennie déjà, on ait cessé d'entreposer des pommes au cellier. À l'odeur s'ajoutent les bruits et la façon dont ils résonnent dans les différentes pièces. Le craquement des lattes de parquet, le claquement du chauffage ou l'écho du silence dès que les portes sont fermées et que le calme revient. Odeurs, lumière, espace et toutes les traces que les êtres humains laissent au fil des années dans un lieu où ils ont grandi. À chaque visite, Wolf les recherche, ces traces. Il appelle cela « nostalgie », Kris, lui, parle de « frustration ». Il est d'avis que Wolf n'a toujours pas surmonté la disparition de leur mère.

« Sois honnête. Tu espères qu'un jour elle reviendra à la maison et qu'elle t'appellera pour le petit déjeuner. »

Wolf sait que son frère a raison, mais il ne l'avouerait pour rien au monde. Surtout pas devant Lutger. Depuis que leur mère les a abandonnés, le père tient à ce que ses fils l'appellent par son prénom. Il leur a expliqué qu'il trouvait « père » trop formel.

La dernière fois que Kris et Wolf ont eu des nouvelles de leur mère, c'était après le divorce. Elle avait pris congé avec une carte postale aux couleurs somptueuses, leur souhaitant bonne chance dans l'existence. La carte portait aussi la signature d'un certain Eddie. Quand les deux frères voulurent savoir qui était cet Eddie, Lutger changea de sujet.

Tout cela s'est produit il y a seize ans et, depuis, on n'a plus parlé de la mère. Mais bien que Wolf ne l'évoque pas, elle continue de vivre dans la maison comme un fantôme. Chaque fois qu'il rend visite à son père, il croit entendre ses mouvements, son léger chantonnement dans la salle de bains, le chuchotement des rideaux qui se ferment le soir quand elle passait d'une pièce à l'autre, au rez-de-chaussée, ou le doux tambourinement de ses doigts tandis qu'elle attendait avec impatience que le café soit prêt. Sa présence permanente explique en partie pourquoi Wolf aime retourner dans la maison de son enfance.

« Je suis si content que tu sois là ! »

Lutger se comporte comme s'il n'avait pas vu Wolf depuis longtemps. Pourtant, ils étaient à deux mètres l'un de l'autre ce matin même, pour l'enterrement de Frauke. Wolf sait ce que son père veut dire. *Comme si la mort de Frauke nous avait séparés et de nouveau réunis.* Ils s'étreignent avec vigueur. De la cuisine s'échappe l'odeur du pain frais et du chili.

« Tu n'as pas faim ? »

Ils entrent dans la cuisine et Lutger désigne le four. Wolf se penche et aperçoit deux pains.

« Je n'ai pas pu m'en empêcher. J'étais en train de nous cuisiner un chili quand l'idée m'est venue de faire

344

du pain, et pour finir j'ai eu une soudaine envie de pâtes. De pâtes fraîches, tu te rappelles comme elles sont délicieuses ? Alors, qu'est-ce que tu prendras ?

— Je prendrai du chili.

— Va pour le chili. »

Wolf met la table pendant que Lutger pose le chili sur un dessous-de-plat en parlant sans s'arrêter. Il en a toujours été ainsi. Comme s'il devait remplir de mots la place manquante de la mère. Wolf se demande, et ce n'est pas la première fois, ce qui serait advenu si c'était Lutger et non la mère qui avait quitté la maison.

Où est-ce que je serais aujourd'hui ? Qui serais-je ?

Après le repas, il monte dans son ancienne chambre pour y chercher des photos. Tamara le lui a demandé. Au milieu des années quatre-vingt-dix, Wolf a connu une phase pendant laquelle il prenait chaque jour des photos. Il a lui-même développé les pellicules et elles remplissent d'innombrables albums, que Lutger entrepose dans une des armoires.

Rien dans la pièce ne rappelle à Wolf qu'il a grandi là. Les affiches ont disparu des murs, on a même gratté les autocollants sur la face interne de la porte. Il ne subsiste aucun des meubles d'autrefois et la couleur des murs est différente. La pièce pourrait appartenir à n'importe qui.

Une des armoires contient des cartons remplis de ses vieilles affaires. Livres, bandes dessinées, cassettes. Les deux rayonnages du bas accueillent les albums de photos et, sur les albums, est posé un carton bourré de boîtes de films. La phase photo de Wolf a duré deux ans, après quoi il a vendu sa chambre noire et n'a plus jamais touché un appareil photo. De cette période, il reste plus de trente pellicules photographiques non développées. Wolf ignore si ces films se conservent bien. Il aurait dû se débarrasser du carton depuis longtemps.

Les années ont été inscrites sur les albums au marqueur argenté. Des photos de la bande, des photos datant de leur scolarité et même une poignée de nus d'une fille qui était partie peu après en Amérique et ne voulait pas qu'il l'oublie.

Wolf empile les albums par ordre chronologique, puis il hésite et les replace dans l'armoire. Il ne sait pas pourquoi. Il sait juste que, pour le moment, il ne veut pas regarder en arrière.

Lutger le trouve dans la chambre d'amis, étendu sur le lit, la tête enfouie dans un coussin. Lutger s'assied au bord du lit et dit après une pause :

« Allez, sors la tête de ce coussin. Sinon tu vas manquer d'air et t'étouffer. Et qu'est-ce que je ferai, moi, alors ? »

Wolf ne peut s'empêcher de rire. Il redresse la tête et voit le visage de son père, tache blême dans l'obscurité.

« Tu es un bon père, déclare-t-il.

— Je sais. »

Wolf se tourne sur le dos. Il aimerait pouvoir pleurer. Depuis la mort d'Erin, il n'a plus versé une seule larme. Il aimerait tant pleurer Frauke, mais rien à faire.

« Après l'enterrement, j'ai couché avec Tamara, dit-il, et je ne le regrette pas une seconde. »

Lutger observe un instant de silence, puis il déclare :

« J'en suis heureux. Il est vrai qu'après toutes ces années vous êtes presque frère et sœur, mais il faut bien que l'amour fraternel ait ses charmes.

— Lutger, ça n'a rien de drôle. Je connais Tammi depuis plus de dix ans, et jamais je n'ai pensé qu'il pouvait y avoir quoi que ce soit entre nous. Et voilà que Frauke meurt, et Tamara et moi… Est-ce que ça a un sens ? Je n'en vois aucun. Mais c'est bien, c'est un acte juste. Alors pourquoi lui chercher un sens ?

— Wolf, c'est bien.

— Évidemment que c'est bien. »

Wolf se tait, puis ajoute au bout de quelques secondes :

« C'est vraiment bien, hein ?

— Qu'est-ce qui te tracasse ?

— Rien.

— Allons, qu'est-ce que c'est ? »

Comment le sait-il ? Il ne voit même pas mon visage dans le noir, est-ce que je suis à ce point transparent ? Wolf s'imagine en train de résumer brièvement à son père le cauchemar qui a déboulé dans leur vie il y a une semaine à peine. *Au fait, le tueur t'a pris en photo, Lutger, qu'est-ce que tu en dis ?*

« J'ai l'impression que tout le monde disparaît », répond-il à la place.

Et au moment où il énonce cette phrase, il comprend que ce qui le tourmente, c'est plus cette disparition que le fou qui leur a enjoint d'évacuer un cadavre.

« Tout le monde disparaît et, moi, je reste », précise-t-il.

Lutger hausse les épaules.

« Moi aussi, je suis resté quand ta mère nous a abandonnés. Kris a vécu la même chose. Tu exagères un peu. Et puis Frauke et Erin n'ont pas disparu comme ça. Ce n'était pas dirigé contre *toi*. »

Wolf fixe le plafond, content d'être dans le noir. Bien sûr que ce n'était pas dirigé contre lui, pourtant c'est comme si un poids invisible pesait sur lui, comme si on l'avait chargé de ce poids. La perte, toujours la perte. Wolf n'a pas envie de le dire, il sent que cela ressemblera aux jérémiades d'un imbécile, mais il le dit quand même.

« Ça n'a pas l'air de vous affecter autant. Vous êtes forts, vous continuez comme avant, mais, moi, c'est différent.

— Tu recommences avec tes jérémiades.

— Eh oui !

— Nous ne continuons pas comme avant, c'est juste que nous savons donner le change, crois-moi. »

Lutger se lève.

« Viens, descendons, je vais ouvrir cette bonne bouteille de vin que vous m'avez offerte l'an dernier. Nous boirons à Frauke. À Frauke et à Tamara.

— Juste comme ça ?

— Juste comme ça. Et parce que je suis content que tu sois là. Kris avait raison. Il était temps qu'on se parle de nouveau. Même la maison regrettait ton absence, je le sentais. Si tu veux, tu peux rester ici pour la…

— Comment ça, *Kris avait raison* ? l'interrompt Wolf.

— Tu le connais. Il m'a demandé de t'inviter à manger pour que nous passions un peu plus de temps ensemble. »

Wolf tâtonne à la recherche de la lampe de chevet et l'allume. Éblouis, père et fils clignent des yeux de concert.

« *Quand* est-ce qu'il te l'a demandé ? veut savoir Wolf.

— Juste après l'enterrement. Il a téléphoné, disant que tu avais besoin d'une pause et… Hé, où vas-tu ?

— Il faut que je parte.

— Mais…

— On reprendra ça plus tard. »

Lutger reste seul dans la pièce. Il entend retomber la porte d'entrée et essaie de comprendre ce qui vient de se passer.

Deux heures et cinquante-six minutes après avoir quitté la villa, Wolf s'engage de nouveau dans l'allée et s'étonne que seule sa voiture ne soit pas sur le parking. Il est encore plus surpris du tableau qui s'offre à lui dans la cuisine. Il est minuit passé. Kris et Tamara sont assis à la table et boivent du thé. Ils lui ont sorti une tasse.

« Qu'est-ce qui se trame ici ? demande Wolf.

— Assieds-toi, l'invite Kris.

— Pourquoi est-ce que tu as incité Lutger à m'inviter ?

— Wolf, assieds-toi, s'il te plaît. »

Wolf s'installe à la table. Lorsque Tamara veut lui donner du thé, il couvre la tasse de sa main.

« Il faut qu'on parle, dit Tamara, alors ôte ta main de là et prends un thé avec nous. »

Wolf retire sa main, Tamara verse le thé, les deux frères se regardent.

« On t'a éloigné, commence Kris.

— Ça, j'avais pigé, c'est une explication que j'attends. »

Et c'est ainsi que Wolf est mis au courant du dernier contrat de Meybach et de ce que Kris et Tamara ont fait.

« Tu nous aurais gênés », déclare Kris.

Wolf digère la nouvelle, puis il demande :

« Est-ce que ça signifie que, maintenant, c'est fini ? »

Wolf et Tamara regardent Kris en même temps, comme si c'était à lui de décider quand c'était fini.

« C'est fini, assure Kris avec détermination. J'ai envoyé le fichier à Meybach. Nous n'entendrons plus jamais parler de lui. Je vous le promets. »

Tamara acquiesce. Wolf incline imperceptiblement la tête de côté comme pour observer Kris sous un autre angle. C'est un moment bref, amer, où il comprend sans la moindre équivoque que son frère vient de leur mentir.

« Qu'est-ce qu'il y a ? demande Kris.

— Rien, répond Wolf. Je suis juste content que ce soit terminé, c'est tout. »

Tamara

Dix minutes, quinze minutes. Tamara est assise sur le lit et rien ne se passe. La chambre de Frauke reste telle qu'elle était avant son arrivée. Vide et abandonnée. Tamara ne sait pas ce qu'elle espérait. Elle se rend à la cave et en remonte des cartons. Elle débarrasse les étagères et commence à stocker les livres de Frauke dans les cartons.

« Qu'est-ce que tu fais ? »

Wolf se tient sur le seuil de la chambre.

« Du rangement. »

Ils se regardent.

« Ça va, le rassure Tamara, tout est OK. »

Wolf acquiesce, il ne s'approche pas d'elle, Tamara voit qu'il en aurait envie. *Il est temps de parler à Kris*, pense-t-elle et elle dit :

« Sortons dîner tous les trois, demain soir. On devrait s'échapper de la villa pendant quelques heures et... »

Les mots lui manquent, elle ignore ce qu'elle attend de l'extérieur.

Frauke sera partout.

« Et aller manger quelque part en l'honneur de Frauke, complète Wolf, terminant la phrase à sa place.

— Exactement, approuve Tamara en souriant, en l'honneur de Frauke. »

Et en profiter pour parler à Kris, pense-t-elle sans arriver à le dire tout haut. *De quoi est-ce que j'ai peur ! Ils sont frères, pas rivaux.*

Mais ça fait si longtemps qu'on se connaît. On est comme une constellation d'étoiles, et personne ne modifie une constellation sans provoquer le chaos.

Wolf lui souhaite une bonne nuit et ferme la porte derrière lui. Tamara regrette de ne pas l'avoir invité à entrer. Soudain, elle se retrouve seule avec le vide laissé par Frauke.

Elle commence par le bureau, rassemble les papiers, débranche l'ordinateur et enroule le câble. Elle ôte les tableaux et les affiches. Elle procède avec soin. Elle ne sait pas ce que le père de Frauke compte garder et, en réalité, cela l'intéresse assez peu. Ce rangement est sa manière à elle de dire adieu.

Elle dépose les cartons contre un des murs, les vêtements contre un autre. Il lui faut trois heures pour tout dégager. Il n'y a que le lit auquel elle n'ait pas touché.

Épuisée, Tamara s'y laisse tomber et là, entre drap et couverture, elle retrouve Frauke et respire son odeur avec soulagement. Elle enfouit son visage dans les oreillers et s'endort en pleurant, comme une enfant qui porterait sur ses épaules le poids du monde entier.

Tamara se réveille, désorientée. Il est 7 heures du matin. Elle ouvre les fenêtres, avec le sentiment de laisser s'échapper l'odeur de Frauke. Elle examine la chambre avec satisfaction. Plus tard, elle demandera aux deux frères de l'aider à porter les cartons à la cave.

Ce soir, elle s'occupera de trouver un bon restaurant. Elle décide d'en finir avec le deuil avant minuit sonné.

Tamara tient son petit déjeuner en équilibre sur un plateau et le dépose sur la table du jardin d'hiver. Elle sort de la villa. La maison des Belzen a toujours son air abandonné. Tamara se demande où ils sont passés.

Peut-être une urgence familiale ou peut-être qu'ils sont partis en voyage.

Sûrement, mais pourquoi n'en ont-ils rien dit ?

À ce moment-là, le soleil levant illumine la maison et Tamara remarque quelque chose derrière la fenêtre de la terrasse. Foulant le gazon encore humide, elle descend jusqu'à la rive. La rosée matinale est fraîche sous ses pieds nus. Elle s'arrête devant le muret du quai et distingue alors, dans le salon des Belzen, un homme assis dans un fauteuil en train de dormir. Pendant un instant, Tamara le prend pour Joachim Belzen. Alors qu'elle l'observe, l'homme se réveille et la regarde. Sans un geste, comme si, durant tout ce temps, il avait feint de dormir. Aucune surprise, rien.

Ce n'est pas Joachim.

Tamara ne sait comment réagir. Elle s'efforce de sourire et lève la main. L'homme se redresse et disparaît momentanément de son champ de vision, puis la porte de la terrasse s'ouvre et l'homme sort dans le jardin. Il s'arrête devant le muret du quai et crie à Tamara :

« Superbe matinée ! Vous habitez la villa, n'est-ce pas ?

— Dans le mille, répond Tamara.

— Helena et Joachim m'ont parlé de vous. »

L'homme pose une main sur sa poitrine.

« Samuel.

— Tamara. »

Samuel montre du pouce la résidence des Belzen derrière lui.

« Je m'occupe de la maison pendant que nos deux tourtereaux sont au bord de la Baltique.

— Je me demandais où ils étaient passés », dit Tamara, soulagée.

Samuel glisse les mains dans les poches de son pantalon et désigne l'eau du pied.

« Curieux qu'ils n'aient pas encore construit de pont ici. On est si proches qu'on pourrait presque se toucher. »

Tamara ne trouve pas que, à cinquante mètres de distance, on puisse presque se toucher, mais elle acquiesce et regarde l'eau comme si elle s'étonnait aussi que personne n'ait encore songé à bâtir de pont à cet endroit.

« Il faut que je rentre. »

Samuel prend congé sur un signe de main, regagne la maison et referme la porte de la terrasse. Tamara se détourne, elle veut retrouver son petit déjeuner quand elle aperçoit Wolf à la porte du jardin d'hiver. Sa vue lui rappelle la veille, lorsqu'il était sur le seuil de la chambre de Frauke. *Il est toujours là, il s'inquiète.* Vêtu uniquement d'un short, Wolf tient dans une main la tasse à café de Tamara.

« Le vieux Belzen a bien changé, constate-t-il.

— Tu devrais faire quelque chose à propos de ton érection matinale. »

Wolf baisse les yeux.

« Ce n'est pas une érection, rétorque-t-il, c'est mon état habituel.

« — Tu rêves. »

Wolf lui tend la tasse.

« Il s'appelle Samuel, explique Tamara. Il s'occupe de la maison pendant que les Belzen sévissent dans la Baltique. »

Wolf sourit.

« Depuis hier, tu souris sans arrêt, dit Tamara. Comment est-ce que ça se fait ? »

Elle l'embrasse avant qu'il puisse répondre. Après quoi, elle passe devant lui et s'assied à la table. Wolf reste à la porte et abaisse son regard.

« Ça, c'est une érection matinale, dit-il.

— Parce que tu crois que ça m'intéresse ? » réplique Tamara en ouvrant un petit pain.

Kris

Pas vrai.

Kris presse les paupières, rouvre les yeux.

Vrai.

Il a peine à croire à la présence de ce nom sur la plaque. Il était persuadé que l'adresse n'était pas bonne.

Je suis à Charlottenburg. Quelques immeubles plus loin, il y a un magasin bio, à l'angle un terrain de jeux, et ce foutu nom de Meybach est là, sur une plaque. C'est absurde.

La porte d'entrée est ouverte, dans le corridor de l'immeuble trois vélos sont appuyés les uns sur les autres. Meybach habite le bâtiment sur rue. Troisième étage. L'escalier est revêtu de sisal, qui assourdit les bruits de pas. Kris s'arrête devant l'appartement. Son doigt se pose sur la sonnette. Il ne sait pas ce qu'il dira, mais il le saura dès qu'il verra Meybach. Il saura si c'est l'assassin. Son regard le trahira.

L'arme pèse dans sa veste. Kris a l'impression que tout le monde est au courant de ce qu'il dissimule. Il s'est vu dans une vitrine. Il passe à tel point inaperçu que c'en est presque gênant. Un grand type sec, qui a les mains enfouies dans les poches de sa veste. Rien de plus.

Il sonne une deuxième fois, et à présent il y a une trace de soulagement. *Pourquoi serait-il chez lui ?* Kris imagine Meybach de l'autre côté, l'oreille collée à la porte, en train d'écouter. *Pourquoi est-ce que je suis ici ?* Kris se voit descendre l'escalier et reprendre sa voiture. Il ne faut pas qu'on l'apprenne. Kris s'est érigé en héros sans qu'on le lui ait demandé, et sans qu'on le lui demande, il pourrait baisser pavillon.

Mais pas après le second contrat. Avant, tout était possible, mais désormais…

Depuis le deuxième contrat, Kris ne croit plus que Meybach cessera de tuer. *Le fou a goûté au sang. Si je ne l'arrête pas, qui le fera ?*

« Il y a quelqu'un ? » lance-t-il en laissant son doigt sur la sonnette. Alors lui vient l'idée d'utiliser son nouveau portable. La communication est établie en quelques secondes. Le portable lui répond dans l'appartement.

Je le savais.

Kris frappe à la porte et tend l'oreille. La sonnerie venant de l'intérieur est comme une réponse insistante. *Je suis là, qu'est-ce que tu attends, décroche.* Ça sonne, ça sonne, Kris commence à tambouriner contre la porte et sursaute en entendant une voix venue d'en bas :

« Il n'est pas là. »

Kris interrompt la communication et se penche par-dessus la rampe. Sur le seuil d'une porte ouverte, à l'étage inférieur, un homme lève les yeux vers lui.

« Bonjour, dit Kris.

— Bonjour, dit l'homme. Vous voulez voir Lars ?

— Exact.

— Il n'est pas là.

— Et où est-il ? »

L'homme incline la tête de côté.

« On se connaît ? »

Kris fait un signe de dénégation. Il faut qu'il s'explique, il le sait.

« C'est compliqué, commence-t-il. Lars Meybach a confié un contrat à mon agence et il y a un problème. Il est urgent que je lui parle.

— Vous avez essayé son portable ? »

Kris brandit son téléphone. L'homme rit et demande :

« Quel genre d'agence ?

— Médiation.

— C'est du Lars tout craché, répond l'homme, et Kris rit aussi bien que sans savoir pourquoi.

— Quand doit-il rentrer ?

— Il travaille. Laissez-lui un message sur son portable, il vous... Qu'y a-t-il ? »

Du pouce, Kris désigne par-dessus son épaule la porte de Meybach.

« Son portable sonne dans l'appartement.

— Oh ! dit l'homme, attendez un instant. »

Il disparaît puis, une minute plus tard, rejoint Kris.

« Lars n'est pas du genre à oublier son portable chez lui, dit-il en tendant la main à Kris. Jonas Kronauer.

— Kris Marrer. »

Kronauer possède un double de la clé. Il explique que Meybach ne lui en voudra pas d'entrer vérifier.

« Lars, tu es là ? »

Ils écoutent, puis se regardent et Kronauer dit :

« On entre ?

— OK », répond Kris et ils pénètrent dans l'appartement.

Il ne sait pas à quoi il s'attendait. L'appartement est normal, normal et rangé. Ça sent l'après-rasage, sur une chaise est posé un pull-over, dans la cuisine Kris aperçoit un journal ouvert à côté d'une tasse à demi remplie de café au lait.

« Pourquoi les miroirs sont-ils couverts ? »

Kronauer soulève un coin du tissu.

« Aucune idée. Chez les juifs, on couvre les miroirs quand quelqu'un est mort.

— Est-ce que quelqu'un est mort ? »

Kronauer secoue la tête.

« Pas à ma connaissance. Et pour autant que je sache, Lars n'est pas juif. »

Ils trouvent le portable sur la tablette dans la salle de bains. Là aussi, le miroir surmontant le lavabo est recouvert.

« Il a dû l'oublier, dit Kronauer.

— Vous savez où il travaille ?

— Je vais vous noter l'adresse. »

C'est une agence de publicité sur Alexanderplatz. Kris remercie Kronauer et quitte l'appartement avec lui. Un étage plus bas, ils prennent congé en se serrant la main. Kris est stupéfait de sa chance.

En sortant de l'immeuble, il aperçoit Wolf appuyé contre sa voiture, du côté conducteur, les bras croisés sur la poitrine. *La chance n'a pas duré*, pense Kris, s'efforçant de ne rien laisser paraître de sa panique tandis qu'il traverse la rue et se dirige vers Wolf. Son cerveau travaille et cherche des échappatoires.

« Dis donc, tu te fous de moi ou quoi ?

— Qu'est-ce que tu veux dire ?

— Tu crois que je ne te connais pas ? C'est moi, Wolf, ton frère. »

Un couple se tourne vers eux.

« Circulez, y a rien à voir, leur lance Wolf.

— Tu m'as suivi, fait Kris, tentant une diversion.

— Bien sûr que je t'ai suivi. Ce n'est pas parce que Tamara s'est laissé avoir par ton numéro que j'ai marché, moi aussi.

— Quel numéro ? Je ne comprends rien à ce que tu racontes.

— Où est-ce que tu étais ?

— Je rendais visite à un client. »

Wolf rit.

« Un de nos clients habite ici, c'est ça ?

— Exact. »

Wolf désigne l'immeuble dont Kris vient de sortir.

« Là, donc ? N'est-ce pas une grande coïncidence que le nom de Meybach figure sur la plaque ? »

Kris rougit.

« Meybach et ce client ne seraient-ils pas une seule et même personne ?

— Ah, merde ! dit Kris.

— Oui, répète Wolf, ah, merde ! »

Ils sont assis au Léonard, à l'angle de la rue. L'ambiance est minable. Wolf veut savoir ce que Kris avait en tête en faisant cavalier seul.

« Tu te prends pour qui ? Dirty Kris ?

— J'ai dit que j'allais m'en charger.

— C'est ça que tu appelles "t'en charger" ? Rendre visite à ce type chez lui ? Tu dérailles ! Ça ne te suffit pas que Frauke se soit noyée ? »

Kris garde le silence.

« Et d'ailleurs, comment est-ce que tu t'es procuré son adresse ? »

Kris lui raconte qu'il a découvert pourquoi Frauke était venue en cachette à la villa, la veille de sa mort.

« Le numéro de Meybach était enregistré dans mon portable. Frauke l'a appelé deux fois. Samedi dans la nuit et dimanche matin, peu avant de se noyer. Mon ancien chef a fait jouer ses relations et c'est comme ça que j'ai obtenu l'adresse de Meybach.

— Et quel était ton plan ?

— Je voulais lui parler.

— Tout seul ? Tu voulais rencontrer un type qui cloue des gens au mur ? Mais tu es complètement dingue ! Ce mec est un assassin ! »

Kris regarde autour de lui, personne ne les écoute.

« Tu crois que je l'ignore ? » chuchote-t-il en portant inconsciemment la main sur l'arme dans sa poche.

Wolf le regarde, perplexe. Rien de ce que son frère lui raconte n'a l'air d'avoir été mûrement réfléchi. Or Wolf sait que Kris n'agirait jamais sans avoir bien pesé les choses.

« Et alors ?

— Alors quoi ?

— Meybach était chez lui ?

— Il est au boulot. »

Wolf penche la tête.

« Et avant que tu me demandes si ce Meybach est notre Meybach : oui, c'est bien lui. »

Kris lui parle du portable dans l'appartement.

« Tu es entré dans *son* appartement ? »

Wolf rit.

« Tu te fous de moi. *Si* l'adresse est bonne et *si* ce type est notre meurtrier, alors c'est le dernier des imbéciles.

— Ou alors il ne craint rien. »

Wolf cesse de rire.

« Peut-être qu'il n'a pas peur, poursuit Kris. Ou qu'il veut qu'on le trouve. Tu as déjà pensé à ça ? »

À voir la mine de Wolf, il n'y avait pas pensé. Kris prend une gorgée de son café, qui a refroidi. Il veut laisser aux mots le temps d'agir. Tout en observant Wolf, Kris se demande comment se débarrasser de lui. *Je suis le grand frère qui protège le petit frère. Ça a toujours été comme ça.*

« N'espère pas te débarrasser de moi, l'avertit Wolf.

— Personne ne veut se débarrasser de toi.

— Alors fais-moi confiance. Ne me laisse pas à l'écart. »

Kris hésite, puis sort le bout de papier de la poche de son pantalon.

« Si Meybach veut qu'on le trouve, alors accordons-lui ce plaisir.

— Qu'est-ce que c'est ? » s'enquiert Wolf.

Kris pose l'adresse sur la table et la pousse vers Wolf.

« Allons rendre visite à Meybach sur son lieu de travail. »

« Désolée, dit la dame de l'accueil en gardant les yeux fixés sur son écran. Meybach ne travaille plus chez nous. Il a démissionné, il y a trois mois. Avez-vous besoin d'autre chose ?

— Vous en êtes sûre ? demande Kris.

— On ne peut plus sûre. Sa mère est tombée malade. Lars voulait s'occuper d'elle. Ça ne devait durer qu'un mois, et puis il est parti. »

Pour la première fois, elle lève les yeux et leur adresse subitement un sourire. Le sourire le plus faux que Kris ait vu depuis longtemps. Pur business.

« De quoi s'agit-il ? »

Kris ne sait que répondre. Wolf l'écarte et prend les commandes.

« Nous sommes d'anciens camarades de classe. C'est la première fois qu'on revient à Berlin depuis des années et on voulait lui faire une surprise. Comme il n'était pas chez lui, on s'est dit qu'on le trouverait ici. Vous pourrez peut-être nous aider ? »

En plein dans le mille. La femme est confrontée à un défi, on a besoin de son assistance. Il y a des gens comme cela – des individus sans vocation, qui vivotent tant qu'ils restent livrés à eux-mêmes, mais manifestent une grande énergie quand on a besoin d'eux.

« Vous avez essayé son portable ?

— Il ne répond pas.

— Hum, laissez-moi réfléchir. »

Elle coince sa lèvre inférieure entre ses dents et se renverse dans son fauteuil. Ce n'est plus l'hôtesse d'accueil de vingt-cinq ans mais plutôt une adolescente face à une énigme.

« Vous pourriez contacter ses parents. »

Elle glisse de nouveau vers le clavier, tapote quelques touches et découvre que les parents habitent dans le quartier de Dahlem. Elle note l'adresse et souligne deux fois le nom de la rue comme si elle avait affaire à des idiots. Son téléphone sonne alors qu'elle leur tend le morceau de papier. Elle décroche le combiné, ses yeux se promènent dans la pièce et ne les voient plus. Désormais, les deux frères n'existent plus pour elle.

« Je suppose que ce genre de femme se cultive en laboratoire, dit Wolf en sortant.

— En tout cas, elle nous a aidés. »

Wolf regarde la note.

« Qu'est-ce que tu espères au juste des parents ?

— Quelque chose, n'importe quoi, répond Kris. Je me contenterais même de leurs miettes.

— Très poétique. »

Personne n'ouvre à leur coup de sonnette, mais ils entendent de la musique venant de la maison. Wolf s'approche d'une des fenêtres et met sa main en écran au-dessus de ses yeux. Au bout de quelques secondes, il toque à la vitre. Le temps qu'il rejoigne Kris, la musique a cessé et la porte s'ouvre. La femme a dans les cinquante-cinq ans. Elle a un peigne et des ciseaux à la main.

« Oui ?

— Madame Meybach ? demande Kris. La mère de Lars Meybach ? »

La bouche de la femme devient un trait, elle acquiesce. Wolf lui raconte la même histoire qu'à la réceptionniste de l'agence. La quête de l'ami disparu continue. La mère les invite à entrer. Au salon, il y a un caniche assis sur une chaise. Par terre, des touffes de poils coupés. À la vue des deux frères, le caniche fait mine de sauter de la chaise, mais sa maîtresse le rabroue sévèrement.

« Assis ! »

Le chien courbe l'échine et reste assis.

« Il déteste que je lui coupe les poils », explique-t-elle en désignant le canapé.

Ils s'assoient, le caniche ne les quitte pas des yeux. Mme Meybach lui tapote la tête. Elle ne prononce pas un mot, se contentant d'observer les deux frères, puis elle se racle la gorge comme si elle venait tout juste de s'apercevoir que personne ne parle. Elle raconte. Elle se dit navrée qu'ils apprennent la nouvelle de cette manière, mais son fils est mort il y a trois mois et ce fardeau continue de peser sur la famille.

Les deux frères sont de nouveau dehors. Ils n'y comprennent plus rien. Assis dans la voiture, comme hébétés, ils n'y comprennent plus rien du tout. Wolf tente d'introduire un peu de logique dans l'histoire, il n'aboutit qu'à des absurdités.

« Tu lui as pourtant parlé au téléphone. Tu as trouvé son adresse, tu es allé chez lui. Son voisin doit bien le savoir si ce type est mort ou pas.

— Peut-être qu'il s'agit d'un autre Lars Meybach, dit Kris.

— Enfin, Kris, ça n'a pas de sens. C'est *son* portable, qui a sonné dans *son* appartement. Tu l'as vu de tes propres yeux. »

Il est 16 heures, la circulation de l'heure de pointe s'épanouit, tel un ulcère métallique. Ils décident de retourner chez Meybach et d'interroger le voisin. Wolf conseille à Kris d'éviter l'autoroute. Kris estime que l'autoroute sera plus rapide. Ils passent la demi-heure suivante coincés dans un bouchon, quittent l'autoroute pour le Kurfürstendamm et rejoignent la place Stuttgart en cinq minutes par de petites rues.

Évidemment, Jonas Kronauer n'est plus chez lui. Ils sonnent chez Meybach et Wolf suggère d'enfoncer la porte. Kris n'en voit pas l'utilité et propose de retourner à l'agence de publicité.

D'après sa mère, Lars Meybach a pris une dose excessive de somnifère et s'est noyé dans sa baignoire. C'est son voisin et meilleur ami Jonas qui l'a découvert. La mère a livré les détails dans un murmure, si bien que Kris et Wolf, assis au bord du canapé, devaient se pencher pour pouvoir la comprendre. La mère a expliqué que son fils était dépressif et que son suicide n'avait pas vraiment constitué une surprise.

« En dehors de la famille, nous n'avons informé personne de sa mort. Nous n'aurions pas supporté cette humiliation. Vous savez, les gens parlent. Lars était une honte pour nous tous. Sa mort fut un soulagement. Je vous en prie, n'en dites rien à mon mari. La vie doit continuer. »

La réceptionniste n'en croit pas un mot.

« Lars n'est pas mort, c'est ridicule, proteste-t-elle en émettant ce rire perlé qui rappelle le Champagne trop sucré. Nous sommes en contact régulier avec lui, son dernier message… »

Elle fait défiler ses mails.

« … date du 16 février. Il a souhaité un bon anniversaire à André. André est notre chef. Il espère toujours que Lars reviendra travailler chez nous. Qui vous a raconté qu'il était mort ?

— Nous avons vu sa mère, répond Kris.

— Ah ! les mères… » soupire la femme avec un sourire de regret.

Les deux frères se retrouvent sur Alexanderplatz, toujours aussi désorientés.

« Pourquoi est-ce que sa mère nous mentirait ? demande Wolf. Cette femme t'a paru folle ?

— Et la mère de Frauke, est-ce qu'elle t'a jamais paru folle ? » rétorque Kris.

Avant que Wolf puisse répondre, son portable sonne. Il décroche, écoute un bref instant, puis tend le téléphone à Kris.

« C'est Meybach. Il veut savoir à quoi riment ces conneries. »

Toi

Tu n'es pas vraiment surpris qu'ils aient trouvé l'appartement. Tu le pressentais, tu le souhaitais. Mais tu ne les croyais pas capables de se pointer chez toi. Tu es content que ce soit Kris Marrer qui l'ait fait. Il reste une énigme pour toi. Ses pensées, ses sentiments. Tu regrettes de n'avoir pas davantage de temps à lui consacrer. Sa visite donne plus de réalité à ton existence. Kris Marrer est entré dans ton appartement, Kris Marrer a traversé les pièces où tu habites et Kris Marrer sait que tu es vivant. *Il le sait.* Même si tu es content, tu ne dois rien en laisser paraître au téléphone. Tu n'es pas un imbécile. Montre-lui ta colère.

« Qu'est-ce que c'est que ces conneries ? répètes-tu après que Wolf Marrer a passé le téléphone à son frère. Je croyais que nous avions un contact professionnel et j'apprends que tu es venu chez moi ? »

À l'autre bout du fil s'installe un silence de quelques secondes, puis Kris Marrer répond :

« Dans notre accord, rien ne s'oppose à ce que nous allions voir nos clients pour discuter des problèmes avec eux. »

Tu ris.

« Très drôle, Marrer, hilarant. Et quels sont les problèmes ?

— Il semblerait que tu aies pris trop de somnifères et que tu te sois noyé dans ta baignoire. »

Fini de rire.

Comment a-t-il pu...

Tu ne sais pas du tout comment cela a pu se produire.

Comment ose-t-il...

Pendant un long, long moment, un voile rouge couvre tes yeux. La pièce disparaît, le bâtiment s'évapore et les frontières de la réalité s'estompent, comme si tout n'était qu'une illusion. Ta vie, ce monde. Tu clignes des yeux, le rideau se dissipe et tu demandes à voix basse :

« Est-ce que j'ai l'air mort ?

— Non, répond Kris Marrer, mais…

— EST-CE QUE J'AI L'AIR D'UN PUTAIN DE MORT ? » hurles-tu soudain.

Silence, puis brisant le silence avec prudence :

« J'ai dit non.

— Merci », réponds-tu, très calme, en essayant de contrôler ta respiration.

Tu es vivant.

Oui.

Tout va bien.

Je sais.

Répète-le.

Je suis vivant. Tout va bien.

Tu te sens mieux.

Je me sens mieux.

« Pourquoi ta mère croit-elle que tu es mort ? » insiste Kris Marrer.

Tu replonges. Ça empire. Tu sens la moiteur de tes paumes. Comme si on avait ouvert tous les pores. Mouillées. Ta voix se réduit à un sifflement.

« *Vous êtes allés chez ma mère ?*

— L'agence de publicité nous a…

— COMMENT AVEZ-VOUS OSÉ ALLER VOIR MA MÈRE ? VOUS ÊTES COMPLÈTEMENT TARÉS ! »

Tu ne peux plus rester tranquillement assis. Frauke t'a adressé le même reproche, tu prends conscience de cette ironie. Comment as-tu pu être aussi bête ? Les deux frères n'auraient jamais dû se rendre à l'agence. Tu te sentais si sûr de toi. Quel imbécile ! D'abord tu es content, l'instant d'après tu fais dans ton froc.

Ressaisis-toi.

Tu te lèves et fermes la porte de ton bureau.

Tu ne sais pas quoi faire ensuite.

Tu ne le sais pas.

« Comment avez-vous osé aller chez ma mère ? » répètes-tu en te rasseyant.

Kris Marrer se tait, on entend un raclement, puis le frère cadet est de nouveau en ligne.

« Écoute, espèce d'enfoiré, pour qui tu te prends ? Sois content qu'on ne t'ait pas trouvé, parce que quand on te trouvera…

— Wolf, l'interrompt Kris, donne-moi le portable.

— Je veux savoir ce qu'il a fait à Frauke…

— Donne-moi ce foutu portable. »

Raclement, jurons, Kris Marrer a repris le téléphone.

« Meybach ? Tu es toujours là ? Désolé, on accuse le coup depuis la mort de Frauke.

— C'est terminé, dis-tu. Vous n'avez toujours pas pigé ?

— Si, mais nous…

— Tu ne veux pas me croire. Tu me prends pour un dégénéré en vadrouille qui tue des gens. C'est votre problème, pas le mien. Pensez ce que vous voulez. Maintenant, vous et moi, nous allons disparaître. Vous oublierez Lars Meybach. Nous n'existons plus les uns pour les autres. »

Silence.

« C'est tout ?

— C'est tout. Vous avez travaillé pour moi, je vous ai payés. Il n'y aura plus d'autres contrats. Voilà pourquoi nous allons maintenant nous quitter pacifiquement. Si vous avez l'intention de continuer vos recherches, si je vois l'un de vous rôder à proximité de mes parents, vos familles en subiront les conséquences. Je ne plaisante pas. Ce que j'ai fait jusqu'ici ne vous concernait pas. Vous ne voudriez tout de même pas que ça change ? Dis-le.

— Nous ne voulons pas que ça change.

— Maintenant, passe-moi ton frère. »

Raclement, profonde inspiration.

« Quoi ?

— Je veux te le dire comme je l'ai dit à ton frère. Je ne suis pour rien dans la mort de votre amie. C'était un accident.

— Pourquoi est-ce que je devrais croire un fou ?

— Si j'étais fou, vous ne seriez plus en vie à l'heure qu'il est. Je suis dans le bon camp. Prends-en note. Et rappelle à ton frère que j'attends toujours le fichier. »

Tu raccroches, très satisfait de ce que tu viens de dire. *Je suis dans le bon camp.* Tu es stupéfait de ce que Kris et Wolf Marrer ont fait. *Comment cela a-t-il pu arriver ?*

On frappe à ta porte. Un de tes collègues passe la tête.

« Tout va bien ? demande-t-il.

— Tout va bien », réponds-tu en levant le pouce, le front en sueur et la respiration beaucoup trop rapide.

Le fichier arrive le soir même par mail. Tu l'effaces sans l'écouter. C'est fini pour de bon. Tu effaces aussi le compte de ta messagerie avant de fermer le Notebook et de regarder autour de toi. L'appartement s'est transformé comme s'il avait une vie propre. Les miroirs sont découverts, l'obscurité a cédé la place à la lumière. Tu traverses les pièces en homme libre. Demain tu vas liquider l'appartement et couper tous les liens. Tu as payé ton tribut. Même si les deux frères ont failli tout détruire, tu es resté fidèle à toi-même et désormais c'est fini. Que demander de plus ?

SEPTIÈME PARTIE

Après

Il parle d'amour. Il parle de l'unique, du véritable amour. Et il parle de la souffrance. Il dit que ce qu'il dit n'a rien à voir avec son passé. Il dit que c'est dans son enfance qu'il a rencontré l'amour pour la première fois. Il dit qu'un homme s'est occupé de lui et l'a châtié. Il le dit avec un sourire. Il a oublié que le présent n'a rien à voir avec le passé.

Le lac de Constance ressemble à un miroir sans fond.

Par terre, le dos contre les pneus arrière, je l'écoute parler. J'espère qu'il mourra. Que la faim le consumera. Mais il est coriace. Il ne veut pas mourir. Il forme des projets d'avenir, pour quand tout cela sera fini.

Il parle de douleur, de proximité, de faim et de plaisir. Il dit que si l'on n'a pas découvert tout cela dans la vie, c'est qu'on n'a pas vécu. Il attend que je réagisse. Je garde le silence. Je rêverais de lui fourrer ma main dans la bouche et de l'enfoncer dans sa gorge jusqu'à atteindre son maudit cœur.

Je n'ai pas trouvé la cabane. À l'endroit où, six ans plus tôt, nous avions pris un chemin dans la forêt, il y a un camping. J'ai continué ma route, les larmes aux yeux en voyant que du passé il ne restait rien.

Pas de cabane, pas de souvenirs, tout s'efface.

Il dit qu'il ne voit aucune raison de s'excuser. Il ne sait pas de quoi il devrait s'excuser. Tout est fondé sur l'instinct. Le mal est l'ombre du bien, mais personne n'imagine que le bien puisse être l'ombre du mal. Il tousse et demande de l'eau. Une bruine se met à tomber, je lève le visage et aperçois une mouette. Elle se pose sur un des rochers. Pense-t-elle ? Que pense-t-elle ? J'aimerais être cette mouette. Je ne penserais à rien. Je me contenterais juste d'être une mouette.

Avant

L'homme qui n'était pas là

Autour de lui, l'espace scintille, blanc et noir, comme si les ombres ne s'accordaient pas sur l'endroit où elles devaient être. Le scintillement met quelques minutes à se dissiper, l'homme recommence à percevoir les bruits et reconnaît ce qui l'entoure.

Quelle bêtise, quelle bêtise, quelle...

Il avait eu un pressentiment, mais l'avait écarté. Un poids pesait en permanence sur sa poitrine pendant qu'il déterrait Fanni et la portait au canot. Il l'avait ignoré, l'interprétant comme un signe d'euphorie. Il se croyait suffisamment reposé. Ignorance, c'était de l'ignorance pure à l'égard de son corps. Heureusement la syncope n'était survenue que chez les Belzen, après qu'il avait observé la police ouvrir la tombe vide. Quand il avait aperçu Lars Meybach dans le jardin de la villa, le trop-plein d'excitation avait provoqué le deuxième infarctus en quatre ans. À ceci près que, cette fois, son cœur s'était arrêté. Pendant plus de deux minutes, il était resté assis dans le fauteuil, inanimé, les yeux grands ouverts, la bouche réduite à une fente privée de souffle.

Deux minutes et quarante-trois secondes.

Il revint à la vie avec un soupir. Les couleurs, la lumière, l'air et encore l'air. Il demeura assis une heure entière, aspirant avidement l'oxygène. Ensuite il se traîna à grand-peine jusqu'à sa voiture. Il savait qu'il devait immédiatement appeler son médecin et ne pas bouger, mais il était essentiel qu'il mette de la distance entre lui et la maison des Belzen.

Sa voiture était garée à deux rues de là. À chaque pas, il avait le sentiment que plus rien ne fonctionnait correctement à l'intérieur de son corps et qu'un seul faux mouvement pouvait signifier la mort. Sa peau avait la finesse d'un film transparent, sa paupière droite tressautait de manière incontrôlée et il lui fallait se concentrer pour éviter que sa vessie ne se vide. Quand il fut enfin dans sa voiture, il appela son médecin de son portable, puis sombra dans une bienheureuse inconscience.

À présent, il est couché dans un lit d'hôpital et presse ses mains sur sa poitrine comme si elles pouvaient maintenir le tout ensemble. Son médecin est au pied du lit et lui demande comment il va. Il ajoute :

« Nous allons faire quelques examens et vous garder en observation. Nous ignorons pendant combien de temps vous avez été privé d'oxygène, nous ne voulons prendre aucun risque. Accordez-vous un ou deux jours de repos, à ce moment-là nous en saurons davantage. »

Les deux jours se transforment en six. Mais il se tient tranquille. Il se prête de bon gré aux examens et fixe le plafond comme si, de l'autre côté, il y avait une porte par où s'enfuir. Ses pensées continuent d'habiter la maison des Belzen. Il se demande combien de traces il a laissées. Il se sent seul et usé. Même si cet état d'esprit lui est devenu familier au cours des années passées, il refuse de le considérer comme définitif. La résignation, très peu pour lui.

Personne ne sait qu'il est de nouveau à l'hôpital, il ne faut pas qu'on l'apprenne. *La dignité n'est pas un vain mot*, pense-t-il et il comprend les vieux rites des Esquimaux qui déposaient leurs vieillards sur une plaque de glace avant de la repousser au large. Il veut disparaître sans laisser de trace – si son heure est venue.

Karl l'appelle le sixième jour.

« Où es-tu ?

— Au restaurant, répond Karl, aux toilettes. Il… il est là. Assis à ma table, en train d'attendre. Exactement comme tu disais. Il m'a trouvé.

— Calme-toi, Karl.

— Je vais lui régler son compte à ce salaud. Il subira le même sort que Fanni…

— Je t'ai dit de te calmer », le coupe l'homme.

Karl inspire à fond, Karl expire bruyamment.

« Je suis calme.

— Sois calme et prudent. Et quoi que tu lui fasses, je veux le voir. Je veux entendre ce qu'il a à dire.

— Quand… »

Karl s'interrompt de nouveau. Il se maîtrise, il s'efforce de se maîtriser. Quand il reprend, sa voix est différente.

« Quand est-ce qu'on se retrouve ? »

Petite, sa voix est petite, comme si Karl avait toujours dix ans et qu'il était plein d'innocence. *Quand ?* L'homme hésite, il ne veut pas qu'on le voie dans cet état.

« Occupe-toi de Meybach, dit-il. Ensuite, rappelle et on avisera. »

Karl soupire. L'homme grimace. Ce soupir lui blesse l'oreille. Nostalgie. Il raccroche avant que la douleur n'atteigne son cœur. Il écoute. Il attend un écho. Un avertissement. Aucune réponse. L'excitation est comme une pulsation électrique qui descend jusque dans ses pieds et décroît. Faible, mais vivante.

Il attend.

Il attend jusqu'au soir.

Il attend jusqu'au soir l'appel de Karl, puis il s'habille et quitte l'hôpital.

L'homme a lu que tous les êtres humains étaient reliés entre eux. Par le mental ou les gènes, il ne s'en souvient plus. Il sait juste que c'est là l'origine des aversions et des sympathies infondées. Dès sa naissance, chaque homme a un passé qui l'accompagne toute sa vie. Peu importe où il est, qui il est. Et à l'instar des êtres humains, tous les événements sont reliés. Rien ne se produit qui n'ait un sens.

Il a conscience qu'il s'agit là d'une monumentale absurdité et qu'il n'arrive que ce qu'on laisse arriver. Voilà pourquoi il ne lui est rien arrivé depuis si longtemps. Il est resté trop longtemps absent. Comme s'il avait vécu dans une citerne. Dans le néant. Absent. Mais il a beau évacuer tout cela en prétextant que c'est absurde, les questions s'agitent en lui. *Qu'est-ce qui relie Lars Meybach aux gens de la villa ? Pourquoi ont-ils enterré Fanni sur leur propriété ? Que savent-ils ?*

Quand il retrouve la maison des Belzen, l'odeur de putréfaction est si forte qu'il vacille. Il ferme la porte d'entrée derrière lui et s'arrête dans le couloir. Il a un haut-le-cœur et s'efforce de respirer superficiellement. Il parvient à atteindre les toilettes du rez-de-chaussée, où il vomit.

Il n'était pas revenu de toute une semaine et avait oublié de baisser le chauffage. Une température constante de vingt-cinq degrés a entraîné une putréfaction plus rapide qu'il ne le pensait.

Une fois l'estomac vidé, il bascule les vitres du rez-de-chaussée et ouvre la porte de la terrasse pour créer un courant d'air. Dans la salle de bains, à l'étage, il trouve un pot en verre contenant du baume du tigre. Il s'en applique une fine couche sous le nez, sort dans le jardin et inspire à grands traits l'air nocturne. Sur la rive opposée, il aperçoit une lumière unique qui brille dans la villa. Il examine ses mains. Elles sont calmes. Il regarde de nouveau son portable. Il ne veut pas s'avouer la signification du silence de Karl. Jamais Karl ne le ferait attendre.

Pas Karl.

Les Belzen gisent à l'étage comme il les a laissés. Il scelle la porte de la chambre à l'aide de ruban adhésif. Il sait qu'il ne pourra pas longtemps confiner l'odeur, mais il n'a pas non plus l'intention de rester là plus de trois jours. Trois jours suffiront.

Il s'attarde auprès de Fanni. Son odeur ne le gêne pas, elle est différente. Plus sucrée, plus lourde. Assis à côté du lit, il pleure sa famille. Karl ne l'appellera plus. Peu importe ce qui s'est produit, Karl ne l'appellera plus.

Il laisse la vérité pénétrer en lui et poursuit son deuil.

Après avoir scellé la deuxième chambre, il descend se poster à la fenêtre. Il sent la prudence qui gouverne chacun de ses gestes. Sa main revient sans cesse à sa poitrine et palpe son cœur. *Trop prudent*, pense-t-il, mais contre cet instinct il est impuissant. *Tu veux vivre*, se dit-il, *alors agis en conséquence*. Il porte les jumelles à ses yeux et regarde la villa. Il est temps qu'il répare les erreurs commises par ses enfants.

La cave est le lieu idéal. Dans le salon des Belzen, il découvre un lecteur CD portable et le descend. Il met de la musique classique, cherche un passage où tout l'orchestre joue et monte le son à fond. Du couloir, en haut, il entend la musique. Il sort de la maison. La cave a deux fenêtres, l'une donne sur la rue, l'autre sur la propriété des voisins. Il se penche, on entend la musique.

Il consacre la journée à insonoriser la cave. Il se procure du ruban de Nylon et du matériau isolant. En passant devant un fleuriste, il achète spontanément des lys blancs. Il masque les fenêtres à l'aide d'une étoffe sombre, il est content de s'appliquer à une tâche concrète. C'est une activité très satisfaisante. Le soir, il remet la musique à fond et ferme la porte de la cave derrière lui. Rien. Pas un bruit. À l'extérieur, il se penche et approche son oreille de la fenêtre.

Rien.

La même nuit, il les voit quitter la villa. Il attend plus de deux heures, contemplant l'obscurité derrière les fenêtres. Après s'être changé, il ôte la bâche du canot. Il le tire sur le gazon jusqu'à l'embarcadère et s'apprête à le mettre à l'eau quand, en face, une voiture tourne dans l'allée, éclairant les arbres de ses phares pendant quelques secondes.

Il pousse un juron. Il a trop longtemps hésité.

L'homme remet le canot à sa place et le recouvre de la bâche avant de regagner la maison des Belzen et de s'asseoir à la fenêtre.

Cette nuit-là, les lumières s'éteignent à 4 h 14. Il ferme brièvement les yeux. Il sait qu'il devrait s'étendre sur le canapé. Il sait que son corps a besoin de repos. Peut-être est-ce l'entêtement qui le retient à la fenêtre. Plus tard, c'est ce qu'il pensera. Plus tard, il se maudira de son entêtement.

Il s'endort…

… et se réveille à cause du soleil qui lui chauffe les jambes. Il est toujours assis dans le fauteuil, c'est un miracle qu'il n'ait pas basculé sur le côté. Il a le corps raidi. Mais ce ne sont ni le soleil ni la raideur de ses membres qui l'ont réveillé. Il ouvre les yeux et aperçoit la femme debout sur l'autre rive. Il est surpris de la voir si proche bien qu'ils soient séparés par le Petit Wannsee. Comme si, durant les heures matinales, la distance s'était réduite.

Pendant la nuit, il s'est senti en sécurité dans l'obscurité de la pièce. À présent, il est parfaitement visible.

J'aurais dû fermer les rideaux. Comment ai-je pu m'endormir comme cela ?

Il se lève et sort. C'est la seule solution. Il descend jusqu'au débarcadère et parle à la femme. Ce n'est qu'une fois rentré qu'il laisse libre cours à son émotion. Il tremble de tout son corps. Il s'adosse à un mur et cherche à reprendre son souffle.

Wolf

Ils arrivent avec un quart d'heure de retard et, à l'entrée, une femme les arrête en leur tendant un cadeau de bienvenue. « Qu'est-ce que c'est que ce bazar ? demande Kris.

— Aujourd'hui, c'est la nuit du sombrero, répond la femme.

— Je m'en fiche, rétorque Kris, je ne porterai pas ce truc. »

Wolf prend un des sombreros et le fait tourner entre ses mains.

« Ils sont en papier.

— Nous n'avons plus le droit de distribuer que des sombreros en papier, explique la femme. La dernière fois, on nous a piqué presque tous les vrais sombreros. La nuit du sombrero a beaucoup de succès. »

Wolf se coiffe du chapeau et prend la pose. Kris secoue la tête, il n'a pas l'intention de faire l'idiot en se déguisant. Il veut passer devant la femme.

« Désolée, mais c'est la nuit du sombrero », insiste celle-ci.

À son ton, Wolf devine que ce n'est pas la première fois qu'elle parlemente avec un client.

« Vous me donnez quel âge ? l'interroge Kris. Est-ce que j'ai l'air d'avoir six ans ?

— Je suis désolée, répète la femme, je ne peux pas vous laisser entrer si vous ne portez pas de sombrero. »

Kris désigne Wolf.

« Vous voyez mon frère ? »

La femme acquiesce.

« Vous voyez comme il a l'air con avec ce truc ? Citez-moi une seule bonne raison pour laquelle je voudrais avoir l'air con.

— Parce que sans sombrero vous n'entrerez pas ? » répond la femme à voix basse en donnant à sa phrase l'allure d'une question.

Wolf éclate de rire. Kris le regarde, surpris.

« Pourquoi est-ce que tu ris ?

— C'est la nuit du sombrero, répond Wolf en tapotant son couvre-chef comme s'il saluait un général.

— Laisse tomber. »

Kris fait mine de quitter le restaurant, mais Wolf le retient.

« Regarde, dit-il, Tamara est déjà là. »

Kris se hausse sur la pointe des pieds, à présent il l'aperçoit lui aussi.

« Accordez-nous une minute, demande Wolf à la femme en attirant Kris sur le côté. Allez, fais-le pour Tamara. Cette soirée est importante pour elle. Fais-le pour elle et pour Frauke.

— Qu'est-ce que Frauke vient faire là-dedans ?

— Nous sommes là en son honneur.

— Frauke est morte.

— Enfin, Kris, je sais que Frauke est morte, mais on peut tout de même se réunir en son honneur. Je ferais la même chose si tu étais mort. »

Kris grimace.

« Je déteste la cuisine mexicaine.

— Je sais.

— Elle ne pouvait pas choisir un italien ou un indien ? Il y a plus de quatre cents restaurants indiens à Berlin et il faut qu'elle prenne un mexicain !

— Nos raviolis sont formidables, intervient la femme en tendant le sombrero à Kris. Prenez-le, s'il vous plaît, et je vous promets que vous n'aurez pas besoin de participer au karaoké. »

Tamara a devant elle un cocktail, le verre est rempli à ras bord de glace pilée au milieu de laquelle brillent des tranches de citron vert. Au centre de la table se trouve un second cocktail. Tamara arbore un sombrero rouge. Elle se sent visiblement mal à l'aise. À la vue de Kris et de Wolf, elle saute sur ses pieds.

« Tu sais à quel point on a l'air con, tous les trois ? lui lance Kris en guise de salut.

— Je sais, répond Tamara et elle désigne le menu. Qui aurait pu deviner que Metaxa était un restaurant mexicain ? Vous pouvez me l'expliquer ? Metaxa est une marque d'alcool grec, pas un bled du Mexique.

— Peut-être qu'avant c'était un restaurant grec, suggère Kris, et que le nouveau propriétaire n'a pas eu envie de changer l'enseigne.

— Oui, peut-être, répond Tamara. Mais je voulais manger grec, pas mexicain.

— C'est pour moi ? »

Wolf désigne le cocktail au milieu de la table.

« Pas touche, c'est pour Frauke. »

Kris et Wolf la regardent.

« Je sais ce que Frauke aurait pris. On est là pour elle. Alors faisons-lui honneur comme il se doit.

— Pas de problème », dit Wolf en s'asseyant.

Kris marque un temps d'hésitation avant de s'asseoir à son tour. Son sombrero est jaune, celui de Wolf, bleu.

« Pourquoi est-ce que vous arrivez si tard ? s'enquiert Tamara. Il est 6 heures et demie, on avait rendez-vous à 6 heures. »

Pendant le trajet, les deux frères ont longuement discuté pour savoir ce qu'ils devaient raconter à Tamara. À la fin, ils ont décidé de ne rien lui dire.

« On a eu un contretemps, explique Wolf en plongeant vite le nez dans la carte.

— Super excuse », réplique Tamara.

Kris désigne Wolf.

« Tout est de sa faute, pas besoin de me regarder comme ça. »

Une serveuse s'arrête à leur table. Ils passent leur commande. Après son départ, Kris fait observer qu'elle ne porte pas de sombrero.

« Et alors ? » demande Tamara.

Kris retire son sombrero et le froisse. Il le laisse tomber par terre, se penche en avant et procède de même avec les sombreros de ses amis.

« Hé, je voulais garder le mien ! proteste Wolf.

— Tu en trouveras un autre à l'entrée, rétorque Kris. Je ne peux pas vous prendre au sérieux avec ces trucs-là sur la tête. »

Ils se mettent à parler de Frauke. Et là, nous détournons les yeux et les oreilles. Car ceci est d'ordre privé. Nous attendons juste que Wolf lève son verre et qu'ils trinquent tous les trois à Frauke. Et nous attendons aussi que les plats arrivent et qu'on place une enchilada pour Frauke sur la table. C'est une bonne manière de dire adieu. Nous n'avons pas besoin d'en savoir plus.

Trois heures plus tard, rentrés à la villa, ils découvrent qu'il y a vingt-six nouveaux contrats et dix-sept anciens en attente. Ils restent ensemble jusqu'à minuit passé, confrontent leurs agendas et se répartissent les clients. Kris s'interrompt pour monter à l'étage et envoyer le fichier à Meybach.

Wolf s'étonne de la rapidité avec laquelle ils retrouvent leur routine. *C'est ce que Frauke aurait voulu.* Il sent sa présence. Dans chaque pièce. Pendant l'enterrement, Wolf a décidé de tout mettre en œuvre pour que Frauke ne disparaisse pas comme cela de sa vie. Pas comme Erin : quinze jours de fête, quinze jours de bonheur et cette confiance, son incroyable confiance.

Comment pouvait-elle être aussi confiante ?

Après la mort d'Erin, Wolf n'a guère découvert d'informations utiles. Les parents n'avaient pas envie de lui parler. Deux de ses amies avaient pris un café avec lui, précisant toutefois que cela faisait un an qu'elles n'avaient plus eu de nouvelles. Elles lui passèrent quelques instantanés. Erin ne ressemblait pas à Erin. Wolf laissa les photos. Même si Erin commençait à le hanter sous les traits d'autres femmes, elle restait pour lui une étrangère qui, après une apparition exceptionnelle de quinze jours dans sa vie, s'était évanouie, tel un feu d'artifice. Il ne veut pas que cela se reproduise.

« Wolf, est-ce que ça te convient ?

— Quoi ?

— Les cartons. »

Wolf cligne des yeux et regarde Tamara. Il ignore où est passé Kris. Il y a un instant, ils étaient assis tous les trois à la table du salon et le voilà soudain seul avec Tamara. *Je devrais le lui dire*, pense-t-il, redoutant un peu sa réaction. Tamara sait que, depuis la mort d'Erin, il n'a cessé de rencontrer la jeune femme comme si l'esprit de celle-ci n'avait pu trouver le repos. Sous les traits d'autres femmes, dans les cafés, dans la rue. Mais Tamara ignore qu'Erin a disparu pour de bon le jour où Wolf et elle se sont aimés au bord du Lietzensee.

Wolf a cherché Erin. Il l'a cherchée du regard car c'était un peu comme si on lui avait volé le souvenir de son grand amour. Wolf sait qu'il se ment à lui-même, mais ce mensonge a été bénéfique. Il a eu beau chercher, Erin n'a pas reparu et Wolf se demande comment le dire à Tamara.

Tu as chassé son fantôme. Est-ce enfin l'amour ?

« Où étais-tu ? l'interroge Tamara.

— Quoi ?

— Où étais-tu dans tes pensées ?

— Ici et là », répond Wolf en se frottant le visage.

Tamara contourne la table et pose ses bras autour de la poitrine de Wolf. Son corps contre son dos. Chaud et sûr.

« Quand est-ce qu'on le dira à Kris ? lui chuchote-t-elle à l'oreille.

— Je croyais que tu ne poserais jamais la question », chuchote Wolf en retour.

Il l'entend respirer, aussi proche que si elle était dans sa tête.

« Demain matin ?

— Demain matin, oui.

— Toi ou moi ?

— Moi. Pourquoi est-ce qu'on chuchote ?

— Parce que c'est sexy et que je sais que tu as beaucoup de mal à rester tranquillement assis quand je chuchote à ton oreille. »

Wolf ferme les yeux et lui touche la joue par-dessus son épaule. Ils restent encore un moment dans cette position, comme si ce moment n'existait que pour eux – un homme et une femme, qui se touchent.

L'homme qui n'était pas là

Il ne s'intéresse pas à la fille, les filles lui sont étrangères. Il en a toujours été ainsi. Fanni constituait une exception. Il se sent beaucoup plus proche des garçons. Ce sont des fils.

Il ferme la porte derrière lui et reste dans le noir. Il se rappelle sa première rencontre avec Karl. La sensation que lui a procurée la tête de l'enfant sous sa main. Si solide et pourtant si fragile. Si facile à manipuler. Il y avait eu ce geste, Karl qui penchait la tête de côté et le regardait. Sympathie. Au fur et à mesure qu'il avance en âge, souvenirs et nostalgie sont devenus les seules épices de son existence. Il sait qu'il pense trop à la famille. Son intention n'a jamais été de finir dans la peau d'un vieillard qui se nourrit exclusivement du passé. Pourtant il est de plus en plus fréquemment envahi par la nostalgie de cette époque et doit presser ses paumes sur ses yeux pour imposer silence à ses pensées.

Une fois qu'il s'est habitué à l'obscurité, il ôte ses chaussures et les laisse à la porte. Il regarde dans la cuisine et renifle avec curiosité. Il ouvre le réfrigérateur, jette un coup d'œil à l'intérieur, le referme. Pendant quelques secondes, il garde sa main sur le plateau de la table et tend l'oreille. Au mur, à côté du frigidaire, est accroché un panneau d'affichage. Bouts de papier, autocollants, citations, notes. Il prend un des papiers et le retourne. Sur la surface vierge, il écrit un mot. Il l'affiche à l'aide d'une épingle. Non, personne ne le remarquera. Il reprend le papier et lui cherche une place au-dessus de l'évier, entre deux affiches de concert. Lloyd Cole & The Commotions à gauche et Madrugada à droite. Il recule d'un pas. Ce qu'il voit lui plaît. Dans la pénombre du clair de lune, son mot s'insère parfaitement entre les affiches.

Il regagne le corridor et s'apprête à monter l'escalier quand il se retrouve nez à nez avec son reflet dans le miroir. Il pose brièvement son index sur ses lèvres et poursuit son chemin. L'escalier ne craque pas, les gonds des portes ont été huilés.

Comme s'ils m'attendaient.

La fille dort sur le flanc. Une main près de la tête, l'autre entourant son genou. Il contemple son visage, il voit ses lèvres bouger sous le souffle de sa respiration. *Facile.* Il se détourne et se sent plein d'assurance. Il est ce qu'il est. Un pôle négatif.

Derrière les deux portes suivantes, il trouve des bureaux, puis tombe finalement sur une pièce déserte avec un lit défait. Les étagères sont vides, contre un mur sont posés des valises, des sacs, des cartons. On dirait que l'un des quatre est sur le point de déménager.

Un étage plus haut, il s'attarde un moment auprès de l'aîné des garçons et admire la fragilité de son sommeil. La dernière chambre est située à l'extrémité du couloir. Il referme la porte derrière lui et s'accroupit près du lit. Il s'étonne de la facilité avec laquelle il accomplit tout cela. Comme s'il était un habitué des lieux. Son cœur bat avec régularité, les muscles sont souples, tout respire l'équilibre. Il aimerait que son médecin puisse le voir. Ce soir, il se sent tout-puissant.

Sous les paupières, les pupilles du garçon bougent. L'homme lui pose la main sur le front. Il y a là tant de tristesse. Il le sent. Les pupilles s'immobilisent. *Un homme ne peut rien cacher quand il dort*, pense-t-il et il chuchote d'un ton apaisant :

« Je suis là. »

Kris

Au matin suivant, Wolf a disparu.

« Comment ça, *il a disparu* ? »

Tamara montre l'escalier.

« Va voir toi-même. »

Kris monte à l'étage. La porte de la chambre est entrouverte, le couvre-lit rabattu, le lit fait. Wolf ne fait jamais son lit. Ses vêtements de la veille sont posés sur une chaise, le portable et la montre sur la table de chevet à côté. Kris redescend. Dans le couloir se trouvent les chaussures de Wolf, sa veste est suspendue au portemanteau et, lorsque Kris fouille les poches, il trouve les clés de Wolf.

Il ouvre la porte d'entrée. La voiture de Wolf est toujours à l'endroit où il l'a garée la veille.

« Tu comprends maintenant ce que je veux dire ? » fait Tamara derrière lui.

Kris ne se retourne pas. Il comprend ce qu'elle veut dire.

Wolf a disparu.

Tout est possible. Wolf a pris d'autres chaussures, Wolf n'a pas besoin de veste, dehors le temps est doux,

Wolf a tout oublié, Wolf en a eu assez et il est parti faire le tour du monde. Tout est possible.

Mais Wolf ne disparaîtrait jamais comme ça. Pas Wolf.

« Si seulement on s'était disputés… » dit Kris en secouant le portail, toujours fermé.

Tamara lève les yeux.

« Tu crois qu'il est passé par-dessus ?

— Peut-être. Ou par-dessus le mur. Un gamin de dix ans pourrait y arriver sans trop de mal.

— Mais pourquoi il ferait ça ?

— Bonne question. »

Tamara secoue la tête.

« Wolf n'oublierait jamais ses clés. »

Ils retournent à la villa et la fouillent de fond en comble. Mais Wolf reste introuvable.

Ils patientent jusqu'à midi. Ils appellent Lutger ainsi que les gens inscrits dans le carnet d'adresses de Wolf. Ils examinent son agenda. Le rendez-vous suivant est prévu dans deux jours à Duisbourg. Ils appellent à Duisbourg. Ils continuent d'attendre. À 4 heures, Kris s'enferme dans les toilettes et essaie de joindre Meybach sur son portable. Il ne faut pas que Tamara le sache. Personne ne décroche, pas de répondeur, rien. Les paroles de Meybach résonnent dans sa tête : *je vais disparaître. Nous n'existons plus les uns pour les autres.* Kris doit se retenir pour ne pas filer à Charlottenburg et camper devant la porte de Meybach. Il est en proie à la panique, il ne sait pas quoi faire.

« Où vas-tu ?

— Prendre l'air, peut-être que je tomberai sur Wolf. »

Kris sait que l'excuse est mauvaise. *Plus de solos*, pense-t-il et il propose à Tamara de l'accompagner.

Ils foncent à la gare et s'attardent un moment sur le quai, comme si à tout instant Wolf pouvait sortir d'un des trains. Une bruine se met à tomber et flotte, indécise, dans l'air. Ils ne savent pas quoi dire. Sur le chemin du retour, Kris veut s'ouvrir de ses soupçons à Tamara. *Pourquoi quelqu'un qui cloue des gens au mur respecterait-il les règles du jeu ?* Kris s'abstient parce que Tamara ne sait même pas qu'ils sont allés voir Meybach.

L'arme lui revient en mémoire. Elle est rangée dans son armoire, tout au fond avec les chaussettes. En tout cas, c'est là qu'il l'a déposée la veille au soir.

« Qu'y a-t-il ? demande Tamara.

— Rien, je… »

Kris a envie de partir en courant, d'abandonner Tamara pour aller vérifier si l'arme est toujours là. Car si ce n'est pas le cas, alors tout s'éclaircirait. Une part de lui-même souhaite que l'arme soit là, l'autre, que Wolf l'ait trouvée et se soit rendu chez Meybach.

S'il vous plaît.

L'arme est toujours à sa place, derrière les chaussettes.

Kris parcourt inlassablement la villa à la recherche d'indices. Il aimerait avoir un chien policier. Il a l'impression que Wolf est là sans être là. *Mais où es-tu donc ?* L'espace d'un instant, Kris va même jusqu'à presser l'oreille contre le mur pour écouter. Il sait qu'il doit se ressaisir.

« Si demain matin, Wolf ne s'est pas manifesté, nous irons voir Gerald, décide-t-il le soir. Nous irons voir Gerald et nous lui raconterons tout. Tant pis pour les conséquences. Il faut retrouver Wolf. »

Ce soir-là, ils envoient promener tous ceux qui ne téléphonent pas par nécessité. Ils continuent d'attendre. Samedi cède la place à dimanche. Ils attendent jusqu'à une heure du matin, ils attendent jusqu'à deux heures, puis ils n'en peuvent plus et craquent. La tension nerveuse les rattrape et ils s'effondrent sur leurs lits, épuisés. Impossible de trouver le sommeil. Kris ne cesse de se tourner et de se retourner, et rêve de la forêt. Ils sont en train d'enterrer l'homme, quand, soudain, celui-ci n'est plus mort. Étendu dans le sac de couchage, il se met à parler et dit qu'il ne veut pas être enterré vivant.

Bon sang, laissez-moi sortir !

Kris se réveille, le souffle court, et allume la lumière. Il est 4 heures moins dix. Il fixe le plafond, le plafond lui renvoie son regard. Il a la tête vide. Il se lève, va dans son bureau chercher le téléviseur et l'installe devant le lit. Sans arrêt, il s'endort, sans arrêt, il se réveille et regarde l'écran. Lorsque l'aube colore sa chambre de bleu, il éteint la télévision et va se doucher. Ensuite la brosse à dents, ensuite son reflet dans la glace. Quand il arrive au rez-de-chaussée, il n'est pas surpris en constatant que Tamara est debout depuis longtemps. Elle est couchée sur le canapé. Livre à la main, théière et tasse sur une petite table.

« Depuis quand ? s'enquiert-il.

— Quatre heures du matin », répond-elle.

La lumière bleue de l'aube a disparu, les rayons du soleil pénètrent par la fenêtre en titubant comme s'ils étaient encore ivres de la nuit. Dans l'air, la poussière scintille. Tamara et Kris prennent leur petit déjeuner dans la cuisine. Ils ne veulent pas s'asseoir dans le jardin d'hiver. Il y a deux jours, ils s'y trouvaient encore tous les trois. Rien ne se passe comme il faudrait. Ils sont si absorbés en eux-mêmes qu'ils ne remarquent pas le bout de papier entre les affiches. Un silence pénible s'est installé. *C'est triste quand on ne supporte pas le silence avec ses proches*, songe Kris et il se lève.

« Je vais mettre de la musique. »

Au salon, il s'accroupit devant la chaîne, fouille dans les CD et met Iron & Wine. La guitare, la voix. En se redressant, son regard tombe sur le jardin. Ce n'est pas du tout le temps qui convient quand on a un frère qui a disparu, de même qu'il y a trois jours, ce n'était pas le temps qui convenait pour enterrer une amie. Le printemps explose, Kris le voit partout. Il s'apprête à rejoindre Tamara, à lui dire qu'ils peuvent appeler Gerald, que le temps lui tape sur les nerfs, qu'il en a assez de chercher des explications à la disparition de Wolf, quand il distingue quelque chose qui brille dans le jardin. C'est comme une impression de déjà-vu. Effrayé, il regarde à ses pieds, s'attendant à voir une flaque d'eau. Puis il tourne les yeux à droite. Wolf n'est pas à son côté, Tamara est toujours dans la cuisine, Kris est seul au salon et Iron & Wine chantent « We Gladly Run in Circles » et, dans le jardin, les têtes blanches et luisantes d'un bouquet de lys lui font signe à nouveau.

L'homme qui n'était pas là

L'homme est en train de boire son second café pendant que la villa se réveille lentement. Lumière au premier étage, lumière au rez-de-chaussée. Kris et Tamara. Il sait désormais tout ce qu'il voulait savoir sur la fille et le frère. La veille, il leur a fallu deux heures pour se rendre compte que le garçon avait disparu. Ils ont ratissé les environs à sa recherche. L'homme les a observés. Ils sont restés debout jusque tard dans la nuit. Wolf. Le garçon a insisté pour qu'il l'appelle par son prénom. L'homme n'a pas cédé. Il boit une gorgée de café et reprend les jumelles. C'est un homme patient. Il sait que, d'un moment à l'autre, ils découvriront les lys dans le jardin.

La veille, à midi, il a aperçu la fille assise sous un marronnier en train de fumer nerveusement, les yeux tournés vers la maison des Belzen. Il n'était pas inquiet. Il savait qu'elle ne pouvait pas le voir. Il avait ajusté les jumelles. Il était si proche de la fille qu'il discernait les détails de son visage. Le spectacle était satisfaisant. Crainte et inquiétude.

Je vois ce que tu ne vois pas.

La fille avait regagné la villa. L'homme attendait l'apparition du frère, mais son attente avait été déçue. Au bout de cinq minutes, il s'était détourné de la fenêtre et était descendu à la cave le plus silencieusement possible.

L'homme lui a rendu sa première visite à 9 heures du matin. Il l'a ligoté et lui a enfoncé une taie d'oreiller sur la tête. Le garçon était complètement désorienté. L'homme a constaté qu'il n'allait pas bien. Son cœur battait à coups irréguliers et il avait du mal à respirer. L'homme sait que c'est dû au produit anesthésiant. Son médecin lui a certes expliqué les effets secondaires de l'Isoflurane, mais il y a un fossé entre la théorie et la pratique.

L'homme releva la taie d'oreiller et porta une bouteille d'eau aux lèvres du garçon. Celui-ci cracha et jura, il ne voulait pas boire. Alors l'homme remonta au rez-de-chaussée et continua d'observer la villa.

La deuxième fois, l'homme s'approcha à trois mètres du garçon avant que celui-ci ne se tourne vers lui. Il ne lançait plus d'injures, il tendait l'oreille.

Il ne sait pas si je suis vraiment là.

L'homme essaya de se rappeler ce que cela faisait d'être jeune, affamé, impuissant. C'était difficile. À présent, il a continuellement faim et cette faim le consume. Autrefois, avoir faim signifiait être fort. Aujourd'hui, les affamés sont faibles et impuissants. Quoi qu'on dise, il n'y a pas de justice en ce monde.

Le garçon était assis, nu, sur la chaise. Muscles, tendons, les rivières sombres des veines. Le nid entre ses jambes n'était qu'une ombre, sa poitrine était couverte de sueur. Il faisait très chaud dans la cave. L'homme était debout, immobile, devant le garçon, admirant son corps. Ce matin-là, il aurait donné beaucoup pour être dans la peau du garçon.

Juste pour un jour ou même une heure.

Le soupir de l'homme le trahit. Le garçon renversa la tête en arrière et appela au secours. L'homme entendit qu'il respirait mieux. La peau avait également perdu sa teinte grise. Poignets et chevilles étaient éraflés jusqu'au sang, le ruban de Nylon s'était enfoncé profondément dans la chair. Le garçon devait souffrir.

L'homme endura les appels au secours pendant une minute, puis il remonta et se lava les mains. Il n'avait pas pu s'en empêcher, il lui avait fallu toucher le garçon. La cuisse tremblante, la douceur des cheveux.

On ne pouvait pas faire autrement.

Il ferma l'eau et tendit l'oreille. Il était sans inquiétude. La maison absorbait les cris comme une terre sèche une averse soudaine. L'homme regarda sa montre. Il accorderait au garçon deux heures pour se calmer, puis il retournerait le voir.

Wolf

Wolf essaie de se souvenir. Assis dans le noir, il se sent comme après une opération. Absent, la tête bourdonnante et pas tout à fait vivant. Quelque chose lui enveloppe la tête et l'empêche de voir. Il raidit les bras. Il a les mains dans le dos. Quant aux pieds, impossible de les remuer. Wolf tente de se lever, il y a une secousse, quelque chose lui comprime la trachée-artère. Il retombe sur la chaise et s'efforce de reprendre son souffle. *Où suis-je ?* Wolf essaie de reconstituer comment il est arrivé jusqu'ici.

Tamara ?

Tamara l'a rejoint durant la nuit. D'abord, il y a eu le clic de la porte, l'instant d'après, Tamara était allongée à son côté et il sentait sa nudité. Elle lui était à la fois familière et étrangère.

Lui :

« Pendant combien de temps allons-nous continuer comme ça ? »

Elle :

« Plus pendant très longtemps. Demain, nous parlerons à Kris. »

Sexe. Ils s'étaient aimés, il s'en souvient très bien. Ensuite, ils étaient restés allongés dans le noir et il avait l'impression de briller de l'intérieur. Ils étaient satisfaits. À un moment donné, Tamara s'était assise et avait voulu partir. Lui : « Reste. »

Par là, il n'entendait pas seulement qu'elle restât au lit avec lui. Cela signifiait aussi : *reste auprès de moi tant que ça durera.* Cela signifiait : *pour toujours.* Elle l'avait embrassé, elle ne voulait pas qu'un hasard stupide révèle la chose à Kris. Elle voulait qu'il l'entende de leur bouche, alors Wolf l'avait laissée partir. Un dernier baiser. Les pas, la porte.

Les yeux. Ses yeux s'étaient fermés. Satisfaction, épuisement. Il était resté couché, préservant la sensation de sa présence à côté de lui. L'empreinte de son corps sur le matelas, sa chaleur. C'est ainsi qu'il s'était endormi et il avait rêvé d'Erin. Elle était enfin de retour. De cela aussi il se souvient en détail. De son soulagement.

Ils étaient étendus sur une colline. On ne voyait ni ville ni rues, rien qu'une mer de cimes d'arbres. Il sentait Erin à côté de lui. Il y avait le vent qui passait sur eux comme s'ils faisaient partie du paysage ; il y avait un oiseau qui en appelait un autre et, au milieu de tout cela, claire et distincte, la respiration d'Erin. *Parle-moi,* pensa-t-il, et Erin commença à parler et se blottit contre lui, et elle couvrit son cou de baisers et remonta jusqu'à ses joues, puis il sentit ses lèvres sur les siennes, et alors il la vit enfin. *Enfin.* Ses yeux, ses cheveux. Elle le contemplait comme s'il n'y avait rien d'autre au monde, juste elle et lui, et de satisfaction il ferma les yeux et sut qu'il ne pourrait pas lui parler de Tamara, que jamais il ne pourrait laisser partir Erin, car il y eut ce chuchotement familier lorsqu'elle retira son chemisier, il y eut ce silence et la lumière du soleil sur sa peau fit taire tout le reste. *Réveille-toi*, dit Erin. Et il sourit et garda les yeux fermés. *Je t'en prie, réveille-toi*. Et il cessa de sourire, car il y avait dans son intonation quelque chose qu'il ne connaissait pas. *Tu entends, réveille-toi*. Et il ouvrit les yeux, et la colline et Erin avaient disparu, le paysage était une chambre dans une villa, loin de la réalité de ses rêves, et il vit un vieil homme assis sur sa poitrine, et le vieil homme hocha la tête comme s'il était satisfait de voir Wolf se réveiller, et le vieil homme se pencha en avant et renvoya Wolf dans le noir.

L'homme qui n'était pas là

« Maintenant que tu vas mieux, nous allons discuter », déclara l'homme en ôtant la taie d'oreiller.

L'homme vit le garçon cligner des yeux, le plafonnier l'éblouissait, la réaction était normale. Leurs regards se rencontrèrent et l'homme observa avec curiosité la colère sans fard qui se lisait dans les yeux du garçon, et il ne fut pas surpris. *Tu peux être en colère autant que tu veux.* Le garçon baissa les yeux pour s'examiner et sa fureur se transforma en panique. Il était assis, nu, sur la chaise, et ses pieds étaient attachés aux pieds de la chaise. Ce qu'il ne pouvait voir, c'étaient ses mains dans le dos. L'homme les avait liées avec un ruban de Nylon, qui passait sur un crochet fiché dans le mur, d'où il revenait jusqu'au garçon pour se terminer en nœud coulant autour de son cou. L'homme ne voulait prendre aucun risque. Il le dit au garçon. Il lui dit aussi que l'éducation était un élément essentiel de la vie. Et que cela valait pour tous, filles ou garçons.

« Je ne suis pas un garçon, rétorqua le garçon. Mon nom est Wolf Marrer. J'ai vingt-sept ans et j'aimerais savoir ce que c'est que ce bordel. »

Des questions. Le garçon avait tant de questions. Ses yeux cherchaient une issue. Il essayait de comprendre ce qui l'entourait. Il n'avait aucune idée de l'endroit où il se trouvait.

« Où est-ce que je suis ? »

« Pourquoi est-ce que je suis nu ? »

« Qui êtes-vous ? »

Tant de questions. Et maintenant :

« C'est vous, Meybach ? Vous êtes ce putain d'enfoiré ? Je croyais que c'était fini. Vous disiez que vous alliez disparaître. Qu'est-ce qu'on vous a fait encore ? »

Un flot de questions. L'homme attendit que le garçon se taise, puis il se racla la gorge et répondit :

« Peu importe où nous sommes. Peu importe qui je suis. La règle du jeu est très simple : moi, je pose les questions et, toi, tu réponds. Si les réponses ne me plaisent pas, je m'en vais et je te laisse attendre. Pendant une journée ou même une semaine. Si tu le souhaites, je partirai définitivement. Mais tu ne le voudras pas. Tu me supplieras de revenir. C'est toujours pareil. Vous êtes tous les mêmes. Vous voulez être libres là-haut. »

Il tapota le front du garçon. Avec douceur. Le garçon eut un sursaut de recul. Ils se regardèrent. Le garçon qui était un homme, un homme qui ne voulait pas être un garçon. Et lui. L'homme qui n'était pas là. Il posa la première question :

« Pourquoi ?

— Quoi ?

— Dis-moi pourquoi.

— Pourquoi quoi ?

— Pourquoi avez-vous tué la femme ? »

Le garçon tressaillit comme si l'homme avait voulu le frapper. Cela pouvait passer pour une réponse. L'homme estime que c'est une réponse sans équivoque.

Coupable.

« Je ne sais pas de qui vous voulez parler.

— Bon, dit l'homme, bon. Reprenons du début. »

Il regarda le garçon, il attendit, puis il répéta :

« Pourquoi l'avez-vous tuée ? »

Le garçon baissa les yeux et cracha. L'homme contempla le crachat sur le tapis. Soudain, le garçon bondit. L'homme resta assis, il ne recula même pas d'un millimètre. Le nœud coulant s'enfonça dans le cou du garçon et l'attira en arrière. Il se retrouva de nouveau assis, le visage rouge, le souffle haletant.

« Si tu te détends, la pression diminuera. »

Le garçon essaya de se détendre.

« Pauvre garçon.

— Je… je ne suis pas un garçon, articula-t-il d'une voix étranglée.

— Pauvre, pauvre garçon.

— Je ne suis pas… »

L'homme tendit la main et essuya une larme sur la joue du garçon. Celui-ci voulut détourner la tête et grimaça à cause du nœud coulant.

« Fanni.

— Quoi ?

— Elle s'appelait Fanni.

— Je ne connais pas de Fanni.

— C'était ma fille. D'abord, vous êtes allés dans la forêt avec son cadavre, mais, là, il s'est produit quelque chose. Vous vous êtes disputés, n'est-ce pas ?

Vous avez changé d'avis et vous l'avez enterrée dans votre propriété. Pourquoi ? »

Le garçon voulut répondre, l'homme leva la main.

« Inutile de nier. Je vous ai observés, tu comprends ? J'ai tout vu. Elle s'appelait Fanni. C'était ma fille et désormais elle repose deux étages au-dessus de nous. »

Le garçon regarda le plafond de la cave. Quand il baissa de nouveau les yeux, l'homme avait levé les mains.

« J'ai dû déterrer Fanni de mes propres mains. C'est dégradant ce que vous lui avez fait subir. Comment avez-vous pu la clouer à un mur ? Dis-moi pourquoi vous avez fait ça ? Allez, parle. Pourquoi ? »

Le garçon inclina la tête en avant, sa voix se réduisit à un murmure.

« Merde, putain de merde, je savais qu'on ne s'en tirerait pas comme ça. Putain je le savais, putain… »

L'homme le laissa parler, il était patient, il avait éduqué beaucoup de garçons dans sa vie et sentait à quel moment ils craquaient ou se rétablissaient. Ce garçon n'était pas différent. L'homme attendit en silence. Alors le garçon commença à raconter.

C'était hier, à présent un nouveau jour s'est levé, on est dimanche, 9 h 21, et la fille et le frère se précipitent hors de la villa. Ils sont pieds nus, ils viennent sûrement de se lever. L'homme imagine que l'un d'eux a regardé par la fenêtre et aperçu les lys. Maintenant, ils courent. L'homme aimerait pouvoir distinguer encore plus clairement leur expression. Retenir ce moment et l'examiner sous tous les angles. Et s'il pouvait arrêter le temps, il prendrait le canot, traverserait à la rame et viendrait se placer à côté d'eux. Il voudrait respirer leur peur. L'odeur trahit tant de choses. Il ne sait sur qui fixer les jumelles, alors il essaie de les garder tous les deux dans son champ de vision. Il les regarde s'agenouiller, écarter les lys et se mettre à creuser. Ils se servent de leurs mains. Ils ne pensent pas aux pelles dans la remise. *Pas encore.* Il les regarde, leurs lèvres remuent, puis la fille bondit et court jusqu'à la remise.

Elle est maligne, pense-t-il.

La veille, l'homme a soutiré la vérité au garçon bribe par bribe. Il s'est demandé quel sens pouvait avoir cette histoire, et il a été surpris en apprenant que la deuxième femme était morte. Frauke. Comment est-il possible que tant de choses se soient produites pendant sa brève hospitalisation ?

« Une agence qui présente des excuses ?

— C'était l'idée de mon frère.

— Ton frère doit être un petit malin.

— Je vous en prie, c'est tout ce que je sais. Est-ce qu'on pourrait en finir maintenant ? »

Le garçon tourna les yeux vers la porte de la cave.

« Est-ce que je peux m'en aller ? Je vous jure que je n'en sais pas plus. »

L'homme inclina la tête de côté, le garçon poursuivit en hâte :

« Je suis sincèrement désolé de ce qui est arrivé à votre fille. Ce n'était pas nous. Nous ne lui avons rien…

— Et tu n'as jamais vu Meybach ? l'interrompit l'homme.

— Je ne l'ai jamais vu. Combien de fois faudra-t-il que je vous le répète ?

« — Et si maintenant Meybach descendait l'escalier et affirmait le contraire ?

— Alors ce serait un menteur.

— Redis-moi son adresse. »

Le garçon la répéta. L'homme acquiesça, il était satisfait.

« Et Karl ? demanda-t-il.

— Qui est Karl ? »

L'homme sourit.

« Tu sais très bien de qui je veux parler. »

L'homme lut sur le visage du garçon qu'il savait qui était Karl. Et il lut autre chose. Karl n'était plus.

L'homme se leva, éteignit la lumière et remonta au rez-de-chaussée. Il ignora les appels et les supplications du garçon. *Karl*, pensa-t-il, *Fanni*, pensa-t-il, et il resta assis pendant un moment dans le salon sans pouvoir penser à rien d'autre qu'à ses enfants.

Au bout de quelques heures, l'homme revint. Cette fois, il resta debout.

« Est-ce que je peux te faire confiance ?

— Pourquoi est-ce que je mentirais ?

— C'est moi qui assume la responsabilité ici, il ne serait pas bien de me mentir.

— Quelle responsabilité ?

— La responsabilité de ta vie. De la vie de tes amis. Sais-tu ce que cela signifie ? C'est un fardeau. Je suis un vieil homme. Je ne peux plus porter autant qu'avant. Avant, cela n'aurait pas posé de problème, mais j'ai le cœur fragile. J'ai froid et je suis fatigué. Tu comprends ? »

Le garçon ne comprenait pas.

L'homme dit que cela n'avait pas beaucoup d'importance. Il posa ses mains sur ses genoux et se pencha en avant comme s'il s'adressait à un enfant de cinq ans. D'une voix calme, il dit :

« Nous allons reprendre depuis le début. Explique-moi pourquoi vous avez tué mes enfants. »

Le garçon se mit à pleurer.

« Qu'est-ce que vous avez fait à Karl ? Où est-il ? Qu'est-ce que vous avez fait à Fanni ? Et pourquoi ? Parle-moi, mon garçon, parle-moi. »

Le garçon cligna des yeux et déclara qu'il avait déjà tout expliqué, il ne cessait de le répéter :

« Je vous ai tout dit, je le jure. »

L'homme se contentait de sourire.

Alors le garçon haussa la voix :

« ON EST UNE PUTAIN D'AGENCE, OK ? ON S'EXCUSE À LA PLACE DE CEUX QUI ONT TROP LES BOULES POUR LE FAIRE EUX-MÊMES, D'ACCORD ? EST-CE QUE C'EST POUR ÇA QUE JE SUIS LÀ ? TU ES UN FANATIQUE RELIGIEUX ? C'EST L'ÉGLISE QUI T'ENVOIE ?

— Je suis ici à cause de Fanni, répondit l'homme calmement. Je suis ici à cause de Karl. Personne ne m'envoie. »

La voix du garçon devint un chuchotement, la colère avait disparu, la résignation revenait.

« Je vous ai tout dit. Il nous a fait croire qu'il s'agissait d'un contrat normal. Je suis entré dans l'appartement et, là, il y avait le cadavre de la femme.

— Fanni.

— Oui, bon sang, Fanni ! Nous n'avons fait qu'obéir. Il nous a menacés. Tous. Par ailleurs elle était morte.

— Je sais. Je suis allé à l'appartement, je l'ai vue. »

Le garçon secoua la tête.

« Il n'y avait personne en dehors de nous. »

L'homme sourit de nouveau.

« Je suis innocent, affirma le garçon. Nous sommes tous innocents.

— Non, je vois les choses autrement, répliqua l'homme en se levant derechef. Si tu étais innocent, tu ne serais pas ici. Je suis le châtiment, tu comprends ? Non ? Pourtant c'est très simple. La vie a son équilibre propre. Pose-toi donc cette question : comment aurais-je réussi à t'amener ici si tu avais été innocent ? Tout est dans l'équilibre. Tu prends, tu donnes. Tu ne peux pas te contenter de prendre. Tu ne crois pas à l'équilibre ? Tu ne crois pas au bien et au mal ? Ici, c'est moi qui représente le bien, je le sais, mais je ne suis pas sûr de savoir qui tu es. Es-tu le mal ? »

Le garçon s'insurgea. Le ruban de Nylon s'enfonça dans son cou, se resserra autour de ses poignets. Le garçon ne se laissa pas arrêter par cela. Il lança son venin :

« C'EST *MOI* QUI REPRÉSENTE LE BIEN, ESPÈCE D'ENFOIRÉ. *TOI*, TU M'AS LIGOTÉ, *TOI*, TU M'AS TRAÎNÉ JUSQU'ICI ET TU M'AS LIGOTÉ. ILS ÉTAIENT DÉJÀ MORTS QUAND NOUS LES AVONS TROUVÉS. EST-CE QUE TU PIGES ? TA FILLE ET TON FILS *ÉTAIENT DÉJÀ MORTS*. »

Le garçon retomba sur son siège. Le visage cramoisi, la respiration laborieuse. L'homme vit qu'il ne serait pas possible de continuer ainsi. Il fit part au garçon de ce qu'il pensait. C'était toujours pareil.

« Et tu veux que je te dise à quoi ça ressemblait ? Pas au bien. Le bien est une chanson. Une mélodie. Ça, ce n'était pas un chant, je n'ai pas entendu de mélodie. Dis-moi, est-ce que tu te sens coupable ? »

412

Tout bas, petitement :

« Oui, bien sûr, bien sûr que je me sens coupable.

— Est-ce que je peux te laisser partir comme ça ?

— Je vous en prie, je vous ai dit que j'étais désolé.

— Je t'ai demandé si je pouvais te laisser partir comme ça. »

Le garçon acquiesça. L'espoir se lisait dans ses yeux. L'homme s'approcha de l'établi et prit la taie d'oreiller.

« Ce n'est pas la peine, dit précipitamment le garçon en détournant le visage.

— C'est tout à fait la peine, je ne veux pas que tu saches où me trouver. Tu me crois stupide ? »

Il enfonça la taie d'oreiller sur la tête du garçon. Il posa la main sur l'épaule du garçon. Il lui dit que tout irait bien. Il lui dit aussi qu'il n'avait pas à s'inquiéter.

« Reste tranquille », dit l'homme.

Et il injecta au garçon de l'Isoflurane dans le bras.

Il ne s'est pas écoulé deux minutes depuis que la fille et le frère sont sortis en courant de la villa. L'homme a l'impression de contrôler le temps. Chaque fois qu'il retient son souffle, tout se fige à l'extérieur et les choses ne se remettent en mouvement que lorsqu'il rejette l'air.

Le frère est agenouillé sur le sol et creuse sans relâche. Quand la fille revient de la remise sans les pelles, il l'ignore et continue à creuser. L'homme sait ce que dit la fille. Il peut lire sur ses lèvres. *Les pelles ont disparu.* Il pourrait lui crier où elle les trouvera. L'homme s'est arrangé pour leur compliquer la tâche. Il veut qu'ils retournent au commencement. Il veut les voir à genoux par terre en train de lutter contre le destin. Il veut qu'ils traversent les plus grands doutes. Et en les regardant creuser, il pense : *ce n'est pas la culpabilité avec laquelle vous vivez qui vous met à genoux dans la boue, c'est votre échec.* L'homme est satisfait de cette pensée. Tout se termine. Il lève la main et la pose sur la vitre comme s'il leur faisait signe. Il remarque qu'il a les ongles sales et baisse la main. Il ferme les yeux et se demande comment ce serait d'unir leur souffrance à la sienne. Ce serait la forme la plus pure du sentiment. Ce serait de l'amour.

Tamara

Tamara n'arrive pas à croire que les pelles ont disparu. Elle sait très bien contre quel mur elles étaient appuyées. Elle se déchaîne, elle renverse la brouette, en proie à une telle panique que la pièce semble vaciller devant ses yeux. Elle regarde dans les coins, elle regarde derrière les vélos, elle ressort en courant.

« Les pelles ont disparu. »

Kris ne réagit pas, ses mains déblaient la terre, la sueur lui coule dans les yeux, la respiration s'échappe en sifflant de ses lèvres. Tamara comprend qu'il ne s'est même pas aperçu de son absence. Elle s'accroupit à côté de lui. Ils continuent à creuser.

À chaque geste, leurs bras se font plus pesants. Tamara est épuisée. Elle a les doigts qui saignent, les genoux douloureux. Kris, en revanche, creuse, telle une machine. Il rejette la terre derrière lui, enfonce de nouveau ses doigts dans la boue, toujours accroupi dans la fosse. Et c'est en l'observant que Tamara comprend ce que la situation a de faux. Son cœur s'arrête un court instant de battre et elle sent le rire monter en elle. Hystérie pure.

« Il n'est pas ici », déclare-t-elle.

Kris creuse, Tamara l'attrape par le bras.

« Kris, il n'est pas ici, répète-t-elle avec insistance. C'est une mauvaise blague. »

Kris la regarde. *Enfin*, pense Tamara, qui souhaiterait au même instant qu'il ait continué à creuser. Quelque chose dans ses yeux. Nu, dur, étranger.

« Lâche-moi.

— Wolf n'est pas là. Meybach joue avec nous. C'est absurde, réfléchis un peu, pourquoi…

— Tamara, lâche-moi ou je te casse le bras ! »

Elle a un sursaut de recul et le lâche. Kris se remet à l'ouvrage. Il ne la voit plus. Les paroles qu'il prononce ensuite la heurtent.

« Rentre si tu n'en peux plus. »

Tamara hésite. Elle veut croire qu'il s'agit d'une mauvaise blague, elle ne veut pas que Kris lui ôte cet espoir. Wolf franchissant le portail et leur demandant ce qu'ils fabriquent. *S'il te plaît.* Wolf, posté à une des fenêtres, leur demandant ce qu'ils fabriquent. *S'il te plaît, viens.* Alors tout se réduirait à l'humour macabre d'un dément qui, au cours des semaines passées, les a contraints à enterrer deux cadavres à la va-vite.

Rien de plus.

Tamara enfonce de nouveau ses doigts dans la terre et recommence à creuser.

« Kris ?

— Quoi ?

— Kris, je… »

La peau ressemble à du caoutchouc. La peau est froide, elle n'est pas de ce monde. Tamara a trouvé le bras droit. C'est la main bandée. La main procure une sensation d'étrangeté, de fausseté. Comme si tous les os étaient brisés. Aucune résistance. Des liens semblent avoir coupé la chair des poignets. Aussitôt Tamara veut s'occuper des blessures, elle veut les nettoyer et les panser. Kris saisit la main. Tamara commence à déblayer avec frénésie. Elle ne veut pas lever les yeux, elle lève les yeux. Kris presse la main contre son visage. Terre, boue, deux doigts qui reposent sur sa bouche. Tamara veut crier, elle avale de travers et tousse, elle garde les yeux fixés au sol et creuse. Une épaule, elle dégage une épaule nue. Elle cherche le visage tandis qu'à côté d'elle Kris gémit, pas de mots, rien qu'un léger gémissement.

La tête de Wolf est enveloppée dans une taie d'oreiller. La terre a humidifié le tissu, un vert déteint orné d'un lys brodé. Kris essaie d'ôter la taie, mais sans succès. Tamara se penche et troue l'étoffe avec ses dents. Goût de lessive et de terre. Kris élargit le trou, l'étoffe se déchire avec un son aigu, puis le visage de Wolf apparaît et Wolf a l'air de dormir. Son visage est resté à l'abri de la terre, il est blême, la peau presque transparente. *Comme s'il n'était pas là*, pense Tamara et elle se détourne, pleure dans ses mains souillées, bascule sur le côté, reste recroquevillée dans la fosse et entend Kris émettre des sons qu'elle n'a encore jamais entendus. Comme un animal blessé contraint d'assister au massacre de son petit.

Kris le transporte dans la villa. Kris le transporte à l'étage, dans la salle de bains. Il le lave dans la baignoire. Il le sèche. Puis il le redescend et l'étend sur le canapé. Kris le couvre. Il se détourne et regarde Tamara. Il se borne à la regarder.

« Kris ? dit Tamara. Kris ?

— Je suis là, répond Kris. Je t'entends. »

Ils sont assis par terre, devant le canapé, accrochés l'un à l'autre. Le jour se dévore lui-même. L'obscurité s'installe autour d'eux. Pendant un moment, Tamara croit que les choses resteront en l'état. Pour toujours. Kris et elle s'étreignant. Pendant des heures, des jours, des semaines. *Et même des années.* Wolf sur le canapé, derrière eux, à quelques centimètres, et dehors un monde qui continue sans relâche de tourner et se soucie comme d'une guigne de ce qui leur arrive.

Tamara est réveillée par les bruits qui viennent de la cuisine. Elle est étendue, seule, sur le plancher. À l'extérieur, il fait jour. Tandis qu'elle se lève, son regard tombe sur le canapé. Wolf est toujours là, la couverture remontée jusqu'au cou, les yeux clos, paisible. Tamara glisse la main sous la couverture, la pose sur la poitrine nue et ne sent rien.

Kris est devant la machine à espresso. Il l'a démontée. Sur la tablette règne un chaos de vis et de joints.

« Kris ? »

Il se retourne. Il a des ombres bleuâtres sous les yeux. Tamara doute qu'il ait dormi.

« Qu'est-ce que tu fais ? »

Kris regarde la machine comme pour examiner l'ouvrage de ses mains.

« Je voulais la nettoyer et puis je n'ai pas pu m'arrêter. Je voulais la nettoyer à fond, chaque pièce, tu comprends ? »

Tamara le rejoint.

« Ça, qu'est-ce que c'est ? demande-t-elle en brandissant un des joints.

— Aucune idée », répond Kris en reposant le tournevis.

Ils boivent du thé. Ils sont assis à la table de la cuisine, ils boivent du thé et ils gardent le silence. Tamara ne veut pas poser la question mais sait qu'elle le doit. Elle laisse à Kris cinq minutes, puis cinq autres minutes, après quoi elle demande :

« Qu'est-ce qu'on fait maintenant ? »

Kris tourne les yeux vers le salon.

« Kris, il faut faire quelque chose. On doit aller voir Gerald.

— Je sais.

— On doit tout lui raconter. »

Kris la regarde.

« Tu crois que je l'ignore ? »

Ils écoutent le tic-tac de l'horloge.

« Quand ?

— Quand quoi ?

— Quand est-ce qu'on va parler à Gerald ? »

Le regard de Kris s'éloigne à nouveau de Tamara.

« Comment est-ce qu'il a pu faire ça ? »

Pendant un instant, Tamara croit que Kris parle de Wolf, puis elle hausse les épaules. Que peut-elle répondre ? Que peut-on répondre ?

« Je ne sais pas, répond-elle.

— On ne s'est pas mis en travers de sa route, et pourtant il n'a pas respecté sa promesse… »

Kris s'interrompt, ses mains enserrent la tasse, ses pouces frottent le rebord en céramique.

« Est-ce que tu veux que je te laisse seul avec Wolf ? demande Tamara.

— Pourquoi ?

— Je croyais que tu… »

Elle se tait, comprenant qu'elle lui prête son propre désir. Elle n'a pas eu de moment seule avec Frauke. Tout est allé trop vite. Elle se dit qu'elle aurait dû insister pour voir Frauke une dernière fois. Seule.

« Vas-y », dit Kris.

Tamara va retrouver Wolf et passe un moment auprès de lui.

Quand elle monte à l'étage, un peu plus tard, Kris est à la fenêtre de son bureau et regarde à l'extérieur. Tamara toque au chambranle.

« Je dérange ?

— Non, entre, répond Kris sans se retourner. Je viens de parler à Gerald. Nous le retrouvons à 16 heures à son bureau.

— C'est bien.

— Oui. »

Ils se taisent.

« Kris ? S'il te plaît, regarde-moi. »

Kris se retourne.

« Si tu veux, je reste avec Wolf, tu n'as qu'à le dire.

— Oui, dit-il, reste avec Wolf, s'il te plaît. Il faut qu'un de nous veille sur lui. »

Tamara hoche la tête et redescend. Dans la cuisine, elle met l'eau à chauffer et son regard tombe sur les pièces détachées de la machine à espresso. Elle fait un pari avec elle-même. *Si je réussis à remonter ce truc avant le retour de Kris, alors tout rentrera dans l'ordre.* Elle attend que l'eau bouille en examinant les divers éléments. Alors qu'elle verse le thé, elle entend Kris dans l'escalier. Il annonce qu'il sera de retour au plus tard à 18 heures.

« Je t'appellerai en chemin. »

Tamara regarde la pendule au-dessus de la porte. Il est 15 heures. Elle répand les feuilles de thé dans l'eau et entend Kris quitter la propriété en voiture. Après avoir rempli une tasse de thé, elle la pose sur un plateau avec les pièces de la machine et porte le tout au salon. Elle pousse un des fauteuils de façon à voir Wolf sur le canapé. Puis elle commence très calmement à remonter la machine à espresso.

Kris

Jusqu'à 5 heures, Kris parcourt la ville en essayant de clarifier ses idées. Heureusement, Tamara ignore que Wolf et lui ont approché Meybach de très près deux jours plus tôt. Peu après 5 heures, Kris s'assied dans un parc et appelle Tamara. Il l'informe que, pour l'instant, tout s'est bien passé avec Gerald. Mentir ne lui pose pas de problème, c'est facile quand on n'a rien à perdre.

« Il passera demain.

— Et Wolf…

— On s'occupera de Wolf à ce moment-là », complète Kris. Tamara lui demande quand il rentrera.

« J'ai encore besoin de rester seul un moment. Et de ton côté, ça va ?

— La machine à espresso remarche.

— Super.

— Kris ?

— Quoi ?

— Je t'en prie, rentre vite.

— Promis. »

Il raccroche. Son deuxième gros mensonge de la journée lui a été tout aussi facile. Il éteint son portable. Les dés sont jetés. Désormais il est injoignable.

Il est 21 heures, les restaurants sont bondés et le printemps est un été mensonger. Kris ne sait pas ce qui lui est le plus indifférent. À présent, il est assis dans sa voiture en face de l'appartement de Meybach et surveille l'immeuble. Même dans Leonhardstrasse, trois heures sont amplement suffisantes pour trouver une place. Les fenêtres de l'appartement de Meybach sont noires. À 20 heures, le voisin de Meybach est rentré chez lui. Kris a oublié son nom. Thomas ou Theo. Kris se demande s'il doit lui parler, mais se dit que, dans son état, il préfère ne voir personne. L'arme repose sur son giron, telle une érection insistante. Il ne sait pas pourquoi il s'y accroche. Il ne sait pas non plus ce qu'il fera s'il se retrouve face à Meybach.

À 21 h 10, la porte de l'immeuble s'ouvre et livre passage au voisin de Meybach. Il porte un survêtement de sport et se livre à quelques exercices d'étirement devant le bâtiment avant de se mettre à courir en direction du parc. Kris sait ce que Wolf dirait en la circonstance. *Qu'est-ce que tu fabriques ? Je croyais que tu avais un plan.* Kris pose son front sur le volant et ferme les yeux, puis il se secoue, prend l'arme et la fourre dans sa veste. Il a un plan.

La porte de l'immeuble n'est pas fermée. Kris monte l'escalier, s'arrête devant l'appartement et sonne. Il sait que Meybach n'est pas là. Il sonne de nouveau. Autant être sûr. Au bout de cinq minutes, il s'assied sur les marches et appelle le dépannage serrurerie dont il a noté le numéro. L'officine se trouve à l'angle de la rue, dans Kantstrasse. L'homme promet d'être là dans dix minutes. Kris lui précise que la porte de l'immeuble est ouverte et qu'il n'a qu'à monter.

« Quel étage ?

— Troisième. Chez Meybach. »

L'homme arrive au bout de sept minutes. Kris prend un air coupable et malheureux. L'homme examine la serrure et demande à Kris s'il tient à la conserver.

« Ça coûtera plus cher, explique-t-il.

— C'est d'accord. »

En moins de cinq minutes, l'homme force la serrure de sûreté et ouvre la porte.

« Au début, la clé coincera un peu à cause des éclats de métal, mais ça ne durera pas. Si ça persiste, appelez-moi, j'arrangerai ça. Vous voulez une facture ?

— Pas la peine. »

Kris paie en liquide et ajoute un billet de vingt.

« Bonne fin de dimanche », dit le serrurier.

Ses pas résonnent dans l'escalier. Kris reste un moment sur le seuil avant d'entrer et de refermer la porte derrière lui.

Quoi qu'il arrive désormais, pense-t-il, *Meybach est à moi.*

Mais Meybach ne rentre pas.

Il ne rentre pas, bon sang !

Kris est assis dans le noir. Il a visité l'appartement. Dans un tiroir, il a pris une lampe de poche. Il a trouvé des photos de Meybach et, désormais, il comprend tout. Deux fois, il est tenté d'appeler Tamara. Pour la tranquilliser, pour lui expliquer ce qui s'est réellement passé.

Mais il ne le fait pas.

La chaise est disposée de telle manière que Kris a vue sur la porte d'entrée. C'est comme dans un polar. Le type rentre chez lui et son assassin est là, dans un fauteuil. Ils parlent un peu, puis l'assassin dit : maintenant finissons-en. La caméra se tourne vers une des fenêtres, le coup de feu claque hors-champ et c'est la fin. Et sur une lointaine piste sonore, nous entendons les pensées de notre personnage principal. Constamment les trois mêmes phrases.

Je sais que je ne suis pas un assassin.
Je sais que je peux le faire.
J'aimerais tant que Wolf soit là.

HUITIÈME PARTIE

Après

Et sans arrêt me revient cette question : à quel moment avons-nous commis une erreur ? Je ne le sais pas, je ne m'en souviens pas, et cela m'épuise et me torture de ne pas savoir, car nous avons bien dû commettre une erreur. Une erreur, quelle qu'elle soit.

Je viens juste de me réveiller, le souffle court, le chagrin s'est imposé dans mon sommeil, l'habitacle de la voiture dégage une odeur âcre. Mon visage est mouillé de larmes. Je pense *Wolf*. Je pense *Frauke*. Et mes poings martèlent le volant, encore et encore.

C'est le cinquième ou sixième jour. Je ne sais plus. Comme si je dérivais dans le brouillard. Sans orientation, sans objectif. Dehors, le crépuscule est tombé et sur l'aire de repos sont garées plusieurs voitures. Je commence à faire preuve d'imprudence. C'est l'épuisement. Les pensées sont lasses de toujours penser la même chose. Montre-moi l'erreur et je renonce. C'est un mensonge, je ne renoncerai pas. Je dois agir. Je dois en finir avec cette histoire, sinon c'est elle qui en finira avec moi.

Je mets le moteur en marche et quitte l'aire de repos.

Deux heures plus tard. Sortir de l'autoroute. Pénétrer dans la forêt. Si seulement j'avais une pelle. Si seulement j'avais une arme. Ou une hache. J'ouvre le coffre de la voiture. Il ne se réveille pas. Il ne m'entend pas. Je ne veux pas le toucher. Je reste là sans pouvoir le toucher. Ce n'est plus un être humain. Pas d'yeux, pas de bouche. Le ruban adhésif le transforme en chose. Seul le nez est découvert, les narines se dilatent. Il respire, il respire encore. Et je n'arrive pas à le toucher. Et je ne peux pas mettre un terme à cela. Au-dessus de moi se meuvent les cimes des arbres. Toujours dans une seule direction. De vrais poteaux indicateurs. Par là. Je m'assieds dans l'herbe, je m'allonge dans l'herbe. Je sais à présent où ma route me mène. J'ai saisi. J'ai compris. Ce savoir m'apporte un tel soulagement que je ferme les yeux et que je m'endors.

Par là.

Oui.

Avant

Toi

Cela fait si longtemps que nous n'avons plus
entendu parler de toi que nous avons failli oublier ton
existence. Combien de temps s'est-il écoulé ? Trois
jours ? Ou déjà quatre ? Tu as conscience d'avoir provoqué une sacrée pagaille. Et ensuite, tu croyais sérieusement pouvoir disparaître, réintégrer ta vie en secret
et couper tous les liens ? Sans doute serais-tu ravi
qu'on te laisse disparaître. *Pardon, du calme, au
revoir*. Mais cela ne se passe pas comme ça. On ne peut
pas invoquer les esprits et se détourner quand soudain
ils apparaissent. Cela ne se passe pas comme ça.

Ils ont commis toutes les erreurs. Toutes sans exception. Fautes insignifiantes, faux pas, mauvaises décisions. Ton erreur à toi a été de croire que c'était fini.
Les deux frères sont presque arrivés jusqu'à toi. À ce
moment-là, ton existence a atteint un autre plan. Le
plan de la liberté. C'est ce goût exquis de la liberté qui
te fait sentir différent à chaque instant. La liberté d'être
toi. La liberté d'être. Toi.

Mais n'anticipons pas. Examinons ton samedi avant qu'il devienne dimanche et que nous puissions de nouveau t'accueillir dans notre cercle.

Samedi, tu as préparé des papiers et résilié des contrats. Ce fut beaucoup de travail, mais tu as tout réglé et commencé à effacer minutieusement les traces. Le soir, tu t'es rendu dans un bar, où tu as fait la connaissance de Natacha. C'était ton cadeau d'adieu. Tu l'as ramenée chez toi, vous avez fait l'amour et, plus tard, vous avez regardé un film à la télévision. Un bon finale.

Dimanche, tu as rattrapé le travail de la semaine précédente et tu es allé au bureau. Vers 20 heures, tu t'es rendu compte que tu avais oublié tes affaires de sport. Après le travail, tu avais prévu d'essayer la nouvelle salle de fitness, mais il ne te restait plus qu'à retourner chez toi. Dans ton appartement, tu es passé d'une pièce à l'autre, inquiet, mal à l'aise. Un adieu est un adieu. Tu ressemblais à un drogué qui doit renoncer à son shoot et cherche à se réfugier dans les banalités. À ce moment-là, tu as décidé d'aller courir. *Le mouvement calmera mon inquiétude*, as-tu pensé. Peut-être aurait-il été plus malin de s'abandonner au chagrin. Le chagrin de voir la captivité se finir. Si tu avais été honnête envers toi-même, tu serais resté chez toi. Dans le chagrin. Mais tu n'es pas si honnête que cela. Et personne ne peut t'aider si tu n'es pas honnête envers toi-même.

À présent, il est tard. Il n'y a plus de joggers dans le parc. Être le seul à courir dans l'obscurité a quelque chose d'apaisant. L'énergie se tempère, tu n'es plus que souffle et rythme, tu as l'esprit clair et libre. Tu te souviens de Frauke. Comme elle courait parfois sur la rive du Wannsee. Plongée dans ses pensées. Tu l'observais de loin, une fois tu as failli te mettre à courir à son côté. *Est-ce que je dérange ?* Mais tu n'en as pas eu le courage et tu as arrêté de l'observer pendant qu'elle courait.

Après le second tour, tu décides que cela suffit pour aujourd'hui. Tu empruntes le passage souterrain, au-dessus tu perçois la vibration de la circulation sur Kantstrasse. Tu cours jusqu'à l'extrémité du parc et, alors que tu t'apprêtais à sortir, tu remarques l'homme.

Il est assis sur un banc, tout recroquevillé, le menton sur la poitrine, les bras sur les genoux. Il te rappelle ton grand-père, qui était capable de dormir partout et qui a quitté ce monde de cette façon-là – assis à la fenêtre, un bras sur l'accoudoir de sa chaise, l'autre sur le rebord de la fenêtre, comme s'il voulait se lever et jeter un dernier regard à l'extérieur.

Tu t'arrêtes devant lui. Tu n'es pas un de ces imbéciles qui, à chaque pause, dansent sur place comme un cheval nerveux. Tu n'aimes pas quand les autres coureurs le font.

« Tout va bien ? » interroges-tu.

Le vieil homme sursaute, puis il lève la tête. Soixante, soixante-dix ans peut-être. Un visage qui a tout vu. Marqué par le soleil. Le regard est las et surpris.

« Quoi ?

— Vous vous êtes endormi. Vous devriez rentrer chez vous, il fait nuit. »

L'homme jette un regard autour de lui. La surprise a cédé la place à la frayeur.

« Quelle… quelle heure est-il ? » demande-t-il en se léchant les lèvres.

Tu aimerais le prendre sous ta protection, lui apporter un verre d'eau, lui surélever les pieds. Tu repousses la manche de ta veste à capuche et regardes ta montre.

« Presque 10 heures.

— Oh ! mes aïeux », dit l'homme, mais il ne bouge pas.

Soudain il te sourit. Son sourire est contagieux.

« On se connaît ? demandes-tu en lui retournant son sourire.

— Non, je ne crois pas. »

L'homme secoue la tête comme pour réfléchir encore, puis il essaie de se lever, tremblant et vacillant. Il te regarde avec un air d'excuse et tend sa main vers toi. Tu t'approches. Ses doigts se referment sur ton poignet. Pendant un instant, il t'est désagréable qu'il sente ta peau humide de sueur, mais cet instant perd sa signification, car l'obscurité autour de toi explose tout à coup dans une lumière crue. Ta vessie se vide, tandis que tu écarquilles les yeux et que tu vois clairement et distinctement le visage de l'homme. Cela a presque quelque chose de religieux. Une révélation. Comme si tu apercevais Dieu.

« C'est bien », dit l'homme, mais tu ne l'entends plus. Tu n'es plus qu'un tas tremblant sur le sentier. Tes nerfs se détraquent, tes synapses font feu absurdement et, dans un coin de ta raison, une voix stridente te hurle des avertissements, mais tu n'en comprends pas une syllabe.

Tamara

Tamara attend. Elle patiente des heures durant au salon, dans le fauteuil. Elle comprend désormais pourquoi les gens font une veillée mortuaire. C'est la séparation qui est difficile. Il n'y a pas de retour en arrière. *Peut-être qu'être mort, c'est être abandonné de tous. Et plus on passe de temps auprès des morts, plus longtemps ils restent en vie.*

Elle essaie de lire. Elle essaie de réfléchir. Elle essaie même un temps de dormir, mais les pensées s'insinuent. Quelque chose la tracasse, quelque chose de vague, de flou comme une bribe de rêve. Elle allume la télévision et zappe d'une chaîne à l'autre, elle cherche la distraction.

À la tombée de la nuit, toujours sans nouvelles de Kris, Tamara erre dans la villa et se sent plusieurs fois tentée de prendre sa voiture. *Et ensuite ?* Où aller ? Debout à la fenêtre, elle garde pendant cinq minutes les yeux fixés sur le chemin pavé. Chaque voiture qui approche la remplit d'espoir. Chaque voiture qui s'éloigne la déstabilise encore plus.

435

Est-ce que j'aurais mal compris ? Il a dit qu'il avait besoin de rester seul un moment. Il n'a pas dit que ce moment durerait toute la nuit.

Tamara reporte son regard sur le téléviseur. Une femme suspend une centaine de mètres de linge dans un pré. Quelle niaiserie ! On dirait un hamster au travail. Tamara éteint la télévision et veut monter prendre une douche chaude. Les images se bousculent dans sa tête comme une tempête de pensées.

Kris qui se penche en avant et ôte la terre du cadavre de Wolf.

Kris qui presse la main de Wolf contre sa joue.

Tamara qui déchire avec ses dents...

Elle se précipite sur la télécommande et rallume le téléviseur.

La publicité pour la lessive est terminée, le spot suivant montre un chat au regard humain. Mais Tamara a trouvé le maillon manquant. Le souvenir est clair. Elle revoit Helena dans son jardin. Elle revoit la corde à linge tendue, la corbeille pleine de linge, le calme avec lequel Helena avait suspendu chaque pièce. Kris en train de blaguer, expliquant qu'il n'existait sans doute personne d'autre au monde qui suspendait son linge avec autant de lenteur que la dame d'en face. Et lorsque la dernière pièce était suspendue, la première rangée était sans doute déjà sèche, avait ajouté Wolf.

Tamara plisse les yeux et la vision se précise.

À présent, le jardin des Belzen lui apparaît distinctement.

La corde et le linge mouillé qui flotte au vent.

Vert pâle.

Elle ouvre les yeux, sort la lampe de poche de la commode du couloir et court au jardin. Elle

436

s'agenouille dans la boue et n'a pas à chercher long-temps. Un coin de la taie d'oreiller est visible dans la terre retournée. *Vert pâle. Des lys brodés.* Tamara dégage la taie. Elle entend Helena lui crier qu'il n'y a rien de mieux que du linge qui a séché au soleil. Helena qui s'extasie sur l'odeur, comme si chaque jour avait son odeur propre, tandis que, derrière elle, draps et housses miroitent, vert pâle, dans la lumière. Tamara laisse retomber la taie d'oreiller et tourne les yeux vers la maison obscure des Belzen.

Elle appelle chez eux et laisse sonner. Debout dans la cuisine, elle observe la maison. Kris n'est toujours pas joignable. Il est 21 heures, puis 22 heures. Tamara sait qu'elle ne peut rester assise là sans rien faire. Il y a quelque chose qui cloche là-bas. Elle revoit le visage du vieil homme qui se tenait sur l'autre rive et lui avait parlé. Elle essaie de se rappeler les paroles échangées, mais ce n'étaient que des propos banals, rien de signi-ficatif.

C'est un vieil homme, que viendrait-il faire là-dedans ?

Et la taie d'oreiller ? Est-ce une coïncidence ?

De nouveau des lys. Toujours ces foutus lys.

Tamara n'a rendu qu'une seule visite aux Belzen, ils avaient pris le café sur la terrasse. Ils n'avaient pas parlé de lys et, dans leur jardin, il n'en poussait pas.

Ils sont partis depuis plus d'une semaine, sans pré-venir.

Tamara monte à l'étage et trouve le revolver dans un des cartons. C'est un ami qui avait offert le pistolet à gaz à Frauke, des années auparavant, mais jamais elle ne s'en était servie. L'arme est une imitation de revolver. En la voyant, personne ne songerait à un pistolet à gaz. Tamara n'a aucune idée de la manière dont il fonctionne. L'important, pour elle, c'est l'impression qu'il produit.

Je pourrais attendre le retour de Kris.

Je pourrais me glisser sous une couverture et me cacher.

Je pourrais...

Ça suffit.

Tamara ouvre le barillet. Il contient une cartouche jaune. Elle fouille le carton, retourne les affaires de Frauke. Il n'y a pas d'autres cartouches.

« C'est mieux que rien », murmure-t-elle et elle redescend avec le pistolet à gaz.

Elle traverse en voiture le pont de Wannsee, tourne dans Conradstrasse et s'arrête au bord du Petit Wannsee, juste devant la maison des Belzen. Il n'y a pas d'autres voitures que la sienne dans un périmètre de dix mètres. Personne n'ouvre à son coup de sonnette. Tamara traverse le jardin et contourne la maison. Cela lui fait une drôle d'impression de voir la villa sur l'autre rive. Naguère, avec Astrid dans le canot, tout était nouveau et excitant. À présent la villa lui est familière et elle s'effraie de l'apparence de tristesse et d'abandon qui s'en dégage de loin.

Le détecteur de mouvement réagit, les lumières s'allument. Tamara se retrouve éclairée par deux faisceaux lumineux et s'efforce de ne pas avoir l'air effrayée.

Tu connais les Belzen, tu n'es pas une étrangère, alors ne te comporte pas comme telle.

Elle lève les yeux sur la maison. Trois des vitres ont été basculées et la porte de la terrasse est entrebâillée. Tamara glisse une main dans l'ouverture et repousse la porte. La puanteur la fait reculer. Elle reste sur la terrasse et inhale l'air frais avec avidité. En s'approchant de la porte pour la seconde fois, elle presse la manche de son chemisier contre sa bouche. Cette odeur lui rappelle un été à Norderney. Ses parents y avaient une maison de campagne où ils se rendaient deux fois par an. Sous un lit, ils avaient trouvé un chat mort. Il avait une blessure à la tête et il lui manquait l'oreille gauche. Il était sans doute passé par le toit et entré dans la maison pour y mourir en paix. La résidence des Belzen pue comme si une centaine de chats y étaient morts.

Tamara allume la lampe de poche. Tout a l'air normal. Le canapé est à sa place, aucune des chaises n'est renversée.

S'il n'y avait pas cette odeur...

À la cuisine, il y a un verre dans l'évier. Dans le réfrigérateur, du fromage, du lait, un paquet de pain. *Départ définitif*, songe Tamara et elle suit l'odeur jusqu'à l'étage supérieur. Quelqu'un a collé les portes des deux chambres avec du ruban adhésif argenté, comme pour s'assurer que personne ne quitte les pièces. Tamara s'arrête devant une des portes, saisit la poignée et l'abaisse. La porte n'est pas fermée, la serrure n'offre aucune résistance. L'unique obstacle vient des rubans adhésifs qui se tendent avec un soupir.

La puanteur s'aggrave. Tamara pose la torche par terre, détourne le visage et tire à deux mains sur la poignée. Craquements, claquements, puis le ruban adhésif cède, faisant basculer Tamara.

La chambre est plongée dans l'obscurité. Les jalousies sont baissées, empêchant la lumière d'entrer. Tamara braque le faisceau de la lampe devant elle. Quelque chose arrive droit sur elle en volant. Effrayée, elle recule. Des mouches, une foule de mouches. Elles se cognent au verre de la lampe. Tamara essaie de garder son calme et de maintenir la torche en position. Elle constate qu'elle est entrée dans une chambre à coucher. Sur le lit sont étendues deux silhouettes recouvertes. Sous le tissu, ça tressaille et ça tremble.

Va-t'en, lance une voix dans la tête de Tamara. Tu n'as pas besoin de voir ce qui se cache là-dessous. Tu sais ce qu'il y a, pourquoi regarder ? Qu'est-ce qui cloche chez toi ?

Tamara rejette la couverture sur le côté.

Des mouches. Des vers. Et ce qui, autrefois, a été les Belzen.

Après avoir vomi, Tamara se penche au-dessus de l'évier, s'asperge le visage d'eau, se rince la bouche et respire par à-coups. Elle ne veut surtout pas voir qui se trouve derrière la seconde porte scellée. Elle est sûre qu'il s'agit du vieil homme qui gardait la maison.

Meybach, espèce de malade, comment as-tu osé ?

Cela explique tant de choses. Comment Meybach savait ce qu'ils faisaient. Comment il était si bien informé. *Il devait nous surveiller. Il a parlé de nous avec les Belzen et, quand ils ont cessé de lui être utiles, il les a tués. Pendant tout ce temps, il nous surveillait. Même quand la police était là. Pendant tout ce temps. Il n'a jamais eu l'intention de nous laisser tranquilles.*

Dans l'armoire à pharmacie, Tamara trouve un pot de baume du tigre. Elle s'en étale une couche sous le nez, inspire à fond l'odeur pénétrante.

Il faut que je parle à Kris. Il faut que j'appelle Gerald, et si Gerald n'est pas là, je m'adresserai à un de ses collègues. Je lui décrirai ce que j'ai vu. Je...

Une des portes au rez-de-chaussée heurte le mur avec un bruit sourd. On entend des pas. La porte retombe. Silence.

Tamara se tient sans bouger dans la salle de bains. Elle lève les yeux au plafond où la lampe dispense sa lumière.

Quelle que soit la personne qui est entrée, elle verra qu'il y a de la lumière dans la salle de bains.

Tamara éteint et se glisse jusqu'à la porte pour la fermer. Elle retient son souffle, immobile et silencieuse.

Personne ne monte l'escalier.

Tamara expire avec précaution, inspire avec précaution, aimerait pouvoir fermer les yeux, garde les yeux grands ouverts. Pendant un instant, elle pense stupidement que les Belzen en ont eu assez de rester au lit et qu'ils sont descendus se préparer un sandwich. Elle réfrène un rire hystérique.

Ressaisis-toi !

Elle a perdu la notion du temps. La sueur a séché sur son visage. Il n'y a pas d'autre claquement de porte. Rien que le silence. Tamara compte les secondes. À trois cents, elle ouvre la porte et quitte la salle de bains.

L'odeur est toujours là, le baume du tigre n'est pas d'une grande aide. Tamara a l'impression d'avoir dans la bouche le goût ignoble de la putréfaction et elle réprime une nausée. Ses yeux se sont habitués à l'obscurité, mais elle garde une main contre le mur et commence à descendre furtivement l'escalier.

Peut-être que c'est juste mon imagination.

Peut-être que la porte de la terrasse a simplement glissé.

Elle arrive au dernier palier, la porte du couloir est fermée, la porte de la terrasse est ouverte. En face, elle aperçoit les lumières de la villa.

Si je m'enfuis maintenant, en dix secondes je suis au bord de l'eau, et, une fois au bord de l'eau, je peux atteindre la rive opposée à la nage en quelques minutes et...

Dans le couloir retentit un bruit de pas, quelqu'un abaisse la poignée, la porte du salon s'ouvre.

Toi

Personne n'aimerait savoir ce que tu as ressenti. C'est facile à imaginer. Tu as reçu 600 000 volts dans le corps, ensuite on t'a allongé sur la banquette arrière d'une voiture, transporté dans Berlin, tiré hors de la voiture et traîné dans un escalier jusqu'à une cave. Avant le dernier palier, on t'a laissé tomber et le sol t'a accueilli avec rudesse. Pendant un moment, tu es resté là, étendu par terre, avec le tapis rugueux qui imprimait ses motifs sur ton visage. Ta conscience était vide, tu ne t'es pas aperçu qu'on te plaquait contre le mur. Tu n'as rien senti, rien respiré, rien entendu. Et alors que tu émergeais de ton évanouissement, on a enfoncé un clou, en deux coups, dans tes paumes jointes.

On récolte toujours ce qu'on a semé.

Tu cries des profondeurs de ton subconscient. Tu es comme un plongeur qui n'a plus que quelques secondes pour s'échapper de ces profondeurs. Ton cri est la corde que tu utilises pour t'extraire de l'obscurité. Ton cri est ta vie, résumée dans un souffle.

Tu ouvres les yeux et respires par à-coups, tes bras sont étirés vers le haut, le bout de tes doigts touche le plafond, tu sens ton poids peser sur le clou fiché dans tes mains. Tu as l'impression de brûler de haut en bas. Tu t'efforces de calmer ta respiration et tu lèves les yeux. Au-dessus de toi, il y a tes mains clouées, en dessous, ta veste de survêtement, tes jambes, tes tennis. Elles touchent tout juste le sol.

Je suis parti faire du jogging, penses-tu, je suis parti faire du jogging et puis…

Tu n'as pas d'autres souvenirs. La douleur dans tes mains annihile toute pensée. Tu essaies de rester suspendu sans bouger et de chasser la douleur. Tu y parviens pendant trente secondes, tu y parviens pendant une minute, puis l'instinct de survie frappe, et tu bouges, et les flammes descendent le long de tes bras, et c'est comme mourir encore et encore.

Comme si tu savais ce que c'est, mourir.

Comme si.

Calme.

Calme-toi.

Maintenant.

Tu te détends, de nouveau tu es suspendu, immobile.

« Hé ho ! »

Tu ne veux pas appeler au secours, tu ne veux pas mendier, tu veux juste attirer l'attention.

« Hé ho ! Il y a quelqu'un ? »

Tu tends l'oreille à des pas éventuels, tu attends et clignes des yeux pour en chasser la sueur. Il règne une chaleur désagréable ici. Tu essaies de te concentrer. Un bruit de pas se fait entendre, une porte s'ouvre, et un homme pénètre dans la cave. Il a quelque chose de familier, mais tu n'arrives pas à saisir quoi.

« Ah ! tu es réveillé, très bien. »

Ton cerveau traque les informations.

D'où... d'où est-ce que je le connais ?

T̶u̶ ne te souviens vraiment pas ? Jogging, banc du parc, vieil homme...

Le vieil homme ?

C'est ça.

L'homme s'assied sur un tabouret et te regarde.

« Fanni et Karl, dit-il. Pourquoi ? »

En dépit de toi-même, tu éclates de rire.

L'homme incline la tête de côté.

Tu cesses de rire et réponds :

« Pourquoi ? Qu'est-ce que c'est que cette question ? Tu es l'un d'eux, c'est ça ? C'est quoi, cette question de merde ? Je vais te dire pourquoi. Pour tout le mal qu'ils m'ont fait. Voilà pourquoi. Pour tout ça.

— Et qui es-tu pour te permettre de juger les autres ? veut savoir l'homme.

— Tu sais très bien qui je suis.

— Le petit Lars.

— Exact, le petit Lars. »

L'homme secoue la tête.

« Le petit Lars n'aurait jamais agi comme ça. Jamais. Il est l'un d'entre nous, il fait partie de nous. Lars est comme un fils pour moi. Qui es-tu donc ? »

Tu craches et l'atteins à l'épaule. Il te regarde, il te regarde longuement comme s'il pouvait deviner tout ce que tu penses, tout ce que tu ressens. Tu résistes pour ne pas détourner les yeux.

« En tout cas, tu n'es pas un de mes fils, poursuit l'homme. Tu n'as aucun respect, tu n'as pas la moindre étincelle d'honneur en toi. Tu n'as toujours pas compris que nous étions une famille qui se serre les coudes ? »

Tu sens la rage t'envahir. *Famille. Comment ose-t-il ? Comment...* Tu aurais tant de choses à lui balancer, mais tu arrives tout juste à sortir :

« Vous êtes un groupe de pédophiles, vous chopez des enfants innocents dans la rue. Vous êtes des malades, vous détruisez les âmes. Rien d'autre. »

L'homme a l'air surpris. *Comment peut-il être surpris ?* Si seulement tu avais les mains libres ! Tes jambes tressaillent, mais tu ne crois pas possible de l'atteindre d'un coup de pied.

« Des pédophiles ? répète l'homme, comme si ce terme était un insecte qu'il se refusait à toucher. Tu n'as pas bien compris. Nous apprenons quelque chose aux enfants. Nous sommes bons avec eux, nous leur enseignons la docilité. Nous les accueillons et nous leur enseignons la douleur. Comment survivraient-ils dans notre monde chaotique s'ils ignoraient la docilité et la douleur ? »

Il attend très sérieusement que tu lui répondes. Tu es stupéfait. Du reste, pourquoi lui parles-tu ? Qu'y a-t-il à discuter ? *Rien.* Qu'en attends-tu ? *Rien.* Les bases sont absentes. Autant demander à une pierre pourquoi elle est une pierre. Tu te parlerais à toi-même que tu en retirerais plus de profit. Et pour être tout à fait honnête, tu n'as pas vraiment envie de savoir ce que cet homme pense et sent, et comment il est devenu ce qu'il est. Oublie son histoire, oublie ses racines. Histoire et racines n'excusent pas le présent. Elles ne font que l'expliciter. Au-delà d'une certaine limite, les explications sont inutiles. Les enfants sont une limite. Personne ne peut défaire ce qui a été fait et revenir en arrière. On peut juste contenir le virus pour éviter qu'il

se propage. Alors concentre-toi sur l'ici et maintenant :
toi, suspendu à un mur par un clou.

« … pourquoi ?

— Quoi ?

— Pourquoi les as-tu cloués au mur ? »

Tu le regardes sans rien dire. Tu ne répondras pas à
sa question.

« C'est Lars qui t'a raconté tout ça ? te demande
l'homme. Il t'a raconté qu'ils l'avaient traité comme
ça ? »

Il rit.

« Et tu l'as cru ? »

Ta réponse se réduit à un chuchotement.

« Je sais comment vous m'avez traité. J'étais là.
Vous m'avez attaché. Vous m'avez suspendu au mur
comme un morceau de viande. Je sais ce que je sais. »

L'homme sourit d'un air de regret.

« Bien sûr, Lars t'a menti, il ne voulait pas que tu
apprennes la vérité. »

Tu n'écoutes pas, tu bandes les muscles de tes bras.
La douleur te fait trembler. L'homme t'a certes cloué
au mur, mais il a oublié un détail important. Afin que
Fanni et Karl ne bougent pas, tu leur as enfoncé un clou
supplémentaire dans le front. Ce détail est très important, car si, grâce à ton poids…

L'homme te frappe au visage, comme s'il pouvait
lire dans tes pensées.

« Tu m'écoutes ? Tu sais pourquoi Lars n'aurait
jamais agi comme ça ? »

Tu n'as aucune idée de ce dont il parle. Si tu avais
les mains libres, tu pourrais lui briser la nuque en
quelques secondes. L'homme pose une main sur ta poitrine. Il ouvre la fermeture Éclair de ta veste de sport,

sort ton T-shirt de ton pantalon et le relève pour dénuder ton torse. Tu sens ses doigts froids. Son souffle sur ta peau. Tu baisses les yeux, l'homme lève les siens. Sa main repose sur ton cœur.

« Dis-moi qui tu es vraiment, chuchote-t-il.

— Je suis votre petit Lars, salaud. »

L'homme secoue la tête. Sa main est sur ta poitrine.

« Ici, explique-t-il en te tapotant comme un bon chien, ici, il te manque quelque chose. »

Il laisse retomber ton T-shirt et recule. Il regarde la main qui t'a touché, puis il dit :

« À mon avis, tu ne dois même pas bien connaître Lars. Si tu le connaissais, tu saurais qu'il fait partie de la famille. Pourquoi crois-tu qu'il t'ait raconté si peu de choses sur lui ? »

Il touche son propre cœur.

« Nous lui avons imprimé notre marque. Tous les fils, toutes les filles portent cette marque. Tu ne sais absolument pas de quoi je parle, n'est-ce pas ? Toi qui crois si bien connaître Lars, tu n'as aucune idée de ce qu'il est vraiment. D'ailleurs sais-tu qui je suis ? Je suis une énigme pour toi, hein ? Allez, dis-le-moi. Qui suis-je ? »

Tu détournes les yeux, tu n'as pas de réponse. Alors l'homme te dit qui il est.

Quand Butch eut quatorze ans, Fanni et Karl lui apprirent que désormais il était leur frère. Ce jour-là, ils lui apportèrent des cadeaux et les déposèrent à ses pieds. Ils lui témoignaient une tendresse fraternelle, et c'était la première fois que Butch se sentait en sécurité en leur présence. Fanni lui banda les yeux, expliquant qu'ils avaient une surprise pour lui. Ils quittèrent la

pièce, le silence s'installa. Plusieurs minutes s'écou-
lèrent. Puis Butch perçut un mouvement et sut qu'il
n'était plus seul. Il retint son souffle, tout en lui se
crispa. Une voix d'homme se fit entendre tout près de
son oreille. Elle ne parla qu'une fois. Elle dit : *Lars.*

La vessie de Butch se vida. Il avait si peur qu'il pissa
par terre. Une main enserra son sexe et se mit à le travailler, comme si Butch n'urinait que pour cette main.
Quand plus rien ne sortit, la main disparut et le silence
revint. Pendant plusieurs minutes. Puis Butch sentit
qu'on le flairait. On inspirait à fond, on expirait dans
un soupir.

Par la suite, l'homme ne toucha plus jamais Butch. Il
se contentait de le flairer. Sur tout le corps. Et il restait
là longtemps. Avant de partir, il approchait ses lèvres
de l'oreille de Butch. Il parlait à voix basse : *si on te
pose la question, tu diras que je n'étais pas là.*

L'homme lève les yeux vers toi. Il est content de lui.

« Lars t'a parlé de Fanni et de Karl, mais il ne t'a rien
dit de moi. Et tu sais pourquoi ? Parce que je suis son
secret. Personne ne doit savoir que j'existe. Je le lui ai
demandé et il me l'a promis. Nous sommes proches.
Nous avons confiance l'un en l'autre, tu comprends ? »

Tu gardes les yeux fixés sur lui. À présent, tu ne dois
montrer aucune émotion. L'homme connaît ton point
sensible.

« Alors qui es-tu ? demande-t-il.

— Lars Meybach.

— Tu en es sûr ?

— J'en suis sûr. »

L'homme saisit un marteau sur l'établi et entreprend
de te briser les côtes.

La fin survint en automne, pas en hiver. À l'automne, les lumières s'éteignirent et les ombres s'éveillèrent. C'était le temps de la transformation. À l'époque, tu ignorais que ce serait aussi l'époque de ta transformation.

Tu te souviens des odeurs. Tu te souviens de ce qu'on éprouvait à vivre. Tout était possible. Sundance était plein d'espoir, Butch allait bien.

Durant leurs vacances d'été communes en Suède, Sundance s'était foulé la cheville et avait fait la connaissance d'une femme médecin à l'hôpital. Au début de l'automne, il prit une semaine et retourna la voir à Stockholm. Comme son vol de retour était annulé, on lui changea son billet et il revint de Suède un peu plus tôt que prévu. Butch n'en savait rien, Sundance lui réservait la surprise.

Une fois revenu de l'aéroport, il se rendit au supermarché et fit des courses. Il voulait cuisiner, et quand Butch rentrerait, le soir, ils fêteraient son retour de Suède.

Vers 15 heures, Sundance entendit marcher dans l'appartement du dessus. Certains jours, Butch rentrait plus tôt du travail. Sundance hâta les préparatifs. Il dressa la table et alluma le four, puis il prit les deux cadeaux qu'il avait achetés pour Butch à Stockholm et monta.

Personne n'ouvrit.

Sundance sonna une seconde fois et se demanda s'il devait redescendre rapidement pour chercher la clé. Il ne croyait pas s'être trompé en entendant les bruits. D'un autre côté, il ne voulait pas faire irruption dans l'appartement pendant que Butch était aux toilettes. Il s'était juré d'avoir confiance en Butch et de respecter sa sphère privée. Il sonna encore. On entendit un martèlement de pas, puis la porte s'ouvrit.

Le petit Butch se tenait devant lui. Comme venu du passé pour se montrer au grand Sundance. Mais la couleur de cheveux ne collait pas, les yeux étaient différents et plus Sundance examinait le garçon, plus il s'étonnait d'avoir pu le prendre pour le petit Butch.

« Ne reste pas à la porte », fit la voix de Butch dans l'appartement.

Le garçon se borna à regarder Sundance, puis il recula dans l'ombre, traversa le couloir à reculons en promenant le bout de ses doigts contre un des murs pour s'orienter. Quand il eut atteint le seuil de la chambre à coucher, il s'arrêta.

« Qui est-ce ? s'enquit Butch.

— Un homme.

— Quel genre ? »

Le gamin haussa les épaules.

Butch lui ordonna de le regarder.

Le garçon le regarda.

« Est-ce que tu mens ? »

Le garçon secoua la tête.

Butch sortit de la chambre à coucher.

La porte de l'appartement était toujours ouverte, mais il n'y avait plus personne.

Butch jeta un coup d'œil dans le corridor.

« Enfoirés de démarcheurs », dit-il en refermant la porte.

Sundance passa à l'action. Il pesa soigneusement chaque étape. Il ne fallait pas commettre d'erreur. Une fois rentré dans son appartement, il éteignit le four et s'assit à la table de la cuisine. Il réfléchit. Il avait deux sortes de somnifères dans son armoire à pharmacie. Il ouvrit une bouteille de vin. À 19 h 30, il appela Butch de son portable et l'informa qu'il venait juste d'atterrir et allait prendre un taxi. Butch avait-il envie de dîner avec lui à 9 heures ?

« Qu'est-ce qu'il y aura à manger ? s'enquit Butch.

— Je concocterai quelque chose », promit Sundance et il raccrocha.

Il passa la demi-heure suivante assis sur une chaise, sans bouger, puis il alla jusqu'à la porte de l'appartement, l'ouvrit et la claqua.

Il était rentré.

Ils s'étreignirent, s'assirent à table, Sundance alla chercher les cadeaux de Butch et ils s'amusèrent des idioties qu'il avait achetées. Un pull-over avec un renne rouge sur le devant, un chapeau à oreillettes. Ils burent du vin et Sundance parla de son séjour en Suède. Butch parla de la masse de travail qu'il avait et de la grosse journée qui venait de s'écouler. À un moment, Sundance alla aux toilettes. Il prit un essuie-mains, le pressa contre sa figure et cria. Puis il attendit que son visage ait recouvré sa teinte normale et il retourna à table.

Le somnifère se mit à agir après le troisième verre. Dans un premier temps, Butch eut chaud, puis il se sentit bizarre et n'arriva plus à se concentrer. Sundance l'aida à s'étendre sur le canapé, où Butch s'endormit en quelques minutes.

Sundance monta à l'appartement de Butch et l'ouvrit, puis il redescendit chercher Butch. Il le porta comme on porterait une jeune mariée. Il l'allongea sur le lit dans la chambre à coucher, se rendit ensuite dans la salle de bains et remplit la baignoire. Il avait revêtu des gants, il n'était pas fou. Après avoir disposé des bougies, il posa la bouteille de vin sur le sol et le verre sur le rebord de la baignoire. C'était un verre propre, s'il venait à quelqu'un l'idée de l'examiner, il ne pourrait pas déterminer que les comprimés de somnifère avaient été dissous dans le vin.

Dans la chambre à coucher, il déshabilla Butch et découvrit qu'il avait de minuscules cicatrices sous le mamelon gauche. Quatre points, en forme de Y. Il posa les vêtements de Butch sur une chaise et transporta son ami dans la salle de bains. Butch dormait toujours, l'eau chaude ne le fit même pas tressaillir. Tout était comme il fallait. Sundance approcha une chaise. Il contempla son ami à la lueur des bougies. La vapeur brûlante qui s'élevait de l'eau flottait autour de son cou. Son cœur battait dans sa poitrine. Butch respirait le calme.

Sundance lui posa une main sur le sommet du crâne et exerça une douce pression. Silence. Des bulles d'air s'échappèrent des narines de Butch. Il toussa une fois, tressaillit. Sundance ne se départit pas de sa douceur. Lorsqu'il ôta sa main, rien n'avait changé extérieurement. Butch était sous l'eau, le bras de Sundance exhalait une vapeur brûlante. Celui-ci souhaita un instant que Butch pût ouvrir les yeux et le regarder. Il voulait s'expliquer. Il n'y avait rien à expliquer. Sundance était persuadé que son ami comprenait les raisons de son acte. L'amour. Il avait agi uniquement par amour.

Et pas une seule fois ils n'en avaient parlé.

« Dis-moi ton nom. »

Tu tousses, la douleur est telle que tu as déjà vomi à deux reprises. Chaque fois que tu respires, tu sens tes côtes fracassées. L'homme a commencé par le bas de la cage thoracique, t'expliquant qu'il gardait les côtes du haut pour la fin.

« Sinon, elles te perforeraient le cœur, or je ne veux pas en finir trop vite avec toi. »

L'homme essuie ses mains moites sur une serviette. Verte avec des lys blancs. Il boit de l'eau à la bouteille et avale deux cachets. Il te promet de revenir dans un instant.

Tu fermes les yeux et retournes dans le passé.

C'est toi qui as trouvé le corps le lendemain matin. C'est toi qui as appelé une ambulance, qui as parlé à la police et lui as offert du café. Toi et non Sundance, car Sundance était mort la même nuit que Butch. Il n'avait plus de raison d'exister. Butch et Sundance n'étaient plus. Effacés.

Tu fus très sollicité. Tu promis à sa famille de te charger de tout. Ses parents te donnèrent carte blanche. L'appartement, le compte en banque, les assurances. Il fallait s'occuper de tout cela, il y avait beaucoup de travail en perspective, mais c'était une bonne chose. En t'occupant de tout, tu réparais à ta façon ce que la famille ignorait.

« Comment a-t-il pu se suicider ? demanda le père de Lars. Comment peut-on faire ça à ses parents ? »

Comme s'ils étaient le centre du monde, comme si les enfants n'existaient que pour placer leurs parents dans un éclairage favorable. Comme si. Tu éprouves de l'amertume à voir la famille de Lars se détourner de lui dans la mort. Tu avais espéré d'eux autre chose.

Le lendemain de l'enterrement, tu es allé au bureau. Personne ne savait ce qui était arrivé à ton meilleur ami et il ne fallait pas qu'on l'apprenne. Il y avait le travail et la vie privée. C'est ce jour-là que la chose s'est produite pour la première fois. Tu étais aux toilettes, debout devant le lavabo pour te laver les mains. Dans la glace, ton regard a rencontré ton visage non rasé, aux joues un peu creuses, aux yeux cernés. Tu t'apprêtais à te sécher les mains quand ton regard a dérapé. Tu as refait une tentative. Sans succès. Tu ne pouvais plus te regarder en face. Effrayé, tu as éclaté de rire et approché ton visage de la glace quand un collègue est entré.

Ce jour-là, tu as quitté le travail plus tôt que d'habitude. Tu n'arrivais pas à garder le regard fixé sur toi-même. Tes yeux t'évitaient. Tu as pris deux jours de congé tant tu avais peur. Tu es resté assis chez toi, à te demander ce que cela signifiait. Et ce moment de tranquillité t'a permis de comprendre. La culpabilité te submergeait, et tu as pleuré, tu as bu et tu n'as quasiment pas bougé de ton lit. Mais tu pouvais faire ce que tu voulais, ton regard t'évitait.

Quatre jours après sa mort, tu avais touché le fond. Les fantômes te harcelaient. *Que serait-il arrivé si j'avais parlé à Lars ? On aurait pu discuter, non ? Y avait-il une autre solution ?* Tes questions rhétoriques ne t'étaient d'aucune utilité. Tu avais fait un choix, tu devais en assumer les conséquences.

Le quatrième soir, tu as commencé au vin avant de passer à la tequila. Vers 21 heures, complètement ivre, tu es monté chez Lars. Tu as pleuré, tu t'es assis sur son canapé, tu as pleuré et gémi. Il y avait des photos de vous deux, il y avait la vie qui ne reviendrait plus. Tu as touché ses affaires et même reniflé ses vêtements, tu étais seul et perdu. Tu es resté un moment sur le seuil de la salle de bains avant d'aller chercher les produits d'entretien à la cuisine et de te mettre à récurer la baignoire. Tes lèvres remuaient toutes seules, les paroles et les excuses sortaient, puis revenaient parce qu'il n'y avait personne pour les entendre.

Tu ne sais plus comment tu as fini dans la baignoire. Tu te souviens que, à un moment donné, les bougies brûlaient, la mousse crépitait et, toi, tu étais allongé avec de l'eau jusqu'au cou, le visage mouillé de larmes et de vapeur.

Quand l'eau a été froide, tu as quitté la baignoire et tu t'es séché. Nu, laissant tes vêtements sur le couvercle des toilettes, tu t'es rendu au salon. Il n'y avait pas de pensées, juste l'action. Lars était un peu plus grand que toi, mais on le remarquait à peine. Tu as pris des vêtements dans son armoire, sans pouvoir t'arrêter de pleurer. Tu t'es habillé et tu es resté assis sur le canapé jusqu'à ce que tu n'aies plus de larmes. Puis tu es sorti dans la nuit.

Le club était nouveau, situé à l'extrémité de Bleibtreustrasse, à quelques pas du Kurfürstendamm. On t'a installé à une table libre et tu as continué à boire. Plus tard, en dansant, tu as abordé une femme. C'était sympathique, naturel. Vous avez passé un moment au bar et vous avez trinqué, et puis elle s'est penchée vers toi et t'a demandé comment tu t'appelais. Et alors c'est arrivé, tu l'as délibérément ressuscité. *Lars*, as-tu répondu à la femme. Tu as juste indiqué son prénom, ce qui n'a pas dérangé la femme. C'est normal. C'était fascinant. Elle n'a pas eu une seconde de doute. Pourquoi en aurait-elle eu ?

Lars.

Vous êtes allés chez lui. Vous avez couché ensemble dans son lit et, plus tard, vous vous êtes assis dans sa cuisine et vous avez bu son vin. Vous avez refait l'amour dans la salle de bains. Les mains de la femme sur le carrelage, les tiennes sur ses hanches.

Baise-moi, Lars, baise-moi.

Tu avais déjà couché avec quelques femmes, mais aucune d'elles ne t'avait jamais appelé par ton prénom. Alors tu lui as fait ce plaisir, alors Lars l'a baisée. Alors Lars s'est mis au lit avec elle et a succombé à un sommeil profond et sans rêves. Au matin, tu t'es réveillé, les idées claires. Tu as laissé dormir la femme. Ton euphorie te rendait nerveux. Qu'est-ce que cela signifiait ? Devenais-tu psychotique ? Est-ce que tu pétais un câble ? Était-ce la voie que tu voulais suivre ? Tribut. Toute amitié demande un tribut. Alors tu as opté pour le tribut, tu es allé dans la salle de bains, tu t'es penché au-dessus du lavabo de ton meilleur ami défunt et tu as passé ton visage sous l'eau du robinet. Lorsque tu as redressé la tête, tu ne pouvais toujours pas te regarder en face. Tes yeux t'évitaient, tressautaient, se détournaient.

C'est moi, voulais-tu dire, mais tu ne savais pas si c'était vraiment toi.

Ta première réaction fut de rire. *Bon sang, je suis bien atteint !* as-tu pensé en secouant la tête. Puis tu t'es rapproché du miroir. Cela ne fonctionnait toujours pas. Comme la rencontre entre deux polarités identiques. Tu ne parvenais pas à focaliser ton regard sur toi-même.

C'est ce jour-là que tu as commencé à payer ton tribut.

Tu as parlé au propriétaire et loué l'appartement de Lars en plus du tien. Cela n'occasionna aucune difficulté, on ne crée pas de difficultés à quelqu'un dans ta position. Tu as caché à la banque que Lars était mort. Tu as contrefait sa signature et engendré un mythe. Dans ses papiers, tu as trouvé tout ce qu'il fallait sur les comptes bancaires, la Sécurité sociale, les assurances. Tu l'as fait démissionner de son emploi au motif qu'il voulait s'occuper de sa mère malade. Tu as fait tout ce qui était nécessaire pour supprimer Lars. Et ensuite, tu as tout fait pour que personne ne l'oublie. C'est ainsi que Lars devint quelqu'un qui restait présent à travers son absence. Ni disparu ni mort, vivant.

Un matin, le téléphone a sonné et tu as décroché d'un geste machinal. C'était un ami de Lars et tu t'es demandé pourquoi il t'appelait. Avant que tu ne puisses lui poser la question, il était déjà en train de papoter et voulait savoir à quoi ressemblait Berlin en cet hiver si doux. À ce moment-là, tu as compris que tu n'étais pas dans ton lit. *Depuis quand est-ce que je dors en haut ?* Tu l'ignorais. Après un instant d'hésitation, tu as répondu comme il fallait à l'ami de Lars. Il n'a pas douté une seconde de l'identité de son interlocuteur.

Tu avais beau payer ton tribut, ton état ne s'améliorait pas. Tes yeux continuaient de t'éviter. Tu as pleuré, tu as cogné contre le miroir jusqu'à ce qu'il en tombe des morceaux dans le lavabo. Rien n'y faisait. Tu as habité l'appartement de Lars comme si c'était le tien. Ta vie privée s'est perdue dans les sables. Tu n'avais plus qu'un seul objectif – rendre justice à Lars.

Il devait continuer à vivre à travers toi. En attendant le moment où il te laisserait partir. C'est peut-être impossible à comprendre, mais le fait de ne plus pouvoir te regarder en face t'avait profondément ébranlé. Tu vivais dans la culpabilité.

Est-ce que je deviens fou ? Est-ce que je devrais aller voir un médecin ?

Tu as recouvert les miroirs, y compris chez toi. Les femmes trouvaient cela mélancolique, tu mentionnais un oncle juif défunt et elles s'étonnaient que tu ne sois pas circoncis.

Combien de temps cela aurait-il pu continuer ainsi ? Qui sait ? Combien de temps aurais-tu réussi à mener ces deux vies ? Un an ? Davantage ? La découverte du cahier dans le tiroir de la table de nuit t'évita d'avoir à décider. Des noms, une quantité de noms. Deux d'entre eux étaient soulignés, tu en connaissais deux. À ce moment-là, tu as compris dans quelle farce tu vivais. Et tu es devenu furieux, furieux contre Lars, parce qu'il ne voulait pas te lâcher. Que voulait-il encore de toi ? Que pouvais-tu encore lui donner ?

La compréhension fut comme une coupure nette dans tes pensées. Il t'appartenait de faire ce qu'il fallait. De veiller à l'équilibre.

Je te donne Fanni et Karl. Et tu me laisses partir.

L'homme te frappe au visage. Tes yeux s'ouvrent d'un coup, tu ne sais pas combien de temps tu es demeuré inconscient. L'homme t'ordonne de te concentrer. Il se répète. Une litanie. *Qui ? Es ? Tu ?* Tu secoues la tête, tu ne sais plus qui tu es. Il brandit le marteau. L'ombre de son bras. Tu détournes la tête et tu réponds. Il ne te comprend pas, tu as murmuré. Tu murmures. *Doucement.* Du vomi coule de ta bouche, tu tousses. L'homme se hausse sur la pointe des pieds. *Plus près.* Son oreille est près de ta bouche. Chaque mot est comme une phrase tandis que tu articules :

« Je vais te tuer.

— Non, tu ne me tueras pas, chuchote l'homme en retour. Et tu veux que je te dise pourquoi ? Parce que je ne suis pas vraiment là.

— Si, tu es là », réponds-tu.

Au même moment, tes jambes se soulèvent et se referment autour du dos de l'homme. Tu cries, tu lui cries en pleine figure, car ton corps n'est plus que douleur, comme si ce qui était suspendu à ce clou, ce n'était pas seulement ton poids mais tes nerfs, comme s'il n'y avait plus rien d'autre que ce foutu clou dans tes foutues mains. Crie autant que tu veux, laisse sortir, parce que c'est peut-être là ton unique chance, alors ne la gâche pas, laisse tout sortir.

Tu espères que l'angle est bon. Tu bandes les muscles de tes bras, un fil métallique incandescent te râpe la colonne vertébrale, tes fesses prennent appui contre le mur, l'homme cherche à se dégager de ton étreinte et donne au jugé des coups de marteau frénétiques, mais c'est trop tard, il y a une secousse, le clou reste fiché dans le mur, tes mains se détachent comme la viande sur une broche de chachlik, et tu es enfin libre.

Tamara

Un rai de lumière troue l'obscurité du salon. Tamara entend une respiration lourde, puis des pas qui se rapprochent et on ferme la porte de la terrasse. Il y a un cliquetis de clés. Au cours des minutes qui suivent, il ne se passe rien. Quelle que soit la personne qui est au salon, elle se contente d'être là tandis que Tamara est accroupie derrière le canapé, les genoux contre la poitrine, retenant son souffle. Enfin les pas s'éloignent de nouveau.

Silence.

La lumière s'éteint dans le couloir. Tamara s'attend à entendre la porte d'entrée se fermer. Il n'en est rien. Tamara reste dans le noir. Les secondes deviennent des minutes.

Encore une minute. Ou deux.

Tamara s'accorde cinq minutes avant de se risquer hors de sa cachette, derrière le canapé. Elle se glisse jusqu'à la terrasse et veut ouvrir la porte. Celle-ci est verrouillée. Tamara se sent sur le point de fondre en larmes. Elle réfléchit à ce qu'elle pourrait utiliser pour briser la vitre et saisit un lampadaire. Elle le brandit. Le pistolet à gaz glisse de la ceinture de son pantalon et tombe à terre. Tamara se fige. Son regard va du pistolet à la porte ouverte du salon. *Personne ne m'a entendue, personne...* Et c'est alors que le bruit de voix lui parvient. Bas, assourdi, puis un cri, atténué, lointain, un peu comme si une station de radio émettait de faibles signaux. Tamara se concentre. Le sang chuchote à ses oreilles, elle a le cœur qui bat. Elle se concentre et suit la source du bruit jusqu'au chauffage. Elle se penche en avant. Les voix viennent du radiateur. Tamara y presse l'oreille et sursaute. *Pourquoi le chauffage est-il mis ?* Son oreille touche de nouveau le métal brûlant. Elle perçoit un gémissement et puis des coups, et le silence revient. Pause d'émission. Et soudain Tamara sait pourquoi Kris ne répond pas. *Parce qu'il est ici.* Voilà pourquoi elle n'arrive pas à le joindre. *Parce que Meybach l'a chopé.* Une voix parle. *Kris ?* Tamara ne comprend pas un mot. Sa main se promène sur le radiateur. Les tuyaux conduisent en bas.

Toi

Le choc est brutal. Ton crâne racle le mur, puis tu atterris sur l'épaule gauche et essaies le plus vite possible de t'éloigner de l'homme. Tu as ôté tes jambes de son dos, ce qui n'est pas très malin car, à présent, l'homme est libre de ses mouvements et se déchaîne. La main qui tient le marteau se lève et s'abaisse sans relâche. Pour l'instant, tu as eu de la chance. Il te frôle le bras, il te frôle la jambe, il rate ton visage de quelques centimètres. Comme un crabe, tu recules. Ton pied frappe. L'homme halète, il a du mal à se redresser et se frotte la poitrine. Il est livide. Tu te mets debout en t'agrippant à l'établi. Tes mains trouvent un pied de table cassé, ça ne vaut pas le marteau, mais c'est mieux que rien. Maintenant, tu es paré.

« Allez, viens », dis-tu.

Il n'a pas un instant d'hésitation, le marteau siffle dans l'air, tu esquives, le marteau rate ton menton, alors l'homme se projette en avant et ses épaules te heurtent. Le pied de table t'échappe, tu tombes à la renverse.

Comment a-t-il fait pour être aussi rapide ?

Tu ne le sais pas, tu lui martèles les reins, tu lui cognes l'estomac, la poitrine et tentes en vain de le frapper au visage, tout en prenant lentement conscience que tu es plus faible que tu ne le pensais. *Il va m'achever.* Tes coups n'ont aucun effet. On entend un bruit bizarre, tu mets un moment avant de comprendre qu'il vient de l'homme. Celui-ci émet un rire rauque et te presse la gorge d'une main, ton crâne est plaqué au sol, le marteau se lève, il atteint le point le plus élevé et commence à redescendre quand la porte de la cave s'ouvre brutalement. L'homme tourne la tête, ton poing l'atteint à la gorge et tu sens les tendons céder sous tes jointures. L'homme bascule en arrière avec un râle. Sur le seuil surgit Tamara Berger et, à présent, c'est à ton tour de rire car la scène t'évoque un mauvais film d'action, sauf que, dans un mauvais film d'action, l'héroïne n'a jamais l'air aussi effrayée à sa première apparition.

Tamara

« Reste au sol ! Tu entends ? Reste au sol ! »

L'homme en survêtement est si épuisé qu'il peut à peine bouger. Il reste au sol et lève les bras en un geste d'apaisement. Du sang sur ses paumes, du sang autour de sa bouche. Devant lui est assis un autre homme, qui presse ses mains sur son cou en émettant un râle. Tamara ne sait où regarder. Elle reconnaît l'homme qui garde la maison des Belzen. Elle se rappelle son nom. Samuel. Tamara est soulagée qu'il soit encore en vie et braque son revolver sur l'homme en survêtement.

Lui aussi, je le connais. Ce visage, d'où...

Et alors elle se souvient. Il y a une semaine. Dans la cuisine. Un des deux policiers, celui qui l'a priée de s'asseoir.

Qui était si jeune que je n'arrivais pas à le prendre au sérieux.

« Vous êtes policier, dit-elle, surprise.

— Kripo, précise l'homme.

— Vous... vous étiez là avec Gerald.

— Exact. Gerald est mon chef. Je suis Jonas. Jonas Kronauer. »

Tamara ne comprend plus rien.

« Qu'est-ce que... qu'est-ce que vous faites ici ?

— C'est une longue histoire, répond Kronauer en faisant mine de se lever.

— Non, dit Tamara.

— Quoi ?

— Vous me prenez pour une imbécile ? Restez assis. Je veux d'abord qu'il me raconte ce qui s'est passé ici. »

Elle remarque que le policier regarde son arme.

« Ce n'est pas un jouet, déclare-t-elle.

— Je sais, dit Kronauer. Je ne pensais pas non plus que vous me menaciez avec un jouet. »

Tamara attend, au cas où Kronauer continuerait à parler. Il se tait et reste assis.

Bien.

Tamara s'accroupit à côté de Samuel.

« Ça va ?

— Je n'arrive pas à respirer. Ma gorge… Il l'a… Mais ça va aller. »

Il tousse, se racle la gorge et demande :

« Vous avez trouvé… Helena et Joachim ? »

Tamara acquiesce.

« Dieu soit loué ! dit Samuel en se remettant à tousser. Je pensais déjà que…

— Je suis désolée, l'interrompt-elle, Helena et Joachim sont morts. »

Samuel baisse la tête, il la secoue lentement avec incrédulité. Lorsqu'il relève les yeux, des larmes y brillent. Il regarde Kronauer.

« Qu'est-ce qui s'est passé ? » demande Tamara.

Samuel parle, les yeux braqués sur Kronauer.

« Helena et Joachim sont rentrés de voyage il y a deux jours et, le soir même, ce type s'est pointé. Il a déclaré qu'il était de la police et que la Kripo voulait

466

surveiller la villa. Il m'a maîtrisé et enfermé à la cave. Ça fait deux jours que je suis là et que j'ignore ce que sont devenus Helena et Joachim. Quand il est descendu, tout à l'heure, j'ai pu l'avoir par surprise. »

À présent, il regarde Tamara.

« Je suis content que vous nous ayez trouvés. Je ne crois pas que je m'en serais sorti vivant.

— Il ment, déclare Kronauer. C'est un tissu de mensonges.

— Vous voulez bien m'aider ? » demande Samuel en tendant la main vers Tamara.

Celle-ci la saisit et aide Samuel à se relever.

« Nous devrions appeler la police, suggère Samuel.

— JE *SUIS* LA POLICE ! » hurle soudain Kronauer.

Puis, reprenant son calme, il se tourne vers Tamara :

« Appelez mon chef. Gerald vous confirmera qui je suis. Le vieux m'a guetté dans le parc…

— C'est ridicule, proteste Samuel.

— Et il m'a trimballé jusqu'ici. Je ne sais même pas où je suis. Je vous en prie, appelez Gerald. »

Samuel s'adosse au mur. Il est blême et tremblant.

« Regardez-moi, implore-t-il Tamara. Est-ce que j'ai l'air capable de trimballer des gens ?

— Ne l'écoutez pas, dit Kronauer.

— Nous devrions l'attacher jusqu'à ce que tout soit éclairci, propose Samuel.

— Écoutez-moi, je suis de la police. Cet homme est un pédophile et il n'attendra pas une seconde avant de…

— Comment osez-vous ? le coupe Samuel. Vous n'avez donc aucune décence ?

— SILENCE ! »

Les deux hommes se taisent. Tamara braque l'arme entre eux. Elle sent qu'elle est en train de perdre son équilibre. Elle a reculé jusqu'au mur. Rien ne se passe comme prévu. Elle était sûre d'elle, elle s'était précipitée à la cave pour sauver Kris. *Où est-il donc ?* Elle aimerait pouvoir rembobiner le film et reconsidérer sa décision. Et appeler la police.

Il faut que j'appelle la police, il faut que...

Comme de loin, elle entend une voix dire :

« Vous devez prendre une décision. »

Tamara se concentre sur Kronauer. Il y a un souvenir qu'elle n'arrive pas à cerner. Kronauer incline la tête de biais et attend sa décision. *Il est venu à la villa, il est de la police.* Samuel tousse. On entend le bruit des colonnes de chauffage. *J'aimerais tellement être ailleurs*, pense Tamara et elle se décide. Elle ordonne à Kronauer de rester assis et de se tourner. Et elle prie Samuel de l'attacher. Kronauer pousse un juron. Samuel attrape un rouleau de ruban de Nylon sur une des étagères. Il lui attache les mains dans le dos et recule.

« Merci », dit-il à Tamara.

Toi

Le ruban de Nylon te scie les poignets, respirer est une souffrance. Comment tout cela a-t-il pu se produire ? Comment as-tu pu croire qu'il n'y avait que Fanni et Karl ? Bon sang, comment as-tu pu être aussi naïf ?

Tu te tournes et vois Tamara et l'homme quitter la cave. Tamara n'est pas stupide, elle laisse l'homme la précéder. Tu souhaiterais juste qu'elle ait l'air moins novice avec cette arme.

« Hé, Tamara ! »

Elle se retourne.

« Vous faites une erreur, vous le savez ? » Elle hésite. Tu es sur le point de l'avertir, de lui dire que tu la connais et que tu ne veux pas qu'il lui arrive quelque chose, quand elle te devance :

« Comment connaissez-vous mon nom ? »

Tu restes muet. Pendant quelques secondes, tu te bornes à la regarder et puis tu réagis enfin, tu réponds que tu as accompagné tes collègues de la Kripo à la villa et...

« Je ne vous ai pas dit mon nom, t'interrompt Tamara. Et vous ne m'avez pas dit le vôtre. Tout ça n'a aucun sens. J'aimerais vraiment savoir d'où vous connaissez mon nom. »

Elle se détourne et rejoint l'homme dans l'escalier. Elle n'a même pas l'idée de fermer la porte derrière elle. Elle est d'une telle imprudence qu'elle ne tiendra pas cinq minutes face à l'homme.

Tu commences par ramener tes mains liées vers l'avant en les faisant passer sous tes jambes. Tu as le dos rompu et tes quatre côtes cassées n'arrangent rien. Chaque geste te coupe la respiration et, tandis que tu travailles à défaire tes liens, tu te demandes pourquoi Tamara ne t'a pas cru. Elle t'a vu à la villa, elle sait que tu es policier. Et pourtant…

Et d'où connaît-elle l'homme ? Qu'est-ce que j'ai loupé ? Qui sont Helena et Joachim ? Et où suis-je ?

Tu as maintenant les mains devant. Tu es trempé de sueur et tu te relèves en chancelant. La porte de la cave est juste entrouverte, tu pourrais monter et…

Le coup de feu te fait sursauter. Décontenancé, tu regardes le plafond comme si tu pouvais voir à travers le béton les pièces qui sont au-dessus. Tu attends le coup de feu suivant et, lorsque tu comprends qu'un seul coup a dû suffire, tu commences à frotter frénétiquement tes liens contre le rebord de la table.

Il l'a abattue, ce salopard l'a abattue et, moi, je suis encore là, comme un imbécile, et je suis attaché et je ne peux rien faire.

Tu es trop lent. Des pas retentissent dans l'escalier et tu es devant la table, comme un imbécile, les mains liées, et tu ne peux rien faire.

L'homme qui n'était pas là

C'est presque trop facile. C'est d'une facilité presque inquiétante.

Il monte avec la fille et, dans la cuisine, remplit un verre d'eau. Il l'avale d'un trait. Derrière lui, la fille lui demande s'il se sent mieux. Il acquiesce et précise que cela fait deux jours qu'il n'a ni bu ni mangé. Il remplit de nouveau son verre, à l'aise dans son rôle.

« Nous devrions appeler la police », suggère la fille.

Il acquiesce et passe devant elle pour se rendre au salon. La puanteur des cadavres est insupportable. Il allume un des lampadaires, ouvre la porte de la terrasse et aspire avec gratitude l'air nocturne. Il se demande comment la fille a pu surgir si soudainement. Depuis combien de temps était-elle dans la maison ? La porte d'entrée est verrouillée. Comment a-t-il pu ne pas remarquer sa présence ? *Et pourquoi garde-t-elle le silence ?* Il se retourne. Debout dans l'embrasure de la porte, la fille le regarde.

« Pourquoi Wolf ? » interroge-t-elle.

Il est un peu surpris. Il l'avait crue plus naïve, mais elle est maligne, attentive. Elle aurait eu sa place dans la famille. C'est une belle pensée. Elle et Fanni auraient été sœurs.

« Est-ce que je peux m'asseoir ? »

Sans attendre sa réponse, il prend place dans un des fauteuils et croise les jambes.

« Pourquoi Wolf ? répète-t-elle.

— Vous n'avez pas d'enfants, n'est-ce pas ? Vous avez trente ans, le milieu de la trentaine ? Vous ne comprendriez pas de quoi je parle. Les enfants. Les enfants sont tout. Sans enfants, le monde s'arrête de tourner. Je n'ai fait que défendre mes enfants. J'ignorais ce qui s'était vraiment passé. J'étais persuadé que vous et vos amis étiez les coupables. Et si vous voulez bien être honnête… »

Il penche la tête de biais.

« … vous avez votre part de responsabilité. Pourquoi créer une agence qui s'excuse à la place des autres ? Ne devriez-vous pas laisser cela à chacun ? À quoi sert l'Église ? Quand on danse pour appeler la pluie, il ne faut pas s'étonner qu'elle arrive.

— Qu'est-ce que c'est que ces conneries ?

— La bonne nouvelle, poursuit-il comme s'il n'avait pas entendu, c'est que je vous pardonne. Vous êtes certainement une brave fille et vous ne saviez pas où vous mettiez les pieds. Alors restons-en là. »

Il se lève.

« Ne bougez pas ! »

Il ne se rassied pas, l'arme est braquée sur sa poitrine.

« Qu'est-ce qui m'a trahi ? » interroge-t-il, quoique cela ne l'intéresse pas vraiment.

Il veut qu'elle continue à parler, il veut qu'elle pense au lieu de sentir.

« Les Belzen n'ont pas l'air d'avoir été tués il y a deux jours. Et vous n'avez pas l'air d'avoir été retenu prisonnier. En plus, vous auriez pu vous enfuir par une des fenêtres de la cave.

— Peut-être que j'étais attaché.

— Et pourquoi aviez-vous la clé de la terrasse ?

— Parce que je garde la maison et que…

— Je suis entrée par la terrasse, le coupe la fille. J'étais ici, au salon, quand vous avez fermé la baie de l'intérieur.

— Ah ! dit l'homme. Vous êtes maligne. »

Il se rapproche. Il s'aperçoit qu'elle tremble.

« Qu'est-ce que vous avez fait à Wolf ?

— Je ne lui ai rien fait. Il s'est endormi pour ne plus se réveiller. Mais j'ai protégé son visage. Un visage d'ange. Quand il dormait, il ressemblait à un petit garçon. Qui voudrait recouvrir de terre un visage pareil ? Ce serait inhumain. Non, je n'en ai pas eu le cœur. »

L'homme se souvient du poids du garçon dans ses bras. Il aurait été incapable de lui faire du mal.

« Il n'a pas souffert, déclare l'homme. Il s'est endormi pour ne plus se réveiller. »

L'homme voit que la fille pleure. Il sait que jamais elle ne tirera sur lui. Il éprouve de la peine pour elle. Il doit être si dur d'affronter la vérité et de comprendre les erreurs qu'on a commises.

« C'est bon, dit-il, je sais ce qu'on ressent.

— Quoi ?

— Je disais…

— J'avais compris. Comment osez-vous ?

— Moi aussi, j'ai vécu ça, la mort de mes enfants, je sais à quel point c'est terrible. »

Il se rapproche encore.

« Arrêtez.

473

— Vous êtes une fille bien et, moi, je suis un homme bien. On va en discuter sans arme.

— Je vous en prie, dit la fille en reculant d'un pas.

— Calmez-vous. »

Il lui prendra l'arme des mains. Il serrera la fille dans ses bras et la calmera. Ensuite, il s'occupera du policier dans la cave. Il n'en a pas encore fini avec lui. Il placera la fille et le policier dans la chambre avec les Belzen. Il y aura un incendie. L'incendie est la meilleure solution. Il y aura un incendie et l'histoire s'arrêtera là.

« Wolf était mon ami, dit la fille.

— Fanni et Karl étaient mes enfants, réplique-t-il.

— Arrêtez ! ordonne la fille en levant le bras.

— C'est bon », dit l'homme en s'arrêtant.

L'arme est à vingt centimètres de son visage. Il voit l'intérieur du canon. Il voit le tremblement du canon. La fille a le doigt sur la gâchette. Le doigt est relâché. Il est posé là, comme s'il ne savait pas pourquoi il est là.

Très bien, pense l'homme et il dit :

« Je ne suis pas coupable. »

La fille ne réagit pas. L'homme sourit. La fille a cessé de pleurer. Elle regarde l'homme comme si elle le voyait pour la première fois.

« Je suis désolée, dit-elle.

— Je sais, dit l'homme, je sais. »

Il enserre l'arme de sa main. La fille ferme les yeux et presse la gâchette.

C'est un peu comme si, d'un geste brusque, on lui avait violemment tiré la tête en arrière. Le corps suit paresseusement, puis l'homme atterrit sur le dos, le visage en feu. On dirait que sensation, pensée et vision sont une mer de flammes. L'oxygène ne pénètre plus, il n'y a que l'incessante palpitation du feu. Un croassement s'échappe de la gorge de l'homme, ses mains battent les flammes, puis enfin, enfin, la douleur le submerge et sa raison sombre dans l'inconscience, tandis que son corps tressaute encore une fois ou deux sur le tapis, puis s'immobilise. Les bras se baissent, les mains se calment.

La fille bondit en arrière au moment où le coup part. Elle reste dans le couloir jusqu'à ce que le gaz s'échappe par la terrasse. L'homme n'en perçoit rien. Il est étendu au sol, son visage à demi brûlé tourné sur le côté. Sa bouche laisse échapper un filet de salive, les battements de son cœur sont à peine perceptibles. La fille se penche sur lui. Elle respire l'odeur de la chair brûlée, elle voit le sang et n'éprouve aucun remords.

Tamara

Elle s'arrête dans l'escalier conduisant à la cave et constate, en jetant un coup d'œil par la porte entrouverte, que Kronauer n'est plus assis par terre. Elle est fatiguée. Elle tient un pistolet à gaz vide et elle est claquée. Elle s'accroupit dans l'escalier et attend. Comme tout est silencieux dans la cave, elle lance au bout d'un moment :

« Hé ho ! »

Une ombre traverse la pièce, puis Kronauer surgit dans l'entrebâillement de la porte. Ses mains liées ne se trouvent plus dans son dos. Il les porte devant lui comme une offrande.

« J'ai pris ma décision, annonce Tamara.

— Et qu'est-ce qui vous a convaincue ? »

Elle hausse les épaules. Elle a beau avoir envie de pleurer, elle ne montrera pas sa faiblesse devant Kronauer.

« Je ne l'aimais pas.

— C'est une bonne raison », admet Kronauer en ouvrant la porte du pied.

Tamara reste accroupie dans l'escalier. Kronauer ne représente pas une menace pour elle, plus personne n'est une menace pour elle.

Dormir, ce serait si bon de s'endormir ici, sur les marches.

« … mort ? »

Tamara sursaute, elle a eu une seconde de distraction, d'absence.

« Quoi ?

— Il est mort ? »

Tamara secoue la tête.

« Je ne crois pas. »

Kronauer lui tend ses mains liées.

« Vous pourriez me…

— Qu'est-ce qu'il va devenir ?

— C'est une question piège ?

— Non, pas du tout.

— Il sera arrêté, il sera jugé et envoyé en prison.

— Fin de l'histoire ?

— Fin de l'histoire. »

Tamara se redresse.

Ça ne va pas.

« Je crois qu'il y a quelque chose qui cloche, dit-elle en braquant le pistolet sur Kronauer. Reculez de deux pas.

— Ce n'est plus nécessaire, proteste Kronauer.

— Je ne veux pas qu'il aille en prison.

— Vous n'allez tout de même pas le laisser courir, ne faites pas de bêtises !

— Reculez ! » lui ordonne Tamara.

Kronauer recule, il ne comprend pas. *Peu importe*, pense Tamara et, de sa main libre, elle désigne les fenêtres de la cave.

« Vous voyez les fenêtres ? Vous arriverez bien à vous débrouiller. »

Puis elle claque la porte de la cave. Elle donne un tour de clé et laisse la clé dans la serrure. Après quoi elle se rassied dans l'escalier, doutant que Kronauer se mette à tambouriner contre la porte. En vérité, elle n'attend pas grand-chose de la police.

Il sera arrêté, il sera jugé et envoyé en prison. Fin de l'histoire.

Assise sur les marches, dans le noir, Tamara réfléchit.

Toi

La porte claque, tu entends la clé tourner dans la serrure et te voilà une fois de plus enfermé. Prends-le avec humour, c'est toujours mieux que de recevoir une balle.

Espèce de pétasse.

Tu es si épuisé que tu te rassieds par terre et bascules lentement en arrière. Tu restes étendu sur le dos pendant un moment, les yeux fermés. Tu te laisses gagner par la somnolence, tu atterris quelque part entre l'avant et l'après. Dans un royaume intermédiaire où rien ne peut échapper à ton contrôle. Tu te réveilles en sursaut. Tout est pareil. La cave, la douleur, toi. Tu essaies vainement de t'asseoir. Tu roules sur le côté et tends le bras vers le mur. Tes mains sont comme vidées. Au moins, elles ne saignent plus. Tu te redresses centimètre après centimètre. Quelques années plus tôt, il y avait eu un très mauvais film avec Bruce Willis. Tu ne te rappelles plus l'intrigue, tu sais juste qu'un des personnages avait les os fragiles. Des os de verre. Si Bruce te voyait maintenant ! À l'intérieur, tu n'es plus que débris de verre.

Il te faut cinq minutes pour te libérer de tes liens, et dix minutes supplémentaires pour te hisser par la fenêtre de la cave et rester étendu dans la fraîcheur de l'herbe.

On dirait un clochard, ta veste de survêtement est déchirée en deux endroits, ton pantalon est souillé de vomi et tu as les mains en sang.

Après t'être redressé en prenant appui contre le mur de la maison, tu tournes les yeux vers la droite et un rire rauque t'échappe. Sur l'autre rive, on aperçoit la villa. Tu reconnais les deux tours et la remise. Il y a huit jours, tu as franchi le portail d'entrée avec une équipe d'intervention à l'initiative de Gerald. Ce jour-là, tu ne te doutais de rien. Les choses s'étaient enchaînées si vite. Soudain, ils avaient tous été là, Frauke Lewin, Tamara Berger, Wolf Marrer. Tu t'attendais à chaque instant à ce que l'un d'eux pointe son doigt sur toi. *Bonjour, je suis Lars Meybach, comment ça va ?*

Seul Kris manquait, ce jour-là. Comme si quelqu'un avait éloigné la pièce principale du puzzle, celle qui réunit tous les fragments. Si Kris avait été présent, votre rencontre, une semaine plus tard, dans le corridor de ton immeuble, aurait été un fiasco.

Peut-être as-tu eu de la chance, peut-être aussi es-tu juste le jouet du destin.

Tu te détournes et traverses le jardin pour rejoindre la rue. Une voiture passe, tu optes pour la même direction et tu la suis. Au début, ta démarche est incertaine, mais, au bout de cent mètres, elle s'améliore. Tu étires prudemment les reins et respires à fond. Ton corps comprend peu à peu que la vie continue.

Quand tu arrives en vue de la gare, tu marques une pause en t'appuyant contre une voiture en stationnement. Que le vieux t'ait trimballé jusqu'à Wannsee te semble d'une merveilleuse ironie. Comment tout cela a-t-il pu t'arriver ? Tu avais d'autres plans, tu croyais pouvoir maîtriser la situation. Tu n'as aucune idée de ce que signifie la maîtrise.

Dans le train, les gens restent à bonne distance de toi. Tu pries pour que personne n'ait l'idée de contrôler ton billet. Un sans-abri traverse la rame en t'ignorant.

Pendant un temps, tu restes assis, penché en avant, les yeux fixés sur les plaies de tes paumes. *Tétanos*, penses-tu, *il me faut d'urgence une piqûre antitétanique.* Tu as l'impression qu'à chaque station le train s'arrête deux fois plus longtemps que d'habitude. En levant les yeux, tu constates que vous êtes à Nikolassee. Le train repart. La gare disparaît, la vitre te renvoie ton reflet. Tes yeux. Quelle satisfaction de pouvoir à nouveau se regarder en face ! Personne ne te croirait si tu expliquais à quel point il est important pour un être humain d'être capable de se regarder en face. D'une importance vitale. Tu t'adresses un clin d'œil. Tu serres les poings. La douleur est si intense que des larmes coulent sur tes joues.

Tu n'es pas un assassin, tu n'es qu'un être égaré en quête de lui-même. L'égaré, s'il entrevoit la possibilité de se trouver, saisira sa chance. Et tuera. Et redressera ce qui est tordu. Voilà comment tu comprends la justice en ce monde.

Fanni et Karl.

Tu as déniché toutes les informations les concernant. Les autres noms figurant dans le carnet d'adresses t'étaient indifférents. Seuls Fanni et Karl t'intéressaient. Et alors que tu étais plongé dans tes recherches, dans la culpabilité et l'expiation, un jour, à midi, ton chef t'a invité avec trois autres collègues dans un restaurant chic. Vous veniez juste de passer la commande quand Gerald a parlé d'une amie qui avait créé une agence. Une agence qui s'excusait. Au nom d'autres personnes. Vous avez ri, mais ton rire à toi sonnait faux. Tu étais persuadé d'avoir mal entendu. Tu as repensé à cette histoire du moteur de voiture censé fonctionner avec une dose d'essence pour neuf d'eau. Un mythe. Mais comme pour tout mythe se posait aussitôt la question : *que se passerait-il si... ?* Tu as continué de manger et tu as digéré l'information. Devinant ton incrédulité, Gerald t'a conseillé de vérifier sur Internet. Voilà comment tout a commencé.

Tu éprouves un sentiment bizarre en descendant, peu avant minuit, à la station Charlottenburg, et en parcourant comme si de rien n'était les trois cents mètres qui la séparent de ton immeuble. En passant devant les gens attablés dans les cafés et les restaurants, devant tous ces mortels qui te lancent des regards méfiants et ignorent ce que c'est d'avoir été quasiment battu à mort par un vieil homme.

Au premier étage, tu hésites après avoir ouvert la porte de ton appartement. Tout a changé, tout est resté comme avant. Tu commences à comprendre pourquoi tu as tant de mal à laisser partir Lars. À aucun moment, au cours des dernières heures, tu n'as renié son nom. Pourtant l'homme t'a brisé les côtes. Qu'est-ce que cela signifie ? Ne peux-tu ou ne veux-tu pas le laisser partir ? *Je ne peux pas. Je ne veux pas.* Qu'est-ce qui cloche avec toi ? Tu as payé ton tribut, tu es libre. Pourtant, tu te poses cette question : *pourquoi ne pourrais-je pas maintenir l'illusion encore pendant quelque temps ?* C'est la séparation, c'est l'adieu, c'est fini. *Oui, mais Lars m'appartient.* Or arrivé à ce point, tu n'es pas tout à fait honnête avec toi-même. L'excitation de vivre deux vies à la fois joue aussi un grand rôle. *Encore une nuit*, penses-tu, *et si, au matin, je me sens différent, j'arrête tout.*

Et voilà comment Jonas Kronauer referme sa porte, et voilà comment Lars Meybach monte l'escalier jusqu'à l'étage au-dessus.

Tu veux ouvrir la porte, la clé coince. Tu la retires, refais une tentative. La clé tourne dans la serrure, tu ouvres la porte et effectues un geste machinal sur la droite pour allumer la lumière. L'interrupteur émet un clic sec, la lumière ne s'allume pas. Avec un juron, tu entres et refermes la porte derrière toi. Tu t'apprêtes à aller vers le caisson à fusibles quand le premier coup de feu t'atteint à l'estomac. La violence de l'impact te soulève de terre, pendant une seconde tes pieds perdent le contact avec le sol. Le second coup de feu te fracasse l'avant-bras. Tu es précipité contre la porte d'entrée et tu glisses à terre. Tu es stupéfait.

La douleur n'est pas encore là. Tu ne comprends absolument rien. Tu es au sol et tu ne sais pas ce qui se passe. Au même moment, ton corps enregistre les blessures, au même moment, tes nerfs réagissent. Un soupir s'échappe de tes lèvres et une vague de souffrance te submerge.

Tamara

Il est étendu là, sans bouger. Elle fouille les poches de son pantalon. Vides. Elle va dans le couloir et fait les manteaux et les vestes accrochés aux patères. La quatrième veste est à lui. Il se prénomme vraiment Samuel. Dans la poche droite, il y a un trousseau de clés, les papiers de la voiture sont dans le portefeuille.

Tamara met le tout dans sa poche.

La marque de la voiture figure sur l'une des clés. Il ne faut même pas deux minutes à Tamara pour identifier le véhicule. Elle pénètre en marche arrière dans l'allée des Belzen. Le coffre contient deux caisses de bouteilles d'eau minérale vides, un parapluie et une couverture. Tamara les dépose à côté de la voiture et laisse le coffre ouvert. Elle fonctionne comme un automate. Elle contourne la maison et, soudain, elle est sûre que Samuel a disparu.

S'il est parti, j'irai à sa recherche. Je...

Il est toujours allongé sur le tapis. Tamara l'attrape sous les aisselles et le traîne sur la terrasse, dans le jardin, jusqu'à la voiture. Peu lui importe d'être vue. Elle hisse le corps dans le coffre. Celui-ci se referme avec un claquement sonore. Tamara monte en voiture et démarre.

Elle s'arrête tout d'abord à la villa. Elle prend ses papiers ainsi qu'un grand rouleau de ruban adhésif. Elle fourre des vêtements dans un sac. Dans la remise, elle trouve des coussins et des couvertures de laine.

Elle retourne à la voiture et ouvre le coffre.

L'homme est toujours sans connaissance.

Je pourrais l'enterrer. Je pourrais l'enterrer ici et maintenant. La fosse est toujours ouverte, ce serait très facile.

Tamara secoue la tête, elle ne veut pas l'avoir dans le voisinage.

Elle le ligote à l'aide du ruban adhésif. D'abord les bras, puis les jambes. Elle l'empaquète. Pour finir, elle lui colle du ruban sur la bouche, et dispose couvertures et coussins autour de lui. Elle lui secoue l'épaule, il ne bouge pas d'un centimètre.

Emballé, pesé.

Dans la villa, Tamara a un instant d'hésitation. Elle voudrait laisser un mot à Kris et se demande quoi lui écrire. *Hé, j'ai un vieil homme dans le coffre de la voiture et si la malchance s'en mêle, tu ne me reverras jamais.* Elle prend un crayon et se met en quête de papier. Son regard tombe sur la note au-dessus de l'évier. *Dans l'obscurité de tes pensées…* Elle ne sait pas qui a écrit cette idiotie, ni pourquoi elle ne l'avait pas remarquée.

Tamara arrache le bout de papier, barre les quelques mots et essaie d'écrire, mais elle ne produit qu'un gribouillis, elle a la main qui tremble. *Du calme !* Finalement, elle griffonne en lettres capitales :

485

Ça suffira. Elle place le mot sur la table de la cuisine et sort. En arrivant à la voiture, elle entend des coups sourds en provenance du coffre. Elle ne veut pas jeter un coup d'œil à l'intérieur. Elle monte dans la voiture et met le moteur en marche.

Kris

Kris tressaille en entendant la clé dans la serrure. Le serrurier avait raison, elle coince. Kris entend jurer, puis on secoue la porte et la clé tourne dans la serrure. La porte s'ouvre. Une main tâtonne à la recherche de l'interrupteur. La lumière ne s'allume pas. Kris s'est instruit en regardant des films.

« Ah, merde ! »

Kris voit la silhouette de Meybach. Celui-ci referme la porte. Il avance de deux pas, puis s'immobilise. Il attend que ses yeux s'habituent à l'obscurité. Kris, lui, attend que Meybach fasse un pas de plus. Meybach est obligé de passer devant lui pour accéder au caisson à fusibles.

Pourquoi hésite-t-il ?

C'est alors que Meybach fait le pas attendu.

Les coups de feu sont bruyants. Deux sons éclatants, qui semblent s'être glissés le long du silencieux. Kris a visé le bas du corps de Meybach. Il s'étonne d'être aussi calme après avoir tiré. Il a les oreilles qui bourdonnent, mais il est calme. Projeté contre la porte, Meybach glisse au sol. Il ne dit mot, puis sa bouche laisse échapper un gémissement qui tient du soupir.

Kris braque sa lampe de poche sur lui et l'allume.

« C'est toi », dit-il.

Du sang. Un survêtement. Des chaussures de sport. Meybach regarde la lumière comme si Kris n'était pas là, comme si la lumière était une présence autonome dans la pièce, qui le mettait à la question. Ses pupilles se réduisent à des têtes d'épingle, il a la bouche entrouverte.

« C'est moi, chuchote Meybach, et il reprend son souffle, et il répète, plus fort : C'est moi ! »

Toi

C'est toi, en effet, vraiment toi, même si à présent tu souhaiterais ne pas être toi – quatre côtes cassées, un bras fracassé, des trous dans les paumes de main et une balle dans le ventre. Personne n'aimerait être à ta place.

Vous êtes assis l'un en face de l'autre. Toi, adossé à la porte, Kris Marrer, sur une chaise. La lampe torche, dressée sur le sol devant lui, illumine le plafond. L'éclairage rappelle la pénombre d'un aquarium. Tu clignes des yeux pour mieux voir, la lumière n'est pas d'une grande aide. Autour de toi s'élargit une flaque de sang, le bas de ton corps, à partir du bassin, est devenu insensible. Tu ne serais pas étonné si tes jambes se levaient et s'en allaient.

« J'espère que c'est douloureux, dit Kris Marrer.

— Ça va », réponds-tu.

C'est la vérité. La douleur s'est transformée en pulsation sourde. Non, le problème n'est pas la douleur. Il y a pire : la faiblesse. Dormir, tu ne penses plus qu'à dormir.

« Je me fiche de savoir qui tu es vraiment, poursuit Kris. Je me fiche que tu sois mort il y a trois mois ou que tu aies juste simulé ta mort. Je ne veux pas non

489

plus savoir pourquoi tu t'es arrangé pour qu'on te trouve aussi facilement. »

Tu tousses, de ta bouche jaillit un flot de sang épais et chaud, tu veux lever ton bras valide pour essuyer ton menton ensanglanté, mais tu n'y arrives pas. Tu es content de ne pas pouvoir te voir.

Kris Marrer continue de parler. *Concentration.* Tu sens que tu perds le fil. Concentre-toi !

« … un de ces psychopathes qui se livrent eux-mêmes au bourreau pour qu'on les arrête. Ça aussi, je m'en fiche. Je voudrais juste savoir une chose : pourquoi est-ce que tu nous as mêlés à ça ? »

Tu es parcouru par un soubresaut. Ah ! te voilà attentif maintenant. C'est qu'il s'agit de la vérité. De ce qui s'est passé. Alors réponds-lui, dis-lui tranquillement toute la vérité.

« À cause de… à cause de votre arrogance.

— Quoi ? »

Kris Marrer est obligé de se pencher en avant pour t'entendre. Tu ne savais pas que tu chuchotais. Tu te racles la gorge, encore du sang, tu craches, tu cherches à t'asseoir plus confortablement, tu renonces.

« À cause de… à cause du rôle que vous vous êtes attribué. Vous… chacun vit avec sa culpabilité… se tourmente pour essayer de… Et vous, espèces d'enfoirés… vous vous amenez… »

Tu souris, les dents blanches, le film de sang sur tes dents blanches, un sourire de loup. Et pendant un instant, tu recouvres ta force. Comme un pouls irrégulier. Tu as le cœur qui cogne. La force du juste.

« Je vous ai… punis, tu comprends ? Je vous ai punis de votre arrogance. Car je… la culpabilité, je sais ce que c'est. Je... j'étais coupable. J'étais si coupable... »

Tu ne sens pas que tu pleures. Tes larmes coulent sur tes joues sales. Tu aimerais pouvoir être debout. Fier, digne, au lieu d'être pitoyablement assis par terre comme un imbécile qui a reçu une balle dans l'estomac.

« J'étais... je ne pouvais rien faire, absolument rien. Je croyais avoir trouvé un moyen et puis... J'ai entendu parler de vous. Vous... vous donniez l'absolution et vous débarrassiez l'autre de sa culpabilité, comme s'il suffisait de claquer des doigts. Je... je savais que vous ne pouviez pas m'aider. D'ailleurs, je n'aurais pas voulu qu'on m'aide. La culpabilité, c'est personnel. Privé. Et on ne peut pas s'excuser auprès d'un mort, hein ? Personne... personne ne peut satisfaire un mort... Personne. Voilà pourquoi je me suis moqué de vous. Je vous ai fait parler aux morts. Bon sang, ce que vous avez dû vous sentir idiots ! Vous croyiez vraiment que j'avais besoin d'excuses ? Vous l'avez cru, hein ? Vous l'avez... »

Tu éclates de rire, ton rire heurte Marrer. Tu ne devrais pas exagérer, il risquerait de te flanquer une autre balle avant que tu aies fini de rire.

« Alors, comment c'était d'affronter les morts en récitant son texte ? Ces mots vous étaient destinés. Vous n'avez rien compris... Vous...

— Tu nous as *punis* ? te coupe Marrer, incrédule. C'est tout ?

— C'est tout.

— Tu te fous de moi ? »

Il ne te croit pas, il ne veut pas te croire. C'est un imbécile, mais un imbécile armé.

« Votre prétention, votre arrogance, poursuis-tu et chaque mot est comme un crachat. Pourquoi est-ce que je me foutrais de toi ? Ce que vous avez fait au nom du remords et de la culpabilité devrait être interdit. Comment avez-vous pu être aussi arrogants ?

— Mais nous voulions aider, nous…

— VOUS VOUS PRENIEZ POUR DIEU, ESPÈCES D'ENFOIRÉS ! » cries-tu soudain.

Tu sais évidemment que tu exagères. Mais tu ne trouves rien de mieux. Tu sais qu'ils n'ont jamais voulu jouer à Dieu. Tu es juste amer : pendant que tu te débattais avec ta culpabilité, il y avait ces quatre zozos qui se faisaient payer pour ce qui t'avait coûté jusqu'à la dernière miette de ton identité. Personne ne devrait avoir la tâche aussi facile, alors tu la leur as rendue difficile.

« Je m'étais perdu, tellement j'étais coupable, reprends-tu. Je ne pouvais plus me regarder dans les yeux, tu piges ? Alors comment faire ? J'ai cherché une solution. C'est comme ça que je suis devenu votre miroir.

— Et c'est ce qui a coûté la vie à deux personnes ? »

Tu ris. Tu croyais Marrer plus intelligent.

« Je les aurais tuées même si vous n'aviez pas été là. Vous vous êtes intégrés à mon calendrier.

— Calendrier ?

— Exact, calendrier.

— Et Wolf ? Il entrait aussi dans ton calendrier ?

— Quoi ?

— On l'a trouvé hier, dans le jardin. Qu'est-ce que tu voulais nous faire comprendre *avec ça* ? Qu'est-ce qu'un malade peut avoir à me dire en enterrant mon frère vivant ? »

Tu essaies de te concentrer, tu n'as aucune idée de ce qui est arrivé à Wolf Marrer.

« Je…

— Tu sais quoi ? Pour être franc, je ne veux pas entendre ta réponse. Tu as raconté suffisamment de conneries. Et ça, c'est de ta faute ? »

Kris te tend la photo. Butch et Sundance sur leurs vélos.

« Tu sais ce que je pense de ta culpabilité ? continue Kris. Elle est à toi et à personne d'autre. On ne te l'ôtera pas. Voilà ce que j'en pense de ta culpabilité : rien. »

Tu regardes fixement la photo. Tout se réduit à cet instant. Ça recommence. Les oreilles qui sifflent, la réalité qui tressaute et qui tremble avant de se figer dans un bruit de raclement. Tu contemples la photo dans la main de Marrer, tu vois son visage derrière. Le chagrin, la colère. Il est là pour te tuer. Peu lui importe que ce soit bien ou pas. Tout ce qu'il sait, c'est que *tu ne dois plus exister.*

Souviens-toi du moment, au restaurant, où tu as entendu parler pour la première fois de l'agence. La réalité s'était figée et tu t'étais demandé ce qui se passerait si tu mourais à cet instant précis. Est-ce que tu disparaîtrais simplement pour ne plus réapparaître ? C'était un pressentiment de ce que tu vis maintenant. Pas besoin d'une balle supplémentaire. Tout s'est figé.

Tu sens l'obscurité autour de toi. Tu attends que Marrer se remette à parler, qu'il éloigne la photo et qu'il t'engueule. Rien ne se passe. La photo flotte devant tes yeux, les lèvres de Marrer restent immobiles et alors l'obscurité se rapproche. Elle vient de tous les coins, elle remplit la pièce comme un liquide, un sang chaud et noir. Lentement, paresseusement. L'obscurité descend le long des murs, elle se détache du plafond, elle quitte tous les coins et recoins, et commence à entourer les pieds de Marrer et à se rapprocher de toutes parts. Tu n'es plus qu'une particule silencieuse dans un monde silencieux, qui plus jamais ne se remettra en mouvement. Et quand l'obscurité s'est refermée sur toi, tu disparais de cette réalité, silencieusement et sans laisser de traces.

Après

C'est fini. Le temps est révolu. J'attends le lever du soleil. Alors je sortirai de la voiture et ce sera fini. Je n'ai plus ouvert le coffre depuis hier et il continuera d'en être ainsi, je ne l'ouvrirai plus jamais. À une station-service, j'ai acheté des lingettes rafraîchissantes et du produit pour les vitres. Dans une autre, j'ai passé l'aspirateur dans la voiture. J'ai nettoyé l'habitacle, puis je suis restée assise à attendre le lever du soleil.

La vue est grisante. Elle aurait plu à Frauke, je le sais. Toute cette lumière, toute cette paix qui règnent sur une ville au début de la journée. Je sais ce que dirait Wolf. Il me presserait contre lui et me donnerait de la chaleur. Il demanderait : *tu as froid ?* Et j'acquiescerais et ses mains seraient partout pour me réchauffer.

Comme sa chaleur me manque.

Comme sa chaleur me manque.

Le ciel brille d'une lumière pourpre, et ce pourpre se dissipe lentement, blêmit et se change en un bleu mat. Le soleil rappelle le mercure liquide. Je ne peux en détourner mon regard. Je résiste jusqu'à ce que mes yeux soient baignés de larmes, alors je serre les paupières et le soleil continue de briller derrière mes paupières closes.

Des voitures passent. Un bus. Une Mobylette pétara-
dante. D'autres voitures. J'attends que le feu soit rouge,
prends mon sac et sors. L'air matinal est frais et clair.
Peut-être que je vais descendre jusqu'à Friedenau. Je peux
le faire si je veux, je peux le faire. Peut-être que je me pla-
cerai sous la fenêtre de Jenni et que je crierai son nom.
Mais peut-être pas. Je ferme la voiture à clé, parcours
quelques mètres et m'arrête sur le pont. Je contemple le
Lietzensee à mes pieds. Tout dort encore. Dans l'hôtel
brillent des lumières isolées, les arbres n'ont pas encore
d'ombre. En dépit de l'heure matinale, il y a des gens assis
au bord de l'eau. Peut-être ont-ils dormi là, peut-être les
nuits de printemps sont-elles déjà assez chaudes pour
qu'on dorme dehors. Ils sont assis sur une couverture, les
jambes étendues devant eux, leurs voix sont grêles et fragiles. Une des personnes est accroupie sur la rive et fume
une cigarette. Une autre lève les yeux et m'aperçoit. Wolf.
Il étire les bras comme s'il guidait un avion sur une piste
d'atterrissage. Je lui retourne son salut. À présent, les
autres aussi lèvent les yeux. Et Frauke est là, de nouveau
tout habillée de noir et épuisée, mais elle rit, je distingue
son rire, chaud comme la lumière du soleil, chaud et partout en même temps. Elle me salue, elle pose une main sur
son cœur, puis la presse contre sa bouche et m'envoie un
baiser. Et je sais que je devrais poursuivre mon chemin,
mais je ne peux pas les laisser seuls, c'est trop dur. Et
Wolf met son bras autour de Frauke et l'homme, sur la
rive, se débarrasse de sa cigarette d'une chiquenaude, lève
la main et lance une pierre à l'horizontale au-dessus de
l'eau, et les autres continuent à discuter comme si de rien
n'était tandis que la pierre, une fois, deux fois, trois fois,
ricoche sur la surface de l'eau, avant de disparaître sans
bruit dans les profondeurs.

REMERCIEMENTS

Je voudrais remercier

Gregor, toi que je n'ai pas arrêté de tourmenter avec ce roman, jusqu'à ce que tu comprennes à quel point il me tourmentait. Alors tu m'as pris à part et tu m'as dit que tout se passerait bien. *Gracias.*

Peter et Kathrin, pour votre enthousiasme et vos critiques.

Daniela, parce que tu n'as jamais douté quand moi je doutais, parce que tu aimes l'obscurité et que tu me pardonnes mon mauvais moi.

Ana, Christina, Janna et Martina, vous avez su calmer ma nervosité.

Ulrike, parce qu'au dénouement tu t'es arrêtée sur le bas-côté, parce que tu as soutenu chaque phrase et chaque pensée.

Félix, mon agent secret très privé, qui a entretenu la flamme, protégé mes arrières, et qui a toujours été là.

497

Eva, tes mots m'ont touché, tu as cru en moi quand les temps étaient durs.

Les éditions Ullstein, votre enthousiasme a pansé des blessures.

Andrew Vachss, Jonathan Nasaw et Jonathan Carroll, pour les pensées qui ne devraient pas exister.

Ghinzu, Tunng, Archive, Mugison et The National pour le rythme, pour les nuits blanches.

Corinna, deux années difficiles à jouer les muses, et pas une seule fois tu ne t'es plainte.
Love ya.

Le Livre de Poche s'engage pour
l'environnement en réduisant
l'empreinte carbone de ses livres.
Celle de cet exemplaire est de :
450 g éq. CO$_2$

PAPIER À BASE DE
FIBRES CERTIFIÉES

Rendez-vous sur
www.livredepoche-durable.fr

Composition réalisée par FACOMPO (Lisieux)

Achevé d'imprimer en mai 2012 en France par
CPI BRODARD ET TAUPIN
La Flèche (Sarthe)
N° d'impression : 69044
Dépôt légal 1re publication : juin 2012
LIBRAIRIE GÉNÉRALE FRANÇAISE
31, rue de Fleurus – 75278 Paris Cedex 06